ALFRED HITCHCOCK

SESIÓN DE CALAVERAS

JUEGO DE ASESINOS

CÍRCULO DE LECTORES

INTRODUCCIÓN

Acabo de pasar unas horas agradables hojeando un libro dedicado a los Óscars de Hollywood y a las películas que han sido galardonadas a lo largo de los años. Grandes películas, todas ellas, aunque entre nosotros debo decir que muchas veces pienso que las personas que llevan a cabo las votaciones demuestran una verdadera estrechez de miras y limitación de gusto al hacer caso omiso año tras año de ciertas magníficas películas de suspense.

De hecho, si hubiera que señalar un fallo persistente en las películas seleccionadas por la Academia de Artes y Ciencias Cinematográficas desde que ésta iniciara su andadura en 1928, es que siempre les falta carácter e intensidad. Me refiero particularmente a los desenlaces. Repasen la lista de todas las galardonadas desde la primera, *Alas*, hasta la más reciente, y verán que los finales son... bueno «fin» y nada más. No hay ninguna sorpresa fuerte ni ningún lance entre ellas, como habría si, por una vez, hubieran sido lo suficientemente sensatos como para seleccionar... en fin, dejémoslo.

Para demostrarles lo que quiero decir, he preparado varios ejemplos de cómo algunas de las más famosas películas galardonadas hubieran podido conseguir una verdadera fuerza e impacto, sólo con que a sus guionistas y directores se les hubiera ocurrido estos desenlaces. Ahí vamos:

1. *Lo que el viento se llevó*. Se acuerdan de ésta, estoy seguro. Rhett Butler acaba de descubrir la verdadera personalidad de Escarlata y se dispone a abandonarla, y ella le pregunta frenéticamente qué será ahora de su vida. «Francamente, querida –dice Rhett–, me importa un comino.»

Y eso, recordarán, es el final: baja el telón, se encienden las luces y el público sale del teatro bostezando. Ninguna sorpresa; nada impactante; un simple «Francamente, querida, me importa un comino». Piensen cuánto más sorprendente sería la película si finalizara así:

–Francamente, querida –dice Rhett–, me importa un comino.

Se produce un momento de silencio. A continuación Escarlata dice:

–¡No puedes utilizar ese tipo de lenguaje con una flor de la feminidad sureña! –Y, cogiendo una pistola de una mesa cercana, le dispara en la cabeza y Rhett cae muerto al instante.

2. O por ejemplo *Gigi*, que acaba con Louis Jourdan dándose cuenta de que Gigi, interpretada por Leslie Caron, es encantadora y que se está enamorando de ella. No es algo muy sorprendente, tendrán que admitir, ya que todos los espectadores sabían desde el principio que eso iba a ocurrir. Pero piensen en lo que habría mejorado la película con un final sorpresa en el que se desvela algo que Jourdan no sabía: Gigi es en realidad un agente secreto del gobierno, y la película acaba con ella ¡arrestando a Jourdan por falsificador! Eso explicaría el hecho de que Jourdan se gastara tanto dinero durante toda la película sin trabajar jamás.

3. *West Side Story* es la película que se acerca más a un buen final sorprendente, ya que el héroe acaba muriendo, y sólo los que han leído *Romeo y Julieta* podrían habérselo esperado. ¿Y cuántos hay de ésos? Pero estarán de acuerdo conmigo que el final que les propongo hubiera sido mucho más eficaz:

La heroína yace sollozando sobre el cadáver del héroe. Y de pronto éste levanta la vista y la mira con ojos vidriosos.

–Tú me has metido en esto, sinvergüenza –dice, y le dispara también a ella.

Creo que con estos ejemplos pueden hacerse una idea. Por tanto, tras la explicación, les dejo con los relatos de esta selección, cuyos finales no necesitan cambio alguno.

Alfred Hitchcock

SESIÓN
DE CALAVERAS

Un grado de inocencia

HELEN NIELSEN

La oficina del presidente de Baker, Benson y Compañía estaba en el piso decimotercero. Clint Dodson no tenía plena conciencia de ello al cerrar la puerta de letras doradas tras de sí y avanzó lentamente hacia la elevada ventana que daba a la sofocante ciudad. Por el momento no era consciente de nada, excepto de una especie de parálisis mental cuya memoria estaba empezando a filtrarse como la luz a través de la niebla. Los recuerdos se estaban formando en torno a Sheila, pues antes de ésta nunca le había sucedido nada importante.

–¿No se encuentra bien, Dodson?

Clint Dodson oyó la voz de la recepcionista como si fuese un eco y volvió la cabeza hacia ella. Era un hombrecillo de rostro gris y mofletudo, de cuarenta y seis años, con un flequillo negro que sobresalía ridículamente como una pronunciada visera y unos ojos perdidos tras los brillantes cristales de unas gafas sin montura.

–Estoy perfectamente –respondió–. Sólo quería tomar un poco de aire. La atmósfera aquí es sofocante.

–Es cierto. Tengo ganas de que reparen el aire acondicionado. ¿Lo ha visto ya el señor Benson?

–Sí, señorita Carlisle, me ha visto. Gracias.

La recepcionista continuó escribiendo a máquina y Clint se volvió hacia la ventana. La señorita Carlisle era una chica bonita, pero ni la mitad de bonita de lo que estaba Sheila el día en que él entró a la vuelta de un viaje y la vio por primera vez...

Lo que Clint Dodson nunca entendió fue cómo pudo haber tenido tanta suerte en el amor. Seguramente ello no obedecía a su aspecto, a su agresividad, a su brillantez ni a su encanto. Aquellas palabras eran aplicables a Roger Benson, el socio menos antiguo, un soltero empedernido más joven y guapo que él. Lo curioso era que Clint hubiera llegado a pensar que Sheila había sido la chica de Roger en un principio. La culpa la tenían las habladurías que corrían por la oficina.

–No tontees con esa rubia despampanante –le advertían–. Sólo piensa en la pasta. No querrás hacerle el amor, ¿verdad?

Le estaban tomando el pelo, por supuesto. Clint jamás tenía valor para tontear con ninguna chica de la oficina, y mucho menos con una tan atractiva como Sheila. Había sido contratada mientras él se encontraba de viaje. Cuando se la presentaron ella sonrió cortésmente y acto seguido siguió con el dictado de Roger. Ella y Roger almorzaron juntos, cenaron juntos y fueron juntos a la fiesta que daba la oficina en el club de campo; hasta que un día, Sheila volvió a su mesa de mecanógrafa y una morena recién contratada ocupó su sitio y todas sus competencias. Zumbó el intercomunicador y Sheila, más bella que nunca debido a la tristeza que reflejaban sus ojos, permaneció en silencio. Tal vez fuera esa mirada lo que impulsó a Clint a la acción; así fue como consiguió a su cocker spaniel. Reunió el suficiente coraje para invitarla a almorzar y, para su sorpresa, ella aceptó. Después del arrogante Roger Benson, un hombre de maneras suaves y mediana edad quizá sirviese de alivio para el sistema nervioso de la muchacha. Empezaron a intimar, y a Clint no le costó mucho tiempo darse cuenta de lo equivocados que estaban en la oficina respecto a Sheila. Era realmente tímida y dulce. Sin emplear palabras crudas, no tardó en contarle lo que había sucedido con Roger Benson. Éste era ambicioso, con tiempo para el romance pero no para el matrimonio, y Sheila deseaba un hogar y una familia; algo firme y permanente. Clint reflexionó sobre esto durante un largo viaje por carretera y a su regreso le pidió a Sheila que se casase con él. La muchacha aceptó, se fueron a Las Vegas a pasar el fin de semana y regresaron convertidos en marido y mujer. Fue el momento de mayor suerte en la vida de Clint.

Sheila abandonó su trabajo inmediatamente.

–El sitio de una mujer está en el hogar apoyando a su marido –declaró ella–. ¡Voy a ser para ti la esposa más maravillosa del mundo!

–No te merezco –repuso Clint.

Hizo un mohín arrugando su bonita nariz y lo abrazó.

–Clint Dodson –lo reprendió–, te quiero mucho, pero tienes un defecto terrible. Debes dejar de menospreciarte. Eres un hombre inteligente. –Se puso a enderezarle la corbata–. Y guapo. –Para decir eso tenía que estar enamorada–. Y podrás triunfar en la vida si tienes confianza en ti. ¿Qué ha conseguido Roger Benson que no hayas conseguido tú?

Entonces lo miró directamente a los ojos y los nervios de Clint empezaron a tintinear como campanillas de Navidad. Roger Benson era vicepresidente de Baker, Benson y Compañía, un alto ejecutivo, una dinamo humana, un Apolo viviente... Pero ¿quién se había casado con Sheila?

–¡Nada! –respondió Clint–. ¡Nada, nada, absolutamente nada!

Y no pudo seguir porque los dos se echaron a reír de tan felices como se sentían. Fue en este punto cuando la vida de Clint comenzó a cambiar.

Los Dodson celebraron su primer aniversario de boda mudándose a una casa ubicada en una nueva urbanización junto al club de campo. El pago inicial fue cubierto por la sobrepaga navideña de Clint, basada en un porcentaje de sus ventas, que ese año habían sido las más altas de la empresa. Mientras Sheila colocaba los ramos de muérdago en todos los puntos estratégicos de la casa, sugirió la conveniencia de que los Baker, de Baker, Benson y Compañía, fueran sus primeros invitados a cenar.

–¿Quién necesita invitados? –comentó Clint.

–Querido, nuestra luna de miel ya ha terminado.

–¿Por qué? ¿No podemos volver atrás, como en una película?

–Sí, cariño, podemos disfrutar de la luna de miel más larga de la historia, pero invitar al jefe a cenar no deja de ser una buena política. La semana pasada creo haberte oído decir que McDougal estaba trasladando la oficina a San Francisco. Es cierto que yo no sé nada de negocios, pero incluso una mera ama de casa puede deducir de esa información que Baker, Benson y Compañía va a necesitar un nuevo director comercial. ¿Y quién tiene el mejor récord de ventas del año?

Aquello tenía sentido. Bajo el ramo de muérdago no parecía demasiado importante, pero posteriormente volvió a suscitarse la cuestión y cuanto más pensaba Clint en ello, mejor le parecía.

Arnold Baker era un hombre mayor, más bien ostentoso y demasiado gordo. Clint había conocido a su esposa en las fiestas que daba la empresa en el club de campo; el presidente de Baker, Benson y Compañía fue inmediatamente elegido para el consejo del club. La señora Baker era una mujer dominante y fastidiosa. Clint no esperaba realmente que aceptasen su invitación, pero al decir que había sido idea de su esposa que los Baker fueran los primeros invitados a su nuevo lugar, algo conmovió el corazón del viejo Baker y aceptó.

Tanto Sheila como Clint se sentían satisfechos. La mesa era una pieza maestra, la cena un deleite. En cuanto a Sheila, hermosa con su vestido blanco de noche comprado especialmente para la ocasión, semejaba una encantadora de serpientes.

–He visto su expediente, Dodson –comentó Baker sobre su taza–, y resulta asombroso cómo han subido sus ventas desde que contrajo matrimonio. Ahora lo entiendo mejor.

–Realmente, señor Baker, me alaba usted demasiado –objetó Sheila–. Pero creo que a un hombre de negocios le conviene estar casado. Lo vuelve más estable y le da verdaderos motivos por los que trabajar. Si yo fuera un ejecutivo... –Sheila hizo una pausa y luego se echó a reír–. ¡Imagínese, yo, un ejecutivo! Pero si lo fuera, señor Baker, me aseguraría de que todos mis altos empleados estuvieran felizmente casados.

La señora Baker sonrió, satisfecha. Su marido asintió. Clint no comprendió las posibles consecuencias de las palabras de Sheila hasta que sus invitados se hubieron marchado y él hizo una recapitulación mental de la velada. Se dirigió a su esposa en tono áspero, y luego, al advertir lo aturdida que estaba, lamentó haberle hablado como lo había hecho.

–Oh, sé lo que quieres decir, cariño. ¡Naturalmente que fue una estupidez de mi parte!, ¿verdad? Pero lo dije sin pensarlo, Clint, al menos sin pensar en esa dirección. En realidad, lo que tenía en mente era la gerencia de ventas. Naturalmente, el señor Baker nunca reemplazaría a Roger Benson.

Sheila estaba en lo cierto: Baker jamás reemplazó a nadie; ni siquiera llegó a designar al nuevo director comercial. Dos días después de la cena sufrió un ataque cardíaco en el transcurso de una fiesta dada por un hombre de negocios y falleció tres horas después. Roger Benson se convirtió en presidente de Baker, Benson y Compañía. La noticia de la muerte conmovió a Sheila.

–¡Oh, qué horror!

–Era un hombre viejo, cariño.

–Pero acabar así; tan rápido.

–Es la mejor forma de acabar.

–¡Oh, lo sé! Lo que quiero decir... –Se detuvo abruptamente y luego prosiguió en otro tono–: Tendremos que asistir al funeral.

–Será un funeral privado, Sheila.

–Entonces, envía flores... Clint, ¿quién ocupa el puesto de Roger?

–Sam Moorhouse –respondió él.

–¿Ese hombre tan ordinario? ¡No tiene ni la mitad de tu talento!

–Lleva en la empresa el doble de tiempo que yo. Baker, Benson y Compañía funciona bajo un estricto sistema de antigüedad. Por eso me guardaron el trabajo hasta que acabó la guerra.

–Eso me parece ridículo –dijo Sheila–. Una empresa funciona en base a la capacidad, no a los sentimientos. –Al advertir que su marido fruncía el entrecejo, suavizó su tono–. Es que estoy tan orgullosa de ti que quiero que otros te vean tal como lo hago yo. Pero estoy terriblemente consternada por el señor Baker... y por su esposa. Es mucho peor para ella. Creo que le enviaré una nota.

Sheila escribió una nota realmente maravillosa y cálida. Clint nunca llegó a verla, pero tuvo noticia de ella el día en que Moorhouse lo llamó a su despacho para comunicarle su ascenso a director comercial.

–Ha sido a petición personal de la viuda del viejo –dijo Moorhouse–. Tiene fe en usted, Dodson. Dijo que debía tener fe en un hombre cuya esposa es tan comprensiva.

Aquella noche, Clint volvió a casa con un nudo en la garganta. Resultaba asombroso hasta qué punto la intervención de una mujer podía cambiar la vida de un hombre.

En su segundo aniversario los Dodson y los Moorhouse fueron a cenar juntos al club de campo. Para entonces los Dodson eran socios de buena posición merced al patrocinio de Sam. Aquello fue como consecuencia de una insinuación de Sheila en el sentido de que Clint no hacía suficiente ejercicio y, después de todo, ella no quería que su marido se convirtiese en una máquina de hacer dinero. Sam era un buen deportista: golf, tenis, natación. Resultaba agotador intentar competir con él, y un alivio poder sentarse a la mesa y dejar que Sam, un hombre genial hecho a sí mismo, desgranara la historia de su vida en el atento oído de Sheila. La esposa de Sam, una robusta y curtida matrona, vestida con un traje de noche semejante a un quimono de arpillera, contribuía a la leyenda durante los infrecuentes intervalos en que Sam guardaba silencio.

–Después de la crisis de los años treinta quedamos tan en la miseria que Sam tuvo que empeñar mi anillo de compromiso. Me dijo: «Mamá, algún día te compraré el diamante más grande del oeste de Texas...».

Lo llevaba puesto. Se trataba de una enorme piedra cuadrada que resplandecía como una boya. Clint volvió la cabeza para eludir sus destellos, y entonces vio que por la pista de baile se acercaba Roger Benson. El guapo Benson lucía un esmoquin que ensanchaba sus hombros y reducía su esbelta cintura de boxeador. Como de costumbre, traía una chica agarrada a su brazo. Esta vez era pelirroja, pero pareció haberse olvidado totalmente de ella en cuanto se acercó a la mesa.

–Me ha dicho el *maître* que se estaba celebrando una fiesta de aniversario. Quiero expresar mis felicitaciones...

Roger dejó de hablar y miró fijamente a Sheila, como si ella acabara de llegar coronando una tarta de cartón piedra. Su ropa, su peinado y el modo en que iba vestida hacían que luciese espléndida y que a su lado todas las mujeres del salón pareciesen vulgares campesinas.

Sam leyó la mente de Roger.

–¿Te resulta difícil de creer que tan bella mujer sea la esposa del viejo Clint Dodson? –preguntó–. Para bien o para mal, lo es desde hace dos años.

–Pero si es Sheila... –comentó Roger–. ¡Por cierto, tienes un aspecto maravilloso!

–¡Me siento de maravilla! –dijo Sheila–. Es culpa del matrimonio.

–Lo creo; basta con verte. Esto requiere champaña. ¡Camarero...!

–Te hemos tomado la delantera –dijo Sam–. Ya vamos por la segunda botella.

–Un baile, entonces. ¿Qué te parece, Sheila? Por los viejos tiempos.

Si Sheila hubiese rehusado, a nadie le habría parecido mal. En vez de ello, miró a Clint, como solicitando su parecer o su permiso, y éste dudó lo suficiente para que su silencio pareciera una afirmación. A fin de cuentas, era una noche de gala, el salón estaba abarrotado y Roger era el presidente de Baker, Benson y Compañía. Más tarde, cuando Clint analizó su comportamiento de aquella noche, la idea acabó obsesionándolo. Debió de haber comprendido entonces que se estaba creando complicaciones.

Trabajar a las órdenes de Moorhouse resultaba difícil. Era abrupto, honesto y claro; pero en cuanto un hombre le ha tomado el gusto a la ambición, se impacienta por las riendas de las restricciones, y Sam, además, era un viejo tonto y pesado.

–Si esta tarde hubiese pensado en mí, habría cerrado el trato con Amalgamated –se lamentó Clint–. Baker, Benson y Compañía siempre ha respetado sus contratos y siempre los respetará mientras yo esté en esta empresa. –La voz de Clint arrastraba el tono pesado y nasal de Sam. Sheila lo escuchaba con los ojos entornados. Estaba acariciando las orejas de *Slugger*, el cachorro boxer que había reemplazado al cocker spaniel de Clint para el último cumpleaños de éste–. ¡Cumplir sus contratos! ¡Es una buena excusa para dejar que un negocio valorado en cincuenta mil dólares se nos escape de las manos! Amalgamated habría abonado una sobrepaga por aquel envío. Podríamos haber aplazado Standard otros seis meses.

El negocio es el negocio. ¿Qué hay de malo en ello, si reduciendo algunos gastos te pones a la cabeza de la competencia?

–Esto me recuerda que Roger Benson nos ha invitado a pasar el fin de semana en su yate –dijo Sheila–. Piensa recibir el verano dando una fiesta para los ejecutivos de la empresa.

–¡Roger! ¿Cuándo le has visto?

–Hoy..., en el almuerzo.

–¿Dónde?

Ella abrió más los ojos.

–En el centro de la ciudad –dijo–. Se suponía que debía almorzar contigo, pero estabas reunido con Sam Moorhouse, y Roger no lo estaba. ¿Celoso?

Clint seguía pensando en la comisión que había perdido a causa de la ridícula moral de Sam. El motivo de su ceño era Sam, pero lo dejó para después cuando miró a Sheila. Ésta le sonrió.

–No estoy seguro –respondió–. Tal vez.

–¡Estupendo! Nada hay que estimule tanto el evanescente amor propio de una esposa como un marido celoso. Tendré que hacer prácticas para comer con Roger Benson.

–¡No!

La severidad con que dijo «no» le sorprendió incluso a él. Ni un solo instante aquella noche en el club de campo había olvidado por completo sus sentimientos. Tenía la sensación de ser arrastrado simultáneamente en dos direcciones, así como un odio inconsciente hacia la dirección en la que se estaba moviendo.

–¡Pero Clint, estás realmente celoso! –La sonrisa de Sheila se desvaneció–. ¿Quieres saber de qué hablamos durante el almuerzo? De ti, querido. Hablamos del estupendo trabajo que estás haciendo como director comercial y de que podrías hacerlo mucho mejor si tuvieses ocasión.

–¡No, Sheila! ¡Eso no! –El dolor se manifestó en sus ojos, e inmediatamente lamentó haber hablado con tanta aspereza; pero tenía que impedirlo–. Sé muy bien que quieres ayudarme en mi carrera, pero no lo vas a conseguir hablando con Roger a espaldas de Sam. Aunque Roger es joven, aprendió el negocio con Baker y respeta los métodos del viejo. Entre otras cosas, eso significa lealtad al sistema de antigüedad. A menos que cogieran a Sam metiendo las manos en la caja, y tú sabes tan bien como yo que eso no sucederá, él es vicepresidente y seguirá siéndolo hasta el día que se retire o se caiga muerto... Y Sam tiene más salud que un percherón premiado.

Sheila no hizo ningún comentario y Clint dejó de hablar. Continuaron sentados en medio de un largo silencio, con aquel último comentario planeando como un fantasma entre los dos.

El yate de Roger Benson era un paraíso flotante: un bar copiosamente abastecido, un bufé perpetuo, música para los lánguidos, bañistas y buceadores fuera del barco, y pesca con caña desde la cubierta de popa. Sheila, bellamente vestida para la ocasión, estaba entre los lánguidos. Sólo de contemplarla tan grácil y femenina, Clint se sentía orgulloso. Ningún ejecutivo de la empresa tenía una esposa comparable a ella, especialmente Sam Moorhouse. La musculosa compañera de Sam manejaba la caña de pescar, mientras que su marido –como queriendo mostrar a los jóvenes el desprecio que sentía por sus canas– practicaba el duro submarinismo. El deporte de Clint consistió en ponerse un bañador y una camiseta deportiva y tomar el sol en cubierta, hasta que la señora Moorhouse hizo un descubrimiento que provocó un gran revuelo. Se trataba de un pez enorme. La señora Moorhouse lanzó un grito y fue arrastrada hasta la borda. Clint se esforzaba por ponerse de pie. Sam, momentáneamente fuera del agua, corrió hacia ella.

–¡Suelta la caña! –exclamó.

–¡No seas idiota! –boqueó ella–. ¡Las únicas capturas que merece la pena sacar son las gordas!

Si por fuerza humana hubiera sido, la señora Moorhouse podría haber sacado una ballena; pero la resistencia de los dispositivos mecánicos tiene un límite. Al romperse el sedal, la caña fue arrancada violentamente de sus manos. Clint vio al mismo tiempo algo que centelleaba en el aire y caía sobre la cubierta, a sus pies. Miró al suelo. Un enorme diamante cuadrado le hacía guiños como un ojo burlón. Se inclinó y lo cogió. Mientras lo sostenía en la mano, la señora Moorhouse se percató de su pérdida.

–¡Sam, mi diamante! Ha desaparecido.

–Puede que se haya caído por la borda enganchado a la caña –comentó Sam–. Echaré un vistazo.

La zambullida de Sam fue perfecta. Estaba en forma. Sam no tenía temor a nada; había sido entronizado en el despacho de la vicepresidencia y viviría eternamente. Estos pensamientos centelleaban en el cerebro de Clint con el mismo fulgor que el diamante que tenía en su mano, y entonces actuó. Dejó caer la piedra sobre cubierta y se apresuró a empujarla furtivamente con el pie hacia un lado, en dirección al camarote.

–¡Abran paso! –gritó–. ¡Voy en ayuda de Sam!

Mientras corría hacia la borda percibió un fugaz vislumbre del rostro de Sheila, pálido, asombrado, increíblemente bello. Por ella estaba dispuesto a hacer cualquier cosa; incluso asesinar. Saltó sobre la borda y se sumergió en las verdes profundidades. Era torpe y estaba excedido de peso. Antes de comenzar ya le faltaba el aire, pero sabía que en alguna parte debajo del barco estaba Sam, realizando un ejercicio intrépido que le costaría la vida. Antes de localizarlo, sintió que los pulmones estaban a punto de estallarle, pero el odio y el deseo tenían aliento propio. Y cuando sus manos agarraron por detrás el traje de Sam, Clint lo odió con toda su alma, y empleó todas sus fuerzas para impulsar aquel cuerpo con la cabeza por delante, como un ariete que se retuerce, contra el casco del yate. Hizo todo con tanta rapidez que Sam ni siquiera llegó a darse cuenta de quién lo atacaba.

Segundos después, Clint aparecía en la superficie, medio ahogado, boqueando y sollozando. Tuvo que ser izado a bordo. En cuanto recuperó la voz, llamó a Roger.

–Sam... abajo... herido... necesita ayuda.

Luego cerró los ojos y dejó que la oscuridad borrara el resto.

Tres días después del funeral de Sam Moorhouse, Clint fue llamado a la oficina de Roger Benson. La entrevista, como Clint bien sabía, era pura formalidad. Baker, Benson y Compañía funcionaba mediante un estricto sistema de antigüedad y él era el siguiente de la lista. Aun así, Clint estaba nervioso. Tenía las manos húmedas y la boca seca.

–Siéntate, Clint –dijo Roger.

Clint no deseaba otra cosa. En el sillón se sentía mejor. Era de cuero, suave, lujoso. Había uno exactamente igual en el despacho del vicepresidente.

–Supongo que sabes por qué te he llamado –comenzó Roger. Tenía un aspecto grave, pero dadas las circunstancias, eso era natural.

–Puedo imaginármelo –repuso Clint.

Los ojos de Roger brillaron momentáneamente.

–Sí, realmente puedes imaginártelo, ¿verdad, Clint? Es curioso. Jamás conocí esa cualidad tuya. A decir verdad, siempre te consideré extremadamente insípido. Seguro que tu matrimonio con Sheila te ha cambiado.

–Sí –convino Clint.

–Es una mujer maravillosa, Clint. Comprendo que un hombre haga casi cualquier cosa por una mujer así. Yo habría hecho casi cualquier cosa por ella, si hubiera sido mi mujer. Pero no esto...

Roger había mantenido una mano debajo del escritorio. Ahora la sacó, la abrió y volvió a retirarla. El diamante de la señora Moorhouse brillaba sobre la mesa. Ahora, el ojo burlón no parpadeaba; acusaba. Clint no podía apartar la vista de él ni pronunciar palabra.

–Me lo han enviado por correo en una cajita –dijo Roger–, y dentro venía doblada esta nota.

Sacó del bolsillo un cuadradito de papel blanco, lo desdobló y se puso a leer en voz alta: «Querido señor Benson: Antes de que ascienda usted a Clint Dodson a vicepresidente de su compañía, pregúntele por qué ocultó el diamante de la señora Moorhouse en la cubierta de su yate antes de saltar por la borda, presumiblemente para ayudar a Sam Moorhouse en su búsqueda bajo el agua».

Eso fue todo. Roger Benson se quedó sentado en su sillón, esperando.

Los recuerdos se iban filtrando como la luz a través de la niebla, y todos ellos se formaban en torno a Sheila, porque nada importante le había sucedido antes de que ella apareciese en su vida. Clint miraba fijamente por la ventana sin ver nada, y dejaba que su mente se deleitara en la plenitud de ella, en su belleza, en su amor, en su fe y lealtad. No confesó haber matado a Sam. Roger no conseguiría arrancárselo, y posiblemente no podría probar nada sin una confesión. Pero la carrera de Clint Dodson estaba acabada. Ahora sólo le quedaba hacer una cosa por Sheila.

La señorita Carlisle terminó la carta que estaba mecanografiando para Roger Benson y echó a andar hacia la puerta de su despacho. Al pasar junto a la ventana abierta se quedó dudando. Le asaltó una sospecha. ¡Señor Dodson...! ¿Cuándo se había ido? Se acercó más a la ventana, se asomó..., y entonces lanzó un grito.

Roger Benson estuvo al lado de Sheila mientras duró el funeral. Después la llevó a su casa en el coche y entró con ella al edificio. Era un momento difícil y no encontraba las palabras adecuadas.

–No puedo evitar sentirme culpable, Sheila. Debí darme cuenta de que Clint no se encontraba bien.

–No, Roger. No debes culparte. Has sido maravilloso.

–Quiero ser maravilloso, Sheila. Quiero pedirte perdón por mi descuido y estupidez. Sé que no es éste el momento de hablar de ello, pero desde aquella noche en el club de campo he comprendido lo imbécil que fui dejando que te apartaras de mi lado. Sheila, los hombres ambiciosos cometen errores. Clint no fue el único responsable de aquel error.

Sheila se tambaleó un poco sobre sus pies, y el brazo de Roger la estabilizó. Un brazo joven y fuerte. Ella levantó la cabeza y lo miró con ojos tristes y comprensivos.

–Tú no has sido excesivamente ambicioso, Roger. Un hombre vive de su trabajo. Tú llegarás lejos, muy lejos. Si te lo propones, no hay límites para lo que eres capaz de hacer.

Sheila lo sabía. Lo había sabido siempre. La señora Moorhouse tenía razón, «las únicas capturas que merece la pena sacar son las gordas», y lo único que ella había sacado eran unos cuantos años con el viejo imbécil de Clint Dodson y el diamante que le vio coger y luego arrojar a la cubierta del yate.

Un hombre innecesario

TALMAGE POWELL

Recuerdo lo preocupada que estaba aquella noche. Preocupada hasta el punto de volverse loca. A pesar de todo parecía sumamente bella. Sólo me dio un breve beso. Al apartarse tenía la preocupación dibujada en el rostro.

Fue andando hasta el sofá que había en el salón de su acogedor pisito, tomó asiento en él y se puso a mirar por la ventana. A juzgar por la forma en que miraba, hice lo propio, casi esperando ver algo allí. La ventana era un ojo negro y vacío en el que se enmarcaba la noche. Una farola, las luces de un coche que pasaba. No había nada en la ventana.

Tomó mi mano entre las suyas y yo cedí a la presión de sus dedos helados, sentándome en el sofá, junto a ella.

–Tendremos que esperar, Roger.

–¿Por qué? –pregunté.

–Por él.

–Él ya no tiene nada que ver con esto, con nosotros... o contigo.

–Pues al parecer no lo entiende así –dijo ella, mirando otra vez por la ventana–. Dice que el divorcio no significa nada para él.

–¿Te ha estado molestando?

Ella asintió. Una sensación de calor se apoderaba de mí a medida que mis músculos se tensaban.

–¿De qué manera? –pregunté, insistente.

–En pequeñas cosas –respondió–. Me llama por teléfono. Me envía flores y dulces. Todas las noches de la semana...

–¿Ha estado ahí, en la ventana?

–Sí –respondió, con voz imperceptible.

Me levanté y eché a andar hacia la ventana, con las manos en los bolsillos.

–Jamás lo he visto aquí –dije.

–Viene a primera hora de la noche, antes de que llegues. Da golpecitos en la ventana y me ruega suavemente que lo deje entrar.

–¿Has accedido a ello?

–No.

–¿Ni una sola vez?

–¡Desde luego que no! Roger, ¿por qué me miras de esa forma?

–Lo siento –dije–. Sólo intentaba conjeturar por qué lo hacía, por qué sigue viniendo y llamándote, si no le das esperanzas.

–¡Te he dicho que no le he dado esperanzas en modo alguno! –Se había puesto de pie. Tenía la cara pálida, enmarcada por unos cabellos que parecían una niebla de oro puro.

Crucé la habitación y la rodeé con mi brazo.

–Lo que pretende –dije– es irritarnos y que nos peleemos.

–Ignoro lo que persigue. No hay quien lo entienda, Roger.

–Quiere recuperarte –dije–. Es fácil de comprender.

–Jamás lo conseguirá –afirmó–. Ya estuve bastante tiempo entre él y el mundo. Fui su escudo, hasta que no pude seguir recibiendo más golpes.

–Si viene y me ve aquí –dije–, ya nunca regresará.

–No debes herirlo, Roger. Se le hiere muy fácilmente.

Dejé de rodearla con mi brazo.

–La costumbre de los años –murmuré.

–¿Qué, Roger?

–La costumbre de cuidarlo durante años no se olvida tan fácilmente, ¿verdad?

Sus ojos se dilataron.

–Todavía lo estoy cuidando, Roger.

–Tratando, queriendo... No resultará.

–Eso ya lo sé.

Siguió de pie un rato, reflexionando. Sin tener conciencia de sus movimientos, se sentó en el borde del sofá. Yo esperé y la habitación quedó en silencio. La habitación no era real para ella. Estaba pasando revista a los días, meses, años y a los pequeños incidentes de los que yo no sabía nada. Su rostro se endureció. Nada cambió en realidad. Sin embargo, ella era diferente. Se puso a maldecir en un tono bajo y firme. Nunca la había oído hablar así.

–¡Janet! –dije.

Levantó la cabeza hacia mí. Sus ojos se aclararon.

–¿No te das cuenta de lo que me está haciendo, Roger? –Su voz temblaba. Estaba a punto de llorar.

–Olvídalo –dije.

–¿Cómo puedo hacerlo?

–No lo sé, pero tendrás que hacerlo.

–¿Me ayudarás, Roger?

–Ojalá estuviera seguro...

–¿De mí?

–Sí.

–Puedes estarlo. Bésame, querido.

La besé. Fue un beso incompleto. Era como besar a una imagen inanimada. Reclinó la cabeza sobre mi pecho.

–Lo siento, Roger –dijo con voz apagada.

–No pasa nada –dije, sin convicción, y ella lo sabía.

–Lo odio, Roger.

–Desde luego –dije, sintiendo todavía en los labios la frialdad del beso.

–Hablo en serio, lo odio. Odio el modo en que hace que me sienta responsable de él, arrepentida por él... y por todo.

–Lo comprendo, Janet.

–Prepararé unas copas –dijo.

Se desprendió de mis brazos y echó a andar hacia la cocina.

Habíamos planeado la boda para el mes siguiente. Terminaría con él. Era preciso que lo hiciera. Un matrimonio era cosa de dos, no de tres.

Regresó con las copas, dos vasos altos con cerveza de jengibre y un poco de bourbon. Dejó la bandeja sobre la mesita baja. Cuando cogíamos los vasos sonó el timbre. Janet se levantó y se dirigió hacia la puerta. Vi cómo la abría. Al rato volvió acompañada de Harold. Parecía joven e infantil, excepto por la pistola que llevaba en la mano.

Se quedó mirando la bandeja.

–Luces suaves, una copa. ¿Hay algo mejor?

Yo estaba de pie. Di un paso hacia él.

–¡Ah...! –dijo, apuntando con el arma–. Roger el gran hombre. Roger el héroe. Ven y haz de héroe, Roger.

Jamás había visto una luz semejante en unos ojos humanos. Me detuve. Quería hacer algo, pero permanecí donde estaba.

–Cierra la puerta, querida –le dijo a Janet.

Ella obedeció y el salón se convirtió en un mundo lóbrego y aislado.

–Harold –dijo Janet–, no deberías estar aquí.

–No tengo miedo, si te refieres a eso –dijo en tono burlón–. Esto es algo que voy a hacer sin tu ayuda. Yo solo. Y no tengo miedo. ¿Qué te parece, Janet?

–Me alegro mucho. Nunca hubo motivos para que tuvieras miedo de nada.

–Debí intentarlo hace años, Janet. Es una sensación maravillosa poder valerse por uno mismo.

–Con ayuda de la pistola –acoté.

–Roger, por favor –dijo ella.

–No le tengo miedo, Janet –añadí.

–Ésa no es la cuestión entre nosotros –dijo Harold–. Pero tienes miedo de la pistola, ¿verdad?

–Sí –respondí.

–Celebro que seas lo bastante inteligente, Roger. Me preguntaba qué habría visto Janet en ti.

–Ella es la única que puede responder a eso –contesté.

–Adelante, Janet –dijo–. Expresa con palabras tus sublimes sentimientos. Quiero oírlas.

–Tienes que marcharte, Harold.

–¿Por qué? Ésta es mi casa también, ya lo sabes.

–Lo fue –dije.

Sonrió.

–¿De veras? ¿Y qué te parece mi sillón favorito, Roger?

–No estoy seguro de que Janet me dijera nunca de qué sillón se trata.

Miró en torno a la habitación. Alrededor de sus labios se formó un círculo blanco.

–¡Ha desaparecido! –exclamó–. Querida, ¿qué has hecho de mi sillón?

–Lo vendí, Harold.
–¿Y mis pipas?
–Por favor, vete –repuso ella, mordiéndose los labios.
–¡Mis pipas! –insistió.
–Las... regalé.
–¿Que las regalaste? –Se pasó por la frente la mano libre–. ¿Quién está ahora fumando con mis pipas, Janet?
–El jardinero –respondió ella, como si estuviera totalmente exhausta.
–¿Y la ropa que dejé?
–Envuelta en el armario, Harold. Te la envié, pero tú...
–Lo sé, lo sé. Te la devolví.
–Debes llevártela, Harold.
–¡Oh, no! Éste es su lugar, junto a ti. Igual que yo. Y siempre será mi lugar.
Janet se hundió en un sillón de orejas y dijo:
–¿Qué vamos a hacer, Roger?
–No puede estar eternamente apuntando con la pistola –respondí.
–A decir verdad, no pienso hacerlo –dijo Harold.
–¿Significa eso que te marchas?
–¡Oh, no!
–¿Acaso piensas usar el arma?
–Así es.
–¿Qué conseguirás con ello?
–A Janet.
–A Janet hace tiempo que la perdiste.
–Jamás la perderé –dijo–. Siempre será mía.
Avancé un paso hacia él. El martillo de la pistola retrocedió produciendo un clic seco que resonó por todos los confines del mundo pequeño y caliente que era aquella habitación.
–No precipites las cosas, Roger –dijo. Su voz se volvió muy segura–. Con prisas nada resulta gratificante. ¿No lo sabías?
–Sé que harías muy bien en marcharte –respondí. Me alegró que mi voz sonase firme y segura, pues yo no lo estaba en absoluto.
–Cuando haya terminado este pequeño acto –dijo Harold– me marcharé, pero ni un minuto antes. Hay que cronometrar

todo perfectamente, Roger. No debemos matar el efecto apresurando las cosas, ¿verdad? Roger, quiero que mires a Janet.

Miré a Janet.

–Fíjate qué bonita es –dijo–. La mujer que más has deseado en la vida. ¿Te apena saber que nunca la tendrás? Y ahora, Janet, mira a Roger.

Ella alzó sus ojos hacia los míos.

–¿Ves qué guapo es? ¿Ves con qué serenidad se conduce? ¿Ves su fortaleza? Te gustan esas cosas, ¿verdad, Janet?

A ella se le escapó un sollozo.

–¡Dime! –prosiguió él, con voz ligeramente chillona–. ¡Dime cuánto te gustan!

–Harold...

–Querida, querida Janet –dijo él–. ¿Quieres que hable por ti? Tú lo amas, lo necesitas. Sin embargo, jamás lo tendrás, porque yo estoy aquí. Siempre estaré aquí. Nunca olvidarás este momento, Janet. ¡Nunca olvidarás que para conseguirlo tuviste que destruirme! ¡Cada vez que él te toque, cada vez que oigas sus pasos, te acordarás! Ahora mírame, Janet.

Ella lo miró.

Él la miró a los ojos y se echo a reír.

Luego se puso el cañón del arma en la sien y apretó el gatillo.

La habitación todavía estaba atronada por la explosión cuando llegué al lado de Janet.

–Se ha ido, Roger –dijo, aturdida.

–Sí.

–Me necesitaba. Ese pobre diablo me ha estado necesitando todos estos años.

Tenía que arrancarla de aquella escena y dije:

–¡Todo ha terminado!

–Ya no puedo hacer nada por él –dijo. Sacudí la cabeza–. Cuando pida ayuda, ya no estará triste, ni se sentirá desgraciado, ni suspirará por mí.

–Ya no –dije, tomando sus manos entre las mías.

De repente, sus ojos resplandecieron y en ellos apareció una expresión de alivio.

Y por vez primera, casi sentí aprecio por Harold.

Mátame, querida

C. B. GILFORD

Lewis Barlow merecía que le pegaran un tiro. El único problema era que quienes lo conocían –pues no tenía amigos– parecían carecer del coraje necesario para disparar contra él. Matar a Barlow significaba vérselas con la policía y también perder el vale de comida. De ahí que Lewis Barlow siguiese vivo y llevara lo que a veces se describe como una vida privilegiada. Pero, por supuesto, ningún negocio dura eternamente.

El cambio, el inevitable cambio, comenzó una de aquellas noches en que daba una fiesta. Como de costumbre, era una fiesta a lo grande, con champaña y todo lo demás. Lewis podía ser cualquier cosa, menos un cicatero. Su mujer, Verónica, costosamente vestida, era, aunque desgraciada, la anfitriona oficial. Todos los empleados de Barlow y Asociados, incluyendo al recadero de la oficina, eran los tiranizados e involuntarios concurrentes: los Robinson, los Lorimer, los Steinberger, los Yost, los Nestor, los Smith, los Crenshaw, Jerry Lee, Madge Sturdivant, Betty Myers, Morrie Johnson. Y todos ellos fingían divertirse enormemente.

–Magnífica fiesta, señor Barlow –le dijo Tom Nestor a su jefe. Tom Nestor era joven, ambicioso y un embustero bastante considerable. Y al menos en esa ocasión estaba obligado a serlo. Para sus adentros, por poco hombre que fuera, debía de estar furioso. El motivo era Carol Nestor, la bella mujercita de Tom.

Lewis Barlow no era ningún mujeriego. Nunca lo había sido. En verdad, la gente se preguntaba a veces por qué se habría casado. Existía una razón, naturalmente. No se había casado por amor, sino por crueldad. Era un bárbaro, un déspota. De día maltrataba a sus empleados y de noche necesitaba tener en su casa a alguien a quien maltratar. Por lo tanto, se había casado con Verónica.

Y ahora, para atormentarla, estaba flirteando con Carol Nestor.

En esto no tenía gracia. Era torpe y carecía de gancho con las mujeres. Además, era un hombre feo. Prematuramente calvo y propenso a la gordura, tenía pequeños ojos saltones, labios colgantes y una papada fláccida y movediza. Aunque iba impecablemente vestido, sus modales eran pésimos. Hablaba directamente y sin rodeos, lanzando insultos y observaciones mordaces. A veces, cuando le convenía, no hablaba en absoluto.

Esto era lo que estaba haciendo ahora con Tom Nestor. Lo ignoraba. Desde el instante en que Tom y su esposa llegaron al ostentoso apartamento de su jefe, éste se agarró al brazo de Carol y no se apartó de ella. Tom estuvo siguiendo a la pareja por todos lados, confundido, inquieto, desazonado, tal vez esperando que le devolvieran a su mujer como un perro espera que le echen un hueso. Pero Lewis Barlow no tenía intenciones de devolvérsela.

Verónica no imitaba el ejemplo de Tom, ni se dedicaba a perseguir a su marido y a su acompañante. En vez de ello, procuraba ser buena anfitriona, hablar con todos, sonreír a todos y procurar que sus copas estuviesen siempre llenas. Pero lo vigilaba y lo seguía con la vista.

Los invitados sabían por qué lo hacía. El silencioso drama de vigilar a su esposo y su plena conciencia de que estaba siendo observada constituían el ingrediente de entretenimiento de la velada, por macabro y morboso que éste resultase. Todos eran testigos de cómo una mujer estaba siendo despreciada, fustigada, castigada por algún delito que no podían imaginar. Eran como un grupo de gente que en la calle espera a que una persona decida de una vez por todas arrojarse al vacío desde lo alto de un edificio. Del mismo modo, esperaban a ver qué decisión tomaba Verónica.

Hasta el momento, Verónica parecía inclinada a no hacer nada. Se trataba de una mujer para nada agresiva o belicosa. Su espíritu había sido severamente maltratado durante sus años de matrimonio con Barlow. Nunca había sido bella y su aspecto se había deteriorado. Aunque todavía era joven –sólo tenía treinta años–, en su cara había arrugas, y resultaba evidente que se teñía el pelo de negro. Había tenido una buena figura, pero ahora estaba un poco delgada, un hecho que los caros vestidos que le compraba Lewis no podían disimular. Pero no parecía una mujer maltratada y humillada. Hacía tiempo que había aprendido a llevar una máscara, y esa noche la llevaba. Sus invitados la observaban, pero no podían adivinar sus pensamientos.

Tal vez fuera su renuncia a reaccionar lo que incitaba a su marido a continuar ofendiéndola. Cuando Barlow arrebató a Carol de las manos de su esposo, ya no la soltó. Los carnosos y velludos dedos de su mano izquierda la agarraron del brazo derecho, por encima del codo, y no se soltaron más. Ella tuvo que acompañarle deambulando por entre los invitados. Pero al ver que esta provocación no obtenía ninguna respuesta visible de Verónica, soltó el brazo de Carol y la agarró por la cintura. Aparte de algunas frenéticas miradas a su marido, Carol Nestor no hizo nada por resistirse a Barlow.

Verónica mantenía una calma inconmovible.

La fiesta continuaba, pero crecía el malestar. Las fiestas que daba Barlow nunca eran gratificantes para nadie excepto, tal vez, para él. Ésta prometía ser una de las peores. Sin embargo, ninguna de las veinte personas allí presentes osaba mostrarse incómoda. Todos seguían bebiendo champaña, hablando y sonriendo. Morris Johnson, el único músico entre los presentes, se sentó al piano y empezó a tocar. La gente se arremolinó a su alrededor, agradecida por la distracción.

Sólo el joven Tom Nestor se atrevía a poner mala cara. Cuando Barlow abrazó a Carol por la cintura, pareció a punto de decir algo, pero guardó silencio. Por el contrario, se retiró a un rincón, tomó asiento y se puso a mirar al resto de la concurrencia.

Por fin, Verónica, quizás apiadada de Tom, hizo algo. Estuvo observándolo un rato y tal vez creyó que estaba a punto de perder el control sobre sí. A lo mejor quería evitarle decir o hacer algo que podría costarle su empleo. De cualquier modo,

Verónica cruzó la sala en dirección al lugar donde Barlow tenía prisionera a la bella mujercita de Tom.

–Carol –dijo a media voz–, ¿te importaría venir a la cocina y ayudarme con los entremeses?

Barlow no aceptaba que sus empleados colaboraran en los quehaceres de las fiestas, como lógica y razonablemente le pedía Verónica. Pero Lewis Barlow no era un hombre lógico ni razonable.

–Ve tú sola y deja en paz a Carol –le dijo a su esposa–. Lo está pasando muy bien y no quiere que la molesten.

–Me gustaría ayudar –comentó Carol. Ésta era una rubia menudita y lista. Para todo el mundo resultaba obvio que no le gustaba que Barlow la rodease con su brazo. Era posible, incluso, que le tuviera un poco de miedo.

–Lewis, suéltala, por favor –dijo Verónica.

Marido y mujer se miraron de arriba abajo. Carol no necesitaba ser telepática para darse cuenta del odio mutuo que había entre ellos dos. Trató de mover su cintura para librarse de Barlow, pero lo único que consiguió fue que éste le clavara aún más los dedos en el costado. De modo que acabó por quedarse quieta.

–¿Qué te pasa? –preguntó Barlow a su esposa–. ¿Por qué no pides a otra que te ayude? Estás celosa, ¿verdad?

Verónica no pudo evitar morder el anzuelo.

–Es difícil que esté celosa –le respondió–. Para eso tendría que estar enamorada de ti.

Barlow hizo una mueca; aquello era lo que había estado esperando.

–Verónica, ¿quieres decir que ya no me amas?

–No discutamos esto delante de extraños... –Trató de eludir la trampa, pero era demasiado tarde.

–Debemos discutirlo ahora –dijo él–. Tú has empezado, Verónica. –Se volvió hacia Carol–. Querida, mi mujer ya no me ama. ¿Qué crees que podríamos hacer ante este pequeño problema?

El rostro de Carol palideció de golpe. Ahora parecía realmente asustada. Pero fue Verónica quien habló.

–Déjala en paz, Lewis –dijo–. Te lo advierto.

Él se echó a reír, sin hacerle caso, y siguió hablando con Carol.

–¿Has oído eso? Me lo advierte. Y quiere dar a entender que está preocupada por ti, querida. ¿Sabes qué le preocupa? Ella misma, eso es. Se siente herida en su orgullo porque te presto atención. Cree que la humillo delante de todo el mundo. Me pregunto quién diablos se ha creído que es.

Verónica se puso lívida, no de miedo sino de rabia. Apretó los puños y avanzó un paso hacia su marido.

–Te lo advierto por última vez –le dijo.

Por toda respuesta, él se volvió hacia Carol, la cogió por la barbilla, se inclinó y la besó en la boca. La muchacha parecía demasiado sorprendida y asustada para resistirse. Sin embargo, cuando Barlow se incorporó ella tenía las mejillas como la grana.

Verónica, creyendo seguramente que la muchacha se disponía a abofetearle, se apresuró a decir:

–¡No lo hagas, Carol! Descuida, yo me encargaré de él.

Casi todos los presentes escucharon la amenaza. Se hizo un silencio. Morrie Johnson dejó de tocar el piano y las últimas notas tintinearon en el aire hasta perderse. En medio del silencio, Verónica sólo vaciló un momento. Luego se dio media vuelta y desapareció de allí velozmente. Todos los presentes la siguieron con la mirada. Nada más perderse de vista por el pasillo que conducía al dormitorio, Barlow soltó una risotada que resonó en medio del silencio. Pero nadie lo imitó. Ninguno seguía el ejemplo del jefe. En el salón reinaba una atmósfera opresiva.

–No puede soportarlo, ¿verdad? –dijo Barlow–. Lo malo que tiene es que carece de sentido del humor.

Al parecer, todos carecían de él, y adivinaban algo que tal vez su jefe no había conseguido detectar. La actitud de Verónica encerraba algún propósito.

Regresó casi al instante y, de nuevo, todos se volvieron a mirarla. Traía un arma de fuego. Era un revólver pequeño y apuntaba con él a su marido.

Todos los presentes dejaron escapar una exclamación ahogada. Carol Nestor se libró de los brazos de Barlow y éste la dejó marchar. Estaba mirando a Verónica y también el arma.

–¿Qué haces con eso? –preguntó con voz cascada que terminó con una nota en falsete. Barlow se transformó repentinamente en un ser ridículo y atemorizado.

–Vaya pregunta tan estúpida, Lewis –respondió ella con voz segura y firme.

Él miró la pistola, reconociéndola. Poseía varias armas, pues siempre había sentido fascinación por ellas. Pero nunca ninguna le fascinó tanto como ésa ahora.

–Baja eso, Verónica –dijo con voz temblorosa.

Ella avanzó un poco más por la habitación. Las personas que había en su camino le abrieron paso sin rechistar. Nadie hizo el menor intento por tratar de quitarle el arma.

–Voy a hacer una buena obra –dijo ella–, en beneficio mío y de todos los que están aquí. Nos has tiranizado y hemos dejado que te salgas con la tuya. Nos hemos doblegado ante ti. Yo lo hice porque estaba acostumbrada a ello, porque sabía que, de no hacerlo, sería arrojada a la calle. De modo que te soporté a cambio de tres comidas al día y un techo sobre mi cabeza. ¡Qué razón tan estúpida! Ahora lo veo. Pero todas estas personas permitieron que las maltrataras por el mismo motivo. Por sus salarios. Yo podía alejarme de ti, Lewis, y apañarme de alguna forma. Pero ellos no. Por eso estoy haciendo esto en su provecho, Lewis. A pesar de ellos mismos, voy a redimirlos. Voy a liberarlos a todos.

Entonces, muy deliberadamente, apretó el gatillo. Sonó un profundo clic... y eso fue todo. El arma estaba descargada.

Al parecer, nadie reparó en la expresión de inmenso alivio que se dibujó en el rostro de Lewis Barlow. En vez de ello, miraron a Verónica, que contemplaba el arma con ojos horrorizados, consciente de que en el momento supremo, habían fracasado ella y el revólver.

En aquel instante vieron que se desmayaba.

La fiesta se dio oficialmente por terminada, pero ninguno de los asistentes abandonó la casa. En el centro de la habitación había un nuevo invitado, el sargento detective Carmichael.

Era un hombre pequeño y de aspecto inofensivo. Todavía llevaba el abrigo puesto y se había echado el sombrero hacia atrás despejándose la frente. Su traje no era nuevo y estaba arrugado. Sólo sus ojos delataban su vocación. Eran grises, duros y penetrantes, y su manera de mirar desconcertaba a todos.

Observaba fijamente a Verónica Barlow, que permanecía sentada, rígida y erecta, en el borde de un sillón, contemplándose las manos plegadas sobre su regazo.

–Ahora permítanme dejar las cosas bien claras –dijo Carmichael–. El señor Barlow estaba siendo demasiado cariñoso con la pequeña rubia, lo cual no le gustó nada a la señora Barlow. De modo que ésta fue al dormitorio en busca de un arma. Cuando regresó dijo, delante de todos, que iba a matar a su marido. Apretó el gatillo, pero no sucedió nada. El arma estaba descargada.

–Exactamente –dijo Lewis Barlow, que estaba apoyado en el piano, sonriendo con afabilidad y camaradería, como si se tratara de un nuevo y divertido juego entre amigos.

–He anotado los nombres de todos ustedes –prosiguió Carmichael–. Y estarán de acuerdo en que los hechos han sido como acabo de describirlos.

–Todos lo están –respondió Barlow.

–¿Usted también, señora Barlow?

Sin levantar la vista, Verónica asintió.

Carmichael dirigió su penetrante mirada a Barlow.

–Pero usted no quiere presentar cargos contra ella, ¿verdad, señor Barlow?

–No voy a denunciarla. –Barlow sonreía–. Prefiero conceder a mi esposa el beneficio de la duda. Prefiero creer que sabía que el revólver no tenía balas. Estaba enfadada, por supuesto. Yo diría celosa. En realidad, no pretendía matarme sino darme un susto, simplemente.

Carmichael frunció los labios con aire pensativo.

–Si esto es así –dijo suavemente–, ¿por qué llamó a la policía?

–Deseaba que quedase constancia del incidente –respondió Barlow, sonriendo con calma–. Quería que la policía tuviera conocimiento de esto. De esta forma, si en el futuro ocurriera algo similar... con resultado distinto, sabría que no se trataba de un accidente.

Cuando los invitados y el detective se hubieron marchado, Lewis Barlow se sentó en pijama en el borde de la cama.

–Qué escena tan divertida –dijo–. Te has pasado Verónica. Verdaderamente, te has puesto en ridículo.

Ella se encontraba sentada delante del tocador, de espaldas a él, y no respondió. Se estaba poniendo los rulos en el cabello, como hacía siempre antes de acostarse. Pero esa noche le temblaban las manos y se demoraba más que otras veces.

–Imagínate –continuó él–. La esposa enloquecida por los celos y herida en su orgullo, que abandona la habitación y regresa con un revólver. «Voy a matarte, maldito indecente», dice, y aprieta el gatillo. Pero no ocurre nada, absolutamente nada... Verónica, deberías haber visto la expresión de tu rostro. Qué foto habría tomado de haber tenido una cámara. ¡Maravillosa para los suplementos del *Sunday*! Subtítulo: «Esposa celosa dispara contra su marido con una pistola descargada».

Barlow soltó una risotada. Ella se olvidó de los rulos y se volvió.

–Estabas aterrado, Lewis –dijo.

Él asintió, todavía estremecido por la risa.

–Sí, lo estaba. Pero debí de haber caído en la cuenta. Tú no tienes suficientes conocimientos sobre armas para cargar una. Y ambos sabemos que nunca las dejo cargadas. Además, te habrían faltado agallas para disparar contra mí sabiendo que el arma tenía balas.

Ella se levantó, temblando con una rabia incontenible, y le gritó:

–¡Pensé que estaba cargada!

Pero él se limitó a reír otra vez.

–Tal vez sea cierto –dijo–. Tal vez sea cierto. Eso lo hace aún más divertido. Verónica, aunque eres una pobre mujer llorona y asustada, quizá reuniste en un momento un poco de coraje para hacerlo. Para una vez en tu vida que lo reúnes, resulta que el arma está descargada. ¡Oh, eso es terrible!

Dio un paso hacia él y dijo:

–Tal vez encuentre otro momento.

Barlow se puso de pie, repentinamente serio.

–No, Verónica, tú no harías eso. –Echó a andar hacia ella lentamente–. ¿Crees que no he llegado a conocerte después de todos estos años?

–He sido una cobarde, lo sé, pero...

–Sí, una cobarde. Por eso te casaste conmigo. Porque tenías miedo de que ningún otro hombre se enamorara de ti. Y estabas en lo cierto. Nunca fuiste una mujer atractiva, ¿lo sabías?

Ahora estaba junto a Verónica. Ésta le espetó con desprecio:

–Entonces, ¿por qué te fijaste en mí? ¿Porque querías una cobarde a quien poder intimidar?

–Tal vez. Y conseguí una cobarde, ¿verdad? Admito que eso fue justamente lo que me atrajo de ti. No eras como las demás mujeres que conocía. Ellas eran coquetonas, les gustaba jugar conmigo, batirse conmigo en pequeños duelos, luchar conmigo para ver cuál de los dos controlaba la situación. Pero tú nunca luchaste, ni te resististe. Por eso, desde la primera vez que salimos juntos, decidí que eras la chica con la que me casaría.

Ella sentía que las lágrimas le impedían hablar.

–Lo que más me gustó, Verónica –continuó él, con una sonrisa–, fue que te faltara coraje para decir que no querías casarte conmigo. No querías, pero te daba miedo aceptarlo. Y también tenías miedo de no casarte. Tenías miedo de todo. Ésta es tu historia, Verónica, el miedo. Ésta es la historia de nuestro matrimonio. Tenías miedo de mí, pero te daba miedo dejarme. ¿Qué podías hacer si me dejabas? Eras incapaz de manejar tu propia vida. Y si encontrabas a otro hombre dispuesto a casarse contigo, podría ser igual que yo. Por eso te quedaste. ¡Pobre Verónica! Para lo bueno y para lo malo.

Quiso alejarse, pero él la retuvo sujetándola fuertemente por los hombros. Las lágrimas rodaban ahora copiosamente por sus mejillas sin poderlas contener.

–Y esta noche has encontrado la solución –prosiguió Barlow, sin remordimientos–. Era la única solución real para tu problema. Posiblemente lo habías pensado antes, pero requería coraje, algo que tú no tienes. Sin embargo, esta noche lo has tenido. Coraje, sólo por un momento. El tiempo justo. Pero resultó que la pistola estaba descargada.

Se sentía fláccida, los brazos le pesaban, pero él la sujetaba obligándola a escuchar.

–Voy a hacer que lamentes lo que hiciste, Verónica. Ahora que todo ha terminado resulta divertido. Me dejaste en ridículo delante de todos y voy a castigarte por ello, Verónica. Voy a hacer que te arrepientas de tu atrevimiento.

Barlow estaba gozando con su baño. Tiempo atrás había mandado instalar una gran bañera en la que acomodar mejor su voluminoso cuerpo. Ahora yacía dentro, con el agua hasta el mentón y una capa de espuma tan espesa que de vez en cuando se veía obligado a soplar para retirarla.

Sobre el amplio borde de la bañera había una radio portátil, conectada a la red, que emitía una música suave a bajo volumen. Era una música tan relajante como el baño.

–¡Verónica! –la llamó.

Sabía que ella estaba en el dormitorio contiguo, porque la había oído. Por encima de la música percibía unos sonidos apagados. Eran los de sus pisadas moviéndose de un lado a otro, como un animal enjaulado. Pero ella no respondió.

–Verónica –insistió–, me estoy bañando y tú sabes que el agua es un buen conductor de la electricidad. Tengo encendida la radio sobre la repisa de la bañera. ¿Te interesa? Seguramente habrás oído hablar de gente en la misma situación. Dicen que es muy peligroso. A veces cae el receptor dentro del agua y la persona que se está bañando queda electrocutada. Creo que más de una persona ha sido asesinada de este modo. Y tú me quieres asesinar, ¿verdad, Verónica? ¿Por qué no vienes y echas el aparato dentro de la bañera?

Ella no respondió, pero sus pasos se detuvieron. Lo estaba escuchando.

–Por descontado que hay un inconveniente, Verónica. Ese detective, Carmichael. Y todas aquellas personas que la otra noche asistieron a nuestra fiesta. Te resultaría muy difícil presentarlo como un accidente. ¿Qué opinas? ¿Vale la pena intentarlo?

Permaneció a la escucha, imaginando los sonidos de su respiración. Eran unos sonidos penosos, como si estuviera pasando por una especie de desorden emocional.

–Según lo veo yo, Verónica, la cuestión es si me odias lo suficiente para correr ese riesgo. Estás llena de pequeños temores, ¿sabes? ¿Te daría miedo ir a la cárcel? ¿Tienes alguna aversión a estar encerrada? Mucha gente la tiene. Por supuesto, en ocasiones debes de pensar que esta casa es como una cárcel para ti. Verónica, ¿te gustaría cambiar de cárcel? Sin embargo, siempre te queda la posibilidad de ser ejecutada. Ya sabes que en este estado existe la pena capital. ¿Te da miedo la muerte, Verónica? Dicen que lo peor de una ejecución es que el reo sabe cuándo y de qué modo va a morir.

Barlow volvió a escuchar. Parecía incluso como si ella hubiera dejado de respirar.

–Ésta es tu oportunidad, Verónica. La puerta no está cerrada con llave. Basta con que entres y des a la radio el más leve empujoncito. Muy simple... muy simple...

Finalmente oyó que se arrojaba sollozando sobre la cama. Llegó a la conclusión de que no entraría en el cuarto de baño y empezó a frotarse lentamente con la esponja.

Barlow había insistido en que lo acompañase a dar un paseo. Era una agradable tarde de domingo y, a juzgar por el número de coches, todo el mundo parecía haber decidido lo mismo. Pero se las arregló para encontrar una carretera secundaria en la que el tráfico era escaso.

Cuando habían recorrido casi un kilómetro y estaba totalmente seguro de que no había nadie a la vista, simuló oír un ruido extraño en el motor. Detuvo el coche y se bajó a investigar. Se acercó a la parte delantera, levantó el capó y permaneció un rato intentando averiguar el origen de la supuesta avería.

–Pon en marcha el motor –dijo en voz alta a su esposa.

Verónica se deslizó hasta el asiento del conductor y accionó la llave de arranque. El motor se puso en marcha suavemente. Su marido, en cambio, no parecía satisfecho. Sin bajar el capó, se acercó a la ventanilla y le dijo:

–No hay nadie a la vista. Ahora estamos completamente solos, Verónica.

–¿Qué quieres decir con eso? –preguntó ella.

En el rostro de Barlow apareció su habitual sonrisa.

–Cuando me ponga delante del coche para cerrar el capó, será tu oportunidad. Sólo tienes que pisar el acelerador. El coche me arrollará y moriré instantáneamente.

Ella no dijo nada.

–Si dices que ha sido un accidente te creerán. Tu marido estaba manipulando el motor. Te dijo que lo ayudaras poniéndolo en marcha y que acelerases. Tú no sabías que había una velocidad puesta. Podrían creerte. Parecería un accidente.

Lo miró incrédula, como siempre que él le hablaba de esa manera.

–¿Querrías realmente que te hiciera eso? –preguntó.

–Te estoy dando la oportunidad –dijo él.

–¿Por qué estás tan seguro de que no lo haré?

–Tengo mis ideas acerca de eso.

–Haces estas cosas sólo para torturarme, ¿verdad?

–Ésa no es la palabra más adecuada. Te estoy castigando.

–Yo podría poner fin al castigo.

–Teóricamente, sí. Pero no creo que quieras hacerlo –dijo él, pensativo.

–Estoy de acuerdo contigo, Lewis. Yo tampoco creo que quiera hacerlo. He pensado mucho en ello. En cierto modo, creo que estarías contento si yo aceptara una de tus invitaciones. Te gustaría verme en prisión, o colgada. Supongo que te las arreglarías para disfrutar de ello, aun estando muerto.

–Lo intentaría.

–Pues bien, no te daré esa satisfacción.

Él se echó a reír, confiado.

–Pero hay una parte de riesgo en ello, Verónica. Piensa en esa parte. Podrías ser capaz de convencer a la policía de que fue un accidente. Es decir, si lograras convencer al funcionario encargado de la investigación. A ese Carmichael, por ejemplo. Si lo consiguieses, estarías libre.

Barlow se echó a reír y luego fue a situarse delante del coche. Ella continuó sentada al volante. Sabía muy bien cómo podía hacerlo: pulsando un botón y pisando a fondo con su pie derecho. Barlow cerró el capó de golpe y se quedó allí un momento, mirándola a través del parabrisas. Verónica se deslizó nuevamente hasta el asiento del acompañante y no paró de llorar durante todo el viaje de regreso a casa.

A Lewis Barlow le gustaba dar fiestas. El hecho de que a ellas sólo asistiesen las personas que trabajaban para él y cuyo sustento dependía de su voluntad, no lo desanimaba en absoluto. Y ahora que había descubierto un nuevo juego de salón, las fiestas le gustaban más que nunca.

–¿Recuerdan la dramática escena de la última vez? –preguntó a los presentes.

Todos la recordaban, pero simulaban lo contrario.

–Me refiero a ésa en que mi esposa apareció llevando una pistola.

Todos dejaron de hablar; Barlow había captado su atención. Morrie Johnson, que estaba sentado al piano, retiró las manos del teclado y las puso sobre sus rodillas. Tom y Carol Nestor, cautelosamente juntos de pie en un apartado rincón, se miraron entre sí con cierto nerviosismo. Barlow no había importunado a Carol en toda la noche, pero ella se mantenía cerca de su marido temerosa de que en cualquier momento se le ocurriese reanudar sus galanteos.

–No he oído que lo mencionen –continuó diciendo Barlow–, pero estoy seguro de que han hablado ampliamente del asunto. No los culpo. Fue muy interesante no discutir. Se trató de un pequeño y sabroso escándalo, ¿verdad? ¿Y a qué conclusión llegaron ustedes?

Nadie osó responder. Hubo, empero, abundante arrastrar de pies y carraspeos de gargantas. Barlow continuó hablando sin desalentarse.

–Imagino que ustedes han llegado a la misma conclusión que yo. Mi esposa creía realmente que la pistola estaba cargada y se proponía matarme. Ahora bien, eso requiere verdadero coraje, ¿no creen? Especialmente con tantos testigos delante. Sugiero que a la pequeña señora le echemos una buena mano.

Se puso a aplaudir suavemente. Algunos contertulios, hipnotizados por tan escandalosa franqueza, empezaron a imitarlo, pero al darse cuenta de lo que estaban haciendo se detuvieron, turbados.

–Y eso es todo, amigos. Un momento de coraje, un supremo esfuerzo. Verán, mi esposa y yo también lo hemos discutido, y estamos de acuerdo en que, probablemente, no volverá a hacerlo. No es que ya no tenga motivos para matarme o haya dejado de odiarme. De hecho, yo diría que ahora me odia más que nunca, si eso fuera posible.

Guardó silencio y miró por vez primera a Verónica. Ésta se encontraba de pie en el lado opuesto del salón, rígida, inmóbil, blanca como una estatua. Pero la máscara volvía a cubrir su rostro y no dejaba entrever sus pensamientos.

–Verán, el problema de Verónica es el siguiente: desea con toda su alma matarme. Yo he suscrito pólizas de seguro en cantidad suficiente para que viva con toda comodidad el resto de sus días. Pero tiene miedo a los riesgos. Tiene miedo al presidio o a la pena de muerte. La primera vez se libró gracias a una locura temporal causada por los celos, o algo parecido. Ahora no le sería tan fácil. Me encargué de que así fuera. ¿Recuerdan aquel detective? Verónica ya lo intentó una vez, de modo que si ahora consiguiera matarme la policía estaría segura de que lo había hecho premeditadamente... Pero fue una escena muy interesante, y he pensado que tal vez podríamos jugar otra vez a algo parecido...

Todos los ojos se clavaron en él al advertir que se echaba mano al bolsillo y sacaba un revólver, el mismo de la vez anterior. Luego metió la mano en el bolsillo opuesto y sacó un puñado de balas. Todos observaron cómo cargaba el arma, introduciendo decididamente un proyectil en cada recámara del tambor.

–Ahora –anunció– todas mis huellas dactilares están impresas en esta pequeña arma. Y todos ustedes saben que muchas personas han muerto mientras jugaban con armas de fuego. Si me disparase ahora con esta arma, mi esposa podría convencer a la policía de que se trató de un accidente. Un hecho fortuito cuando se la entregaba a mi esposa.

Cruzó el salón y se acercó a Verónica. Cogió el revólver por el cañón, y se lo ofreció. Maquinalmente y sin pensarlo, ella lo aceptó. Su dedo acarició el gatillo.

–Ella podría convencer a la policía de que fue un accidente –continuó–. Pero con veinte testigos en esta habitación correría un gran riesgo.

Retrocedió un paso y miró a su esposa. Sonriendo, le preguntó:

–¿Verónica, qué vas a hacer?

Por respuesta recibió un tiro en el corazón. Sólo un disparo, pero mortalmente certero. Con uno fue suficiente.

El sargento detective Carmichael estaba muy ocupado con la libreta de notas y el lápiz. Interrogó por separado a todos los contertulios, y encontró una notable coherencia en sus declaraciones.

–Bueno, creo que parecía una especie de obsesión –dijo Tom Nestor–. Desde aquella primera vez, ¿sabe?...

El señor Crenshaw era uno de los empleados más antiguos de la empresa.

–Todo fue idea de Barlow –dijo–. Tenía el arma en el bolsillo, y la cargó delante de nosotros...

Betty Meyers no tenía dudas.

–Él se comportó muy mal. Como si buscase problemas...

–Le entregó el arma a ella –declaró la señora Yost, parpadeando, nerviosa, para contener las lágrimas–. La obligó a cogerla. Ella no quería aceptarla...

–Hubo una especie de pelea –afirmó Carol Nestor– y el arma se disparó.

–Sí –concluyó Verónica–, fue un accidente.

El corazón de Sam

HENRY SLESAR

Aquello ya no le preocupaba. Que Crowley y todos los demás de la compañía sufrieran dolores de cabeza el resto de la semana; él visitaría una tienda de artículos deportivos, compraría el Winchester más pesado que tuvieran, llamaría a Eastern y tomaría el vuelo de las nueve para las montañas. Luego dispararía contra el gamo más grande y formidable que pudiese encontrar, y, mientras lo estuviera encañonando y apretando el gatillo, se acordaría del feo rostro de Iverson. Ningún negocio valía realmente la pena si a cambio debía recibir el agravio de Joe Iverson, ese canalla, ese sádico, ese pedazo de queso rancio.

Sam Victor se estaba poniendo nervioso otra vez. Se llevó la mano al pecho y dio unas suaves palmaditas donde creía que estaba el corazón. Era como si le estuviera diciendo: «Tranquilo, tranquilo, viejo corazón; no permitas que esa cosa ocurra nuevamente. Un millón de Joe Iverson no valen realmente la pena, un millón de buenas cuentas no valen realmente un pequeño latido».

Era lo que había dicho el Doctor. Doctor, con D mayúscula. Sam Victor nunca había tenido muy buena opinión de los doctores, con d minúscula, antes de que sucediera aquello. Ahora era el Doctor, con mayúscula, y todo lo que éste dijese era palabra santa para Sam Victor. ¿Y qué había dicho el doctor? Lo mismo que Sam estaba diciendo ahora: «Tranquilo, viejo corazón. Relájate. No me hagas lo de la otra vez».

Salió de la oficina a las cinco, con un maletín vacío, y se dirigió por el pasillo hacia el ascensor. Sus tacones resonaban en las baldosas igual que explosiones de petardos. Como siempre, era el hombre más bajo del ascensor, pero eso no lo amilanaba. Dirigió la mirada hacia los segundos botones de los abrigos y no le importó. Lo importante era vivir, que latiera la vida bajo su abrigo caro, en sus muñecas regordetas, en la base de su recio cuello, en las sienes de su cabeza calva. La Vida era lo que importaba, no la Estatura ni la Juventud; sólo la Vida.

Al pisar la calle, Sam se sintió tan bien que casi le habría dado un apretón de manos a Iverson. Después de todo, aquello era mejor que una buena cuenta; de ello dependía la existencia misma de su empresa. Y, por lo tanto, había tenido motivos para agradecer que la cuenta continuara siendo de ambos. Si Iverson se arreglara su feo rostro y se guardase para sí sus sucias palabras y sus injustas peticiones... si pudiera actuar como un ser humano decente... «¡Uf! –pensó Sam con hastío–. Al diablo con Joe Iverson. Hace un día demasiado hermoso para pensar en él.»

Cogió un taxi hasta la tienda de deportes y, antes de entrar, estudió los escaparates. El departamento de armas estaba en la segunda planta, y al ver las estanterías de los rifles empezó a sentirse incómodo. No iba de cacería desde que era un muchacho. ¿Haría el ridículo delante del dependiente? Sam odiaba que lo tomaran por memo.

El dependiente lo recibió con una amplia sonrisa, como si de inmediato hubiese calibrado el alto precio de su abrigo, el suave fieltro de su sombrero y sus excelentes zapatos ingleses. Parecía tener olfato para reconocer a un buen cliente, y Sam se sintió más a gusto.

–Quiero un buen rifle; que sea consistente –dijo Sam–. Tal vez aquel Winchester 70 de cerrojo manual. En un tiempo tuve uno, pero se lo regalé a mi sobrino. –De pronto se dio cuenta de que hablaba demasiado y se sonrojó.

–Empecemos por el principio –dijo con amabilidad el dependiente–. ¿Lo quiere para caza mayor?

–Sí, eso es. –Sam se tocó el bolsillo en el que suelen llevarse los cigarros–. He decidido ir esta noche al norte del estado, a cazar un poco.

–¿El señor va a la caza del ciervo?

–Sí. Solía ser muy bueno. A los catorce años cacé un gamo en Maine.

–Me temo que no podrá disparar por ahora, señor. No es que yo no quiera hacer esta venta –el dependiente sonrió, tratando de ser simpático–, pero creo que la temporada del ciervo aún no está abierta. No obstante, tal vez pueda usted practicar otro tipo de caza menor.

–¿La temporada? –Sam se llevó una mano al mentón–. Ah, sí, la temporada. –Estaba desconcertado–. Por supuesto, la caza menor podría estar bien. Lo único que me importa es distraerme, ¿entiende?, relajarme.

–Quizá le interese algo más ligero que un rifle. ¿Qué le parece un arma corta?

–Claro, no me importaría –respondió Sam–. Jamás he tenido un arma corta. Tal vez sea una buena idea.

El dependiente condujo a Sam hasta una vitrina cerrada.

–Creo que tenemos el mejor surtido de la ciudad. Por supuesto, depende mucho de sus preferencias personales. Ahora, en confianza, yo tengo debilidad por esta Colt Commander automática calibre 45. Sopese esta monada...

Sam empuñó el arma y le gustó la forma en que se adaptaba a su mano. Le trajo a la memoria recuerdos de su niñez, cuando jugaba a policías y ladrones en la calle, delante de los edificios del West-Side.

–Es un arma resistente –dijo el vendedor, con voz suave, adiestrada, convincente–. Muy popular. Una versión más ligera del modelo gubernamental. Pero si el señor prefiere ver otra un poco menos formidable...

–No, no –dijo Sam, como si su masculinidad hubiese sido puesta en duda–. Esta es buena, magnífica, precisamente lo que estoy buscando. ¿Mi licencia de caza me habilita para usarla?

–Efectivamente. Ahora bien, en cuanto al precio...

El dependiente echó la cuenta, tomó el arma de la sudada mano de Sam y cerró la transacción. Las ventas adicionales fueron un juego de niños para él: la funda sobaquera de piel con su olor a limpio y a nuevo, la munición, sólidamente empaquetada en pesadas cajas de madera, el estuche de la pistola, de cerradura y bisagras relucientes. El dependiente se ofreció a enviar la compra directamente a casa de Sam, pero éste dijo que no, que el estuche y la munición los guardaría en el maletín y que la pistola se la llevaría puesta con la funda sobaquera, de ese modo se iría acostumbrando a ella. El dependiente sonrió, le aconsejó que no la llevara demasiado tiempo («Existen leyes, ya sabe», dijo, y le guiñó un ojo). Luego le ayudó con el resto del equipo. Cuando Sam metió la pistola en su funda se sorprendió de lo que pesaba, pero no emitió ninguna queja.

Al llegar a la planta baja se sentía de excelente humor, y cuando el jefe de sección lo llamó por su nombre, su primera reacción fue dirigirle una sonrisa halagadora.

–¿Señor Victor? ¿Es usted el señor Victor?

–Sí, soy yo.

–Hay una llamada para usted en el teléfono del departamento de deportes. Por allí.

–¿Una llamada? –Sam parpadeó.

–El que llama me ha dado una buena descripción. –El jefe de sección sonrió y lo guió hasta donde se encontraba el teléfono, cuyo auricular yacía esperando sobre un mostrador de vidrio–. Creo que es de su oficina, señor Victor.

Sam cogió el auricular.

–¿Sam? Soy Dave. Escucha, a Iverson le ha dado una especie de ataque de histeria. Y no digas que no es nada nuevo, porque éste es distinto. Casi me arranca la cabeza cuando me llamó y le dije que no estabas aquí...

–¿Qué? ¿De qué estás hablando?

–Llamó hace unos diez minutos y le dije lo que tú me habías dicho, que te ibas el resto de la semana no sé dónde. Se puso a gritar como un loco, Sam. Le he oído gritar otras veces, pero ésta ha sido la peor.

–¿Y qué es lo que quiere? –preguntó Sam, enfadado–. ¿Por qué me molestas?

–Tuve que hacerlo, Sam, créeme. Puede que hable en serio. Ha dicho que quiere que lo llames de inmediato o habrá terminado con nosotros.

–¡Son casi las seis! ¿Qué quiere de mí ese hombre?

–No lo sé, Sam, pero ya lo conoces. Por el amor de Dios, llámalo... enseguida.

–Está bien –dijo Sam–. Lo llamaré.

Colgó pero siguió con la mano encima del auricular. Miró en busca del jefe de sección, pero no lo vio por ninguna parte. Se encogió de hombros y marcó el número de la oficina de Joe Iverson.

–Hola, Joe. Soy Sam Victor.

–¡Bien, bien, bien! Gracias por el favor.

La voz odiosa, pesada, nasal, próxima a un gruñido, medio risueña de Joe Iverson le llegó tal como era. Sam cerró los ojos y se perdió en un estado soporífero de pasiva aversión. Ese hombre le estaba quitando años de su vida. Cuánto podía resistir un corazón...

–Creo que deberías venir por aquí –dijo Iverson–. Es importante. Estaré aquí hasta las seis y media.

–Lo lamento, pero no puedo, Joe. Tengo algo que hacer...

–No me has entendido. Tengo aquí un tipo, Sam. Acaba de mostrarme algo interesante. Es una pieza como las que haces para mí, sólo que cree que quizá pueda hacerlas a cuatro centavos más baratas la docena. ¿Has oído lo que estoy diciendo?

–Lo he oído –repuso Sam.

–Me ha enseñado una pequeña muestra. Puede que sea buena o puede que sólo se trate de un pedazo de chatarra. Me gustaría que vinieras a echarle un vistazo. No quiero sacrificar la calidad, ¿sabes? Así que creo que deberías venir. Tal vez puedas convencerme de que es un pedazo de chatarra.

–Joe, llevamos siete años haciendo negocios...

–Sí, claro, y cada año suben los precios. Este tipo piensa que tal vez pago demasiado, Sam. Por lo tanto, creo que es mejor que vengas.

Algo lanzó un breve rugido dentro del angosto pecho de Sam Victor.

–Está bien, Joe –dijo–. Estaré allí dentro de veinte minutos.

Tomó un taxi a la puerta de los almacenes y durante todo el camino hasta el gran edificio de Iverson, situado en la calle Veintitrés, se sintió lloroso e impotente. La amenaza de ser desplazado por un competidor no era posible sino real, y eso le turbaba. Sam conocía su negocio y sabía que Joe Iverson apreciaba la ganga que tenía delante. Unos centavos de diferencia harían que cambiase de opinión. Pero, además, había otros factores, como la prontitud y fiabilidad de la empresa de Sam, y la tolerancia a la hora de aguantar abusos e invectivas en aras de los beneficios.

Las calles del centro estaban vacías y el taxi hizo el recorrido en la mitad del tiempo usual. Las puertas del edificio se encontraban cerradas y Sam tuvo que rascar en los paneles de cristal de la puerta para atraer la atención del encargado de la limpieza, que había empezado a fregar el sucio suelo de mármol. Sin dejar de refunfuñar, el hombre abrió la puerta y puso el ascensor en funcionamiento.

La puerta se abrió en la cuarta planta y Sam abandonó el ascensor. Un hombre que se disponía a entrar en él se detuvo al verlo. Vestía un abrigo grueso y raído, y llevaba las manos metidas en los bolsillos.

–¿Baja usted? –le preguntó el ascensorista.

Los músculos que rodeaban la boca de aquel hombre se contrajeron; a continuación se dirigió velozmente hacia la puerta marcada con la palabra SALIDA.

–¿Qué le ocurre a ese hombre?

–Se comporta de forma muy extraña –dijo Sam–. ¿Lo conoce?

–No trabaja aquí. De eso estoy seguro. Tal vez será mejor que baje a comprobarlo.

Sam asintió con la cabeza y echó a andar por el pasillo, mientras el ascensor descendía. Esperaba oír el sonido de la conversación en las oficinas de Iverson, pero allí reinaba el silencio. La puerta con el rótulo PLÁSTICOS IVERSON estaba medio abierta. Sam entró sin llamar. Algunas luces de los despachos exteriores seguían encendidas y las desordenadas mesas daban la impresión de haber sido abandonadas precipitadamente por los empleados. Pero reinaba un silencio peculiar que no le gustó. Por lo general, nunca había mucho silencio cuando Joe Iverson estaba allí.

Empujó la puerta giratoria de la entrada y avanzó por el pasillo hacia el despacho del lado opuesto.

–¿Joe? ¿Estás ahí, Joe?

Cruzó el umbral y lo primero que vio fue que la persiana colgaba de la ventana formando una extraña inclinación. Luego observó el escritorio de Iverson con el sillón giratorio vacío. Al mirar en dirección al suelo descubrió los pies de Joe. Los zapatos necesitaban lustre.

Por un breve instante teorizó, proyectó, recordó sus propios temores, sus propias dudas sobre la eficacia de sus ventrículos, y pensó, con decidido placer, que Iverson estaba muerto. Pero al inclinarse y examinar al hombre inconsciente y escuchar el flujo de aire de los pulmones a la boca, supo que a Joe Iverson sólo le quedaba vida para acusar a su agresor.

Sam miró a su alrededor. En el rincón del despacho de Iverson había una pequeña caja fuerte cuya puerta estaba abierta. Iverson tenía siempre demasiado dinero en efectivo a mano y ahora estaba pagando las consecuencias. El hombre que se presentó como un competidor de Sam Victor, el que se cruzó apresuradamente con éste en el pasillo, había cosechado los beneficios.

Sam salió del despacho pensando en pedir ayuda, sin importarle el grave estado en que Iverson se encontraba. Ese mal bicho se lo merecía, se merecía lo peor. Tras la puerta giratoria apareció el ascensorista, con aire perplejo.

–No pude dar con ese tipo; tiene que haber salido del edificio. ¿Está bien el señor Iverson?

–¡No! ¡Ha habido un atraco! ¡Será mejor que avise a la policía! –respondió Sam apresuradamente.

El ascensorista parpadeó y tragó saliva.

–¡Bueno, dese prisa! ¡Llame a la policía!

–Sí, señor.

El hombre dio media vuelta y se fue.

Sam volvió parsimoniosamente al despacho de Iverson. Su cerebro trabajaba deprisa. Había concebido una idea, un pensamiento tan terrible y alarmante (y tan dulce y deseable) que sus esfuerzos de ejecución eran casi insoportables. La había concebido desde el momento en que vio el cuerpo inmóvil de Iverson, cuando se mezclaron la duda y la esperanza, cuando sintió una oleada de júbilo al pensar en la muerte de Iverson. Iba a ser una pérdida insignificante. El mundo giraría felizmente sin Joe Iverson. La cuenta bancaria seguiría estando en la empresa de Sam Victor, a través de los herederos de Joe Iverson, mucho más educados que éste. Y a partir de entonces Sam no sentiría que su salud y su vida estaban en peligro. Ciertamente, se habría ganado mucho si el ladrón hubiera completado mejor su trabajo.

Pero ¿era ya demasiado tarde? ¿Quedaba tiempo todavía para... terminarlo? ¿Y sin riesgos?

Entró en el despacho.

–¿Sabes lo que pienso de ti? Que eres una basura despreciable –dijo en un susurro al cuerpo todavía inmóvil–. Eso es lo que pienso de ti.

Depositó sobre el escritorio el pesado maletín, lo abrió y sacó la caja de munición. Deslizó la tapa y extrajo una brillante bala. Luego, de un tirón, sacó el arma de la funda sobaquera y la cargó.

Cuando empuñó la culata de la pistola su mano temblaba y el dedo parecía petrificado junto al gatillo. Por un momento pensó que jamás podría hacerlo a sangre fría. Luego pensó en el venado que había cazado hacía tantos años en Maine; era un animal bello y orgulloso que había merecido mejor suerte que Joe Iverson. Esta reflexión lo animó a mover el gatillo unos pocos milímetros.

Disparó el arma y el hombre que había en el suelo se agitó convulsivamente. Luego quedó inmóvil.

Sam se sintió mucho más calmado cuando completó el trabajo. Restituyó la pistola a su funda, cerró de golpe el maletín y se abrochó cuidadosamente los botones del abrigo. Luego salió de allí, en dirección al ascensor.

Se disponía a pulsar el botón cuando la puerta se abrió de repente y apareció el ascensorista seguido de dos hombres, uno de paisano y el otro con uniforme de policía.

–Ahí dentro –dijo Sam Victor, tragando abundante saliva–. Pobre Joe.

Fue fácil, después de todo; asombrosamente fácil. Hicieron muchas preguntas, pero las respuestas salieron de manera mecánica y convincente: ¿Quién era él? El presidente de Fabricaciones Victor y Joe era cliente suyo. ¿Cuándo había llegado? Hacía unos diez minutos, después de cometido el hecho. El ascensorista lo corroboró, asintiendo con la cabeza. ¿Podía describir al hombre que huyó precipitadamente? No, la luz del pasillo era muy tenue. ¿Por qué estaba él allí? Sam le contó su historia, y sugirió que podían verificarlo en su oficina. ¿Solía guardar Iverson grandes sumas de dinero en su caja fuerte? Sí, que él supiera. ¿Estaba ya muerto cuando Sam Victor llegó? Sí, lo estaba, el pobre Joe estaba completamente muerto.

–Muy bien, señor Victor –dijo el detective, frunciendo el entrecejo–. Muchas gracias. Yo en su lugar estaría disponible los próximos días.

–Pierda cuidado –repuso Sam Victor–. Haré cuanto esté en mis manos para colaborar con ustedes.

Lanzó un suspiro, sacudió la cabeza tristemente y se dirigió a la salida. Mientras se alejaba sentía clavados en la espalda los ojos del detective, pero sabía que todo iba bien. Lo único que tenía que hacer era cruzar la puerta giratoria, tomar el ascensor, descender a la planta baja, cruzar las baldosas de mármol y salir a la calle. Luego cogería un taxi y se iría a casa, al bienestar de la esposa y la familia. Podía incluso pasar una noche tomando copas, a pesar de lo que le había dicho el médico.

El camino hasta la puerta principal le pareció largo. Las piernas le pesaban como el plomo y le empezaba a faltar el aire. Antes de continuar se detuvo para apoyar una mano en la barandilla de madera.

–Señor Victor –dijo el detective–, ¿se encuentra bien?

–Sí –contestó Sam, en un tono de voz casi inaudible.

Cerró los ojos y aspiró todo el aire que le permitía su garganta, el cual descendió por la tráquea y pareció metérsele en el pecho. De pronto, sintió un dolor fuerte y agudo en el brazo izquierdo. Se dejó deslizar hasta el suelo. Se encontraba bien. Sabía que se encontraba bien. No era nada parecido a lo de la última vez; sólo era un aviso leve, otro pequeño aviso, sólo un aviso pequeño...

–Señor Victor. –La cara del detective estaba encima de él.

–No es nada –dijo Sam débilmente–. Mi corazón...

Advirtió que el detective deslizaba la mano por debajo de su abrigo para sentir los latidos de su corazón, pero Sam recordó demasiado tarde que su corazón era inaccesible; estaba escondido bajo el flamante cuero, el reluciente metal y el cañón de la pistola, todavía caliente e implacablemente acusador.

El cadáver incompleto

JACK WEBB

Bastaron cinco minutos para que la vida de Norman Roth cambiase por completo. En realidad, bastó con un segundo. Fue en el instante mismo en que vio a su esposa en aquel lugar extraño e inesperado, y descendió sobre él una certeza terrible. Bastó un segundo. Hasta entonces, Norman Roth había sido un hombre feliz, apacible, sin enemigos ni odios. En un segundo se convirtió en un maníaco y un sádico sediento de venganza contra todo lo que le rodeaba. En aquel segundo habría sido capaz de asesinar. Pero el asesinato no le habría dejado satisfecho. El asesinato no era suficiente.

Cuando empezaron aquellos fatales cinco minutos, él sólo se encontraba a cincuenta kilómetros de su casa. Pero llevaba todo el día conduciendo desde Chicago y estaba exhausto. Sidney, su esposa, lo estaba esperando; para ser exactos, esperaba su llegada cuatro o cinco días después, pero esperándolo, a fin de cuentas. Su llegada sería una grata sorpresa para ella. Eran ya más de las diez y quería llegar a casa antes de que se fuese a la cama.

Entretanto, Norman Roth luchaba contra el sueño. Siempre había tenido horror a quedarse dormido al volante en uno de aquellos viajes y estrellarse contra una cuneta o un poste. No deseaba que le ocurriera eso. Tenía motivos para querer vivir. Lo que necesitaba era una breve parada y una taza de café.

Sin embargo, no aparecía ningún bar de carretera donde pudiese detenerse para algo tan simple como eso. Desesperado, finalmente optó por un establecimiento menos lujoso. El pequeño aparcamiento estaba abarrotado por un par de docenas de coches, pero logró encontrar un hueco donde, a duras penas, aparcó el suyo.

La música lo golpeó al entrar. Se trataba de una música algo más fuerte de lo que a él le gustaba, pero llegó a la conclusión de que le ayudaría a despertarse. Al internarse se dio cuenta de que allí no había mucha más luz que en el exterior. Era el típico tugurio de carretera. La orquesta se componía de cuatro músicos y delante de ellos había un pequeño espacio libre donde bailaban algunas parejas. Había un mostrador, reservados y mesas. El mostrador parecía vacío, así que decidió ir allí.

–Una taza de café –le dijo al camarero.

–El café viene de la cocina –respondió el otro.

Norman Roth no era agresivo, e iba bien vestido, con aspecto de hombre importante.

–¿Podría usted hacer que me trajeran el café aquí? –preguntó con tono firme.

El hombre se fue rezongando y habló con una camarera. Los ojos de Roth se acostumbraban poco a poco a la penumbra. Pero no sentía curiosidad por la gente. Cerró los ojos. Se encontraba terriblemente a gusto. De no haber sido porque quería llegar a casa para estar con Sidney, se habría ido al coche a echar un sueñecito. Pero la idea del café era mejor.

Finalmente llegó el café pedido, despertándolo. Era una taza alta de café humeante y bastante negro. Dejó un billete de un dólar sobre la barra, con ademán de no esperar el cambio. Luego empezó a sorber el café todo lo deprisa que le permitía lo caliente que estaba.

Casi había terminado la taza y estaba a punto de marcharse cuando, de pronto, los vio. Desde ese momento supo que no sufría una alucinación. Conocía exactamente el significado de lo que estaba viendo.

Estaban juntos en un reservado de la pared más apartada. Probablemente no los había visto antes porque los tapaban las parejas que bailaban delante de ellos. Tommy Barron y Sidney.

Tommy Barron no era más que un chiquillo. Corpulento, bien parecido, varonil, pero sólo un chiquillo; por lo menos cinco años más joven que Sidney. Era un muchacho avispado, recién salido del instituto, licenciado no hacía mucho del servicio militar y un vendedor nato. Roth, al advertir que tenía talento, lo había contratado, y Tommy demostró tenerlo. En tres años, sin ayuda de nadie, puso a Roth y Compañía en un lugar prominente. Hacía dos años que Roth lo había hecho socio minoritario. Aunque se lo merecía, el muchacho casi lloró de agradecimiento. Y ahora estaba delante de Sidney en el reservado de aquel tugurio. La Sidney de Norman Roth, la adorable Sidney. Técnicamente hablando, Sidney no era realmente bella. Tenía unos labios algo más llenos de lo normal y su rostro, aunque demasiado alargado, era hermoso. A pesar de que ya tenía treinta y dos años, estaba igual de hermosa que el día de su boda. Sus ojos eran negros y luminosos. Su cabello también era negro y lo llevaba peinado hacia atrás, ya fuera formando un lazo, un moño o una coleta. Su método variaba, pero su efecto siempre era terriblemente *chic.* La gente siempre la miraba, tanto los hombres como las mujeres. Tommy Barron debió de haberse fijado en ella.

Ahora él la observaba. Se miraban el uno al otro, ajenos a todo aquello que los rodeaba, ajenos a un hombre bajo, más bien fornido, que estaba en el mostrador ante una taza de café, que se había quedado paralizado con la taza a medio levantar. Entre ambos había dos vasos altos, llenos, pero estaban un poco a un lado, como si carecieran de importancia, olvidados. Sidney tenía las manos en el centro de la mesa y sobre ellas descansaban las de Tommy Barron. Sidney llevaba el cabello recogido en una cola de caballo. La tenue luz del local hacía que su piel pareciese de marfil. Lucía un vestido negro como su pelo, un vestido que Norman Roth nunca había visto, que dejaba al descubierto la suave belleza de sus hombros y espalda.

Hablaban. O más bien era Tommy, el vendedor nato, el que lo hacía. Sidney respondía con una risa silenciosa, o negando con la cabeza, de modo que su cola de caballo se movía hacia un lado y hacia el otro. Su risa era sensual, ampulosa, sarcástica. Realmente estaba diciendo que sí. Sí, oh, sí, sí, sí. Norman Roth podía verlo. Y, por supuesto, también podía verlo Tommy Barron, que estaba más cerca.

Él hizo ahora una seña a la camarera, se llevó la mano al

bolsillo, extrajo algunos billetes y los puso sobre la mesa. La camarera se acercó y pareció hacer algún comentario acerca de los vasos llenos. Tommy Barron se echó a reír, levantó su vaso y lo vació de un par de tragos. Sidney se limitó a observarlo, terriblemente divertida, y dejó su bebida intacta. Luego él la cogió del brazo y se dirigieron hacia la puerta.

Norman Roth inclinó la cabeza sobre su taza de café y se tapó con la mano su perfil izquierdo, pero no era necesario que se molestase en hacerlo. Difícilmente habrían reparado en él, porque ninguno de los dos dejaba de mirar al otro a los ojos.

Norman Roth esperó a que hubieran salido. Luego los siguió todo lo velozmente de que era capaz un hombre de su edad y gordura. Encontró una ventana desde donde observar. Vio que la pareja subía al descapotable azul y blanco de Barron. Vio cómo el descapotable daba marcha atrás, salía del aparcamiento dando sacudidas y por último giraba a la izquierda, para alejarse de la ciudad en dirección opuesta a la que Roth había llegado.

Norman Roth salió corriendo por la puerta, se puso al volante de su coche y, conduciendo diestramente, abandonó el aparcamiento con mayor celeridad que lo había hecho el descapotable. También giró a la izquierda, alejándose de una casa a la que, momentos antes, estaba deseando llegar. Conducía muy deprisa, sacándole al coche toda la velocidad que podía desarrollar. Aun así, transcurrieron algunos minutos hasta que avistó las luces traseras del coche de Barron. Se acercó lo suficiente para comprobar que eran ellos y luego los siguió de lejos sin perder las luces de vista.

Sabía muy bien a dónde se dirigían, pero de todos modos los siguió. Quería estar absolutamente seguro. Después, pagarían por lo que estaban haciendo. En su interior sentía crecer un odio mortal. Pero era un odio que no le impedía ser consciente de sus actos, que no le haría actuar antes de tiempo, que no le dejaría cometer ningún error.

Fue siguiendo al descapotable unos treinta kilómetros; luego vio que aminoraba la marcha, como había esperado que hiciera. La luz roja parpadeó cuando dobló a la derecha. Esperaba que lo hiciera. Roth aminoró convenientemente la velocidad, pero no se dispuso a girar. Ya no lo necesitaba para conocer el destino que llevaban, y, de todos modos, aún no había trazado un plan.

El descapotable giró bruscamente. Al parecer, era una curva desconocida para Barron. Sólo Sidney la conocía. Debió haberla tomado a menor velocidad. Barron estaba impaciente. El descapotable se inclinó más de lo debido. Pero era un coche sólido y caro y no llegó a volcar.

Roth estuvo haciendo tiempo en el cruce, viendo cómo las luces traseras del descapotable desaparecían a la derecha en medio de una nube de polvo y grava. Una curva en la carretera, una hilera de árboles y se perdió de vista. Roth sabía exactamente a dónde iban. A la cabaña. A su cabaña de caza, donde pensaban estar completamente solos.

Aunque lo sabía, ahora la certeza lo atormentaba. Tuvo que aminorar repentinamente la velocidad. Se arrimó a la cuneta y paró de un brusco frenazo. Luego se apeó y, en medio de la oscuridad, totalmente solo, se sintió enfermo.

No fue a su casa hasta que hubieron transcurrido cuatro días. Era el tiempo que, se suponía, debía haber permanecido en Chicago. Pero los pasó en su propia ciudad. Se registró con un nombre falso en un hotel barato y comió en pequeños y mugrientos restaurantes apartados, eludiendo cuidadosamente los lugares donde pudiera encontrarse con personas conocidas.

La mayor parte de este tiempo la dedicó a pensar. Pasó un día entero en una biblioteca pública leyendo libros de medicina. De joven había querido ser médico e incluso había cursado un año en la facultad. Tomó valiosas notas de los libros que consultó. Al cuarto día su plan estaba listo.

El paso del tiempo no aplacó su odio. Pero nadie que lo hubiese visto habría dicho que era un hombre poseído de una pasión que le consumía por completo. Ya no volvió a sentirse enfermo. Incluso era capaz de sonreír. Sabía sonreír, pues lo había ensayado una y otra vez hasta que aprendió cómo ocultar por completo sus verdaderos sentimientos. De nuevo era el Norman Roth de siempre, un hombre amable, triunfador, contento y dichoso.

Y así fue como se presentó en su hogar. Cuando Sidney le tendió los brazos, se acercó a ella y se besaron. Sus besos eran normales, afectuosos. Su relato sobre la estancia en Chicago resultó convincente.

El comportamiento de Sidney fue exactamente como él esperaba que fuese. Sencillamente tenía una aventura con un socio de su marido. No pensaba fugarse con él, entre otras cosas porque Tommy Barron, un muchacho cinco años más joven que ella y con su porvenir en juego, no le había propuesto tal cosa. Sidney ya podría convencerlo más adelante; por el momento, las cosas marchaban de acuerdo con Barron, un buen conversador y un vendedor nato con una personalidad encantadora. Tan encantadora que, bajo su hechizo, Sidney podía incluso ser persuadida de que siguiese soportando a su marido, al menos por un tiempo.

De ahí que marido y mujer siguieran fingiendo en beneficio de ambos. Sin embargo, sólo él sabía que estaban fingiendo.

Norman Roth dejó que las cosas siguieran así durante un par de semanas. Pero un día llamó a Tommy a su despacho y comenzó con su plan.

–Tommy, ha comenzado la temporada de la ardilla y el conejo. ¿Te gustaría que esta semana fuésemos a mi cabaña e intentásemos cobrar alguna pieza?

El joven Tommy era tan buen actor como Roth pero actuaba desde la ignorancia.

–No he ido de caza en toda mi vida, señor Roth. –Todavía lo llamaba «señor Roth». Era lo bastante listo y se comportaba con humildad.

–Entonces ya es hora de que empieces, Tommy. Que yo sepa, no tienes ninguna clase de afición, y todo hombre debe tener por lo menos una.

Los dos se rieron interiormente ante el doble significado de la frase.

–Me gusta beber –respondió Barron.

–¡Qué demonios, muchacho, eso también podemos hacerlo en la cabaña!

Roth se mostraba jovial, afable, eufórico. Sin embargo, estaba tanteando secretamente a su oponente. Por supuesto, a Barron no le seducía la idea de tener a Roth como compañero de cabaña. Y sabía que mientras Roth estuviera allí cazando, él tendría a mano a Sidney.

–Jefe, ¿no podríamos dejarlo para otra ocasión? –Barron se obstinaba en no ir.

–Creo que tú y yo no nos entendemos demasiado bien socialmente –refunfuñó Roth para sí mismo, al parecer dolido. Supongo que será la diferencia de edad.

–Escuche, no es eso...

–Ah, está bien, Tommy. A Sidney tampoco le gusta ir a la cabaña, ¿sabes? Le da mucho miedo la caza. Yo solía ir con Max Tarrell, pero tuvo un ataque de corazón. Desde entonces, no he vuelto. Aborrezco ir solo. Pero creo que si quiero cazar algo...

La tristeza que había en su rostro y en su voz impresionó a Barron, que tanto debía a ese hombre.

–Escuche, señor Roth...

–Está bien, Tommy. Lo comprendo...

–Le diré lo que voy a hacer. Voy a intentarlo. Pero no me culpe si le doy a usted en vez de a un conejo.

Roth sonrió, satisfecho. Estas palabras de Barron no escondían ninguna amenaza. El muchacho distaba mucho de ser un asesino, porque él, Roth, sabía exactamente lo que hacía falta para serlo.

De modo que un viernes por la tarde se fueron juntos a pasar el fin de semana. Lo hicieron en el coche de Roth, que sonreía ante la forma en que Barron simulaba no conocer el camino que conducía a la cabaña y, cuando llegaron a ella, la manera en que aparentaba estar viéndola por vez primera. Roth se entregó a la rutina de enseñar el lugar a su invitado.

–Como ves, es muy bonito, Tommy. No le faltan comodidades, en absoluto. Dos habitaciones, cocina-salón y dormitorio. También baño, por supuesto. Tenemos nuestro propio pozo. Chimenea con abundante leña, y un hacha por si tienes ganas de hacer ejercicio.

Barron pareció tomarse con bastante calma la mención del hacha y el ejercicio.

–Por aquí tenemos grandes bosques y campo abierto; es un buen terreno de caza. Y en el pequeño lago al pie de la colina a veces hay pesca.

Desempaquetaron sus pertrechos, y, cuando todo estuvo listo, Barron dijo que estaba cansado y que le gustaría acostarse. Roth insistió en que podían tomar una copa, ya que su huésped había reconocido que le gustaba la bebida. Al día siguiente no tenían que madrugar. Roth sacó de la nevera algunos cubitos de hielo y abrió una botella de bourbon. A decir verdad, Barron no se opuso demasiado. Tenía una considerable resistencia al alcohol. Su anfitrión, que ya lo esperaba, se armó de paciencia. Bebió con moderación, pero se las arregló para aparentar que rivalizaba con su joven invitado. Cuando ya habían dado cuenta de media botella Barron quiso parar, pero Roth no se lo permitió.

Hacia la medianoche Barron pareció rendido.

–Jefe, me voy a la cama –dijo entre dientes.

Roth respondió sirviéndole otro trago. Barron apenas podía sostener el vaso, pero bebió obedientemente. Tenía los ojos perdidos, desenfocados. Una vez quiso levantarse y dirigirse a una litera, pero sus piernas fueron incapaces de controlar el esfuerzo, y cayó de espaldas. Roth estaba de pie junto a él, impaciente ahora que el final se acercaba.

Cuando éste llegó, fue de modo repentino. Barron echó la cabeza hacia atrás y luego ésta cayó indolentemente hacia un lado. El vaso se le escurrió de la mano y cayó al suelo, rompiéndose y desparramando los cubitos y el whisky.

A pesar de eso, Roth quería estar seguro. Cogió el cuerpo inerte entre sus brazos y lo levantó hasta ponerlo de pie.

–¡Barron! –gritó bruscamente a la cara del otro. Pero no hubo respuesta. Soltó el cuerpo y éste se derrumbó encima del vaso roto.

Roth entró rápidamente en acción y fue a buscar el hacha a la pila de leña que había junto a la chimenea. En el bolsillo tenía un escalpelo de cirujano. Usando estos dos instrumentos, realizó la operación. El whisky que había bebido serviría para darle valor y amortiguar sus dolores. Se amputó el dedo meñique de la mano izquierda. Era el dedo en el que llevaba el anillo con el monograma. Dejó en el suelo el dedo con anillo y todo. Mientras trabajaba para cerrar y vendar la herida, dejó que la sangre cayera sobre Barron y el hacha. Esto no perturbó a Barron en modo alguno, pues ya estaba roncando.

Después de esto quedaba poco por hacer. Oprimió los dedos de Barron contra el mango del hacha para que quedaran impresas las huellas dactilares, salió en busca de la pala, la manchó de sangre, estampó también sobre ella las huellas de Barron y volvió a dejarla colgada fuera.

Era más de la una cuando abandonó la cabaña. Sabía que Sam Roger llegaría a las seis y llamaría a la puerta. Había quedado de acuerdo con él para que trajera los perros de caza. Sam estaría allí antes de que Barron despertase y sería un testigo inevitable, que evitaría que Barron –si es que a la mañana siguiente la mente de éste funcionaba– destruyese las pruebas.

Entretanto, Roth dispondría de mucho tiempo. Dejó su coche aparcado delante de la cabaña y se fue andando por un camino que conocía muy bien. Al amanecer cruzó los campos por un atajo hasta otra carretera, y a la hora del desayuno estaba sacando un billete de autobús que se dirigía al oeste. Al mediodía se encontraba en otra ciudad. Se apeó del autobús y alquiló una habitación en un hotel barato. Rendido de dolor y cansancio se tumbó y se quedó dormido.

Leyó ávidamente los periódicos, que contaban toda la historia. Era la clase de suceso que gustaba a los periódicos. Sam Roger había hecho bien su trabajo. Halló abierta la puerta de la cabaña y encontró todo tal como Roth lo había dejado, incluyendo a Tommy Barron, aún dormido. Sam, sin tocar nada, llamó en el acto a la policía. Los detectives armaron el rompecabezas. El dedo seccionado pudo identificarse por el anillo y la huella dactilar. Obviamente, el hacha era el arma empleada. Por supuesto, lo que les intrigaba era saber dónde estaría el resto del cuerpo. Había dos posibilidades: en el lago o en el bosque. La pala indicaba lo segundo. Verificarlo llevaría mucho tiempo, o quizá dicha búsqueda no acabara nunca.

Así pues, no estaban seguros de que se hubiera perpetrado un crimen.

Pero entonces empezaron a buscar móviles y pistas, a hacer preguntas, a atar cabos. Y empezó a emerger la imagen de Tommy Barron. Un joven dinámico favorecido por su jefe, aceptado en la empresa y convertido en socio. Luego demostró su gratitud convirtiéndose en el amante de la esposa de su jefe. Finalmente pudo tener una discusión de borrachos con éste en la cabaña, o quizás haber urdido un plan deliberado para eliminarlo; pero no pudieron demostrar que la esposa tuviera algo que ver en ello. No obstante, como quiera que fuese, arrestaron a Tommy Barron por asesinato.

Norman Roth sonreía al leer tales noticias. Trataba de imaginar lo que estaría pensando Barron. Por supuesto, lo había negado todo. Pero debía de estar hecho un lío. ¿Qué le había sucedido al jefe? ¿Estaría realmente muerto? En un esfuerzo por imaginar la razón de todo aquello, acabó por preguntarse si efectivamente él lo había matado. Y entonces Norman Roth se reía silenciosamente para sus adentros. Aquellas preguntas serían respondidas, pero a Barron no le gustarían las respuestas.

Por supuesto, Sidney también estaba recibiendo su cuota de publicidad. Al principio negó toda relación sentimental con Barron. Luego cambió y admitió su amor por él, comenzando a verter acusaciones en contra de su marido. Pero estaba totalmente segura de que Barron no lo había matado.

Norman Roth se echó a reír otra vez. ¡Pobre Sidney! Estaba segura de que su Tommy no era un asesino. Pero si no lo era, ¿qué había pasado en la cabaña? ¿Y qué le iba a pasar ahora a Tommy?

Norman Roth compró todos los periódicos que pudo encontrar. Pasó horas leyéndolos. Y, mientras tanto, empezó a vivir su nueva vida. Esto también lo había planeado cuidadosamente. Nada de lo que había hecho podía despertar sospechas de que se trataba de una desaparición simulada. No había tocado la cuenta bancaria conjunta ni vendido nada que hubiera llamado la atención de la policía. Pero siempre había guardado un par de miles de dólares en efectivo en su caja fuerte del banco. Sidney ignoraba esto. Ahora tenía dinero para vivir el tiempo que fuese necesario. Así pues, no tenía que trabajar, ni implicarse en nada que le exigiese identificarse. En el registro del hotel figuraba como Norman Jones. Una desaparición perfecta.

Su mano, desde luego, constituía un problema. Como no se atrevía a visitar a un médico, tenía que curársela él mismo. No ignoraba los peligros que estaba corriendo. Una infección grave podía causarle la muerte u obligarlo a acudir a un hospital, exponiéndose a ser descubierto. Pero no se presentó ninguna infección grave. Valiéndose de sus escasos conocimientos y de las medicinas que compraba sin receta, luchó y venció. La herida empezó a sanar lentamente.

Pero no sin dolor. A veces, resultaba insoportable. Se trataba de una amputación brutal, hecha por alguien inexperto, y se había provocado daños innecesarios. Pero soportó el dolor, incluso gozosamente, porque sabía que el sufrimiento que estaba causando era mayor que el que estaba padeciendo.

Mientras tanto, Tommy Barron fue procesado por asesinato en primer grado y se fijó la fecha del juicio. Norman Roth, impaciente por la lentitud de la justicia, se enfadó cuando Barron dejó temporalmente de salir en los periódicos. Pero se consolaba al pensar que tampoco Barron y Sidney estaban pasando un tiempo feliz.

Cuando se acercó el momento del juicio, Roth tuvo amplia información. Los periódicos se ocuparon otra vez de ello. Por las informaciones, supo que la situación del caso no había cambiado. En lo que a la acusación concernía, la tipificación de asesinato podía sostenerse ampliamente aun no teniendo un cadáver completo. Y si se había cometido un crimen, ¿quién podía haberlo perpetrado sino Tommy Barron?

El primer día del juicio, Norman Roth regresó a su propia ciudad. Viajó de incógnito en autocar y se registró en uno de aquellos infectos hoteles a los que tanto se había acostumbrado. Pero éste estaba enfrente del palacio de justicia donde iba a celebrarse el juicio.

Naturalmente, él no asistió, aunque se sintió tentado de hacerlo. El dolor y la soledad habían hecho que su aspecto cambiara considerablemente. No se exponía en absoluto al peligro de ser reconocido, pero desistió de correr un riesgo innecesario. Especialmente cuando ya se había arriesgado tanto.

La mañana del primer día de juicio se sentó tras la ventana del cuarto piso y observó cómo Barron cruzaba la calle, conducido bajo custodia, desde la cárcel al palacio de justicia. Apostado en la ventana, con la ayuda de unos binoculares baratos, poseía una vista clara y despejada. Observaba con suma atención cada detalle de la escena.

Barron cruzó la calle caminando entre dos detectives de paisano. Iba esposado a uno de ellos. Alrededor se concentró una multitud de más de un centenar de curiosos para mirar boquiabiertos el paso del acusado. Roth pensó que era la ocasión perfecta.

Pero hasta el tercer día no reunió coraje suficiente para poner en práctica la fase siguiente de su plan. El juicio estaba recibiendo una buena cobertura informativa, de modo que la pequeña multitud aumentaba a medida que pasaban los días. En su mayoría eran desocupados y vagabundos, algunas mecanógrafas en busca de nuevas sensaciones, y probablemente un grupo de personas que simplemente pasaban por ahí.

Esa tercera mañana, Roth se unió a ellos. Se fue abriendo camino hasta situarse delante del grupo. Era una ruidosa aglomeración. Todos hablaban del caso, sin importarles realmente el acusado. Para ellos no era más que un animal enjaulado. Pero al aparecer Barron y su escolta, se hizo un silencio propio de un funeral.

Roth observó cómo se acercaba su antiguo socio, colocado entre la misma pareja de policías vestidos con oscuros y aburridos trajes de paisano. Miraba fijamente hacia delante. «Está asustado –pensaba Roth–. Jamás he visto a un hombre tan asustado. Ya no es el muchachito engreído que solía ser. Ha sufrido. Pero su sufrimiento no ha hecho más que empezar.»

Los tres hombres seguían acercándose. Al pasar por delante, la manga de uno de los detectives rozó el abrigo de Norman Roth. Entonces fue cuando éste se decidió a hablar. Lo hizo suave pero claramente, con su voz natural.

–¡Buena suerte, Tommy!

El preso volvió de inmediato la cabeza y miró a su alrededor, buscando desesperadamente entre la multitud al dueño de aquella voz familiar. Roth levantó la mano –la mano mutilada, con sólo cuatro dedos– y la agitó.

Roth tuvo la satisfacción de ver cómo Barron palidecía, cómo, de pronto, trataba inútilmente de arrastrar con él a sus guardianes a fin de comprobar si era verdad lo que había visto, y de escuchar sus gritos incoherentes al tiempo que los detectives se esforzaban por evitar lo que ellos consideraban un intento de fuga. Se produjo un escándalo infernal. Las exclamaciones de los asustados espectadores ahogaban los desesperados balbuceos de Barron.

En medio de la confusión, Norman Roth se alejó de allí tranquilamente, mezclado entre la multitud, y desapareció mucho antes de que nadie entendiera lo que Barron intentaba decir. Regresó a su hotel, tomó el ascensor hasta el cuarto piso y entró en su habitación. Allí, en completa soledad y reclusión, dio rienda suelta a sus sentimientos. Se echó a reír en voz baja, pero con infinito placer.

Lo publicaron los periódicos de la edición del mediodía. El hombre juzgado por asesinato alegaba que había visto a su supuesta víctima entre la multitud congregada ante el palacio de justicia. Se hicieron los más variados comentarios: desde que tal vez Norman Roth no había sido asesinado, hasta que todo se trataba de un truco del asesino para sembrar dudas en la mente de quienes tenían que juzgarlo. Cuando Barron se sentara en el estrado, seguramente intentaría hacer creer a los miembros del jurado que había visto vivo a un hombre al que consideraban muerto.

Los periódicos matutinos volvían a comentarlo. Un oficial de policía consideraba extraño que Barron fuese el único que creyera haber visto al hombre descrito como Norman Roth. Y resultaba igualmente extraño que cuando los policías se pusieron a buscarlo hubiera desaparecido.

Roth, seguro en su cuarto de hotel, disfrutaba con todo aquello. Pero también sabía que tenía que ser muy cauto. Esa tarde la pasó en su habitación, disfrutando al imaginar la torturante incertidumbre que sin duda debía de estar padeciendo Barron. Lo más probable, pensaba, era que ni éste ni Sidney tuvieran ganas de cenar esa noche.

La mañana siguiente volvió a pasarla recluido en su habitación. Se sentó junto a la ventana con los binoculares y esperó la llegada de Barron al palacio de justicia. No había planeado repetir su actuación del día anterior, pues existía la remota posibilidad de que la policía creyera que Barron tal vez no estuviera mintiendo y hubieran puesto agentes de vigilancia por si Roth aparecía otra vez.

Norman Roth permaneció en su habitación viendo la gran multitud concentrada en la escalinata del palacio de justicia. A buen seguro que entre esas personas había detectives de paisano. Reía al contemplarlos desde arriba, como un dios, convencido de lo inútil de sus esfuerzos.

A la misma hora de siempre Barron y sus guardianes salieron del edificio de la cárcel y empezaron a cruzar la calle. Roth podía ver muy claramente a su antiguo socio a través de los prismáticos. Esta vez Barron no miraba fijamente al frente, sino que volvía la cabeza en todas direcciones. En la cara del joven Roth creyó advertir una expresión de desesperanza. De vana esperanza, por supuesto. Nada sucedió. Norman Roth no estaba allí. Había sido una ilusión, un espejismo, el último y desesperado esfuerzo de un hombre condenado a muerte. Barron y sus dos guardianes subieron las escaleras del palacio de justicia y entraron en el edificio.

Aquella tarde, Roth bajó furtivamente las escaleras y compró un periódico. En la portada aparecía una foto de Tommy Barron. Al pie de ésta el acusado pedía socorro: «Por favor, vuelva, señor Roth. Hágales saber que está usted vivo. Por favor...».

El jurado se había retirado a deliberar sobre el caso Barron. Por primera vez desde hacía meses, Norman Roth fue a su casa. Empezó por observarla a la luz del crepúsculo. Sabía que Sidney estaba dentro, pero lo que le interesaba era saber si estaba sola o si, aparte de él, alguien más vigilaba la vivienda. Por fin, al ver que no corría ningún peligro, decidió entrar. Nadie parecía tener suficiente imaginación para predecir lo que Norman Roth iba a hacer a continuación, en el caso de que estuviese vivo.

Cuando ya era noche cerrada, llamó a la puerta y se apoyó contra la pared, para que Sidney no pudiera verlo si se asomaba a mirar. De haber notado algo sospechoso habría salido corriendo. Pero todo salió según sus planes. Sidney acudió a abrir casi de inmediato y, antes de que tuviera tiempo de saber quién era, Roth se coló en el interior. Al reconocerlo, Sidney empezó a gritar, pero él le tapó la boca con una mano.

–¿Sorprendida de verme, querida? –preguntó afablemente.

Ella asintió con la cabeza. Parecía a punto de desmayarse. Se apoyó en la pared. Sus ojos lo miraban fijamente.

–Sidney, ¿te alegra ver que tu marido, después de tanto tiempo desaparecido, no está muerto?

Ella no respondió.

–¿Entramos al salón y nos sentamos? Me gustaría charlar contigo, pero no dispongo de mucho tiempo.

Obedeciendo una indicación de su marido, entró delante de él. Roth se percató de que su esposa había adelgazado un poco y de que no se cuidaba demasiado. Todavía llevaba el cabello peinado hacia atrás, aunque suelto, descuidado ahora, y había perdido parte de su lustre de ébano. Vestía una bata acolchada, llena de arrugas, como si hubiera dormido con ella puesta.

–Siéntate, Sidney.

Tomó asiento en el sofá y él lo hizo en una silla, frente a ella. Sidney lo miró fijamente; él, mientras tanto, examinaba su rostro, en otro tiempo de marfil pálido y ahora sólo de un tono cetrino. Sus labios estaban exangües. Sólo sus ojos conservaban todavía el fuego de la vida. Un fuego que ardía febrilmente.

–De modo que era cierto que Tommy te vio delante del juzgado –dijo ella.

–En efecto. Lo hice adrede. Quería que se sintiese tranquilo al saber que en realidad no me había matado.

La intuición de Sidney adivinó el propósito de su marido.

–Pero no deseabas que la policía te descubriera.

–Correcto.

–Has implicado a Tommy en un asesinato y ahora quieres torturarlo haciéndole saber que estás vivo.

–Entiendes la situación perfectamente.

–¿Por qué has venido aquí?

–Para tranquilizarte a ti también, queridísima Sidney.

–Pero sigues sin querer que la policía te vea...

–Por supuesto.

Roth se quitó lentamente el guante izquierdo. Ella contemplaba los movimientos fascinada. No obstante, su boca se tensó. Al ver la mano mutilada, cerró los ojos por un momento.

–Te tomaste muchas molestias para preparar todo esto, ¿verdad? –dijo finalmente.

–Muchísimas molestias, querida.

Ella lo miró detenidamente a la cara durante un rato. Por fin dijo:

–No alcanzo a entender el motivo.

–Porque os odiaba a los dos. Pensé en mataros. Pero no merecíais una muerte fácil. Valía la pena que me tomara tantas molestias para daros lo que realmente merecíais.

–¿Por qué nos odiabas?

–¿Que por qué? –La pregunta le sorprendió.

–No entiendo por qué me odias, Norman. No comprendo por qué te empeñaste en que yo fuera infiel. Será porque nunca me amaste de verdad.

–Escucha –dijo él enfadado–, estás tratando de que cambie de opinión...

–No, dudo que lo hagas. Pero ahora lo comprendo. Ahora lo comprendo todo, Norman. Te casaste conmigo porque era una mujer de la que podías estar orgulloso. No te casaste por amor, Norman, sino por orgullo. Y mi relación con Tommy ha herido tu orgullo. Pero tu orgullo vuelve a triunfar. Te estás vengando. Al ver cómo sufrimos Tommy y yo te sientes un dios. Puede que hayamos hecho mal, pero no creo que nos merezcamos esto...

Roth se puso en pie.

–Si estás implorando clemencia... –la interrumpió.

–¡Clemencia! –Ella también se levantó, e hizo un gesto de burla con la boca–. ¡Cómo voy a pedir clemencia a un hombre que se ha cortado un dedo, que ha vertido su propia sangre por ver más sangre! No, Norman, no pienso arrastrarme a tus pies, si es eso a lo que has venido.

Roth se volvió de espaldas a ella y echó a andar hacia la puerta, al tiempo que se ponía el guante. Se detuvo y dijo:

–Supongo que ahora acudirás a la policía e intentarás convencerlos de que he estado en tu casa, vivo.

Ella no le siguió.

–No voy a malgastar mi tiempo tratando de convencerlos de nada, Norman. Tu plan ha funcionado muy bien.

Abandonó la casa enfadado. A medio kilómetro de allí cogió un taxi. Se apeó a unas manzanas de distancia de su hotel. No se sentía bien. La entrevista lo había dejado insatisfecho. De alguna manera, no había transcurrido como esperaba. Pero se sintió un poco mejor cuando escuchó la voz del vendedor de periódicos:

–¡Extra! ¡Extra! ¡Barron, culpable! ¡Extra! ¡Extra...!

Estuvo siguiendo el rastro de Sidney todo el tiempo: a través de la condena de Tommy Barron a la silla eléctrica; durante las apelaciones legales, desestimadas una tras otra; a través de la petición de clemencia al gobernador, que también fracasó; mientras esperaba que llegase el momento de la ejecución.

Así fue como supo que ella estaba en la cabaña de caza el día anterior a que Tommy muriera. Y entonces fue cuando comprendió que la última pizca de satisfacción que podía reclamar sólo podía obtenerla de un modo: estando junto a Sidney en el momento en que Tommy moría.

Según indicaban todos los periódicos, la ejecución se produciría a las once de la noche. Norman Roth pasó todo el día oculto en el bosque, vigilando la cabaña. El coche de Sidney estaba aparcado delante. Ella sólo salió una vez de la cabaña, para recoger un paquete del coche. Luego entró de nuevo y ya no volvió a aparecer. Hasta Roth llegaba el sonido de la radio. Sin duda, estaba escuchando las noticias.

Esperó a que se hiciera noche cerrada, se acercó furtivamente a la cabaña y trató de mirar dentro. Pero se lo impedían las persianas. Sin embargo, podía oír claramente la radio. El nombre Tommy Barron fue mencionado varias veces.

A las diez y cuarto llamó a la puerta. No esperaba que Sidney le franqueara el paso sin necesidad de amenazarla. Iba bien preparado para forzar una ventana y entrar. Pero respondió a la llamada casi en el acto.

–Te estaba esperando, Norman –dijo ella.

A Roth no le gustó que una vez más lo cogiera por sorpresa.

–Déjame entrar –dijo bruscamente.

Ella abrió la puerta y Roth entró. Sidney llevaba un jersey y unos pantalones anchos. Se quedó junto a él, mirándolo con una sonrisa desesperadamente desdeñosa en sus pálidos labios.

–Ya ves lo bien que te conozco, Norman. Sabía que te convertirías en mi sombra. Y también que querrías compartir conmigo este último y decisivo momento. Por eso estoy aquí. Pensé que sería el escenario adecuado para ti. No quiero robarte ni un detalle.

Él le dio la espalda e inspeccionó el interior de la cabaña. Por supuesto, hacía tiempo que habían limpiado la sangre y ordenado las cosas. Ahora había signos de una mano femenina. Pero Sidney no parecía demasiado aseada. Había prendas diseminadas por las sillas y el suelo, vasos sucios en el fregadero y, sobre la mesa, una botella medio vacía y un vaso con dos dedos de whisky.

–Veo que has estado bebiendo –observó él.

–Reconozco que sirve de ayuda –respondió Sidney.

–Podemos beber juntos –dijo él–. Podemos brindar por la despedida de quien tú sientes afecto.

Roth cogió un vaso limpio del aparador y se sirvió un whisky doble. Luego tomó asiento y con un gesto le indicó a Sidney que lo imitara. Ella se sentó en una silla, frente a Roth.

–¿Hay todavía alguna posibilidad de que indulten a Tommy? –preguntó él.

–Ninguna –repuso ella.

Se miraron en silencio durante un largo rato. La radio emitía música dulce, suave, relajante. Roth se sorprendió escuchándola.

–Estaba pensando –dijo al cabo de un rato– en que cuando Tommy lleve unos días muerto, yo podría aparecer en cualquier sitio reivindicando mi identidad. Estoy trabajando en la historia que podría contar. Creo que parecerá convincente. Tommy y yo, borrachos, tuvimos una sangrienta pelea y yo logré escapar por los pelos. Sufrí amnesia temporal, y al recuperar la memoria descubrí con horror que a Tommy lo habían ajusticiado por asesinarme. ¿Qué tal te suena mi plan?

–Probablemente te creerían.

–Verás, querida, me gustaría impedir que tú, como viuda mía, pudieras disfrutar del dinero que dejé tras de mí.

El rostro de Sidney era inescrutable. Él deseaba levantarse y abofetearla, obligarla a gritar, hacer que llorase. Pero se quedó en su asiento. De todos modos, era indudable que la estaba hiriendo. No estaba hecha de piedra. Aunque se negara a demostrarlo, estaba herida.

–Incluso, querida Sidney, podríamos reanudar nuestra interrumpida vida en común. Aceptaría perdonarte, recibirte otra vez. No tendrías muchas opciones, ¿sabes? Tu mala conducta es del dominio público. Podría divorciarme de ti sin pasarte pensión alimenticia. Tendrías que elegir entre estar conmigo o ser arrojada de mi lado.

–¿Crees que podríamos ser felices, Norman?

Él sonrió.

–Arrebatadoramente felices –respondió él con una sonrisa.

La radio anunció la hora: eran las once en punto.

–Por Tommy Barron –dijo él, levantando su vaso.

Sidney no dijo nada, pero con un estremecimiento que sacudió todo su cuerpo cuando las señales de la radio anunciaron la hora, alzó su vaso y bebió el contenido de un trago. Él la imitó, apurando su whisky. ¡Por Tommy Barron!

A las once había un boletín de noticias de quince minutos. Al final del mismo, llegó el flash. A la hora fijada, Tommy Barron había sido conducido a la silla eléctrica de la penitenciaría estatal. El médico de la prisión lo había declarado oficialmente muerto.

–Bien, bien –dijo él–. Tu amigo ya no existe. Realmente, ahora nada se interpondrá entre nosotros. Y hemos tenido un día duro. ¿Nos retiramos? –Por supuesto, se estaba mofando de ella, pero se sentía realmente exhausto, como si ya no le quedasen energías ni emoción.

De pronto, Sidney lo miró y sonrió. Él se preguntó por qué.

–¿Qué quieres decir?

–Ese whisky que te has bebido contenía una droga paralizante.

Roth despertó de pronto, intensamente consciente del peligro, pues empezaba a experimentar una sensación extraña a lo largo del torso y las piernas. Su cerebro ordenaba a las piernas que se movieran y éstas no querían obedecer. Pero aún no sentía miedo.

–Tú también has bebido whisky –dijo.

Sidney negó con la cabeza.

–Cuando entraste mi vaso estaba casi vacío, ¿recuerdas? Eres el único que ha bebido de esa botella.

Para demostrar la veracidad de sus palabras, Sidney se puso en pie y se acercó a la chimenea. Cogió el hacha, la levantó lentamente y se volvió. La frente de Roth se cubrió de sudor.

–Norman, ¿te das cuenta de que ya estás legalmente muerto? –empezó a decir ella sin dejar de sonreír–. Si yo te descuartizara con esto y me deshiciera convenientemente de los pedazos, nadie notaría la diferencia. Y si algún día alguien encontrase algo, como, por ejemplo, otro dedo, todos pensarían que lo hizo Tommy.

Se acercó a Roth. Aunque paralizado, estaba consciente y en condiciones de presenciar lo que ella iba a hacer.

–Todo esto fue idea tuya, querido –dijo Sidney.

La suerte no es una mujer

ROBERT BLOCH

Frankie se aferraba a la barra con ambas manos. Si se soltaba caería al suelo. Le estaba hablando el viejo profesor y no quería perder el conocimiento. Si continuaba escuchando, tal vez el tipo siguiera pagándole copas.

–La suerte –dijo el viejo profesor–, eso es lo que importa en el mundo. Hace cinco años yo era un miembro respetado de la facultad, aquí en la universidad. Hoy, debido a las vicisitudes de la fortuna...

Hizo una pausa y suspiró. Frankie suspiró también.

–Le comprendo –dijo Frankie–. Yo no solía ser ningún holgazán. –Lo cual era mentira, porque Frankie siempre había sido un holgazán. Pero quería seguir siendo amable; deseaba otra copa. Y estaba seguro de que el viejo estaba haciendo señas al barman. Sacó medio dólar y lo mantuvo en el aire.

–Cara o cruz –dijo el profesor–. ¿Quién puede decir cómo quedará esta moneda cuando la deje caer sobre el mostrador? Yo no. Usted no. Ni tampoco el barman. Un matemático diría que cada lado tiene las mismas posibilidades. Sin embargo, el profesor Rhine le diría que las posibilidades pueden ser modificadas. Pero nadie lo sabe. ¿Y qué me dice del Misterio del Universo? Nadie de nosotros puede predecir lo que traerá la suerte. ¡Véalo!

Frankie tenía ahora los ojos fijos, observando cómo caía la moneda. Ésta cayó sobre el mostrador, rebotó y luego se quedó quieta... equilibrada en el borde.

–¡Suerte! –rió entre dientes el viejo profesor–. La pura suerte que nos envuelve a todos nosotros, que gobierna cada acto de nuestras vidas. Si Lincoln se hubiera agachado para atarse el lazo de su zapato en el momento que Booth disparó contra él... Si el pájaro no hubiera aparecido cuando Colón se enfrentaba a los amotinados... ¡Si...! Pero todos somos víctimas de Fortuna.

–Eso es lo que necesito yo –dijo Frankie–. Una fortuna para gastármela.

–Se equivoca. Me refiero a Tique, llamada Fortuna por los romanos. Una de las Parcas, hermana de las Moiras.

–Jamás conocí a esa señora.

–Eso puedo imaginármelo muy bien. –El viejo profesor sonrió por encima de su vaso–. Pero los antiguos conocían su importancia y celebraban un festival anual en honor de ella. Creo que la fecha era el 24 de junio. La he visto representada con el cuerno de la abundancia en las manos, de pie sobre una esfera...

–Pues no me siento en condiciones de imitarla –murmuró Frankie.

–No debería usted beber tanto –le dijo el viejo profesor.

Frankie se encogió de hombros.

–¿Por qué no? ¿Qué otra cosa se puede hacer? Nunca he tenido suerte, ni una sola vez. Míreme; soy un piojoso alcohólico fracasado. Tiemblo como un viejo y sólo tengo treinta y tres años. Si se me presentara una buena ocasión...

–Lo sé –dijo el viejo profesor, asintiendo–. Yo podría contarle una historia similar. Como todos los hombres. Un hombre coge sus últimos cien dólares y compra una choza en la playa; seis meses después se le encuentra allí muerto de inanición. Otro hace lo mismo; seis meses más tarde encuentran petróleo en la costa y él vende su propiedad por un millón más los *royalties*. Un hombre pasea por la calle y se encuentra en el arroyo una abultada cartera. Otro hombre pasa por la misma calle un momento después a tiempo de que le caiga encima una cornisa. Amigo mío, la fortuna es una diosa voluble. Pero ¿quién sabe? Al ser voluble, puede cambiar de actitud y colmarle de riqueza y felicidad.

–¡Narices! –exclamó Frankie.

–Habla la mente del científico –dijo el viejo profesor–. Pero no estoy tan seguro. Si conociera el secreto que atrae a Fortuna... no pediría nada más. Tal vez sea cuestión de verdadera creencia, o de adoración. Fortuna es una diosa y las diosas quieren ser adoradas. Al ser mujer, exige constancia. ¿Es posible que los llamados afortunados sean meramente aquellos que aprendieron este secreto y juran lealtad a Fortuna a cambio de sus favores?

–Yo no –dijo Frankie entre dientes–. Yo haría cualquier cosa por una señora que cambiara mi suerte.

Cogió su vaso y apuró el contenido. Luego se volvió, pero el viejo profesor ya se había ido, dando traspiés. El barman se acercó, meneando la cabeza.

–Es curioso cómo los golpea a todos de pronto –dijo.

–Sí –añadió Frankie–. Pero no entiendo cómo un tipo como él se deja caer por un antro como éste.

–No hable así, amigo –dijo el barman–. Casi todo el mundo viene por el juego que hay ahí detrás.

Entonces, Frankie hizo memoria. Claro, detrás había un salón con ruleta, dados, de todo. Nunca había estado ahí porque el juego jamás le había interesado. Pero, ahora que lo pensaba, había visto que no paraba de pasar gente en toda la noche. Como aquel memo calvo que entraba ahora, y el colegial de gafas, y la señora de rojo.

La señora de rojo... ¡Eso sí que era algo sensacional!

Frankie llevaba ya un par de meses sin prestar atención a las señoras. Cuando estás realmente por la bebida, te encuentras con que no te interesan las señoras. Pero ésa era otra cosa. Vestía una especie de traje de noche rojo, tenía una piel blanca como el mármol y un pelo negro como el azabache. Negro azabache, igual que sus ojos. Cuando entraba miró a Frankie y le sonrió.

¡Le sonrió a él! Al parecer no le importaba la pinta que Frankie pudiera tener.

Frankie estaba borracho; era ahora o nunca. Como estaba borracho se fue flotando tras ella. Se fue flotando hasta la puerta del salón de la parte posterior y pasó tras ella, mientras que el vigilante la miraba de arriba abajo y hacía una reverencia. Frankie se coló detrás; el vigilante no le prohibió la entrada. En realidad, a Frankie le pareció que el vigilante lo miraba a él más que a ella.

El salón de atrás era más grande de lo que se había imaginado, y habían distribuido todo muy bien. Aquel innoble bar de fuera no era más que un subterfugio. Éste era el verdadero McCoy: tres grandes mesas para la ruleta y cuatro mesas alargadas en los rincones, para los dados. Había allí no menos de cincuenta personas.

El humo lo envolvía todo y casi nadie hacía ruido. Hasta los que jugaban a los dados guardaban silencio, y cuando giraba la ruleta se podía oír el tintineo de la bola. Frankie siguió a la dama de rojo hasta una de las mesas de ruleta. Alrededor de ésta había muchas caras gordas, ciudadanos bien vestidos con dinero abundante; montones de fichas delante de algunos; pequeños montones delante de otros. Y la rueda en el centro girando, la rueda con 36 números, y el cero, y el doble cero, una rueda con números rojos y negros. Cada vez que giraba, algunos montones se hacían más pequeños y otros se hacían más grandes.

¿Por qué?

Delante de él, en torno de esa mesa, estaba aquello de lo que el viejo había estado hablando. La Fortuna. La Suerte.

Algunos de los jugadores seguramente habían tenido mucho dinero o más fichas delante de ellos, y seguían ganando. Otros seguían perdiendo y aun así comprando: un dólar de fichas blancas, diez de rojas, veinte de azules. Pero, ganando o perdiendo, todos estaban excitados. Frankie podía percibir cómo las oleadas de excitación se cernían sobre ellos y sobre la mesa. Todos observaban cada vuelta de la ruleta, cada juego. Él observaba también, y sentía la presión. ¡Si estuviese en condiciones de apostar!

Miró a la dama de rojo. Ella tampoco jugaba, sino que se limitaba a estar de pie observando, como él. No exactamente igual que él, porque ella no estaba excitada. Frankie sabía que no lo estaba por el modo en que permanecía derecha, como una especie de estatua. Nadie se fijaba en ella, pese a que era el bombón más apetecible de aquel tugurio. Por la forma en que la ignoraban y mantenían la vista clavada en la mesa, o en la bolita plateada que rebotaba sobre el borde de la ruleta, uno diría que ni siquiera sabían que estaba allí.

Y aunque ella miraba, lo hacía con ojos impasibles. En realidad, no apretaba los puños, no respiraba agitadamente, ni siquiera observaba con interés. Era casi como si supiese quién iba a ganar y quién iba a perder.

Frankie clavó sus ojos en ella. De repente, la mujer volvió la cabeza y lo miró. Aquellos ojos eran como dos piedras negras. Frankie quiso desviar la vista, pero ella la desvió primero, mirando el suelo.

Frankie inclinó la cabeza para ver qué llamaba la atención de la mujer. Y entonces la vio. Delante de sus pies había una ficha. Debió de habérsele caído a alguien al hacer su apuesta. Frankie se agachó, la recogió y la sostuvo en la mano. Era una ficha azul... de veinte pavos. Podía cambiarla por dinero en el acto. ¡Había tenido un poco de suerte!

Empezó a mirar a su alrededor en busca de algún cajero de los que andaban por la sala portando sus pequeñas cajas colgadas con correas, pero no localizó a ninguno. El *croupier* anunció: «Señoras y caballeros, hagan juego...».

¿Por qué no? Encontrarse veinte pavos era una suerte. Y era posible que la racha siguiese. Veinte podían convertirse en cuarenta. Pero ¿a qué jugaría, a rojos o a negros?

Frankie volvió a mirar a la dama. Tenía un vestido rojo, lo cual era una corazonada. Pero su pelo y sus ojos eran negros. Aquellos ojos negros lo miraban ahora fijamente...

Sin duda debía apostar por los negros. Frankie se dispuso a depositar su ficha, pero le temblaba la mano y la ficha se le escapó. Rodando fue a caer de golpe sobre el número 33.

Hizo un movimiento para recuperarla, pero el *croupier* dijo: «La banca está cerrada», y empezó a girar la rueda. Lo único que podía hacer ahora era aguantarse y esperar. Iba a perder veinte pavos, como si no valieran nada, en un lance de mala suerte. Giraba la rueda, giraba la bola, giraba la habitación.

Se detuvo la bola, se detuvo la rueda, y también se detuvo la habitación. Frankie oyó que el *croupier* decía: «33, ganan negros».

¡Su número!

Así comenzó. El *croupier* empujó hacia él el gran montón de fichas. Y como la dama de rojo sonrió, volvió a poner la mitad de las fichas en el rojo. Salieron los rojos. Volvió a poner allí el montón y volvieron a salir rojos. Ganó tres veces seguidas.

Pero como la dama de rojo negó con la cabeza y se alejó de la mesa, él recogió todas sus fichas y se las entregó al cajero. Éste le pagó en billetes de veinte, cincuenta y cien. ¡Tres mil veinte pavos, en efectivo!

Frankie se metió el dinero apresuradamente en los bolsillos y corrió por entre la multitud para ver otra vez a la dama de rojo, darle las gracias y tal vez obsequiarle con una parte.

El vigilante le abrió la puerta. La dama iba andando delante de él.

–¡Eh, espere un momento!

–¿Qué ocurre, amigo? –le dijo el vigilante, mirándolo.

–No hablaba con usted –le contestó Frankie–. Estaba hablando con la señora.

–¿Qué señora? –preguntó el vigilante.

Frankie no respondió, pues la veía saliendo por la puerta de la taberna. La alcanzó en la esquina. El aire fresco lo golpeó; se sintió ligeramente mal, pero aun así se acercó flotando a ella y dijo:

–Gracias. Usted me ha dado suerte.

Ella se limitó a sonreír y, a la luz tenue, sus ojos parecían más negros que nunca.

–Oiga. –Se sacó un puñado de billetes–. Creo que debería aceptar esto.

Ella no cogió el dinero.

–Hablo en serio –dijo Frankie–. Vamos, cójalo. –Se quedó quieto–. ¿Qué le pasa, es usted sorda o algo parecido?

No hubo respuesta. Debía de ser sorda. Imagínense, una dama de su clase, sorda. ¿Pero no sabía leer en los labios?

–¿Hacia dónde se dirige? –preguntó Frankie. Tampoco obtuvo respuesta.

Tal vez también fuese muda. No había duda de que no tenía ningún amigo.

–¿Quiere venir conmigo? –le preguntó Frankie. No tenía sentido que aceptara; una dama como aquella nunca iría con un cochambroso vagabundo. Pero nada tenía ya sentido; además, él estaba demasiado cansado para sentir. Lo único que sabía era que necesitaba descansar y dormir su borrachera. Si ella quería acompañarlo, pues que lo hiciera. Nadie iba a decir nada en el hotelucho donde paraba. Pero ahora necesitaba dormir, ¡vaya si lo necesitaba!

Echó a andar y ella lo siguió. No dejaba escapar el menor sonido, ni siquiera el de unos tacones altos, pues calzaba sandalias. No llevaba anillos ni joyas que sonaran. Un hermoso bombón, pero igual que una estatua.

Y como una estatua permaneció en el centro de la inmunda habitación. ¿Estaría esperando que él la cortejara? Lo único que sabía Frankie era que estaba cansado, terriblemente cansado. Cruzó tambaleándose la habitación y se dejó caer de golpe sobre la cama. Sabía que no podía evitar la caída...

Debió de haber dormido el resto de la noche, con la cabeza sobre el regazo de ella. La mujer debió de haber permanecido sentada, sin dormir, porque ahora era por la mañana y lo estaba mirando desde arriba, sonriendo. Y siguió sonriendo mientras él se lavaba, se afeitaba y se cambiaba de camisa. Frankie intentó hablarle, pero ella no respondió. Se limitó a sonreír y a esperar, hasta que él se puso la chaqueta y cogió el sombrero.

–Vamos –dijo Frankie–. Estoy hambriento.

Bajaron las escaleras y salieron a la calle. Frankie iba a entrar al Ace Lunch cuando se acordó de que llevaba tres de los grandes en el bolsillo. ¿Por qué no comer en uno de aquellos bonitos restaurantes del otro lado de Main? Pero con el aspecto que tenía no podía presentarse en un sitio así.

–Espera un poco –le dijo a la mujer–. Antes debo hacer unas compras.

Ella sonrió; esperó y sonrió, mientras él entraba en Hub y se compraba un conjunto completo, desde los zapatos hasta un sombrero de veinte dólares. El traje de confección le sentaba perfectamente, y por ciento treinta dólares parecía un millonario.

El dependiente era muy cortés, pero ni siquiera miró a la

dama. Frankie no reparó mucho en ello, pero después, en el restaurante, la camarera hizo lo mismo; a él le sirvió un vaso de agua y un menú, pero nada a ella.

Sin embargo, luego resultó que ella no quiso comer. Cuando él le indicó el plato, se limitó a negar con la cabeza.

De manera que terminó comiendo solo. Luego se arrellanó en su asiento y trató de entender la situación. Ahí estaba, con casi tres de los grandes todavía en el bolsillo. Pero también la tenía a ella, que no oía, no hablaba, no dormía, no comía. ¿Qué podía hacer ahora?

La dama le sonrió y él le devolvió la sonrisa, pero estaba empezando a sentirse intrigado. Era evidente que le había traído suerte, pero había en ella algo muy desconcertante. Tenía que encontrar el modo de sacudírsela de encima antes de que se viera metido en algún tipo de dificultad.

Frankie abandonó el restaurante y ella lo siguió. Por las mañanas solía ir a un banco del parque, pero ahora se detuvo cuando estaba a punto de cruzar la calle. La dama lo cogía del brazo y levantaba la vista hacia un rótulo que decía: ACME METAL PRODUCTS COMPANY. ¿Y qué?

En la ventana delantera del edificio había otro rótulo. Ella lo estaba mirando: SE NECESITAN HOMBRES.

Frankie trató de dar otro paso, pero ella lo sujetó. Ahora señalaba con el dedo. Frankie parpadeó. ¿Estaría la mujer refiriéndose a eso? ¿Pensaría que iba a entrar a pedir un trabajo?

¿Por qué no? Eso era lo que había estado haciendo desde hacía muchos años. Aún conservaba la tarjeta de la Seguridad Social, y no era extraño que, de alguna manera, volviese al sindicato, a pesar de que tenía fama de gandul. Pero ¿cómo podía ella saberlo? ¿Y qué le hacía pensar que volvería al trabajo ahora que tenía tanta pasta en el bolsillo?

Frankie negó con la cabeza. Pero ella siguió sonriendo y tirándole de la manga. De repente él tuvo una idea.

–Está bien –dijo–. Entraré. Pero tú espera aquí. –Indicó la entrada y ella, muy segura, echó a andar hacia allí y al llegar a la puerta se detuvo, dispuesta a esperarlo. Al entrar, pasó rozándola. Ella le dirigió una amplia sonrisa.

Una vez dentro, Frankie sonrió también. Ya sabía lo que iba a hacer. Aquel edificio debía de tener otra entrada por detrás. Huiría por ella. Así de sencillo.

Sólo que en el vestíbulo había un individuo que al verlo le dijo:

–Tú eres mecánico u obrero del metal, ¿verdad?

–Mecánico –repuso Frankie. Le salió con naturalidad, antes de que se diera cuenta–. Pero no soy del sindicato...

–Tampoco lo es esta planta, amigo. Entra y rellena una solicitud. Estamos inundados de pedidos; el jefe pide ayuda a gritos y en esta maldita ciudad nadie parece tener experiencia...

Antes de que se diera cuenta, aquel individuo lo había metido en el despacho y un tipo gordo llamado Chesley le estaba entregando un impreso.

Frankie estaba dispuesto a decirle adiós cuando se abrió la puerta tras él. Entraron apresuradamente dos individuos, caminando como si fueran juguetes mecánicos. Ambos llevaban el rostro tapado con sendos pañuelos. Seguramente se los habían puesto fuera, en el pasillo, antes de sacar sus pistolas.

Ahora los estaban apuntando. Uno de ellos dijo a través del pañuelo:

–¡Arriba las manos y no se muevan!

Allí estaban Frankie, el tal Chesley, un contable viejo y el individuo que le había hecho entrar en el despacho. Todos levantaron rápidamente las manos.

–Junto a la pared –dijo el primer enmascarado–. ¡Enseguida! –Se acercó a la voluminosa caja fuerte que había empotrada en la pared y esperó.

Se empezaron a mover. El viejo contable parecía a punto de desvanecerse. De hecho, se desmayó en el acto.

–¡Hay que atenderlo! –gritó Chesley–. ¡Sufre del corazón!

Al verlo caer, los dos bandidos se volvieron. Frankie también lo estaba observando. No se percató de que había una enorme papelera delante de él, hasta que tropezó con ella. La papelera cayó al suelo y echó a rodar, golpeando en las espinillas a uno de los pistoleros. Frankie trastabilló, quiso agarrarse a algo para no caer y fue a coger del cuello al pistolero que estaba más cerca. Ambos rodaron al momento por el suelo; Frankie vio que la pistola estaba delante de él. Era tanto el miedo que sentía que alargó la mano hacia ella, porque no se le ocurrió hacer otra cosa más sensata, como, por ejemplo, no cogerla.

El otro malhechor, al verlo, abandonó la caja fuerte, pero justo en aquel momento la papelera fue a golpearle en las espinillas. Sorprendido, lanzó un grito y se dio media vuelta, quedando de espaldas a Chesley. Éste saltó sobre él. Frankie cogió el arma, le propinó un duro golpe en la muñeca al pistolero, y, poniéndose en pie, los encañonó. Mientras tanto, Chesley pulsaba la alarma de robo.

Durante la siguiente media hora hubo mucha excitación. Cuando los policías terminaron de interrogar a Frankie, empezaron los reporteros. Y después de éstos quedaba Chesley, pero Frankie no tuvo que rellenar nunca el impreso. Chesley estaba encantado de que Frankie empezara a trabajar para él al día siguiente.

Frankie estaba tan confundido que acabó por echar a andar y salió por la puerta principal. Cuando se percató de lo que estaba haciendo, ya era tarde para volverse atrás. Y allí estaba ella. Lo había estado esperando todo aquel tiempo.

Tal como había dicho el viejo profesor, todo dependía de la suerte. Primero la rueda de la ruleta, luego el tropezón con la papelera y ahora este trabajo y una vida, nueva y decente, delante de él. La suerte ciega.

La miró fijamente. ¿Y ahora qué? Ella estaba siempre alrededor cuando ocurrían las cosas. Con un gesto de la cabeza, Frankie le indicó que lo acompañara. Ella sonrió. Echaron a andar juntos por la calle. Él compró un par de maletas y luego entró en el hotel Ardmoor y tomó una *suite* amueblada, ni más ni menos. Doscientos dólares al mes, pero sin hacer preguntas. El empleado ni siquiera la miró a ella, y el botones los acompañó hasta arriba sin pronunciar palabra ni hacer el menor gesto de complicidad.

Le dio al muchacho medio dólar de propina y cuando éste se hubo ido se dejó caer en la cama. Ella permanecía en el centro de la habitación, sonriendo.

–Ya estamos aquí, ¿eh, nena? Bueno, ponte cómoda.

Trató de encender un cigarrillo, pero verla allí delante de él, sonriendo como una estatua esculpida en piedra, le ponía los nervios de punta. Tal vez la dama fuera débil mental...

Lo que necesitaba era un trago. Un buen trago antes de cenar. En la planta baja del Ardmoor había un salón de cóctel, uno de esos lugares refinados, de luz tenue, y tranquilos. Silenciosos como una iglesia. Un sitio donde te podías relajar y beber.

Frankie se levantó y dijo:

–Espera un minuto. Voy a bajar al vestíbulo a comprar un periódico.

Ella no intentó detenerlo; se limitó a sonreír.

Bajó al bar. El camarero le preguntó qué iba a tomar y Frankie casi dijo: «Un vaso de moscatel», sin recordar que ya no tenía que tomar ese vino matarratas.

–Bourbon con hielo –dijo.

Tenía buen sabor.

–Otro de lo mismo –dijo Frankie al camarero.

El muchacho obedeció. Y éste también le supo a gloria. Aquí todo era bueno: la agradable y suave penumbra, y la agradable y suave música de fondo. Un tipo podía relajarse.

–Lo mismo –dijo Frankie al barman.

Cada vez se sentía mejor. ¿Por qué no? Con su suerte nada podía ir mal. Ni siquiera con la dama.

O a causa de la dama.

Aquello le golpeó a la tercera copa. Lo llevaba almacenado en su cerebro, y cuando acabó la tercera copa dejó de parecer tan disparatado. La dama de rojo era la Señora Suerte.

–¡Otra más! –dijo Frankie al camarero.

¿Qué era lo que decía el viejo profesor? Que tal vez si crees lo suficiente en ella, vendrá a tu lado. Y él había tenido un sentimiento parecido la noche anterior. Era una chifladura, pero la suerte es siempre loca. Igual que dijo el profesor, algunos tipos nacen con estrella y otros nacen estrellados.

Cierto o no, a él le había sucedido. Tenía la Señora Suerte a su lado siempre que quisiera.

–Una más –dijo Frankie.

Era tan extraño como fascinante permanecer allí sentado sabiendo que la suerte estaba ahora con él, sonriéndole. Una suerte ciega y muda, pero siempre sonriendo, lista para darle todo cuanto le viniera en gana.

Frankie empezó a pensar en todas las cosas que había deseado durante tantos años de privaciones: uno de aquellos elegantes coches ingleses; tal vez una casa en el bosque, con un lago privado para pescar. Y cuando estuvo en prisión, sobre todas las cosas había deseado una rubia. Como la que ahora estaba sentada al final de la barra.

Era una mujer alta con las piernas desnudas. Fumaba cigarrillos en una boquilla de fantasía y toda su persona irradiaba clase. Una de esas muñecas a las que Frankie nunca se había atrevido a mirar dos veces. Pero ¿por qué no ahora? Las cosas eran diferentes. La suerte estaba de su parte. Si quería algo, podía obtenerlo. Tal vez ella hubiera enviado a la rubia adrede, sabiendo lo que sentía.

Era el momento. Lo único que tenía que hacer era acercarse y decir: «¿Quieres una copa, nena?». O tal vez: «¿Me aceptarías una copa?». Esto sonaría mejor, con más clase.

Seguro que sonaría mejor; y además funcionó. Ella fue acercándose. Frankie se puso en pie, sintiéndose un poco aturdido, y la ayudó a sentarse en el taburete. Luego él se sentó otra vez, y tomó otra copa, y se sintió bien, lo que se dice bien.

Cada vez se iba sintiendo mejor. Ahora hablar le resultaba fácil. Se llamaba Margot. No Margaret, sino Margot. Bastaba con decir «Margo». La T era muda. Muda igual que la dama de rojo que estaba esperando arriba. Tal vez debiera volver con ella. Pero ¿por qué? Ella no comía; a la Suerte no hay que darle de comer. La Suerte era libre, todo era ahora libre y fácil.

También era fácil hablar con Margot. Resultaba fácil decirle lo afortunado que era, que todo lo que tocaba lo convertía en oro, como el rey Midas o como quiera que se llamase el tipo ése.

De manera que Frankie se lo contó, y bebieron los dos, y él le dijo que acababa de llegar allí y explicó cómo ese mismo día había frustrado un atraco, y cómo había ganado la pasta la noche anterior. Sólo que esto no era más que el comienzo; que esperase y vería. Ella respondió que le gustaba aquello de esperar para ver. Lo llamó «Frankie, cariño» y añadió que tenía miedo de estar poniéndose un poquito borracha.

El bar empezó entonces a llenarse de gente, y Frankie le propuso coger una botella y subir a bebérsela en paz a su habitación, y ella le respondió que no estaba acostumbrada a esas cosas, pero él se dio cuenta de que eran excusas y estaba seguro de que finalmente aceptaría.

De manera que el barman les envolvió una botella, y tuvo que llevarla ella porque a él le costaba trabajo mantenerse en pie. Mientras subían, Frankie tuvo que apoyase en ella, y entonces se dio cuenta de lo cálida que era su piel bajo la manga, y comprendió que esto era lo que él quería por encima de todas las cosas.

Pero una vez en el corredor, Frankie se acordó de ella; entonces le dijo a la rubia que esperase allí mismo un minuto y se alejó, dobló la esquina y continuó hasta encontrarse ante la puerta de su habitación. Hizo girar la llave y al abrir la puerta vio que seguía allí sentada, sonriendo, como si no hubiese movido un solo músculo desde que él se había ido.

Se acercó tambaleándose a ella y dijo:

–Gracias. Un millón de gracias. Pero ahora tienes que irte de aquí para que ella no te vea. Queremos estar solos, ¿comprendes?

Continuó allí sentada, sin oír nada. De manera que Frankie tuvo que decírselo a gritos. Luego la levantó y fue empujándola hasta la puerta. Era como empujar una estatua, pero lo hizo. Y la llevó por el corredor, al otro lado de la esquina, con la esperanza de que ella no viera a la rubia.

Sólo que debió de verla, porque lo miró y dejó de sonreír. Se quedó allí clavada, y lo traspasó con aquellos ojos negros de mirada pétrea. Él trató de sonreír y empujarla un poco.

–Vete y vuelve mañana –dijo–. Eres una buena chica.

Ella se marchó y Frankie echó a andar por el pasillo, en dirección a la esquina, para recoger a la rubia y llevarla a su habitación.

–¿Con quién estabas hablando? –preguntó Margot–. ¿Hablabas solo?

–Qué más da –respondió Frankie.

A la rubia le dio lo mismo y tomaron una copa juntos. Y para demostrar que no estaba ocultando nada, Frankie le enseñó su rollo de billetes.

Después de eso las cosas fueron todavía mejor entre ellos. La rubia le dijo que le gustaba mucho, muchísimo. Pero Frankie estaba tan borracho y soñoliento que le costaba trabajo mantener los ojos abiertos.

Qué extraño; en aquel momento Frankie tuvo la sensación de que alguien estaba llamando a la puerta. Pensó que quizá fuese la dama de rojo. Pero antes de que pudiera intentar averiguarlo, se quedó dormido.

Cuando despertó por la mañana, la rubia había desaparecido. Y también el dinero; incluso las maletas nuevas. En el bolsillo posterior de su traje encontró un dólar y treinta y cinco centavos en monedas. Y eso fue todo. Pero antes de que tuviera tiempo de serenarse, le estaba llamando por teléfono el gerente del hotel para decirle que debía dejar la habitación cuanto antes porque los vecinos no habían podido descansar en toda la noche. Frankie trató de decir algo acerca de la devolución del dinero, acordándose de que sólo le quedaba un dólar con treinta y cinco, pero el gerente dijo que una palabra más y llamaría a la policía. Además, no quería tener por huésped a un ex convicto. Frankie sintió que la cabeza estaba a punto de estallarle; no alcanzaba a comprender cómo aquel tipo podía saberlo.

Hasta que no estuvo en la calle, compró un periódico y vio la crónica del atraco, no acabó de entenderlo. EX CONVICTO FRUSTRA UN ATRACO, decían los titulares. Leyó la historia que había debajo, toda ella acerca de él. Toda acerca de él, porque algún avispado reportero seguramente había revisado los archivos para ver qué podía descubrir acerca de Frankie, y encontró su nombre implicado en una vieja historia escrita en el tiempo que lo habían enviado a prisión.

Por lo tanto, ya no tenía sentido que fuera a ver a Chesley para su trabajo. Y la pasta había volado, todo por culpa de aquella rubia despampanante y embustera...

De modo que había volado la pasta. ¿Y qué? Eran los azares del juego. Con su suerte, podría conseguir más.

Con su suerte.

¡Pero ella también había volado! ¡Y ella era la suerte!

Debieron de pensar que Frankie estaba loco, cuando volvió al Ardmoor y le gritó al gerente acerca de la dama de rojo. Por supuesto, el gerente no la había visto. Nadie la había visto. Nadie, excepto Frankie.

Volvió al restaurante y al viejo y cochambroso hotelucho y preguntó a todo el mundo. Nadie la había visto. ¿Cómo la había llamado el viejo profesor? Fortuna, la diosa voluble. Voluble. El único que había sido voluble era él. Él la había abandonado por una rubia, la había echado a la calle por una rubia embustera y ladrona.

Frankie se pasó el día recorriendo las calles en busca de la dama de rojo. Pero no la vio. Tenía los pies cansados, le dolía la cabeza y hablaba solo. Finalmente decidió probar en la taberna. Allí era donde la había visto por vez primera. Tal vez se encontrase en el salón trasero, donde giraba la rueda de la fortuna.

Estaba oscureciendo y Frankie parecía hecho una ruina. Debido a la resaca y al cansancio, y con la extraña sensación que sentía dentro de él –que ya no distinguía la realidad–, apenas podía ver.

Cuando estaba a una manzana del garito, parpadeó y se enderezó. Por la puerta principal salía una mujer parecida a la dama de rojo. Frankie echó a correr. La dama se alejaba aprisa y esta vez él pudo oír el repiquetear de sus tacones altos. Pero cuando estuvo más cerca de ella comprendió que no era la dama de rojo. Vio quién era. Era la rubia... ¡Margot! ¡Acababa de jugarse a la ruleta la pasta que le había robado!

La rubia caminaba deprisa en dirección opuesta y no se dio cuenta de que él la seguía. La alcanzó al llegar a la altura de una callejuela. Tanto mejor.

Frankie supo entonces que aunque aquella mañana no había visto a la dama de rojo, ésta aún estaba con él. A buen seguro que era ella quien dispuso las cosas para que se volviera a encontrar con Margot. La suerte continuaba de su parte, de modo que ya sabía lo que iba a hacer.

Cogió a la rubia por la cola de caballo y tiró de ella hacia la callejuela, rápidamente. Ella, al volverse y verlo, abrió la boca y los ojos desmesuradamente.

–¡Dónde está la pasta! –gritó Frankie, sacudiéndole de un lado a otro la cabeza–. ¡Dónde está mi pasta!

La zarandeaba tan violentamente que la mujer no podía contestar. Pero se le escapó el bolso de la mano y fue a caer sobre el pavimento. Al abrirse saltaron de su interior un juego de lápiz de labios y cosas parecidas. Ella, boqueando, señaló en dirección al bolso. Frankie le propinó el último empujón de enfado, se agachó y empezó a buscar entre las cosas que se habían escapado del bolso. Se levantó con un dólar y dos centavos en calderilla.

–¡Lo has perdido! –gritó Frankie–. ¡Lo has perdido todo! Di que has tenido mala suerte...

Entonces la miró. Estaba sentada en el suelo de la callejuela, en el mismo sitio donde había caído, con la espalda apoyada contra la pared. Al caer se había dado un fuerte golpe en la cabeza y tenía un costado de la cara lleno de sangre.

Frankie se inclinó sobre ella y le tocó la frente. Pero al contacto de su mano la rubia inclinó la cabeza hacia delante y él comprendió en el acto que estaba muerta.

Frankie abandonó inmediatamente la callejuela. Quiso correr, pero no tenía ningún lugar a donde ir. Estaba seguro de que, cuando encontraran a la rubia, seguirían su rastro hasta el hotel, la identificarían y, antes o después, la relacionarían con él. Y con la mala suerte que estaba teniendo, no tardarían mucho en encontrarlo.

Frankie advirtió que en la mano llevaba el poco dinero que le había sobrado a la rubia; tal vez le alcanzara para tomarse un par de copas. De manera que echó a andar a lo largo de la calle, se introdujo en la taberna y tomó asiento en su habitual taburete.

El viejo profesor estaba allí y Frankie deseaba contarle la

historia. Quería hacerlo porque tal vez el profesor le aclarase algo que, en su opinión, era muy importante. ¿Hubo realmente una dama de rojo, o todo habían sido figuraciones suyas?

De manera que Frankie contó rápidamente todo lo ocurrido. El profesor estaba muy borracho, igual que lo había estado Frankie la noche anterior, pero parecía coger el hilo de las palabras.

–Alucinación –dijo–. Todo es cosa de su mente. En realidad, tales casos se vuelven puramente subjetivos. Pero ¿existe un mundo objetivo? Ésa es la cuestión, mi querido amigo. –Y entonces depositó su copa sobre el mostrador y miró fijamente a la puerta de la habitación trasera–. Espere un minuto –dijo–. ¿A quién está llamando esa mujer con la cabeza?

–Yo no veo a nadie –respondió Frankie.

–Entonces me está llamando a mí –dijo el profesor. Se bajó del taburete y echó a andar, tambaleándose, hacia la puerta. Durante un minuto, Frankie lo vio allí, de pie, moviendo los labios y gesticulando como si estuviera hablando con alguien. Luego hizo una inclinación de cabeza y mantuvo la puerta abierta para que aquella persona imaginaria entrara delante de él al salón de juegos.

Frankie continuaba sin ver a nadie, pero entonces recordó lo que había dicho el profesor acerca de que Fortuna era una diosa voluble. Tal vez ahora ella hubiera escogido un nuevo amigo que la tratara mejor. Por otra parte, cabía la posibilidad de que le hubiera contagiado sus alucinaciones al profesor, igual que puede contagiarse un sarampión o un constipado. Pero quizá los dos estuvieran locos. Quizá todo aquello sólo fueran fantasías de ambos.

Tal vez, incluso, se hubiera imaginado que había asesinado a la rubia. Frankie ya no sabía qué creer. Pero, de pronto, oyó fuera ruido de sirenas y supo que al menos eso no eran figuraciones suyas.

Las sirenas sonaron más cerca, y Frankie cogió su copa.

–He aquí la suerte –dijo.

Y entonces entraron los polis.

Espíritu dulce

DONALD HONIG

Fitzhugh los veía a menudo en la canoa, en esta bella y solitaria parte del lago. La niña iba delicadamente sentada en la proa, y cuando el sol apretaba se cubría con una sombrilla blanca.

La cabaña de Fitzhugh estaba tapada por los arbustos de la orilla del lago y por las tupidas y oscuras ramas de los abetos rojos y los cedros, bajo los cuales el anciano solía sentarse sin ser visto. Le gustaba verlos venir. Raras veces se aventuraba nadie a adentrarse en aquellos parajes, que podían ser muy solitarios. Tomaba asiento en el banco que había delante de su cabaña y los contemplaba, encantado de ver la elegante y delicada silueta de la canoa sobre el agua azul y el suave movimiento del canalete. Los muchos años que había estado practicando su más bien dudosa profesión –de la que ahora estaba retirado temporalmente (como gustaba decir)– le habían insuflado un aprecio por las cosas delicadamente bellas.

Resultaba muy grato extender la vista sobre el lago hasta las copas de los árboles de la otra orilla, pero aquel era el lugar donde siempre empezaban a discutir. La niña quería ir más lejos, cruzando el angosto canal formado por la prominente orilla donde el lago Big Doe fluía hacia el río del mismo nombre. Pero su padrastro decía con gritos irascibles que ya había remado bastante; y ella, con una afectada voz juvenil, le decía que no gritara, que con ello conseguía enfadarse más y hacía que la canoa se balanceara peligrosamente.

Reinaba allí tanta calma que todas sus palabras resonaban con nitidez y Fitzhugh, sentado a la fresca sombra del bosque, podía oírlas. Siempre se suscitaba la discusión y siempre ésta rompía la idílica ternura de la escena y daba lugar a que el silencioso e invisible anciano del bosque se afligiera mucho, pues era un hombre benévolo, a pesar de que su alegre y rubicunda cara estuviera mirando fijamente desde casi todas las paredes de las oficinas de correos del país.

Esta soleada tarde oyó sus voces incluso antes de que aparecieran en la ensenada.

–¡Dijiste que lo harías! ¡Lo prometiste! –decía a gritos la niña.

El hombre, enfadado, le decía con voz áspera que se callara. La canoa apareció en la ensenada cortando suavemente las tranquilas aguas. El hombre había dejado de remar y estaba insultando a la niña. La canoa se deslizaba perezosamente sobre el agua. La niña, cuya dulce voz se había vuelto chillona, le estaba recordando alguna promesa.

Fitzhugh observaba por entre los árboles. El hombre había dejado el remo en el suelo de la canoa y comenzó a deslizarse amenazadoramente en dirección a la niña agarrado a ambas bordas.

El viejo del bosque frunció el entrecejo y se inclinó hacia delante. El hombre se acercó a la proa y se aferró a la niña. Hubo una tensa y desigual pelea. Los gritos de ella llegaban débilmente a través del agua, apagándose en el bosque. La canoa se balanceaba. El hombre inclinó a la niña sobre la borda y con una violenta sacudida la hizo caer al agua. Seguidamente cogió la pala y se puso a remar con furia.

Fitzhugh continuó sentado, con las cejas arqueadas, sin dar crédito a la escena que estaba presenciando. Las aguas del lago se cerraron en el lugar donde había sido arrojada la niña. Los círculos de agua se ensanchaban hasta desaparecer poco antes de llegar a la orilla. La canoa se perdió de vista en la ensenada.

–No puedo creerlo –musitó Fitzhugh.

Y entonces sonó un ligero chapuzón en el lago y de pronto emergió una cabecita rubia, semejante a una flor marchita. La niña estaba nadando hacia la orilla. Fitzhugh lanzó una exclamación, se puso de pie y apretó el paso por entre los árboles, con sus achacosos andares de viejo, en dirección al lago.

–¡Eh, niña! ¡Eh! –gritaba mientras corría.

Cruzó apresuradamente los arbustos de la orilla y llegó a una pequeña playa de guijarros, agitando la mano y llamándola. Ella, al verlo, empezó a nadar hacia él, agitando el agua con sus bracitos.

–¡Ven hacia aquí! –la animaba Fitzhugh a medida que ella se acercaba.

Al tocar el fondo de las aguas someras, la niña se puso de pie. Su vestidito blanco estaba hecho una ruina y sus bucles dorados colgaban como delgadas cuerdas. Se acercó a él, con una expresión de aturdimiento y pánico en el rostro.

Fitzhugh abrió sus brazos a la niña abandonada. Ésta cerró los ojos, y se habría desplomado sobre las ligeras y suaves olas si él no se hubiera apresurado a recogerla. Antes de que la niña pudiera hablar, el agotamiento y el calor de aquellos brazos la adormecieron. La transportó a través de los arbustos, subió con ella la ligera pendiente y cruzó el bosque hasta llegar a su cabaña, sin dejar de admirar la belleza de aquel rostro infantil, tan cándido en su reposo.

–¿Quién puede ser capaz de hacerle algo así a una niña? –murmuró para sí–. Y una niña tan bella...

Entró en la cabaña, depositó a la pequeña lentamente sobre la cama y se apartó un momento para contemplarla. Calculó que no tendría más de diez años. Su rostro estaba sumido en el sueño, el sueño profundo de un niño que confía serenamente en el misterio del sueño. Estaba envuelta por un encanto cálido y juicioso, y en torno a su boquita había algo que recordaba un mohín de preocupación.

–Qué señorita tan bella –murmuró.

Procurando no molestarla, le quitó el vestido mojado y le puso una de sus largas camisas de franela; apartó las cobijas, la introdujo debajo y volvió a cubrirla con ellas hasta la barbilla. Luego hirvió un poco de leche, amonestándose a sí mismo por haber metido el dedo para comprobar su temperatura, y la llevó junto a la cama. Después de titubear un momento, se decidió a despertarla poco a poco. Cuando la niña abrió sus grandes ojos azules, el pánico todavía se reflejaba en ellos. Fitzhugh chasqueó la lengua en actitud tranquilizadora.

–Ya has despertado –dijo él.

La niña parecía tener miedo de moverse.

–Hala, bébete esto –la animó.

Ella se lo quedó mirando; el pánico empezaba a esfumarse de sus ojos azules, dando paso a la incertidumbre.

–Ya estás a salvo –dijo él, con voz queda y suave.

–¿Quién es usted?

–Tu amigo. Y ahora bébete esto.

Había algo en él, en su edad, en su rostro rubicundo y en sus pequeños y vivaces ojos azules, que la tranquilizaba. Una manita blanca salió de entre las sábanas. La niña se sentó en la cama y empezó a beberse obedientemente la leche; sus ojos azules miraron con fijeza al anciano por encima del borde del vaso.

–Buena chica –dijo él, cogiendo el vaso cuando ella hubo terminado.

La niña volvió a meterse debajo de las sábanas, mirándolo fijamente con inocentes ojos de gacela.

–¿Cómo te sientes? –preguntó el anciano

–No lo sé –respondió ella, con una vocecita tímida.

–¿Tragaste mucha agua?

–No lo creo.

–¿Quién era aquel hombre?

–El señor Grove. Mi padrastro. Es horrible.

–Sí, eso dicen mis vecinos. Me pregunto qué artimaña le contará a tu madre.

–¿Conoce usted a mi madre?

–No, personalmente no. Pero las historias de la gente rica corren de boca en boca. Sé que te llamas Shirley y que estás en casa pasando las vacaciones de verano. Sé que tu padrastro te saca todos los días en la canoa y que su resistencia, o su paciencia, empieza a menguar cuando llegáis a este lugar.

–Yo le pido que me lleve hasta el río; dicen que es muy bonito –comentó la niña–. Pero nunca lo hace. Es malo.

–Parece una persona muy desagradable.

–Me pega cuando no está mi madre delante.

–¿Se lo has contado a ella?

–Sí, pero se limita a decir que algún motivo tendrá. Ella lo considera una buena persona. Me envía lejos a un colegio para que no me pelee con él.

Fitzhugh sonrió para sus adentros ante la seria y precoz sofisticación de la niña.

–Dime –preguntó Fitzhugh–. ¿Qué sucedió en el lago?

–Se enfadó mucho cuando insistí en ver el río y dijo que ya que tanto lo deseaba me lo iba a mostrar de verdad.

–Y vaya si lo hizo. Creí que estarías en el fondo del lago.

–Él no sabía que aprendí a nadar en el colegio –dijo Shirley, con orgullosa e infantil satisfacción–. Lo mantuve en secreto porque quería darles una sorpresa.

–Me imagino que será una gran sorpresa –dijo Fitzhugh–. Pero nadar debajo del agua...

–Ha sido una experiencia completamente nueva.

–¿Nunca habías nadado bajo el agua?

–Hasta hoy, no.

–¡Fantástico!

–Él cree que me ahogué.

–Qué optimista.

Ambos se echaron a reír, ella entre dientes, con la boca oculta debajo de las sábanas. Luego Shirley dejó de reír y permaneció en silencio, mirando al anciano con curiosidad.

–¿Quién es usted? –preguntó ingenuamente.

–Albert Fitzhugh.

–¿Vive aquí?

–Sí.

–¿Ha vivido siempre aquí?

–Desde hace unos años.

–Nunca lo había visto.

–Sí; sí que me has visto; desde la ventanilla del coche grande y veloz que tienes.

–Aborrezco ese coche.

Fitzhugh chasqueó la lengua.

–¿Vive usted solo? –preguntó la niña.

–Completamente solo.

–¿Por qué?

–Las personas mayores a menudo viven solas.

–¿Cuántos años tiene?

–Sesenta y siete.

Ella asintió con solemnidad y le preguntó:

–¿Le gusta vivir aquí?

–Trato de encontrarme a gusto.

–¿No tiene a nadie en el mundo?

–A nadie.

–Eso es tremendo. ¿Se siente solo?

–En ocasiones. Pero me atrevería a decir que todos nos sentimos solos alguna vez. Incluso tú en tu gran casa.

–¡Oh, aquella casa! La odio, señor Fitzhugh. ¡Cuántas habitaciones vacías!

La cabaña de Fitzhugh poseía el encanto de lo rústico. Era sencilla y severa, y, al igual que su plácido y anciano ocupante, parecía tan curiosa como humilde. Los muebles, desiguales y de aspecto resistente, provenían, evidentemente, de distintos lugares. El entarimado del suelo estaba muy limpio. Las paredes, de pino, estaban sin pintar y por toda decoración lucía un calendario del mercado local. Junto a la chimenea de ladrillo había recostada una escoba.

Fitzhugh miraba pensativo a la niña.

–Así que no te gusta tu gran casa, ¿eh? –dijo.

–La odio.

–Pero ahora tienes que volver allí.

La niña guardó un hosco silencio y se llevó los deditos a la boca. Al cabo de un rato dijo:

–No quiero volver allí, señor Fitzhugh. Tengo miedo.

–¿De Grove? Bueno, no te preocupes por eso. Lo que yo he visto hoy lo mantendrá alejado durante mucho tiempo. Cuando la policía sepa... –Se detuvo, cayendo mentalmente en la cuenta. «La policía», repitió para sus adentros. No, aquello no serviría. En absoluto.

–Odio aquella casa, señor Fitzhugh –insistió Shirley–. ¡La odio!

–Pero es tu hogar, pequeña.

–No lo es –respondió ella, con lágrimas en los ojos–. Yo no tengo hogar.

–Pero tu madre...

–Mi madre no me echará de menos.

–Shirley –le reprochó Fitzhugh–, ¿cómo puedes hablar así?

–Porque la conozco. Esta noche se tomará un sedante y mañana se hará a la idea de que estoy en el colegio. Se pinta sola para hacer esas cosas. Ya lo hizo cuando murió papá.

–¿De veras?

–Sí.

–¿Y no sientes la menor compasión por ella?

–No. Pronto lo convertirá en un juego y tratará de conectar con mi espíritu en el otro mundo.

–¿Qué quieres decir con eso?

–Hizo lo mismo cuando murió papá. Mi madre es una persona muy supersticiosa; «*estupidiciosa*», solía llamarla yo. Invitaba a casa a unas personas terriblemente fantasiosas e intentaban contactar con mi padre en el otro mundo.

–Qué interesante –dijo Fitzhugh, con aire pensativo, enarcando las cejas–. ¿Y dio resultado?

–¡Oh, señor Fitzhugh! No creerá usted en esas cosas, ¿verdad?

–Un hombre de mi edad no está en condiciones de dudar demasiado de nada.

–Bueno, no resultó.

–¿Y sospechas que tratará de hacer lo mismo con tu pequeño espíritu arrastrado por las aguas?

–Probablemente.

Fitzhugh se sumió profundamente en sus pensamientos, tamborileando en su rodilla con los dedos. Recordó que hacía mucho tiempo alguien le había hablado de una sesión de espiritismo. ¿Quién lo había hecho? ¡Oh, sí, Mike el Rata, en Boston! Intentaron invocar el espíritu de un abuelo rico o alguien similar, y casi lo consiguieron; hasta que algo salió mal. Siempre algo salía mal en aquellos intentos, porque, naturalmente, era imposible traer a nadie del...

Miró a la niña, pensó en la mansión de los Grove junto al lago, en todo el dinero...

–¿No quieres volver a casa? –preguntó él.

–No –contestó la niña, con un pucherito.

–Pero ¿qué harás?

–No lo sé. Viviré... en el bosque.

–Eso no es muy agradable.

El rostro de Shirley se iluminó.

–Señor Fitzhugh, ¿quiere que me quede con usted? –preguntó.

–¿Quedarte aquí?

–Sí. Usted ha dicho que no tiene a nadie en el mundo.

–Pero ¿qué harás aquí?

–Seré su criada. Haré la comida, zurciré, barreré...

–Pero no puedes quedarte aquí para siempre, Shirley –dijo él.

–Sólo por algún tiempo. Sea bueno, por favor, señor Fitzhugh –dijo ella en tono de suave y dulce súplica.

–¿Y después?

–Después volveré a casa y meteré en la cárcel al señor Grove.

–Has prometido volver a casa en poco tiempo.

–Por supuesto.

–Aquí no tienes nada que ponerte, ya sabes.

–Me haré un vestido con su vieja camisa de lana.

Él se echó a reír y dijo afablemente:

–Qué faena me has hecho.

Shirley se sentó en la cama, se abrazó las rodillas y se echó a reír.

–Señor Fitzhugh –dijo con acento encantador–. Lo quiero.

Él sonrió y sonriendo se dirigió hacia la puerta y se quedó mirando fijamente los rayos del sol que se filtraban entre las ramas de los árboles. «Vaya truco –pensó, casi sin creérselo–. Dios mío, no puede fallar.»

Cada mañana, cuando la luz ya había llegado a lo alto de la bóveda celeste, Fitzhugh abandonaba su cabaña y daba un tranquilo paseo por el bosque, más encantado que intrigado por los múltiples misterios y dramas que lo rodeaban. Respetaba el orden de aquel lugar, sin tocar jamás una flor silvestre ni molestar las hojas de las ramas caídas.

Cuando llegaba a la carretera, recorría a pie el sombreado tramo para ir a comprar provisiones a la pequeña tienda de la señorita Jennifer. En este lugar declinaba la exuberancia del bosque, que aquí y allá había sido vencido por el hacha, para dar lugar a algunas casas tan grandes como pulcras, con porches y soberbios jardines delanteros. La insignificante barraca de una sola planta de la señorita Jennifer estaba a la derecha del camino, delante mismo de su casa.

A aquellas horas, la figura de Fitzhugh, que con su cabeza casi calva, sus hombros encorvados y su andar cansino se acercaba silbando por el camino, era una visión familiar para todos. Cuando alguien lo saludaba agitando el brazo, él le devolvía el saludo. Un kilómetro y medio más adelante, siguiendo la carretera, estaba la casa de Shirley, la mansión de los Grove, una majestuosa y formidable finca con vista al lago. Él había llegado algunas veces hasta aquel sitio para admirarlo. La riqueza y sus manifestaciones siempre le habían fascinado.

Ese día, como de costumbre, entró en la tiendecita de la señorita Jennifer. Ésta, una mujer de cabello gris, nervuda, con aspecto de pájaro, estaba sentada detrás del mostrador con un periódico extendido sobre su regazo. Levantó el par de ojos más tristes que él había visto en su vida.

–Señor Fitzhugh, ¿la conocía usted? –le preguntó, en tono afligido.

–¿A quién, señorita Jennifer?

–A la pequeña Shirley Grove.

A punto estuvo de sonreír, pero se contuvo.

–Bueno, la he visto algunas veces. ¿Por qué me lo pregunta?

La señorita Jennifer lo miró con ojos dilatados y llorosos.

–Se ha ido –dijo ella.

–¿Ido?

Ella asintió en silencio.

–¿Qué ha pasado? –preguntó Fitzhugh, fingiendo un discreto interés.

–Ayer se cayó al lago y se ahogó.

–¡Es tremendo!

La señorita Jennifer le ofreció el periódico. Él leyó los titulares que anunciaban la tragedia del lago Big Doe. Meneó la cabeza amargamente, chasqueando la lengua.

–Todos están destrozados –dijo la señorita Jennifer.

–Es natural –convino Fitzhugh.

–Es terrible.

–Qué pena.

–Era una niña tan alegre –continuó tristemente la señorita Jennifer–. Siempre tan llena de vida. No me puedo hacer a la idea de que se haya ido.

–Más bien parece increíble.

–Se perdió en la parte del lago donde vive usted.

–¿De veras?

–Qué cosa tan triste.

–Aquí han escrito que el señor Grove iba con ella en la canoa –aclaró Fitzhugh, bizqueando al mirar el periódico.

–Dicen que el pobre hombre no puede hablar de tanta pena –comentó la señorita Jennifer.

–El periódico dice que él no sabe nadar.

–Ahí está la tragedia –dijo ella.

–Muy lamentable.

–Yo digo que es la voluntad del Señor. A la niña le llegó su hora. Nada podemos objetar a esas cosas.

–Muy cierto, señorita Jennifer.

–Eso nos sirve de consuelo.

–Así es –dijo Fitzhugh.

Además de las provisiones, Fitzhugh compró un periódico y emprendió el camino de regreso por la carretera, teniendo buen cuidado de no empezar a silbar hasta hallarse bien lejos de la pequeña tienda. Tras cruzar el bosque, llegó a la cabaña. Cuando entró, Shirley estaba riendo.

–Ha pasado por delante una canoa –dijo–. Pensé que les habría dado un gran susto si me hubiera acercado nadando hasta ellos y hubiera sacado repentinamente la cabeza de debajo del agua.

–Eres un duendecillo, ¿verdad? Pero no olvides, Shirley, que si alguien te viera nuestro plan fracasaría.

–Lo sé, señor Fitzhugh. Pero me gustaría ser el fantasma del lago.

–Mira lo que traigo –dijo él extendiendo el periódico sobre la mesa.

Ella leyó con candorosa excitación el reportaje, emocionada al ver su fotografía en el periódico. Éste publicaba la versión de Harry Grove acerca de la tragedia. Decía que la niña, pese a que le había advertido que no lo hiciera, se había inclinado sobre la borda de la canoa para coger un nenúfar y se había caído al agua.

–¿Cómo pueden creer semejante mentira? –dijo Shirley.

–Dicen que Grove está destrozado por el dolor al no saber nadar –dijo Fitzhugh–. Que lloró al hacer las declaraciones.

–Puede ser un hombre muy emocional –comentó seriamente Shirley.

Harry Grove llegó a declarar que había visto el cuerpo ahogado de la niña en medio de las aguas claras, arrastrado por las corrientes subacuáticas en dirección al río.

–¡Qué espantosa imaginación! –exclamó ella.

Aquella tarde observaron a la policía mientras rastreaba el lago. Shirley, oculta entre los arbustos de la orilla, se sentía muy ufana.

A falta de zapatos, Fitzhugh le dio a la chiquilla dos pares de sus gruesos calcetines de lana a fin de que protegiera sus pies contra el suelo del bosque. Como era improbable que viniera nadie a su cabaña, no veía peligro en que la niña se aventurase a salir. A Shirley le encantaba ir hasta la orilla del lago. Le gustaba ver cómo su anfitrión, a pesar de su avanzada edad, todavía era un buen nadador capaz de ir nadando hasta la orilla opuesta y luego volver, lo cual, generalmente, le dejaba resoplando el resto de la mañana.

A los pocos días de que él la sacara del lago, vieron uno de sus zapatos flotando entre los nenúfares. Shirley, encantada, lo recuperó y se lo llevaron a la cabaña. Aquella noche, después de que ella se hubiera ido a la cama, Fitzhugh permaneció sentado hasta bien tarde fumando de su pipa. Sostenía el zapato en la mano, le dio varias vueltas al tiempo que lo miraba profundamente y dijo:

–¿Cuál va a ser tu precio? ¿Digamos... diez mil?

Hasta entonces había eludido los intentos de la niña por conocer su pasado. Pero a la mañana siguiente empezó a contarle algunas de sus experiencias y roces con la ley. Ella lo escuchaba con atención y seriedad infantiles, sopesando con expresión grave cada nueva cosa de la que se enteraba.

–Jamás sospeché que fuera usted un tramposo, señor Fitzhugh –dijo ella.

–Eso no es ser tramposo, Shirley –contestó él–. Sencillamente he sido un oportunista.

–¿Y no es hacer trampas lo que usted hacía... vender cosas que no tenían valor?

–No. Eso era oportunismo.

–¿Y coger los diamantes de aquella bella señora?

–Un momento de debilidad –respondió él.

–Sin embargo –añadió ella, sonriendo–, sigo queriéndolo y también me gustaría ser una tramposa. Señor Fitzhugh, ¿le metieron alguna vez en la cárcel?

–Sí, algunas veces.

Ella se rió, mirándolo desde el suelo, donde estaba tendida.

–Tiene usted cara de inocente –le dijo.

–Un requisito básico –repuso él, sonriendo maliciosamente mientras daba caladas a su pipa.

–¿Cómo llamaría usted a su profesión?

–Ha sido llamada de muchas maneras por mucha gente.

–¿Era usted un timador?

–Shirley, si supieras la habilidad, fantasía y sofisticación que hacen falta para ejercer mi oficio, jamás emplearías una palabra tan fuerte.

–Lo siento –dijo la niña.

Él la contempló con cálido regocijo.

–Es tan emocionante... –comentó ella.

–¿El qué?

–Ser un tramposo.

–Tal vez algún día hagamos un trabajo juntos –dijo él.

–Señor Fitzhugh, ¿se fiaría usted de mí?

–Absolutamente –respondió.

Aquella noche lo estuvo pensando. No podía fallar. Tenía la palabra de honor de Harry Grove de que la niña estaba muerta. Harry Grove declaraba haber visto el cadáver debajo del agua. La madre (una mujer rica) creía en los fenómenos sobrenaturales. Era bien sabido que esta clase de personas pagaban grandes sumas de dinero por invocar a los muertos. Mike el Rata le había contado muchas cosas acerca de cómo se conduce una sesión de espiritismo. «Lo importante –le había dicho Mike– es no olvidarse de estar seguro de que se actuaba de forma lo bastante "horripilante".»

A la mañana siguiente anunció que iba a la mansión Grove.

–¿Para qué, señor Fitzhugh? –le preguntó la niña.

–Quiero ver qué temperatura hace allí.

–No irá usted a traicionarme, ¿verdad?

–No. Pero tenemos que preparar a tu madre para tu regreso. No pongas esa cara de pena; nos divertiremos un poco.

Fitzhugh cogió el zapatito que había rescatado del lago y se marchó. Cruzó serenamente el bosque, silbando por lo bajo. Al llegar a la carretera recorrió el silencioso kilómetro y medio que lo separaba de la mansión de los Grove.

Se iba aproximando a ella con la mayor veneración. Se había formado un alto concepto de sus propios planes. Mientras recorría el largo camino de grava que describía una curva desde la carretera, contemplaba la casa con ojos solícitos y atentos. La mansión, ubicada a la orilla del lago, era una gran casa de dos plantas con las paredes cubiertas de hiedra, provista de dos soleados porches y un pórtico de columnas. Avanzó por el sendero que rodeaba un impecable jardín con un surtidor blanco en el centro. Llamó discretamente a la puerta principal y una doncella acudió a abrir de inmediato. Preguntó por la señora Grove, con tono suave y respetuoso, diciendo que era de suma importancia. La muchacha lo miró con desaprobación y volvió a internarse en la casa, dejando la puerta entornada.

Salió una mujer rubia, de treinta y tantos años, severamente vestida de negro. En sus ojos tristes, torturados por el llanto, había una mirada acusadora.

–¿Sí? –preguntó.

–Disculpe, señora Grove –dijo él, alzando la mano en un breve gesto de salutación–. Me llamo Albert Fitzhugh y tengo una cabaña junto al lago. Vivir tan cerca de la naturaleza quizá tenga algo que ver con ello, pero he descubierto que soy sensible a los fenómenos más extraños e inexplicables..., particularmente a los del otro mundo.

La señora Grove lo miró fijamente, y en sus ojos surgió un leve destello de anhelo y ansiedad.

–Señor Fitzhugh, ¿es usted médium? –le preguntó.

–Si acaso, lo seré por nacimiento y no por voluntad.

–Yo creo en los médiums –dijo ella, bajando la voz–. Confío y creo en lo desconocido, pese a ciertas desafortunadas experiencias, algunas de ellas muy costosas.

–Sé que hay mucha gente sin escrúpulos. Pero no estaría yo aquí si no pensara que puedo ayudarla.

–¿Ayudarme?

–Anoche creí oír en el bosque la voz de la niña. No estaba seguro porque el viento suena a menudo así. Pero esta mañana ha encontrado esto en mi mesa... –Le enseñó el zapato.

La señora Grove contuvo la respiración y clavó la vista en el zapato.

–¡Es de Shirley! –exclamó. Le arrebató el zapato de la mano y lo acarició tiernamente, como si dentro de él hubiera una vida palpitante.

–Es una señal –dijo él.

–Señor Fitzhugh –susurró ella, sujetando fuertemente el zapato–, ¿trató de establecer contacto?

–No –repuso él–. He pensado que primero debía hablar con usted.

–¿Sobre qué?

–Intentar establecer contacto supone una gran tensión. Tal vez si llegáramos a...

–¿A un arreglo económico?

–Sólo si yo tuviera éxito, señora Grove –dijo él, levantando un dedo.

–Si tuviera usted éxito, señor Fitzhugh, ninguna recompensa sería demasiado grande.

Acordaron celebrar la sesión de espiritismo la noche siguiente. En un principio, Fitzhugh pensó en prolongar su actuación durante una semana, pero, con Harry Gorve acechando por allí, lo mejor sería acabar lo antes posible. La única condición que puso fue que en la casa no hubiera nadie más que él y la señora Grove (que le tendría preparados cinco mil dólares en efectivo así como un cheque por la misma cantidad, que le sería entregado en el momento en que él hiciera volver a la niña).

Cuando regresó a la cabaña le dijo a Shirley que iban a ser socios en un negocio. La niña estaba muy excitada.

–Vamos a practicar un juego con tu madre –le dijo–. Si haces exactamente lo que yo te diga, todos nos divertiremos mucho.

Le explicó lo que tenía que hacer. Con una sábana le improvisó una túnica que la cubría desde los hombros hasta los pies y le confería un aspecto más bien piadoso.

–Shirley, mañana por la noche vas a regresar de entre los muertos –le dijo.

La niña estaba impresionada.

–¿Está seguro de que ella lo creerá? –preguntó.

–¿Por qué no? Tú estarás allí –respondió, encogiéndose de hombros con naturalidad.

–¿Cree usted que mi padrastro tratará de entrometerse?

–Realmente no tiene motivos para hacerlo. Él piensa que estás muerta, recuerda. En cualquier caso, me he encargado de que no esté presente durante el desenlace.

–Yo siempre le tendré miedo.

–Puede que también pensemos en algo para él.

–Señor Fitzhugh...

–¿Sí?

–Pensará usted que mi madre es tremendamente infantil.

–Todo lo contrario. Pienso que es una mujer muy inteligente.

La niña se puso a bailar en torno a la cabaña, dando palmas.

–¡Mañana volveré de entre los muertos! –cantaba.

–Y estarás estableciendo todo un precedente –dijo Fitzhugh, sonriendo.

Era una noche clara y estrellada. La luna creciente yacía en medio de una galaxia de cuerpos brillantes que parpadeaban sobre las copas de los árboles. Fitzhugh llevaba a la niña por la orilla del lago, pues prefería aquel camino a la carretera. Ella iba vestida con la túnica blanca puesta y el cabello rubio peinado con esmero. Fitzhugh sólo llevaba una larga y delgada vela blanca.

–Ahora recuerda, Shirley –le dijo mientras caminaban por la orilla del susurrante lago–, esto no es un asunto de poca monta. El menor asomo de risa o gesto de alegría puede echar a perder todo este juego. De modo que pórtate bien, pequeño y silencioso fantasma, ¿lo harás?

–Sí, señor Fitzhugh; me portaré muy bien –respondió la niña con aire formal.

Se acercaron sigilosamente a la casa. De acuerdo al plan, Shirley se colaría por una puerta lateral y desaparecería escaleras arriba. Cuando oyese la señal de Fitzhugh, consistente en tres golpecitos sobre la mesa, encendería la vela y bajaría con ella en la mano por las escaleras.

Ahora que la niña estaba en las alas del mundo de los vivos, Fitzhugh pulsó el timbre. Fue recibido por la señora Grove, quien había adoptado un aire estático y misterioso, perfecto para la ocasión.

–¿Está usted sola? –preguntó Fitzhugh.

–Sí –dijo sin aliento la señora Grove.

Entraron al salón y se sentaron en sillas opuestas ante una larga y pulimentada mesa de caoba. Fitzhugh vio la caja del dinero junto al codo de la mujer. Apagó la lámpara y la habitación quedó sumida en una tensa y profunda oscuridad. Fitzhugh dio comienzo al ritual, que en su mayor parte fue espontáneo.

Todo armonizaba con el gran momento: la oscuridad, el silencio, la luna bañando el borde de la mesa, el viento susurrando entre los árboles. Con un acusado sentido del dramatismo, Fitzhugh condujo la sesión hacia su clímax. La señora Grove estaba en un estado perfecto para lo desconocido. Fitzhugh alzó el puño y descargó sobre la mesa tres golpes firmes, dando comienzo al desarrollo del plan. Dirigió una mirada furtiva hacia el hueco de la escalera. Hubo un momento de tenso silencio y a continuación vio la luz fantasmagórica y vacilante de la vela que descendía. A lo largo de la pared se proyectaba un resplandor móvil y misterioso. Fitzhugh se quedó contemplándolo.

–Dese media vuelta, señora Grove –susurró.

La mujer, sin aliento, se revolvió en su silla.

Shirley descendía lenta y solemnemente, pura y angelical, con su túnica blanca, sosteniendo con firmeza en sus manos la larga vela blanca de punta flamígera, cuya luz bañaba su fresco y maravilloso rostro.

La señora Grove estuvo a punto de lanzar un grito, pero se contuvo. La niña bajaba parsimoniosamente por las escaleras, pisando con suavidad y firmeza un peldaño tras otro. La señora Grove se levantó, como si estuviera en trance, serena, sin apartar los ojos de la niña. Fitzhugh se incorporó también, y se acercó al dinero. Lo recogió apresuradamente y se dirigió a la puerta, en el preciso momento que la señora Grove, llorosa, abrazaba a su hija al pie de la escalera.

Fitzhugh huyó con el dinero bajo el brazo por el sendero de grava y tomó la carretera que conducía a su cabaña. Cuando cruzaba el bosque, advirtió que algo se movía cerca de la cabaña. Se detuvo, atisbando. Allí había alguien. Dejó la caja del dinero entre las hojas y continuó andando como si nada.

Reconoció al señor Grove, un hombre delgado y nervioso, con un pequeño bigote. Harry Grove caminó hacia él a la luz de la luna.

–¿Es usted Fitzhugh? –preguntó, en un tono brusco y desdeñoso.

–Sí –respondió Fitzhugh.

–Bien, mi nombre es Grove. Soy el marido de la señora Grove.

–¿Qué tal?

–Eso no importa. Ignoro qué juego se trae usted, abuelo, pero sé que esta noche ella le ha dado diez mil dólares, una parte considerable de ello en efectivo.

Fitzhugh lo miró fríamente y asintió.

–Me lo ha dado esta tarde, no esta noche –dijo.

–De acuerdo –dijo Harry Grove algo molesto–, no me importa cuándo. Lo único que sé es que lo tiene usted. Desconozco lo que ha hecho allí, pero esté seguro de que no se va a quedar con los diez mil dólares. Mi esposa es una mujer irracional. Puede usted ir a la cárcel por aprovecharse de ella, especialmente por el estado en que ella se encuentra.

Fitzhugh asintió y dijo:

–Supongo que tiene usted razón.

–Y ahora, ¿dónde está el dinero?

–Iremos al cincuenta por ciento –dijo Fitzhugh.

–Está bien. –Harry Grove sonrió malévolamente–. Yo cogeré el efectivo y usted puede quedarse con el cheque.

–Bien –dijo Fitzhugh–. ¿Sabe llevar una canoa?

–¿Una canoa?

–El dinero está en el lago.

–¿En el lago?

–En un lugar poco profundo, por supuesto. Lo arrojé allí esta tarde, por las mismas razones que acaba usted de mencionar.

–¿Conoce el sitio?

–Desde luego –dijo Fitzhugh.

Subieron a bordo de una vieja canoa, abandonada hacía algunos años cerca de la cabaña de Fitzhugh, y remaron hasta el centro del lago.

El viejo caballero, con aire pulcro y respetable y una media sonrisa de placer en los labios, iba acomodado en el veloz tren. Mientras veía cómo se deslizaba el cambiante paisaje, pensaba: «Bien, de todos modos hemos averiguado una cosa. Esa vieja canoa tenía el fondo podrido, como siempre sospeché. Y otra cosa también. Harry Grove dijo al menos una verdad en toda su vida. Era cierto que no sabía nadar».

El único policía malo

PAUL EIDEN

A pesar de la estúpida película del Oeste que acababan de ver, los dos niños rubios disfrutaban de aquella noche de verano, pues en vez de estar acostados paseaban cogidos de las manos grandes y secas de su padre. Cuando cruzaban la primera calle, salió de un restaurante de la esquina un policía corpulento y de aspecto descuidado. Caminaba con la espalda rígida y movimientos exageradamente controlados, lo cual lo delataba aún más que si fuera tambaleándose.

Nunnamaker observó cómo enfilaba en dirección a la esquina y se apostaba allí contemplando, malhumorado, con sus manazas caídas a la altura de los muslos, a las personas que paseaban por el otro lado de la calle. A Nunnamaker le vino inmediatamente a la cabeza la frase «borracho peleón». El corpulento policía hacía que se sintiese incómodo. En torno a él había una carga de latente violencia tan palpable como el olor a whisky que exhalaba.

Cuando se encontraba exactamente frente a él, el mayor de los niños dijo en voz alta y bien clara:

–¡Los polis apestan!

Con el rabillo del ojo, Nunnamaker vio que el policía levantaba la cabeza, como extrañado e inseguro de lo que había oído. Nunnamaker contuvo la respiración y pasó por alto el comentario del pequeño. Cuando se habían alejado de él una distancia prudencial, Nunnamaker, sin acabar de creérselo, preguntó en tono enfadado a su hijo:

–¿Qué has dicho acerca de ese policía?

El niño se llamaba Johnny. Tenía ocho años y medio.

–¡Los polis apestan!

Nunnamaker sacudió severamente el brazo de su hijo.

–Que no te oiga decir eso otra vez –le advirtió, al sentir

mancillado su inveterado respeto germánico por la ley. Todavía podía sentir clavados en su espalda los ojos del agente–. Los policías son buenos. Necesarios. Representan a la autoridad y merecen el respeto de la gente.

Johnny miró fijamente a su padre y guardó un solemne silencio.

–Recuérdalo –dijo Nunnamaker, cogiéndolo otra vez de la mano.

Cuando llegaron al drugstore de la esquina siguiente se enzarzaron en una breve disputa por ver quién sostenía abierta la puerta mientras entraban. Perdió Freddy, el más pequeño, como ocurría generalmente. Nunnamaker lo sentó en un taburete. Después de deliberar unos minutos, hizo el pedido al camarero. Los dos niños decidieron tomar un helado de plátano.

Los dejó solos y se acercó a un escaparate de herramientas que había al otro extremo del establecimiento. Hacía tiempo que Johnny había aprendido a manejar bien la cucharilla del helado. Freddy se ponía furioso si le ayudaban delante de su hermano.

«Johnny y Freddy», pensó Nunnamaker al tiempo que cogía un paquete de brocas graduadas para un taladro de alta velocidad. En su país natal se llamarían Hans y Fritz, pero Lisa le dijo que nunca los llamase así, pues esos eran los nombres de dos niños terribles de un tira cómica.

Nunnamaker pasó la yema del dedo por la punta de las brocas, las observó a la luz y volvió a dejarlas desdeñosamente. Fue mirando el resto de las herramientas, sin tocar ninguna.

Nunnamaker había usado herramientas toda su vida. Le gustaban. A los treinta y cinco años era un hábil modelista casi inigualable. Su presencia en aquel drugstore, así como la recientemente adquirida nacionalidad estadounidense de su familia, constituían la recompensa a su habilidad. Había sido trasladado a Estados Unidos por sugerencia de varios científicos alemanes que al final de la guerra habían buscado refugio en la industria armamentística estadounidense. Ahora pasaba sus días en una planta de alto secreto, aparentemente inocua, de Long Island.

Nunnamaker borró de su mente lo que había dicho Johnny acerca de los policías. A finales de mes sacaría a sus hijos de aquel barrio feo y superpoblado. En su nueva casa de Levittown pronto se olvidarían de las cosas que estaban aprendiendo entre los sabihondos muchachos de los espantosos suburbios. Nunnamaker no creía que ninguno de los actuales compañeros de juego de Johnny y Freddy se salvara de la silla eléctrica.

La capacidad de adaptación de sus hijos no le preocupaba. Su charla ya estaba salpicada de nombres como Mantle o Floyd Patterson. Por otra parte, Lisa era ya más norteamericana que alemana. Nunnamaker bendecía a su brillante y alegre esposa, que se reía de sí misma cuando delante de sus nuevas amigas pronunciaba alguna palabra incorrectamente, y nunca más volvía a equivocarse. Era él, el cabeza de familia, quien se conducía con rigidez y lentitud en este nuevo país. Pero pensaba que no todas las cosas viejas eran malas. ¿Qué iba a ser de sus hijos si no les enseñaba a respetar la autoridad?

Un breve chirrido de neumáticos y el sonido del metal al desgarrarse lo sacaron de sus cavilaciones. Todos en el drugstore volvieron las cabezas para ver qué pasaba en la calle. Sin sentirse alarmado, Nunnamaker fue a reunirse con sus hijos. Vio que Freddy se bajaba del taburete.

–¿Dónde está Johnny? –le preguntó.

Como consecuencia de la excitación, abrió desmesuradamente sus brillantes ojos azules.

–¡En la calle! ¡Vamos a ver el choque!

Nunnamaker lo sujetó con firmeza y, ocultando su sonrisa, dejó caer una moneda sobre el mostrador.

En el cruce de enfrente habían colisionado dos coches, cuyos parachoques estaban arrugados como si fuesen de papel de estaño. Nunnamaker vio que los dos compungidos conductores sacaban sus respectivas documentaciones y que la pequeña figura de Johnny corría a engrosar el grupo de curiosos que se estaba formando alrededor. Nunnamaker no cruzó la calle en diagonal sino que cogió a Freddy de la mano y se dirigió metódicamente al paso de cebra.

–¡Fuera de aquí! –gruñó con irritación una voz delante de él, y Nunnamaker oyó algunas risitas entre los congregados. Ahora iba corriendo. Había visto a Johnny sobre el parachoques de uno de los automóviles, apoyado en el capó para inspeccionar los faros rotos, y el mismo policía que momentos antes habían dejado atrás lo estaba retirando bruscamente cogiéndolo con una manaza por el frágil cuello y con la otra por la hebilla del cinturón. Nunnamaker, furioso, se abrió paso a través del cerco de espectadores. Johnny tenía el rostro lívido y los ojos abiertos como platos a causa del miedo.

–¡Quite las manos de encima del niño! –gritó Nunnamaker.

Johnny corrió hacia su padre y se agarró a su mano. El voluminoso agente se dio media vuelta. Le sacaba una cabeza a Nunnamaker. Hacía años que su cara se había convertido en un molde ceñudo.

–Debería usted tener a sus hijos en casa acostados –le contestó en tono arrogante.

Nunnamaker oyó un murmullo de aprobación entre la gente. «Pero si apenas son las nueve», pensó.

–Y usted no debería poner sus manos sobre los hijos de nadie –dijo Nunnamaker con vehemencia. Cogió a sus hijos de la mano, sin intención de marcharse de allí. Esperaba que los niños no se echaran a llorar.

El policía esgrimió la libreta de denuncias y un largo lápiz amarillo. Sus ojos eran diminutos, porcinos, rencorosos.

–No me ordene lo que tengo que hacer, inmigrante –dijo, y Nunnamaker escuchó risitas entre la muchedumbre. El policía también las escuchó y trató de congraciarse con la gente. Dobló su cuerpo y tocó la nariz de Johnny con la goma de borrar que había en la punta de su lápiz–. ¿Qué está haciendo a estas horas un chico de tu edad?

–¡Basta! –gritó Nunnamaker, con el mismo tono de furia que siempre adoptaba cuando algo le irritaba. Soltó las manos de los niños y éstos se aferraron a sus piernas–. ¡Son mis hijos!

Advirtió que cada vez se reunía más gente, atraída por la escena de un hombre delgado y furioso discutiendo con un corpulento policía. La boca del agente se retorció en una mueca obscena. Puso una mano sobre el pecho de Nunnamaker y lo empujó ligeramente.

–¡Lárguese de aquí! ¡Váyase a casa! –Su aliento apestaba a whisky.

La mano de Nunnamaker golpeó involuntariamente la parte interior de la muñeca del policía, apartando la mano de su pecho.

–¡Está usted borracho! –exclamó, ofendido–. ¡Está usted borracho!

El policía le dirigió una mirada feroz. Se guardó la libreta en el bolsillo y agarró con ambas manos la camisa deportiva de Nunnamaker.

–¿Te vas de aquí, sucio inmigrante, o quieres que te meta en chirona?

Nunnamaker parecía pequeño delante de aquel hombre, pero era un tipo de estatura media, estaba en forma y había endurecido su cuerpo en el *Turnvereind*. Tenía la coordinación de movimientos y los reflejos propios de quien ha hecho gimnasia toda su vida.

Nunnamaker levantó la mirada hacia aquellos ojos semejantes a dos hendiduras, al tiempo que oía los distantes gemidos de sus hijos, que intentaban disuadirlo de lo que iba a hacer. Su equilibrada naturaleza le decía que se estaba comportando como un idiota, pero cuando estaba enfurecido no podía evitarlo. Dio una palmada con las manos entre las piernas y levantó los brazos. Como si fueran una cuña volante, golpearon los del policía, que los abrió soltando a su presa.

El agente fue lanzado hacia atrás. Llenó de aire su voluminoso tórax y buscó a tientas la porra que llevaba en el costado, colgada de su lazo de cuero endurecido.

–¡Quedas detenido!

Nunnamaker tuvo la sensación de que todo el público se estaba indignando; no dudó un momento de que la indignación era en contra suya. ¿Quién se iba a encargar de Johnny y Freddy si él era arrastrado a la cárcel? «¡No! –quiso gritar–. ¡Por favor! ¡Lo siento!» Resultaba tan injusto.

Pero la manaza volvía a agarrarlo. Vio que la porra se levantaba lentamente, muy por encima del hombro uniformado. Era como una pesadilla. Aquel loco iba a golpearlo allí mismo, delante de sus hijos.

Nunnamaker se deslizó ágil y rápidamente hacia delante y asestó un puñetazo en el voluminoso vientre del policía, que lanzó un rugido animal de dolor y cayó pesadamente al suelo. La porra golpeó ruidosa y siniestramente sobre el pavimento.

Nunnamaker se aferró al extremo de la porra, pasó sobre los nudillos del agente la presilla de cuero y se la quitó de la mano.

–¡Ya está bien, imbécil! –exclamó, y sostuvo la porra en alto como respaldando sus palabras.

El policía se balanceó, apoyando una rodilla en el suelo. Sus ojos despedían fuego. Se llevó la mano a la pistolera.

«¡Dios mío, va a disparar contra mí!», pensó Nunnamaker.

Cuando el policía levantaba la cara, le asestó un puñetazo. Pero no lo hizo para protegerse a sí mismo, sino a su familia: Freddy, Johnny, Lisa.

A pesar del puñetazo, el policía se puso de pie y empezó a acercarse a él, tan implacable como un tanque.

Nunnamaker le abofeteó despiadadamente con la mano izquierda abierta. Arrastró al policía contra un automóvil aparcado y lo golpeó con sus puños de fuertes y grandes nudillos. A pesar de ello, los recios brazos del otro lograron agarrarlo. Los dos hombres estuvieron peleando hasta que trastabillaron y cayeron pesadamente al suelo. La pistola del policía estaba ahora fuera de su funda. «¡Me va a matar!», pensó Nunnamaker entre sollozos. Se puso apresuradamente de pie, pisó la muñeca del agente, cogió el arma por el cañón, y después de forcejear logró quitársela.

Nunnamaker estaba fuera de sí. Lo habían obligado a aquello, paso a paso. ¿Y ahora qué? No podía disparar contra el agente. Tampoco podía devolverle el arma; si se la entregaba, era hombre muerto. El voluminoso policía rodó hasta ponerse de cara al suelo. Goteaba sangre de su nariz. Maldecía sin parar, con una rabia feroz.

En un acto reflejo, Nunnamaker blandió el arma y golpeó

con ella al corpulento policía en la base del cráneo. El hombre volvió a caer, aturdido, pero sin perder el conocimiento. Rodó sobre su espalda y trató de ponerse en pie.

Nunnamaker bajó lánguidamente la pistola, espantado de lo que acababa de hacer. Ya no quería golpearlo más. Ahora se cernía sobre él la prisión y la ruina de su familia. Miró aturdido a su alrededor –repentina y vagamente– en busca de otro policía, sobrio, cuerdo, que detuviera a aquel loco dispuesto a matar y a que lo mataran.

Vio que lo contemplaban un montón de caras en las que se dibujaba la excitación y la inquietud, pero no la compasión. Se preguntó qué habría sido de Johnny y Freddy. Un hombre lo cogió por el codo y le dijo:

–¡Vale más que se largue, amigo!

Nunnamaker se volvió y vio a un joven fornido, con una camisa suelta a cuadros. Detrás había otros dos muchachos de la misma edad. Sus ojos mostraban preocupación. Uno de ellos dijo:

–¡Váyase, hombre!

Luego se acercó apresuradamente alguien, con una gorra negra de chófer y una mueca de excitación en el rostro.

–¡Venga! –le instó. Traía de la mano a Johnny y Freddy, y antes de que Nunnamaker tuviese tiempo de contestar se dio media vuelta y se largó con ellos.

Nunnamaker, paralizado, bajó la vista hacia el arma que tenía en la mano. El corpulento policía estaba de rodillas, con los ojos vidriosos y la mano apoyada en el parachoques de un coche aparcado, intentando levantarse. La bien equilibrada mente de Nunnamaker rechazaba cualquier idea de largarse con la pistola. Pero tampoco podía dejarla allí para que aquel energúmeno la cogiera e hiciera uso de ella. Se fijó en un edificio que había más allá del agente. Era de una sola planta. Tomó impulso con el brazo y arrojó el arma al tejado. Seguidamente corrió tras sus hijos.

El hombre de la gorra de chófer estaba metiendo a los niños en el asiento trasero de un taxi. Al volver la cabeza y ver que se acercaba Nunnamaker, se puso precipitadamente al volante. Nunnamaker se lanzó de golpe dentro del coche y el conductor dobló chirriando una esquina, sin darle tiempo a cerrar la puerta.

Aún jadeante, Nunnamaker cerró los ojos y apoyó la cabeza sobre las fundas imitación piel del respaldo del asiento. Sus hijos parloteaban con excitación. Según recordaba vagamente, había esperado que estuvieran aterrorizados. Mientras boqueaba dando la dirección al taxista, supo que lo que estaba haciendo era totalmente inútil.

Visiones del justo castigo que debía de estar gestándose detrás de él acudían inevitablemente a su mente: los ofendidos ciudadanos siguiendo la pista del taxi hasta su casa; alguien de entre la muchedumbre que lo había reconocido y ahora acudía apresuradamente a algún teléfono público; los lápices que estarían anotando rápidamente la matrícula del coche en el que había huido.

El taxi se detuvo en el bordillo del lado donde iba Freddy. Éste se interpuso ante su hermano y después de accionar con ambas manos la terca manija, abrió la puerta. Nunnamaker se apeó detrás de Johnny. Se volvió hacia el taxista y se llevó la mano al bosillo en busca de la cartera. El taxista era feo, pero tenía una expresión agradable en el rostro. Agitó la mano en señal de despedida y dijo:

–Esto corre de mi cuenta, hermano.

–Tengo que pagarle –dijo Nunnamaker, al tiempo que Johnny arrebataba a Freddy la manija de la puerta y la cerraba violentamente.

El taxista se puso un cigarrillo en la boca.

–Olvídelo. Aquel palurdo grandullón recibió su merecido. Lo he pasado en grande.

Freddy seguía cogido a la manija de la puerta, esforzándose por abrirla para volver a cerrarla de un portazo. Nunnamaker lo agarró de la muñeca y lo apartó del taxi.

–Bueno –dijo un poco turbado–, gracias.

El conductor tenía ya el cigarrillo encendido. Puso la marcha y dijo:

–Ni hablar.

¿Se habría vuelto todo el mundo loco esa noche?

–Hasta luego –dijo Nunnamaker.

–Hasta luego –corearon sus hijos.

El conductor volvió a sonreír.

–Seguro. Ya nos veremos.

Nunnamaker vio cómo las luces traseras del taxi se hacían más pequeñas a medida que avanzaba hasta que se cruzaban con un coche patrulla verde y blanco que circulaba lentamente en dirección opuesta. Sabía que vendrían por él, que registrarían palmo a palmo su manzana hasta dar con el número de su casa.

Cogió de la mano a los niños, consciente de que lo miraban con adoración. ¿Qué clase de padre era él, que había hecho aquello delante de sus hijos? Tendría que haberse marchado sin decir una palabra al policía.

–Papá es más valiente que Burt Lancaster –dijo Johnny, y su hermano lo secundó con una risa feliz.

«Un jugador de béisbol americano», pensó Nunnamaker. Se agachó hasta que su cabeza estuvo al mismo nivel que las de sus hijos.

–Debéis saber que los policías son buenos –les dijo mirándolos directamente a la cara–. Merecen ser respetados. Aquél fue un mal policía. El único policía malo del mundo. Por eso nos ayudaron las demás personas. –«Eso creo», estuvo a punto de añadir.

Nunnamaker vio que le creían. A sus espaldas oyó el ruido de las puertas del coche patrulla y recias pisadas avanzando hacia él.

–Y ahora subid a casa y decidle a vuestra madre que papá vendrá más tarde. –Les dio una palmadita en las nalgas y se quedó mirando cómo subían presurosos las escaleras y cruzaban la puerta del zaguán.

Nunnamaker se volvió hacia los policías. El más joven, alto y con cara de pocos amigos, apoyaba la mano en la culata de su arma enfundada. Su compañero preguntó con voz recia:

–¿Se llama usted Carl Nunnamaker?

–Sí, sí –respondió él, y dejó escapar un involuntario suspiro. Trataba de abrigar alguna esperanza frente a aquellos rostros fríos y profesionales. Después de todo, ¿qué podían hacerle a un hombre por protegerse a sí mismo y a sus hijos contra un policía borracho? ¿Qué podían hacerle a un hombre respetuoso de la ley, a un trabajador de conducta intachable?

–Queda usted detenido –dijo el policía más viejo–. No debió intentar darse a la fuga.

–Yo tenía a mis hijos... –empezó a decir Nunnamaker, pero desistió–. Aquel policía estaba borracho. –Dejó de mirar el rostro duro e implacable del agente más joven–. ¿Podré arreglar lo de la fianza esta noche?

–No, a menos que sea millonario –dijo el joven. Su voz era cortante–. La fianza por homicidio es muy alta, amigo, y usted mató a aquel agente de policía.

El testigo era una mujer

FLETCHER FLORA

–¿De una botella?

–¿Existe algún otro sitio de donde obtenerlo?

–Yo lo saqué de una sartén. Adelante.

Me serví un vaso de bourbon y me lo bebí de un trago. Luego volví, arrojé al suelo su sombrero y ocupé su lugar. La bebida me ayudó a sentirme relajado mientras él miraba.

–Adelante –dije–. Convénceme.

–No me atosigues. Estoy tratando de pensar en la mejor manera de enfocarlo.

–Lo mejor es seguir el camino más simple. Necesitas un favor. Dime cuál es.

–Primero déjame hacerte una pregunta. ¿Has visto últimamente a Nora?

–No. Hace un siglo que no la veo. ¿Por qué?

–Pensé que podías haberla visitado cuando asesinaron a Jack Kirby.

–No lo hice.

–Qué raro. Quiero decir, siendo viejos amigos y todo eso. Lo menos que puede hacer un viejo amigo cuando matan al amigo de una vieja amiga es ofrecerle su simpatía, condolencia y demás.

–Mi opinión personal es que las felicitaciones deben guardar un orden. No pensé que fuera de buen gusto felicitarla.

Me miró de arriba abajo, sacudiendo su cabeza de erizo, y sonrió. La sonrisa pronto se transformó en una risotada.

–¿Lo ves, Mark? Lo único que has conseguido son algunas manías. Un auténtico bribón de veinticuatro quilates como Jack Kirby ofende tu sensibilidad.

–¡Vete al infierno!

–Claro, claro. Lo que tú digas. Lo que quiero decir es que

este favor no es sólo para mí. ¡Oh!, puede que, de paso, lo sea, pero sobre todo es un favor para Nora.

–Corey, hablas como un hombre enrevesado.

–Yo no, Mark. Podré ser diferente a ti, pero no enrevesado. No me han dado un cerebro para eso.

–Está bien. Confiesa que el favor para Nora de paso lo es para ti.

–De acuerdo, pero centrémonos sólo en las circunstancias. ¿Leíste lo que decían los periódicos sobre el asesinato de Jack Kirby?

–Una vez, a la ligera.

–En tal caso recordarás lo que indicaban las evidencias. Jack Kirby tuvo una entrevista con alguien en su apartamento. Al menos una persona fue allí a reunirse con él y esta persona, quienquiera que fuese, lo mató. Para ser exactos, le hundió el cráneo con un pesado jarrón de cristal tallado. Eso fue lo que dijeron los periódicos, y todo era cierto. Lo que no dijeron, porque nos encargamos de que así fuera, es que alguien conocía muy bien quién estaba en el apartamento con Kirby aquella noche. Ese alguien es Nora.

–¿Cómo lo sabéis?

–No importa cómo. Lo sabemos.

–No resultará, Corey. No puedes negarte a hablar con un individuo al que le estás pidiendo un favor.

–Está bien. Te diré una cosa. El día que lo asesinaron, Nora le dijo a un amigo que aquella noche iba a ir al apartamento de Kirby, pero tenía que llegar más tarde, porque Kirby iba a recibir primero a alguien con quien ella no quería encontrarse. Ese amigo es una mujer cuyo testimonio puede resultar valioso. O al menos eso creemos.

–¿Mencionó Nora el nombre del invitado que Kirby esperaba?

–No, no dio ningún nombre. Sólo dijo que era alguien con quien ella no quería encontrarse.

–¿Se lo preguntasteis a Nora?

Corey tenía las manos apoyadas en las piernas, bajó la vista hacia ellas y empezó a doblar y a extender sus dedos romos. Recordó de pronto una experiencia desagradable que no podía olvidar, y durante unos segundos apareció en su rostro una expresión de amargura.

–Se lo preguntamos. La presionamos bastante, pero no dijo nada. Hasta negó haber contado a su amigo que lo sabía.

–Me pregunto por qué. Pensaríais que trataría de ayudar.

–Vamos, Mark. Tú conoces el porqué tan bien como yo. Jack Kirby era un tipo que se asociaba con individuos peligrosos. Uno de esos individuos lo mató, y él se lo pensaría dos veces antes de suprimir a un testigo material. Bien para impedir que ella hablara, o en venganza por haber hablado. Si él no pudo hacerlo personalmente, alguien lo haría por él. Hoy, mañana o el año que viene. La propia Nora tenía amistades peligrosas, incluyendo a Kirby. Ella sabe cómo operan, Mark. No hablará porque tiene miedo.

–Bueno, Nora no tiene precisamente un carácter fuerte. Acabará cediendo. ¿Por qué no la interrogas otra vez?

–Ojalá pudiera hacerlo.

–¿Por qué no? Has dicho que es un testigo material. Puedes arrestarla y hablar con ella.

–Lo haría si pudiera hablar con ella. –Se miró otra vez las manos, los dedos que no paraban de agitarse. Su rostro era ahora liso y duro, sin la anterior expresión de amargura–. Debí haber hablado con ella cuando la tenía, pero ése fue mi error. Un hombre comete muchos errores por culpa de los viejos tiempos.

–Te refieres a hacer y pedir favores. A esa clase de cosas.

–Tal vez. Veremos.

–Hablando de favores, ¿adónde voy a parar? Si piensas que sé dónde está Nora, te equivocas.

–No es ése el problema. Yo sé dónde se encuentra.

–En tal caso, ¿por qué no la arrestáis?

–Porque está fuera de este estado. Debes saber que no tenemos con nuestros vecinos ningún tratado de extradición referente a testigos materiales.

–A decir verdad, no lo sabía. Gracias por aclarármelo. Puede ser útil. No recuerdo haber leído en los periódicos nada de esto relativo a Nora.

–Ya te lo he dicho. No se publicó. Lo tapamos. La cuestión

es si podremos seguir tapándolo. La historia va a salir en las ediciones vespertinas, y eso es lo que me preocupa.

–Comprendo tus razones. No quedarás en muy buen lugar permitiendo que se te escape de las manos un testigo material. Es duro, Corey. ¿Quieres que me compadezca?

–No es eso. Sobreviviré bien a un poco de crítica. Es Nora la que me preocupa.

–¿Otra vez los viejos tiempos?

–Llámalo como quieras, pero comprende su situación. Ella es una constante y mortal amenaza para el asesino de Jack Kirby, quienquiera que sea, y en cuanto se publique la historia lo va a saber el asesino. También sabrá dónde encontrarla.

–Entiendo lo que quieres decir. La amenaza trabaja en dos sentidos.

–Exacto. Y ahí es donde entras tú.

–No me digas. Quieres que vaya a hablar con ella para convencerla de que venga a entregarse, por su propio bien.

–Eres un tipo listo, Mark. Siempre lo fuiste.

–Claro. Con manías. Si quieres que te diga la verdad, no estoy muy convencido de que ese misterioso visitante de Kirby esté tan desesperado como te imaginas.

–¿Crees que no? ¿Por qué?

–Bueno, Nora sabe que Kirby lo esperaba en su casa a cierta hora. A la hora en que Kirby fue asesinado. Así que ella lo sabe. Eso no es una prueba absoluta de que él estuviera realmente allí. Y aunque estuviese, eso no constituye una prueba de que fue él quien lo mató. Es una pista, Corey, no una convicción.

–Una pista es todo lo que necesitamos. El visitante mató a Kirby. Estamos seguros de ello. En cuanto sepamos quién es él, enseguida descubriremos más pruebas. Sabemos qué hay que buscar, y cómo y dónde encontrarlo.

–Todavía no me has dicho dónde está Nora.

–A unos ciento cincuenta kilómetros de aquí. El primer lugar que pensé registrar. El lugar natural donde se escondería una mujer que estuviese asustada y con problemas.

–¿En su casa?

–En su casa de antaño. En la granja.

–Regresión, como dicen los psicólogos. Fuiste agudo al pensar en eso de repente, Corey. Eres todo un psicólogo.

Se levantó de golpe y echó a andar hacia un par de ventanas iguales que daban a un pequeño patio en el que crecían algunas plantas. Estuvo observando un minuto o más y luego regresó donde antes, pero no volvió a sentarse.

–Mark, cuando éramos niños tú y Nora fuisteis siempre buenos amigos. Mejores que ella y yo. Yo solía odiarte a causa de ello, pero eso ya no importa. Es una de las cosas que he superado. El caso es que ella estará en peligro. Si no lo creyera, no estaría aquí. A mí no me escucharía, pero puede que a ti sí. ¿Quieres ir a hablar con ella?

–¿Por qué yo?

–¿Necesitas oír las razones que se han dicho?

–No se me ocurre ninguna.

–¿Como un favor para mí?

–No quiero hacerte favores.

–¿Quieres hacérselo entonces a Nora?

–Nora quiere que la deje en paz. Así me lo dijo.

–¿Aunque sea para salvar su vida?

–Nora ya es una chica adulta. Se relaciona con elementos peligrosos y toma sus propias decisiones.

Se quedó de pie mirándome, con el rostro tan adusto y vacío como el del jefe de sección de unos grandes almacenes. Se dio media vuelta, recogió su sombrero del suelo y lo estuvo sosteniendo agarrado por el ala.

–Creo que esas manías son más graves de lo que pensaba –dije.

Avanzó hacia la puerta y se fue. Yo continué sentado en la silla, sumido en los recuerdos que él había actualizado. Nora, que vivía en el campo, iba al instituto de enseñanza media de la ciudad en el autobús escolar. Corey y yo vivíamos en la ciudad y nos comportábamos con los chicos del campo como verdaderos esnobs. Pero cuando conocimos a Nora dejamos de ser esnobs. Era esbelta y adorable, y parecía moverse con gracia increíble en una especie de nubecilla dorada. De hecho, era tan bonita que hizo que me sintiese absolutamente tímido casi un año completo, hasta que finalmente nos juntamos en una merienda campestre la tarde de un domingo. A partir de entonces empecé a conocer a Nora tal como era: una manipuladora lujuriosa, casi amoral, que ya entonces tenía cuidadosamente concebidas ciertas ideas acerca de lo que quería de la vida. Yo no la amaba menos por eso, tal vez más, pero me resignaba ante la obvia verdad de que yo no era, en el mejor de los casos, sino una especie de privilegiado expediente.

Al terminar el instituto, Nora, Corey y yo recorrimos, en diferentes momentos, los cientos de kilómetros que nos separaban de la ciudad. Al principio nos encontrábamos de vez en cuando, pero en los últimos tiempos casi dejamos de vernos. Corey se hizo policía. Yo, gracias a la suerte, a las cartas y a ciertos contactos, aprendí a vivir sin excesivos esfuerzos. En cuanto a Nora..., bueno me negué a hacerle un favor a requerimiento de Corey; pero había muchos que se los hicieron, como pasa siempre con las chicas como ella, y algunos de los favores ascendían a cinco cifras. Jack Kirby no había sido el primero, pero tal vez fuera el último.

Me puse de pie, caminé hacia la ventana y bajé la vista hacia el patio, donde crecía la hierba verde. No estaba acostumbrado al resplandor del día, cuya luz parecía intensamente brillante y me hería los ojos. Como me dolía la cabeza, pensé si podría resistir otro latigazo de bourbon, pero decidí que no. Abandoné la ventana y crucé el salón, refugiándome en la suave y seductora penumbra del dormitorio. Me tendí sobre la cama deshecha y traté de poner en orden mis ideas. Esto debió de surtir un efecto terapéutico, porque al cabo de un rato dejé de sentir dolor de cabeza, o ya no tuve conciencia de él.

Admití que Nora conocía la identidad del visitante de Jack Kirby, que también era su asesino. Corey, que era un muchacho brillante, también lo admitía. Siendo un chico brillante, resultaba extraño que pudiera seguir tanto tiempo equivocado partiendo de un buen comienzo. Resultaba divertido, como para soltar una carcajada, pero yo no tenía ganas de reír. Debido a que ella se había negado a hablar y a que se había escondido para escapar a una presión que sin duda la habría obligado a ceder, Corey daba por hecho que ella tenía miedo a las consecuencias de señalar a nadie con el dedo, a la venganza de un asesino o de un sicario; pero eso no era verdad. No podía serlo. Era cierto que ella había escapado a la presión, pero había guardado silencio simplemente porque no quería que se supiese quién había visitado a Jack Kirby. En aras de los viejos tiempos. Realmente, era conmovedor, y yo supe apreciarlo.

Anduve dándole vueltas a mi cabeza con singular imparcialidad, como si estuviera reviviendo una experiencia ajena, pasando revista a cómo sucedió cuando maté a Jack Kirby. Yo no me había propuesto matarlo, aunque admito que hacerlo fue un verdadero placer, y lo que realmente pretendía cuando fui a su apartamento era pagarle una deuda de un par de los grandes.

Kirby me había ganado aquellos dos mil dólares en una partida de póquer descubierto, que resultó ser el comienzo de una mala racha. Para tener una idea de lo adversa que empezaba a ser mi suerte, volví a perder en tres ocasiones similares, cosa realmente difícil en tales circunstancias. En segundo lugar, y para demostrar cómo puede empeorar la suerte en una mala racha, yo no disponía de los dos billetes de mil. Sólo me quedaba firmarle un pagaré a veinticuatro horas. Transcurrió el plazo y seguía sin tener los dos billetes. Mis intenciones eran buenas, pero mi suerte continuaba siendo mala. Mi plazo fue prorrogado tres veces, y luego me envió un par de matones. Llegaron a mi apartamento a media tarde, cuando me acababa de levantar de la cama. Los había visto merodeando por allí y conocía el nombre de uno de ellos, pero los nombres no importaban. No era una visita social, sino de negocios. Se condujeron muy cortésmente, con maneras comerciales. Sólo habló uno de ellos.

–Señor Sanders –dijo–, representamos al señor Jack Kirby en un pequeño asunto comercial.

–Los tiempos han sido duros –respondí.

–El señor Kirby lo tiene en cuenta, pero opina que ha sido sobradamente generoso.

–Dé al señor Kirby las gracias de mi parte.

–Me temo que el señor Kirby quiere algo más que las gracias. Quiere saber si está usted preparado para saldar su deuda.

–¿Qué tal si le diera un pago a cuenta? Digamos el diez por ciento.

–Perdone. El señor Kirby considera que la deuda debe ser saldada en su totalidad. Está dispuesto a darle un plazo hasta las ocho de la tarde de mañana. Confía en que vaya usted a su apartamento a esa hora con toda la cantidad adeudada, en metálico.

–Dígale al señor Kirby que concederé a este asunto la mayor atención.

–El señor Kirby quiere que le recordemos encarecidamente la urgencia del caso.

–Estupendo. Me doy por enterado.

–El señor Kirby quiere que se lo recordemos de una forma que no olvidará.

Al parecer, esa fue la señal para ponerse a trabajar, y eso, precisamente, fue lo que hicieron. Al faltar varias horas para que oscureciera, yo todavía no estaba muy alerta y preparé lo que podría denominarse una triste defensa. De hecho, no preparé ninguna en absoluto. El mudo me agarró repentinamente por detrás y me inmovilizó en una combinación de llave de lucha con un brazo y bloqueo del cuello con el otro, mientras que el que llevaba la voz cantante me golpeó con los puños tres veces en el abdomen, eso sí, con expresión de lamentarlo. Al llegar a la puerta, después de dejarme en el suelo doblado de dolor, el que llevaba la voz cantante se detuvo y me miró; por su rostro picado de viruelas se fue extendiendo una expresión de lástima.

–Lo siento, señor Sanders –dijo–. Como comprenderá, no es nada personal.

Fui incapaz de agradecerle sus educadas disculpas del modo que se merecía. En cuanto se fueron empecé a respirar otra vez, y un poco más tarde conseguí levantarme. La paliza había sido dolorosa, pero no demoledora.

Aquella paliza, en cierto modo, constituyó un cambio. Era el punto más bajo de la racha, el de peor suerte, y ahora que las cosas habían alcanzado su momento más aciago, inmediatamente, empezaron a mejorar. Lo que quiero decir es que cogí el diez por ciento que había ofrecido a los bribones pagados por Kirby, jugué de nuevo al póquer descubierto y lo multipliqué por veinte. Algo más de cuatro de los grandes en papel y ningún pagaré en el paquete. A medianoche tenía en mi poder toda la cantidad que adeudaba, y en metálico, como había dicho el gorila parlante.

A las ocho de la noche siguiente, me presenté ante la puerta de Kirby. Llamé y salió él a recibirme. Iba vestido casi totalmente de esmoquin, salvo que la chaqueta era de color granate, con un fajín de satén negro. Daba la casualidad de que yo sentía aversión por los fajines de satén, ya fueran con chaquetas de esmoquin o con cualesquiera otras, y esto me puso de mal humor. Ello hacía más difícil que nunca que fuese razonable respecto de la paliza que me había mandado dar. Al parecer, yo no llevaba nada que despertara en él una aversión comparable. Su rostro alargado y cetrino, partido por una prominente nariz y un fino y largo bigote, parecía perfectamente amable.

–Hola, Mark –dijo–. Me alegro de verte.

–¿Aun estando roto? –objeté.

–Lo siento. –Su rostro perdió la amabilidad en un instante–. La pobreza me deprime.

–Qué más da. Yo no soy como los de tu montón. Traigo el dinero.

–Bien. –Volvió a ser amable–. Estaba seguro de que, si realmente te lo proponías, lo ibas a conseguir.

Saqué el paquete que traía preparado en un bolsillo, exactamente dos de los grandes, y se lo di. Se lo metió en un bolsillo de su ofensiva chaqueta, sin apenas mirarlo. Esto me puso de peor humor del que ya traía, que no era poco. Me constaba que apenas me marchase de allí se pondría a contarlo y habría sido menos fastidioso si lo hubiera hecho honradamente delante de mí.

–Ahora, si no te importa, dame el pagaré –dije.

–Claro, Mark. –Sacó el documento del mismo bolsillo en que había metido el dinero–. Espero que no estés resentido por el pequeño recordatorio que tuve que enviarte.

–En absoluto. Se mostró muy cortés y apesadumbrado. Sólo me golpeó donde no se ve.

–Me alegra que lo comprendas. ¿Quieres tomar una copa antes de irte?

–Bourbon con agua.

–Bien. Tomaré una contigo. –Dio media vuelta y echó a andar hacia un mueble bar. Estuvo entretenido unos minutos con la botella y los vasos–. Lamento no poder pedirte que te quedes a tomar alguna más, pero estoy esperando compañía.

–Las compañías son buenas cuando son buenas compañías.

–Ésta lo es. Alguien a quien tú conociste, creo. Se llama Nora Erskine. Es una chica encantadora. Bonita. Tiene un temperamento muy cálido. Muy... generoso.

Cuando se acercó a mí con un vaso en cada mano, le pegué en la boca. No me pregunten por qué. Tal vez algún discípulo de Freud pudiera explicar los motivos, pero yo no. Cayó de espaldas entre una rociada de bourbon y se incorporó con una pequeña pistola en la mano, lo cual parecía indicar que no había sido tan amable y confiado como dio a entender. Sobre la mesa que había junto a mí, estaba el jarrón de cristal tallado. Lo cogí y se lo estampé en la cabeza. Cayó al suelo agonizando y en menos de un minuto estaba muerto.

Le fracturé el cráneo, sencillamente. Traté de recordar si había tocado alguna cosa, aparte del jarrón y el exterior de la puerta, y me pareció que no. De modo que limpié con el pañuelo el cuello del jarrón, recuperé los dos billetes, pues él ya no los iba a necesitar, y me marché. Fui directamente a casa y reflexioné sobre ello, preguntándome si debería abandonar de incógnito la ciudad, pero llegué a la conclusión de que no era necesario. Por supuesto, los dos gorilas sabían que yo debía ir a casa de Kirby, pero eran viejos profesionales. Habían hecho un trabajo y no querían saber nada más. Les habría dado lo mismo si Jack Kirby se hubiera suicidado. En realidad, si hacían la lógica deducción, era probable que yo acabara por delatarlos. El resultado de mis reflexiones fue que no tenía necesidad de tomar ninguna acción precipitada. Sólo tenía que proceder con precaución, como decían las señales de la autopista en la dirección que yo iba siguiendo.

Pero eso era entonces; ahora era diferente. Ahora yo sabía que Nora lo sabía, que ella no era una vieja profesional y que seguramente se lo iba a contar a alguien. Tal vez no lo hiciera por el momento, ni pronto, pero sí algún día, el día que ya no pudiera resistir la presión; y el paso del tiempo no me ayudaría a salvarme, ya que el asesinato no prescribe; ni siquiera el cometido por mí, que con suerte y una buena defensa podía resultar inferior al de primer grado. Y, por supuesto, siempre cabía la sólida posibilidad del temible primer grado.

Me daba cuenta de que ya había llegado el momento de tomar la decisión, pero no quería enfrentarme a ella. Como les pasa a muchos en la misma situación, encontré la manera de evitarlo, al menos momentáneamente, pero no para siempre. En cualquier caso, resultó simple. Simplemente me fui a dormir.

Cuando desperté ya estaba atardeciendo, pero lo único que había cambiado era la hora del día, no yo o el problema, ni nada que mereciera una reflexión sobre lo que debía o no hacerse. Me levanté, me lavé la cara con agua fría, me puse una corbata y una chaqueta y bajé a la calle. En la esquina, a media manzana de distancia, había un quiosco de prensa. Me acerqué a él y compré un periódico vespertino. Volví con él, sin mirarlo siquiera, al apartamento. Me serví otro vaso de bourbon, me bebí la mitad de un trago, tomé asiento y desplegué el periódico. Allí venía la historia en primera página: «Testigo presencial del asesinato de Kirby huye del estado». Leí la historia lentamente mientras me tomaba el segundo latigazo de bourbon. Lo explicaba del mismo modo que Corey me lo había contado por la mañana: cómo existían presunciones de que Nora conocía la identidad de quien había visitado a Kirby a la hora del crimen, cómo ella había rehusado hablar, y cómo, finalmente, huyó al estado vecino, del que no podía ser concedida la extradición. También se informaba exactamente del destino de su fuga, dónde estaba ahora, el hogar de su niñez, a no más de ciento sesenta kilómetros de distancia. Esto era lo que yo necesitaba para tomar la decisión que debía llevar a cabo. Ustedes comprenderán por qué. Ahora que la localización había dejado de ser un secreto compartido por mí y la policía, Nora se hallaba en un peligro mayor y, como consecuencia de ello, también yo. Por consiguiente, ya no había más razones para demorar la decisión, aunque tampoco las había para apresurarse.

Estuve allí sentado un buen rato. Fuera, en las calles de la ciudad, empezaba a anochecer, y las lámparas incandescentes, fluorescentes y de neón empezaban a desterrar la oscuridad. Por último me di cuenta, gracias a mi estómago, de que no había probado bocado en todo el día, y de que valía más que comiera algo antes de tomar otra copa, como yo quería. Por lo tanto, bajé a la calle y me comí un bistec en un restaurante a pocas manzanas de distancia. Después volví a mi apartamento a tomar un par de copas más, luego bajé al garaje del sótano, cogí el coche y anduve por la ciudad hasta hallar un sitio donde jugaran al póquer descubierto. En aquella partida gané quinientos dólares. Mi racha de buena suerte todavía no había acabado de desplazar a la racha mala. En un determinado momento en que iba ganando aquel dinero, mi mente se aclaró y supe lo que iba a hacer. Abandoné la partida un poco más tarde, a eso de las tres de la madrugada, y cuando llegué a casa eran casi las cuatro.

Entré al dormitorio y me puse unos pantalones anchos, una camisa deportiva, una chaqueta y unos recios zapatos. Sobre una estantería del armario guardaba un estuche de cuero con un rifle del 30-30. De más joven había sido muy buen tirador. No había razones para creer que ya no lo fuera. Armé sus piezas, lo examiné y volví a desmontarlo. Guardé otra vez las piezas en el estuche y me metí en el bolsillo de la chaqueta una docena de cartuchos. No sé por qué cogí tantos, tal vez porque creí que con menos no tendría bastante si fallaba con el primero. Bajé hasta mi coche, portando el estuche, y abandoné la ciudad.

Conduciendo lentamente, me llevó unas tres horas llegar a la ciudad donde me había criado hacía no sé cuántos años. Pero no entré en ella, sino que anduve conduciendo a su alrededor por caminos de los que no me había olvidado. Luego fui siguiendo por una carretera hasta que vi delante de mí, a gran distancia y a la izquierda, la casa blanca de los Erskine. Estaba a una distancia considerable de la carretera, al final de un paseo flanqueado de árboles, aunque no tan apartada como yo la recordaba. En otro tiempo había sido considerada la mejor casa de campo del condado, por no decir del estado. Ahora no parecía ni la mitad de grande. Era una casa diferente de la que yo había conocido. Como si la primera hubiera sido arrasada y en su lugar hubiesen construido un segundo edificio idéntico pero a escala reducida.

Me desvié antes de llegar a ella, siguiendo el borde de un campo cuadrado. La carretera descendía suavemente como medio kilómetro hasta un puente de hierro y madera que cruzaba un barranco poco profundo. Aquel barranco solía llevar agua en primavera, y volvería a llevarla cuando llegaran las lluvias otoñales, pero ahora su fondo estaba seco a excepción de algunas pozas someras prisioneras entre las rocas. Después de cruzar el puente me detuve junto a la carretera en una curva de altas hierbas y arbustos. Salí del coche, portando el rifle, salté una valla de alambre de espino y seguí el curso del barranco a través de un bosque de robles, arces y olmos, y de un extenso campo de pastoreo donde un rebaño de vacas holandesas tomaban la primera comida del día. Muy pronto abandoné el barranco y crucé en diagonal dos campos y una larga pendiente hasta una avenida de nogales que había en la cresta. Me detuve entre los árboles, armé y cargué el rifle; luego me tendí en el suelo y miré a lo largo de la pendiente del otro lado de la cresta con vistas a la casa donde suponía que se encontraba Nora. En la parte posterior de la casa había una terraza de piedra con una mesa redonda y varias sillas de vistosas tiras de lona. Unas grandes puertas vidrieras daban acceso al interior de la casa. Desde donde me encontraba tendido, debajo de los nogales, a unos cincuenta metros de distancia, no vi a nadie.

Al cabo de media hora rodé sobre mi cuerpo, me puse de espaldas y me quedé contemplando las ramas de los árboles de las que pendían las nueces verdes. Empecé a recordar las veces que había ido allí de niño a coger nueces, en alguna ocasión, los últimos años, acompañado de Nora. Las echábamos en una bolsa de yute –de arpillera, como decíamos– y luego les quitábamos su ennegrecida cáscara a golpes de martillo. Si no nos poníamos guantes, después nos quedaban las manos manchadas con el jugo de las nueces, parecido a las manchas de nicotina, y no había forma de quitárselo más que dejando que se fuera con el tiempo. De esa manera sabías siempre quién había ido a coger nueces en el otoño, porque las manchas de sus manos le duraban hasta el invierno.

Podía escuchar el cencerro de una vaca en el prado; un perro que ladraba; el graznido de un grajo en los campos, y pensé que, cerrando los ojos, podía oír el lento batir de sus alas negras en medio de la quietud del aire. Abrí los ojos, me tendí otra vez sobre el pecho y volví a mirar por la pendiente en dirección a la terraza. Allí estaba Nora de pie junto a la mesa, levantando la vista hacia los nogales, como si pudiera verme tendido debajo de sus sombras. Vestía una blusa blanca y pantalones cortos color marrón, y su cara, sus brazos y sus piernas ofrecían un tono dorado a la luz de la mañana. Me puse en posición de tiro, tuve su pecho en mi punto de mira durante un segundo y me pareció ver un corazón dorado bombeando sangre dorada.

Estuvo allí sin moverse un minuto entero, puede que más; luego se dio media vuelta, echó a andar por la terraza en dirección a las puertas vidrieras y se metió en la casa. Yo bajé la cabeza lentamente hacia las olorosas hierbas verdes. Todavía sonaban en mis oídos la campanilla de la vaca, el perro y los graznidos del grajo, y podía escuchar la voz de Corey McDown diciendo que Mark Sanders no era más que un tipo lleno de manías.

Al cabo de un rato me puse de pie y emprendí el camino de regreso por los campos en dirección al barranco y, siguiendo éste, crucé el prado y el bosque hasta llegar al coche. En el camino de vuelta a la ciudad fui reflexionando acerca de lo que más me convenía hacer, adónde debía ir, cuánto tiempo me iba a costar aprender a vivir cómodamente en compañía de una amenaza constante. Llegué a la conclusión de que, aunque probablemente no había prisas, tenía que poner en orden mis asuntos e irme a cualquier parte bien lejos de allí, lo antes posible.

El episodio del número telefónico

CHARLES EINSTEIN

Nelson Hollister, conocido como el Cerebro, se cruzó de piernas en la silla y se relajó.

–Admito que mi visita es indeseada –dijo.

–En absoluto –contestó el inspector Wapsand, de la brigada de homicidios–. Siempre es bueno ver a un viejo amigo. ¿No es verdad, sargento?

El sargento Bates, su ayudante, sonrió tristemente. Los tres hombres estaban sentados en la oficina del inspector Wapsand.

–Ustedes dos se dan cuenta de que yo soy el más listo de los tres –dijo el Cerebro–. Ustedes los policías usan la ciencia de la deducción. Yo uso la ciencia de la comprensión. Por eso soy un detective privado tan poco común.

–Le concedo la premisa final –comentó Wapsand–, pero debo decir que se me escapa la diferencia que existe entre deducción y comprensión.

–Imagínese –dijo el Cerebro– que tiene usted delante varios números escritos en la pizarra de una clase. ¿Qué asignatura supondría usted que se está impartiendo en dicha clase?

Wapsand se encogió de hombros.

–No lo sé. Matemáticas.

–Usted deduce que matemáticas. Bien. ¿Sabe usted algo de matemáticas?

–No.

–He ahí la diferencia –dijo el Cerebro–. A propósito de la diferencia entre deducción y comprensión; recientemente yo he sido de considerable ayuda para uno de nuestros países vecinos de América Central. El vicepresidente de ese país había sido asesinado durante la celebración de un acto en su honor. Arrestaron a un inocente, un hombre que había estado allí en el momento del crimen, porque deducían que era imposible que el asesino pudiese escapar.

–¿Y qué pasó? –preguntó Wapsand.

–Me limité a señalar –repuso el Cerebro– que en su juventud el homicida había sido artista de circo. Funámbulo.

–¿De modo que huyó caminando sobre un alambre?

–No sea absurdo –repuso el Cerebro–. Uno de sus implacables enemigos en su época circense había sido bala de cañón humana. Él era el asesino.

–No lo entiendo –dijo el inspector Wapsand–. Supongamos que una bala de cañón humana asesinó al vicepresidente. ¿Cómo escapó si no había medios para hacerlo?

–Por medio de un cañón –respondió el Cerebro, bostezando–. La fiesta en honor del vicepresidente incluía una salva de veintiún cañonazos.

–Váyase, por favor –le dijo el sargento Bates.

–Nada de eso –objetó el Cerebro, amablemente–. Sé que están teniendo ustedes dificultades con un caso. He venido a ayudarlos.

–¿A qué caso se refiere? –preguntó el inspector Wapsand.

–Al asesinato de Phillips.

–No existen tales dificultades –dijo Wapsand–. Como usted sabrá, el cadáver apareció con un trozo de papel fuertemente sujeto en su mano cerrada. En el papel se encontró garrapateado el número telefónico del sobrino de Phillips..., el único beneficiario que figura en el testamento del viejo. Nada complicado en todo ello. Esta pista...

El Cerebro levantó la mano y dijo:

–¿Lo ven? Ustedes deducen, pero no comprenden.

–¿Qué quiere decir?

–Si el moribundo quería acusar a su sobrino –dijo el Cerebro–, ¿por qué iba a escribir su número telefónico? ¿Por qué no su nombre?

El inspector Wapsand buscó torpemente su pipa y dijo:

–Suponiendo que admitamos eso, ¿qué diferencia hay?

–Sólo estaba sugiriendo –contestó el Cerebro– que Phillips tenía una razón para anotar el número telefónico.

–Pero es lo mismo que si hubiera escrito el nombre de su

sobrino –objetó Wapsand–. Era su número telefónico. ¿Qué diferencia...?

–¿No se le ha ocurrido pensar –prosiguió el Cerebro– que podría tratarse de un número equivocado?

–Estoy haciendo un curso de contabilidad por correspondencia –intervino el sargento Bates– y dentro de un año estaré fuera de este asunto. Eso apenas parece posible.

–Verá –dijo el Cerebro, afablemente–, ustedes están tratando de deducir. Yo estoy tratando de comprender.

–¿Y qué se supone que es lo que comprende? –preguntó Wapsand en voz baja.

–Que no hay razones para que un hombre muerto, o moribundo, no pueda equivocarse de número de vez en cuando. A los vivos les ocurre constantemente.

–¿Y por consiguiente...? –preguntó Wapsand en un susurro.

–Por consiguiente –comentó el Cerebro–, el asesino es un hombre con un nombre muy común. Busquen a alguien con un número telefónico similar al del sobrino, pero que tenga un nombre muy común, como John Jones o Bob Smith, y tendrán a su hombre.

–¿Por qué dice esto? –preguntó el inspector Wapsand, mientras con mano temblorosa trataba de volver a encender su pipa.

–Porque ésa fue la causa de que el muerto escribiera un número de teléfono –respondió el Cerebro–. Si hubiera escrito «Jones» o «Smith», ¿qué clase de pista habría dado? Hay cientos de miles de Jones y Smith. El hombre moribundo sabía que debía haber algún modo definitivo de relacionar al asesino con el crimen, y que por el mero hecho de haber escrito «Jones» en un trozo de papel no lo habría logrado. De manera que eligió el modo más seguro. –El Cerebro sonrió, satisfecho–. Desgraciadamente, eligió un número equivocado.

–¿Lo echo de aquí, jefe? –inquirió el sargento Bates–. ¿Quiere que lo...?

–No –repuso con aire cansado el inspector Wapsand–. Odio tener que decirle esto –añadió dirigiéndose al Cerebro–, pero el sobrino ya ha confesado.

El Cerebro se puso rígidamente de pie.

–En vista de ello –dijo–, tengo el honor de retirarme del caso. Es evidente que rehúsa usted seguir buscando... a alguien, quizás a quien el sobrino quiere proteger. Alguien, digamos, llamado Jones.

–El sobrino se llama Jones –dijo el inspector Wapsand.

Vuelve, vuelve

DONALD E. WESTLAKE

El detective Abraham Levine, del distrito 43, de Brooklyn, era un hombre inquieto y asustado. Estaba cómodamente sentado detrás de su escritorio en un pequeño despacho que compartía con su compañero Jack Crawley y, pensativamente, iba trazando imperfectos círculos en el dorso de un impreso en blanco de informes de accidentes. Aproximadamente en el centro de cada círculo marcaba un punto, y a partir del punto trazaba dos líneas hasta formar la esfera de un reloj señalando las tres. Era una hoja de papel en blanco, de ocho y medio por once, cubierta con esferas de reloj; todas ellas marcaban las tres.

–¿Es ésa tu hora para el médico?

Levine levantó la cabeza, sobresaltado, como si volviera de años de distancia. Crawley estaba de pie junto a la mesa, mirándolo.

Levine, que no había oído la pregunta, parpadeó. Crawley se inclinó y dio un golpecito en el papel con una uña cuadrada.

–Las tres en punto. ¿Es tu hora de visita con el médico? –repitió Crawley.

–Oh –repuso Levine–. Sí. A las tres.

–Tranquilízate, Abe –dijo Crawley.

–Claro –repuso Levine. Se las arregló para esbozar una sonrisa–. No tiene sentido preocuparse antes de tiempo, ¿eh?

–A mi hermano –dijo Crawley– le pusieron una de esas cosas cardiográficas hace sólo un par de meses. Viene a ser de tu edad y estaba preocupado, ¿sabes? Y el médico le dijo: «Vivirás cien años».

–Y entonces tú te morirás –añadió Levine.

–¡Qué diablos, Abe, todos debemos irnos alguna vez!

–Seguro.

Abraham Levine tenía cincuenta y tres años y era policía desde hacía veinticuatro. Era un hombre bajo y fornido, llevaba ropas de color marrón claro, corbatas de colores oscuros y zapatos lisos negros. Su rígido cabello, jaspeado de canas grises, estaba cortado a cepillo en un estilo seudomilitar. Su peinado no concordaba con su cara, redondeada, de mirada suave y labios sensuales, pero en la que se dibujaban las pequeñas preocupaciones acumuladas a lo largo de cincuenta y tres años.

–Escucha, Abe, ¿quieres irte a casa? Hoy es un día aburrido, no hay nada que hacer. Yo puedo...

–No digas eso –le advirtió Levine–. Alguien puede llamar... –Mientras decía esto sonó el teléfono. Hizo un guiño y se encogió de hombros al tiempo que levantaba las palmas de las manos–. ¿Lo ves?

–Déjame ver qué es –dijo Crawley, alargando la mano hacia el auricular–. Probablemente nada importante. Puedes irte a casa y tomártelo con calma hasta las tres. Ahora no son más que las diez y... ¿Diga? –La última palabra la pronunció sobre el micro–. Sí, aquí Crawley.

Levine observaba la cara de su compañero, tratando de leer en ella el significado de la llamada. Llevaban siete años trabajando juntos, desde que se retiró el viejo Jake Moshby, y en aquel tiempo se habían hecho buenos amigos, tan íntimos como podían serlo dos hombres tan diferentes.

Crawley era corpulento, algo sobrado de peso, de unos cuarenta y cinco años. Sus ropas le caían poco elegantemente, no porque fueran demasiado grandes o demasiado pequeñas, sino porque parecían confeccionadas para un hombre de proporciones completamente distintas. Su rostro era severo, más bien cuadrado, de recias quijadas. Tenía aspecto de policía duro, y representaba muy bien este papel.

Crawley había descrito una vez con razonable exactitud la calidad de la relación de compañerismo entre ambos: «Con tu inteligencia y mi belleza, Abe, tenemos el éxito asegurado».

Levine observaba ahora la cara de Crawley mientras el hombretón escuchaba impasiblemente al teléfono y por último asentía y decía:

–De acuerdo, ahora mismo voy para allá. Sí, lo sé, también me figuro eso. –Y colgó.

–¿Qué ocurre, Jack? –preguntó Levine, levantándose de su asiento.

–Un falso suicida –respondió Crawley–. Puedo arreglármelas con él. Tú vete a casa.

–Antes tengo algo que hacer. ¿De qué se trata?

Crawley ya avanzaba dando grandes zancadas hacia la puerta, seguido de Levine.

–Un hombre en lo alto de una cornisa –dijo–. Un falso suicida. Todos hacen lo mismo. Los que de veras quieren saltar, lo hacen en el acto. Lo único que buscan esos tipos es llamar la atención, que alguien les diga que todo está bien, que no lo hagan, que les perdonan todo.

Los dos policías cruzaron el largo pasillo verde en dirección a la puerta principal de la comisaría. «Un hombre en lo alto de una cornisa –pensaba Levine–. No saltes. No mueras. Por Dios, no mueras.»

El lugar de los hechos era un edificio comercial de la avenida Flatbush, situado a pocas manzanas del puente, cerca de A & S y de los principales cines de Brooklyn. En la acera de enfrente se había reunido un grupo de personas que miraban hacia arriba, pero la mayoría de los viandantes sólo se paraban unos segundos para ver qué atraía las miradas del grupo, e inmediatamente continuaban su camino. Estos viandantes todavía estaban interesados por la vida, tenían cosas que hacer, no disponían de tiempo para ver cómo moría un hombre.

El tráfico estaba siendo desviado de Flatbush y encauzado hacia Fulton, Villoughby o DeKalb. Eran poco más de las diez de un soleado día de finales de junio, caluroso y sin la humedad que caería sobre la urbe una semana o dos después de haber comenzado el verano. Pero el policía uniformado que les hacía señales con la mano para que se desviaran sudaba copiosamente; su camisa azul estaba llena de manchas azules más oscuras y, por encima de sus gafas negras, su frente se llenaba de arrugas como consecuencia del esfuerzo que hacía.

Iban en un Chevvy del 56 negro, conducido por Crawley, sin distintivos policiales ni sirena. Frenó en seco al lado del agente. Asomó la cabeza y el brazo por la ventanilla y exhibió su cartera abierta para que el otro pudiera ver su placa.

–¡Del distrito! –gritó.

–¡Oh! –dijo el policía, y se hizo a un lado para que pasaran–. Como no llevan sirena, luces ni nada... –comentó.

–No queremos poner nervioso a nuestro amigo –le dijo Crawley.

El agente miró hacia arriba y luego a Crawley.

–Él es quien me está poniendo nervioso a mí –dijo.

Crawley se echó a reír.

–Un falso suicida –le dijo al agente–. Ya lo verá.

Levine se había asomado por la ventanilla de su lado y miraba hacia arriba, estudiando al hombre de la cornisa. Era un edificio comercial de siete pisos. No resultaba particularmente alto tratándose de Nueva York, pero lo suficiente para los propósitos del hombre que estaba de pie sobre una cornisa que rodeaba el edificio al nivel de la planta quinta. La planta baja estaba ocupada por un banco y un pequeño restaurante de comida rápida. El segundo piso, a juzgar por los rótulos que sobresalían de sus ventanas, estaba ocupado en su totalidad por una agencia de préstamos. Levine se percató de la ventaja que ofrecía la compañía. Si un hombre veía desestimada su solicitud de préstamo por el banco, lo único que tenía que hacer era subir un tramo de escaleras –o lo más probable es que lo hiciera en ascensor– y tendría a su alcance la agencia de préstamos.

Y si también le fallaba la agencia de préstamos, allí estaba la hermosa cornisa del quinto piso.

Levine se preguntó si este caso en particular tendría algo que ver con el dinero. Casi todos los casos que había conocido como policía tenían algo que ver con el dinero. Pensó que los psicoanalistas están equivocados. No es el sexo el causante de todos los sufrimientos del mundo, sino el dinero. Incluso cuando un policía responde a la llamada de unos vecinos quejándose de que una pareja grita, se pelea y se tira cosas a la cabeza, en nueve de cada diez veces riñen por lo mismo: el dinero.

Los ojos de Levine recorrieron la fachada del edificio, más allá de las ventanas de la agencia de préstamos. Ninguna de las ventanas situadas encima llevaba el rótulo con el nombre de la firma. La mayor parte de las del quinto piso estaban abiertas y por ellas se asomaban algunas cabezas. En el centro de todas, fuera del alcance de cualquier ventana, estaba el hombre sobre la cornisa.

Levine entornó los ojos, a causa de la luminosidad del día, para verle mejor. Vestía un traje que parecía gris pero podía ser negro, camisa blanca y corbata oscura; los faldones de la chaqueta, desabrochada, y la corbata se agitaban por la brisa que azotaba allí arriba. El hombre estaba de pie, como crucificado, con la espalda contra el edificio y los brazos extendidos a ambos lados, con las palmas pegadas a la pared.

Estaba aterrorizado. Levine se encontraba demasiado lejos de él para distinguir su cara o leer la expresión que se dibujaba en ella. Pero le bastó con advertir la posición que adoptaba su cuerpo sobre la cornisa. Estaba tenso, pegado a la pared. Estaba aterrorizado.

En efecto, Crawley tenía razón. Noventa y nueve veces de cada cien, el que se sube a una cornisa es un falso suicida. Realmente no espera tener que matarse, aunque lo hará si se le presiona mucho. Pero se sube a la cornisa exclusivamente con un propósito: ser visto. Quiere que lo vean, que se fijen en él. Cualesquiera que sean sus demandas insatisfechas, sus problemas y frustraciones, quiere que la gente se vea obligada a conocerlos y a prometerle ayuda para superarlos.

Si consigue que sus peticiones sean satisfechas, al cabo de un rato prudencial dejará que lo rescaten. Si logra el aumento de sueldo, o el perdón del jefe por su desfalco, o el perdón de su esposa por sus flirteos con otras, o cualquiera que sea su demanda urgente, una vez satisfecha ésta, se retirará de la cornisa.

Pero existe un peligro en el que el falso suicida no se ha parado a pensar hasta que es demasiado tarde: cuando se encuentra ya sobre la cornisa y ha dado comienzo el drama. Los policías conocen este peligro, y saben que es el mayor que acecha al hombre de la cornisa, mucho mayor que ningún otro deliberadamente autodestructivo: puede caerse.

Este hombre conocía ahora ese peligro, como atestiguaba el estado de tensión en que se hallaba. Lo conocía y sentía un miedo cerval.

Levine torció el gesto. El hombre de la cornisa no sabía –o si lo sabía no le valía de nada– que una persona aterrada tiene más probabilidades de sufrir un accidente que una persona serena. Y de ahí que el hombre de la cornisa corriera más peligro.

Crawley paró en seco el Chevvy junto al bordillo, dos puertas más allá del edificio. El resto del espacio del bordillo estaba ya ocupado por vehículos oficiales: una ambulancia, blanca y reluciente, un coche de bomberos, rojo y más bien pequeño, provisto de manguera y escaleras, un coche-patrulla de policía, muy probablemente de este mismo turno y el furgón azul oscuro de Accidentes y Rescates, una unidad sobre ruedas de primeros auxilios.

Al apearse del coche, Levine se percató de que los bomberos estaban apoyados contra las ventanas de cristal blindado del banco, con una red de dos metros y medio plegada sobre la acera, junto a ellos. Al ver la escena, supo lo que había sucedido. Cuando los bomberos empezaron a desplegar la red, el hombre de la cornisa había amenazado con arrojarse en el acto si no la retiraban de allí. Siempre cabía la posibilidad de que al arrojarse se desviara y su cuerpo fuera a dar contra el asfalto. Una red no resulta útil si la persona a la que va destinada no quiere caer en ella. De ahí que los bomberos no tuvieran más remedio que plegar de nuevo su red, y ahora estaban esperando, arrimados a las ventanas del banco, bastante apartados a la derecha.

Otros hombres caminaban de un lado a otro por la acera; algunos iban de uniforme, otros de paisano, y casi todos miraban al hombre de la cornisa. Ninguno permanecía dentro de un gran círculo trazado con tiza blanca sobre el pavimento. Delante del banco la acera se ensanchaba, y el círculo era casi tan ancho como ella.

No había nadie dentro del círculo, pues éste marcaba el sitio donde probablemente caería el hombre si se arrojaba desde la cornisa. Y ninguno quería que lo pillara debajo.

Crawley rodeó el Chevvy, tocando los guardabarros con una endurecida manaza. Se detuvo junto a Levine y miró hacia arriba.

–¡Será farsante! –gruñó, en un tono que a Levine se le antojó ofensivo.

Crawley era un hombre honesto, pero todo lo veía blanco o negro. Odiaba la falta de honradez en todas sus formas, desde un robo importante a los estridentes anuncios publicitarios de televisión. Y un simulacro de suicidio era una falta de honradez.

Ambos echaron a andar hacia la entrada del edificio. Crawley cruzó con desdén por el mismo centro del gran círculo marcado con tiza, sin molestarse siquiera en mirar hacia arriba. Levine lo hizo rodeando el borde exterior. Luego entraron y cogieron el ascensor hasta el quinto piso.

Los rótulos de las puertas de vidrio esmerilado decían: ANDERSON & CARTWRIGHT, INVESTIGACIONES INDUSTRIALES.

Crawley dio unos golpecitos en el cristal.

–¿Por cuál apuestas? –preguntó–. ¿Por Anderson o por Cartwright?

–Podría ser algún empleado.

Crawley negó con la cabeza y dijo:

–No lo creo. Apuesto por Anderson.

–Adelante –dijo Levine en voz baja–. Entra.

Crawley empujó la puerta y entró decididamente, seguido de Levine. Era la oficina de recepción. Tenía las paredes y la alfombra de color verde claro, un moderno escritorio metálico, modernos sillones y sofá de metal y cuero, y modernas lámparas eléctricas en forma de platillos colgando del techo con cadenas de bronce. A la derecha había tres mujeres, nerviosas, con los ojos desmesuradamente abiertos, sentadas en los sillones de metal y cuero. Sobre sus cabezas colgaban de la pared fotografías enmarcadas correspondientes a los edificios de la empresa, la mayor parte en color y unas cuantas en blanco y negro.

Un policía de uniforme estaba apoyado en el escritorio, con los brazos cruzados en el pecho, y una expresión relajada en su rostro. Al entrar Crawley y Levine se incorporó en el acto. Levine lo reconoció. Era McCann, un patrullero que trabajaba en el mismo distrito.

–Me alegro de verlos, amigos –dijo McCann–. Gundy está hablando con ese tipo.

–¿Cuál de los dos es, Anderson o Cartwright? –preguntó Crawley.

–Cartwright. Jason Cartwright. Es uno de los jefes de aquí.

Crawley dirigió hacia Levine una mueca de amargura.

–Tú ganas –dijo, y cruzó la recepción en dirección a una puerta donde había un letrero que decía: JASON CARTWRIGHT PRIVADO.

Dentro había dos hombres, uno sentado en el alféizar de la ventana, mirando hacia fuera y a su izquierda, hablando en voz baja. El otro, de pie, a unos dos pasos de la ventana, era el patrullero Gundy. Él y McCann iban en el coche patrulla y habían sido los primeros en llegar al lugar de los hechos.

Cuando entraron, Gundy se dio la vuelta y vino a hablar con ellos. Gundy y McCann estaban hechos con el mismo molde. Ambos eran jóvenes, altos, delgados, de flacas mejillas, listos para sonreír al menor motivo. «Cuanto más viejo se hace un hombre –pensaba Levine–, más le cuesta prodigar una sonrisa.»

Gundy no sonreía ahora. Su aspecto era muy solemne y parecía un poco asustado. Levine se dio cuenta, con pesar, de que éste podía ser el primer roce de Gundy con la muerte. No parecía que hiciese mucho tiempo que había salido de la academia. «Sé lo que te ocurre –pensó–. No estás acostumbrado a esto.»

–¿Cómo ha ocurrido? –le preguntó a Gundy.

–No estoy seguro –respondió Gundy–. Hace unos veinte minutos que salió ahí fuera. Ése que está hablando con él es su hijo. Es abogado, con despacho en este mismo edificio.

–¿Qué es lo que quiere ese tipo?

Gundy sacudió la cabeza.

–No lo ha dicho. Se limita a estar ahí. Sólo grita que saltará en cuanto alguien trate de acercarse a él.

–Un inseguro de sí mismo –dijo Crawley, con hastío.

Sonó el teléfono y Gundy acudió a contestar antes de que sonara dos veces. Estuvo hablando en voz baja y luego miró al hombre que había en la ventana.

–Su madre otra vez –dijo.

El de la ventana dijo unas palabras más al hombre de la cornisa y luego se acercó al teléfono y cogió el auricular de manos de Gundy. Éste ocupó su puesto en la ventana, y Levine pudo escuchar con claridad sus primeras palabras:

–Y ahora tranquilízate. Relájate. Pero tal vez no deberías cerrar los ojos.

Levine miró al hombre que hablaba por teléfono. Era un joven, de no más de veinticinco o veintiséis años, con el pelo rubio cortado a cepillo, gafas con montura de concha, boca bien formada y recias mandíbulas. Su vestimenta era conservadora a lo Madison Avenue. Por su porte, acababa de salir de la escuela de leyes.

Levine miró detenidamente la oficina. Era una habitación grande, de seis metros de ancho por siete de largo; lo que esta oficina tenía de tradicional, la exterior lo tenía de moderno. El escritorio era un macizo mueble oscuro de madera noble, con las patas y los frontales de los cajones cuidadosa e intrincadamente tallados. Una pared estaba totalmente cubierta por anaqueles de libros con puertas de cristal. La alfombra, de pared a pared, era de un gris neutro. Había también dos sofás, de piel marrón, largos y mullidos, de aspecto confortable, ceniceros de piel y más fotografías de los edificios de la empresa.

El hijo estaba diciendo:

–Sí, madre. He hablado con él, madre. No lo sé, madre.

Levine se acercó y le dijo:

–Por favor, ¿puedo hablar con ella un momento?

–Por supuesto. Madre, aquí hay un policía que quiere hablarte.

Levine recibió el auricular.

–¿Señora Cartwright? –dijo.

La voz que contestó era subida de tono. Levine pudo imaginarse enseguida que acabaría siendo estridente.

–¿Por qué está ahí fuera? –preguntó la voz–. ¿Por qué está haciendo eso?

–Aún no lo sabemos –contestó Levine–. Esperábamos que usted pudiera...

–¿Yo? –La voz se acercó un poco más a la estridencia–. ¡En realidad, aún no puedo creérmelo! ¡No sé por qué él...! ¡No tengo ni idea! ¿Qué dice él?

–Todavía no nos ha dicho por qué lo hace –dijo Levine–. Señora Cartwright, ¿dónde está usted ahora?

–¡En casa, por supuesto!

–¿Dónde vive?

–¡En New Brunswick!

–¿Dispone usted de coche? ¿Podría venir ahora mismo?

–¿Ir allí? ¿A Nueva York?

–Puede que sirviese de ayuda, señora Cartwright. Si él la viese, si pudiera usted hablar con él, tal vez...

–¡Pero.... me llevaría horas llegar allí! Seguro que..., es decir, antes de que llegara allí, ustedes ya lo habrían salvado, ¿no es así?

«Ella espera que salte –pensó Levine, repentinamente convencido–. ¡Dios mío, ella espera que salte!»

–Bueno, ¿qué me dice usted?

–Sí –respondió él, con aire cansado–. Supongo que tiene usted razón. Le pongo con su hijo otra vez.

Alargo el auricular al hijo. Éste lo cogió, tapó el micro con la mano y dijo con voz de preocupación:

–Por favor, no la interprete mal. No es tan fría como parece. Ella ama a mi padre, lo ama realmente.

–Está bien –dijo Levine. Dejó de mirar a los ojos suplicantes del hijo y se dirigió a Crawley–. Hablemos un poco con él.

–De acuerdo –repuso Crawley.

La oficina tenía dos ventanas, distantes unos tres metros entre sí, y Jason Cartwright estaba situado exactamente en la cornisa que las separaba. Crawley se acercó a la ventana de la izquierda y Levine a la de la derecha, en la que el patrullero Gundy seguía intentando charlar con Cartwright para disuadirlo de que se lanzara al vacío desde semejante altura.

–Ya me encargaré yo –dijo Levine en voz baja. Gundy asintió agradecido y se retiró de la ventana.

Levine se sentó en el alféizar, acodó un brazo bajo la ventana abierta y se asomó lo suficiente para que la brisa acariciara su rostro. Miró hacia abajo.

¡Cinco pisos! ¡Dios, quién iba a decir que cinco pisos fueran tan altos! Así es la altura cuando uno tiene conciencia de ella. Estando en lo alto del Empire State o volando en un avión resulta una altura demasiado grande para que siga siendo real. Pero cinco pisos ya es una buena altura para tener conciencia de ella y para comprender realmente lo terrorífico de una caída.

Colocando diez hombres de la altura de Levine, uno sobre los hombros del otro formando una torre humana o un tótem, el Levine de la ventana sería incapaz de tocar el recortado cabello gris del último Levine del tótem.

Desde allí podía vislumbrar las caras de abajo, distinguir los ojos y las bocas abiertas, ver los pantalones tejanos azules de los bomberos, sus botas altas, sus impermeables negros, los pilotos rojos encima de los coches patrulla. Al otro extremo de la calle podía ver el jersey rojo de una chica.

Era una curiosa sensación, una extraña, curiosa y aterradora sensación, mirar el suelo desde cinco pisos de altura. Como estar en la barandilla de un puente mirando el agua, o en la ventana de un quinto piso, mirando la calle. Desde las profundidades de su cerebro una sucia vocecita se ríe con disimulo malicioso y canturrea: «Salta. Acércate y salta. ¿No te gustaría experimentar lo que se siente en una caída libre por el espacio? Adelante, adelante, salta».

De pronto le llegó desde su izquierda la voz de Crawley que gritaba:

–Cartwright, ¿no es usted un poco mayor para hacer esta clase de bobadas?

La voz tranquilizadora y realista de Crawley liberó a Levine de aquella vocecita maligna. Al percatarse súbitamente de que había sacado demasiado su cuerpo por la ventana, se apresuró a retroceder. Y sintió que el corazón le golpeaba el pecho. A las tres tenía que ir al médico. Debía mantener la calma; su corazón tenía que estar tranquilo para la inspección médica.

Por las noches..., ya no dormía lo suficiente por las noches, y eso era parte del problema. Pero resultaba imposible dormir y al mismo tiempo escucharse el corazón. De las dos cosas, la más importante era la segunda. Escuchar los latidos del corazón, trabajando, como un viejo que escalara llevando una pesada carga. Y luego, de pronto, el silencio. Se saltaba un latido. Y el perezoso corazón que recobraba sus fuerzas, que aumentaba su resistencia, golpeando de nuevo. Jamás se había saltado dos pulsaciones seguidas. Eso sólo podía hacerlo una vez.

–¿Qué es lo que quiere, Cartwright? –le preguntó a gritos Crawley.

Levine miró por primera vez a su izquierda y vio a Jason Cartwright. Era un hombre corpulento, probablemente un atleta en su juventud, todavía musculoso, pero ahora tenía las carnes acolchadas por el paso de los años. Su cabello negro, con una onda natural, aparecía desarreglado por la brisa. Tenía una cara recia, el mentón un poco fofo pero las mandíbulas aún fuertes, la nariz larga y recta, la frente ancha, las cejas extendidas hacia fuera, los ojos profundos y ahora dilatados y montaraces. Probablemente había sido un hombre guapo en sus últimos años de cuarentón.

Levine ya sabía mucho sobre él. Sólo con mirar a su hijo se adivinaba que este hombre se había casado muy joven, tal vez cuando todavía era un adolescente. Por la forma que hablaba su esposa se deducía que el matrimonio se había agriado. A juzgar por el aspecto de la oficina y de la evidente educación del hijo, su carrera, a diferencia de su matrimonio, había florecido. De ahí que en este caso, como una excepción, no hubiera problemas de dinero. Esta vez era muy posible que los problemas fueran conyugales.

¿Una mujer?

No sería una buena idea preguntárselo. Antes o después fijaría sus términos y les contaría lo que le había impulsado a encaramarse a la cornisa. Si se forzaran los acontecimientos podría saltar. Un hombre se sube a una cornisa sin intenciones de saltar, pero aceptando el hecho de que puede verse obligado a hacerlo.

Cartwright estuvo mirando a Crawley y luego volvió la cabeza hacia Levine.

–¡Oh, no lo hagan! –gritó. Su voz sería normalmente de barítono, probablemente con un timbre agradable, pero la emoción hacía que sonase chillona e histérica–. Mientras uno me distrae hablando, el otro se me acerca, ¿no? –gritó–. ¡No lo conseguirán! ¡En cuanto se acerquen, salto! ¡Les juro que saltaré!

–Me quedaré aquí –le prometió Levine. Asomando más el cuerpo, casi podría coger la mano de Cartwright. Pero era prácticamente seguro que si lo tocaba, Cartwright se lanzaría de la cornisa, arrastrándolo también a él hasta el suelo en una caída de cinco pisos de altura.

–¿Qué le pasa, Cartwright? –preguntó de nuevo Crawley–. ¿Qué es lo que quiere?

Desde que empezaron a trabajar juntos Levine y Crawley descubrieron la estrategia que mejor les funcionaba. Crawley hacía las preguntas y Levine escuchaba las respuestas. Mientras un hombre prestaba atención a Crawley, levantando un muro entre él mismo y Crawley, Levine, en silencio y a hurtadillas, podía entrar por el flanco, atisbar detrás del muro y ver quién era realmente el hombre que tenían entre manos.

–¡Quiero que me dejen en paz! –gritó Cartwright–. ¡Váyanse todos! ¡Déjenme en paz!

–Mire hacia el cielo, señor Cartwright –dijo Levine con una voz apenas lo bastante alta para que pudiera oírlo el que estaba en la cornisa–. Vea qué azul es. Mire la calle. ¿Ve el jersey rojo de aquella chica? Respire hondo, señor Cartwright. ¿Huele usted la ciudad? ¡Oiga! ¡Escuche! ¿Ha oído el claxon de aquel coche? Procede de Fulton Street, ¿no?

–¡Cállese! –exclamó Cartwright, volviéndose rápida y peligrosamente hacia Levine–. ¡Cállese, cállese, cállese! ¡Déjeme en paz!

Levine sabía lo que necesitaba.

–¿Quiere hablar con su hijo? –preguntó.

–¿Allan? –La expresión del hombre se suavizó en el acto–. ¿Allan?

–Está aquí –dijo Levine. Se retiró de la ventana, dirigiéndose al hijo, que ya no estaba hablando por teléfono–. Quiere hablar con usted.

El hijo corrió hacia la ventana.

–¿Papá?

Crawley se acercó, ceñudo.

–¿Y bien? –dijo.

–No quiere morir –comentó Levine, sacudiendo la cabeza.

–Eso ya lo sé. ¿Y qué más?

–Creo que es por su esposa. –Levine hizo un gesto a Gundy, quien se acercó y le dijo–: ¿Está aquí el socio? ¿Anderson?

–Seguro –respondió Gundy–. En su despacho. Ha intentado hablar con Cartwright, pero éste estaba muy excitado. Creímos que era una buena idea mantener a Anderson fuera de su vista.

–¿De quién fue la idea? ¿De Anderson?

–Bueno, sí. Todos lo pensamos. Anderson, McCann y yo.

–Está bien –dijo Levine–. Tú y el muchacho..., ¿cuál es su nombre, Allan...?, quedaos aquí. Tenme al corriente de lo que ocurra, si es que ocurre algo. Tenemos que hablar con el señor Anderson.

Anderson era bajo, delgado, muy enérgico y muy calvo. Sus gafas de montura metálica reflejaban la luz, y su pequeño rostro redondo reflejaba inquietud.

–Fue sin ningún aviso previo –dijo–. Ni una palabra. De repente, Joan... nuestra recepcionista, recibió una llamada de la calle diciendo que había un hombre en la cornisa. Y era Jason. ¡Así como lo oye! Sin el menor aviso.

–En el rótulo de su puerta –dijo Crawley– se lee «Investigaciones Industriales». ¿Qué significa eso, eficacia y experiencia en algo?

Anderson sonrió, con un rápido y nervioso pestañeo.

–No exactamente –dijo. Estaba dedicando toda su atención a Crawley, que se hallaba en pie delante de él y era el que hacía las preguntas. Levine permanecía a un lado, observando el movimiento de los labios, ojos y manos de Anderson mientras hablaba.

–De alguna manera somos expertos y eficientes –decía Anderson–, pero no en el sentido usual del término. Nosotros no trabajamos con gráficas horarias, ni como deberían trabajar muchas personas en la sala de taquigrafía, o cosas así. Nuestro mayor interés radica en las instalaciones físicas propiamente dichas, en la estructura y diseño de edificios para instalaciones y áreas de trabajo.

Crawley asintió y dijo:

–Arquitectos.

Anderson sacudió la cabeza y su breve sonrisa aleteó otra vez en su rostro.

–No, cuando se trata de un edificio nuevo, trabajamos conjuntamente con el arquitecto. Pero la mayor parte de nuestro trabajo se refiere a la modernización de instalaciones antiguas. En cierto modo, somos una agencia clarificadora central para ideas nuevas en los procesos de instalaciones industriales.

Levine pensó que era una explicación que Anderson estaba tan acostumbrado a dar que casi sonaba a una jerga publicitaria aprendida de memoria.

–¿Usted y Cartwright son socios a partes iguales? –preguntó Crawley. Estaba claro que no había entendido una palabra de la explicación de Anderson y le interesaba pasar a otras cosas.

Anderson asintió.

–Sí, lo somos. Somos socios desde hace veintiún años.

–Entonces lo conoce bien.

–Yo diría que sí.

–Eso significa que tal vez sepa usted por qué decidió de repente subirse a la cornisa.

Anderson abrió los ojos desmesuradamente y negó nuevamente con la cabeza.

–Qué va –dijo–. No tenía ni idea, nada. Yo..., no hubo ni el menor aviso.

Levine se apartó a un lado, observando, con los labios fruncidos, concentrado en sus pensamientos. ¿Estaba Anderson diciendo la verdad? Parecía probable: sonaba probable. Otra vez el matrimonio. De vuelta al matrimonio.

–¿Se ha comportado él últimamente de algún modo extraño? –Crawley continuaba con los labios fruncidos persiguiendo la misma idea, pensando que debía de haber habido algún detalle previo, y que ese detalle debió de exteriorizarse de algún modo–. ¿Ha estado él de mal humor o algo parecido?

–Jason... –Anderson se detuvo, meneó la cabeza brevemente y siguió hablando–. Jason es un hombre callado, por naturaleza. Él... pocas veces habla mucho, pocas veces, eh..., pocas veces *fuerza* su personalidad; ¿me entiende lo que quiero decir? Si venía pensando en esto, lo que quiera que sea... no... no se ha notado. No creo que se hubiera notado.

–¿No tendría algún problema comercial? –A estas alturas Crawley ya se había dado cuenta de que por ahí no iba a ninguna parte, pero de todos modos tenía que seguir haciendo las preguntas de rigor. Nunca se sabe lo que puede resultar.

Como era de esperar, Anderson respondió:

–No, ninguno. Nosotros..., bueno, a nosotros nos han ido las cosas muy bien. En los últimos cinco años nos hemos ido expandiendo ininterrumpidamente, incluso hemos ampliado la plantilla de personal hace seis meses.

Levine habló ahora por primera vez.

–¿Qué puede decirme de la señora Cartwright? –preguntó.

Anderson lo miró con cara inexpresiva.

–¿La señora Cartwright? No..., no entiendo a qué se refiere.

Crawley cogió inmediatamente el hilo del interrogatorio y siguió preguntando.

–Señor Anderson, ¿la conoce usted bien? ¿Qué clase de mujer diría usted que es?

Anderson se volvió otra vez hacia Crawley, desguarneciendo de nuevo su flanco ante Levine.

–Ella es..., bueno, en realidad, no la he visto mucho en los últimos años. Jason hace cinco o seis años que se mudó de Manhattan a Jersey, y yo sigo viviendo en la isla; de modo que nosotros, eh, nosotros no alternamos tanto como solíamos. Cuando nos hacemos mayores –volvió la cara hacia Levine, como comprendiendo instintivamente que Levine entendería mejor lo que trataba de decir– ya no salimos tanto por las noches. Uno no..., eh, cultiva las amistades como solía.

–Usted debe saber algo acerca de la señora Cartwright –dijo Crawley.

Anderson volvió a dedicar su atención a Crawley.

–Ella es, bueno, supongo que la mejor forma de describirla es diciendo que es una mujer de gran determinación. Me consta que fue ella quien convenció a Jason hace veintiún años de que formara sociedad conmigo. Es una mujer enérgica. No una marimandona, entiéndame, en absoluto quiero decir eso. En realidad, es una mujer muy agradable. Una buena anfitriona. Una buena madre, a juzgar por Allan. Pero enérgica.

«La esposa –pensó Levine–. Ella es la raíz de todo. Ella sabe, también, qué le impulsó a salir a la cornisa. Y quiere que salte.»

De nuevo en el despacho de Cartwright, Allan estaba otra vez hablando por teléfono. El agente Gundy se encontraba en la ventana de la izquierda y en la otra había un nuevo personaje, un hombre vestido de clérigo. Gundy, al ver que Levine y Crawley se acercaban, abandonó inmediatamente la ventana.

–Un sacerdote –informó en voz baja–. Como Anderson dijo que su socio es católico, nos pusimos inmediatamente en contacto con St. Marks, de Willoughby.

Levine asintió. Estaba escuchando al hijo.

–No lo sé, madre. Por supuesto que estamos haciendo todo lo posible, madre. No, madre, aquí no hay reporteros, y puede que ni siquiera salga en los periódicos.

Levine se acercó a la ventana que Gundy había dejado libre y se situó donde pudiera ver a Cartwright, pero procurando no mirar hacia abajo. El sacerdote estaba diciendo:

–Dios es el único que puede elegir su hora, señor Cartwright. A Él corresponde la prerrogativa de elegir la hora y la forma de nuestra muerte.

Cartwright sacudió la cabeza, sin mirar al sacerdote. En cambio, extendió la vista directamente hacia el edificio que había al otro lado de la avenida Flatbush.

–Dios no existe –dijo.

–No creo que hable usted en serio, señor Cartwright –dijo el sacerdote–. Creo que ha perdido la fe en usted mismo, pero no en Dios.

–¡Llévense eso! –gritó Cartwright en el acto–. ¡Llévense eso o me tiro ahora mismo!

Estaba mirando fijamente hacia abajo. Levine siguió la dirección de su mirada. Por las ventanas del piso de abajo habían sacado unas pértigas y estaban desplegando una red de seguridad como las empleadas en el circo para proteger a los trapecistas.

–¡Llévense eso! –gritó otra vez Cartwright. Se estaba asomando peligrosamente y tenía el rostro moteado de rojo a causa de la furia y el terror.

–¡Enrollen eso otra vez! –gritó Levine–. ¡Quiten la red de ahí! ¡Podría arrojarse encima de ella! ¡Recójanla otra vez!

Desde una ventana del piso cuarto se asomó un hombre, miró hacia arriba y preguntó:

–¿Quién es usted?

–Levine. De la comisaría. Llévense eso de ahí.

–Allá usted –replicó el de abajo, dejando bien claro que él eludía todo tipo de responsabilidad. La red y las pértigas fueron retiradas.

El sacerdote estaba diciendo desde la otra ventana:

–No pasa nada. Relájese, señor Cartwright; no pasa nada. Estas personas sólo quieren ayudarle; no pasa nada.

El sacerdote hablaba con voz temblorosa. Era un bisoño en estas cosas, como Gundy. Era la primera vez que le pedían que le hablase a un suicida.

Levine miró hacia arriba. Quedaban otros dos pisos hasta el tejado. Arriba había más hombres con otra red de seguridad. Si sólo hubiera un piso encima, probablemente habrían podido arrojarla sobre él para atraparlo como una mariposa contra la pared. Pero no desde allí, con dos pisos por debajo.

Cartwright había dejado de mirar al sacerdote –que todavía estaba hablando– y ahora observaba detenidamente a Levine.

–¿Dónde está Laura? –preguntó–. Ya debería estar aquí, ¿no? ¿Dónde está?

–¿Laura? –preguntó Levine–. ¿Se refiere a su esposa?

–Naturalmente –dijo. Miró con fijeza a Levine, tratando de adivinar algo en su rostro–. ¿Dónde está?

¿Convenía decirle la verdad? No. Si le decían que su esposa no venía de camino, se arrojaría a la calle en el acto.

–Viene de camino –le dijo–. No tardará en llegar.

Cartwright volvió la cabeza y extendió nuevamente la vista hacia el otro lado de la calle. El sacerdote continuaba hablando suavemente, insistentemente.

Levine volvió a entrar en el despacho y le dijo a Crawley:

–Es la esposa. La está esperando.

–Siempre tienen una esposa –dijo amargamente Crawley–. Y siempre hay una persona a quien se lo quieren contar. Bien, ¿cuánto falta para que llegue?

–No viene.

–¿Qué?

–Está en su casa, en Jersey. Dice que no vendrá. –Levine se encogió de hombros y añadió–: Hablaré otra vez con ella.

El hijo estaba todavía al teléfono, pero se lo cedió a Levine en cuanto éste se lo pidió. Levine dijo:

–Señora Cartwright, soy otra vez el detective Levine. Al fin y al cabo, nos gustaría que viniera, por favor. Su marido ha pedido hablar con usted.

Hubo dudas por parte de la mujer y a los pocos segundos estalló:

–¿Por qué no le retiran ustedes de la cornisa? ¿Ni siquiera pueden detenerlo?

–Se encuentra fuera de nuestro alcance, señora Cartwright. Me temo que si intentáramos cogerlo, saltaría.

–¡Esto es ridículo! ¡No, no, definitivamente no! ¡No voy a participar en ello! ¡No pienso hablar con él hasta que salga de allí! ¡Dígaselo!

–Señora Cartwright...

–¡No quiero seguir teniendo nada que ver con ello!

En el oído de Levine resonó el golpe seco que produjo ella al colgar. Crawley, que lo estaba mirando, dijo:

–¿Y bien?

–Ha colgado.

–¿No viene para acá? –Era evidente que Crawley tenía dificultades para creerlo.

Levine miró al hijo, que podía oír todo lo que estaba diciendo, y luego se encogió de hombros.

–Su madre quiere que salte –dijo.

La reacción del hijo fue mucho menos fuerte de lo que Levine había esperado; se limitó a sacudir la cabeza y dijo:

–No.

Levine esperó, sin quitarle los ojos de encima. El hijo sacudió la cabeza otra vez.

–Eso no es cierto –comentó–. Lo que pasa es que ella no lo comprende..., no cree realmente que él hable en serio.

–Está bien –dijo Levine. Se apartó del hijo, tratando de pensar. La esposa, el matrimonio... Un hombre próximo a cumplir cincuenta años, casado joven, un hijo mayor, establecido en una profesión que le gusta. Un hombre tranquilo que no impone su carácter a los demás, y una esposa enérgica. Una esposa práctica, que lo impulsó a un negocio boyante.

Levine tomó su decisión. Asintió con la cabeza y volvió a cruzar la oficina de recepción, donde el agente McCann estaba charlando con las tres empleadas. Entró en el despacho de Anderson y dijo:

–Disculpe. ¿Podría usar su despacho durante un rato?

–Por supuesto. –Anderson se levantó de su mesa, la rodeó y dijo–: Estoy a su entera disposición.

–Gracias.

Levine fue siguiendo a Anderson de vuelta a la oficina de recepción y miró a las tres mujeres que estaban sentadas junto a la pared de la izquierda. Dos de ellas eran cuarentonas, entradas en carnes, con anillos de casada. La tercera parecía tener poco más de treinta años, era alta y delgada, bonita, con unos ojos grandes, pero no encantadores. No llevaba ningún anillo.

Levine se acercó a ella y le dijo:

–Por favor, ¿podría hablar con usted un minuto?

Ella levantó la cabeza, sorprendida, un poco asustada.

–¿Qué? ¡Oh, oh!, sí, por supuesto.

Se la llevó al despacho de Anderson y le pidió que se sentase en la silla que había frente al escritorio. Él tomó asiento en el sitio de Anderson.

–Me llamo Levine –dijo–. Detective Abraham Levine. ¿Y usted...?

–Janice Shapleigh –respondió ella. Su voz era baja, agradablemente melodiosa. Vestía ropa normal de oficinista, falda gris y blusa blanca.

–¿Cuánto tiempo lleva trabajando aquí?

–Tres años. –Respondió con bastante prontitud, sin titubeos, pero él pudo ver en sus ojos que estaba asustada, y recelosa.

–El señor Cartwright no nos dice por qué quiere suicidarse –comenzó Levine–. Ha pedido hablar con su mujer, pero ella se niega a salir de casa... –Al decir esto, detectó una tensión en los labios de la mujer. ¿Sería un reproche contra la señora Cartwright? Siguió hablando–: Pero aún no se lo hemos dicho a él. Señorita Shapleigh, en realidad, él no quiere suicidarse. Es un hombre frustrado, contrariado. Hay algo que quiere o necesita y no puede conseguirlo, y ha elegido el suicidio como medio de coacción. –Guardó silencio, estudiando el rostro de ella. Por fin dijo–: ¿No será usted ese algo?

Las mejillas de la mujer empezaron a enrojecer, y abrió la boca para proferir lo que Levine esperaba que fuera una negación. Pero no fue así. En vez de ello, Janice Shapleigh se hundió en su asiento, derrotada y triste, esquivando los ojos de Levine. Con una voz débil, casi inaudible, dijo:

–No creí que hiciera una cosa como ésta. Jamás pensé que haría una cosa así.

–Quiere casarse con usted, ¿verdad? Y no puede obtener el divorcio.

La muchacha asintió y rompió a llorar. Lloraba tapándose la boca con una mano cerrada, apagando sus sollozos, con la cabeza hundida como si se avergonzase de esta debilidad, como sintiendo vergüenza de que la viese llorar.

Levine esperó, mientras la contemplaba con la insensible impotencia de un hombre que por la naturaleza de su trabajo es testigo de las miserias y frustraciones ajenas. Siempre quería ayudar y nunca lograba prestar una ayuda verdadera.

Janice Shapleigh se controló, lenta y penosamente. Cuando levantó la cabeza, Levine supo que había dejado de llorar, no importaba lo que sucediera.

–¿Qué quiere usted que haga? –preguntó ella.

–Hablar con él. Su esposa no va a venir, supongo que porque sabe lo que él quiere decirle. Así que sólo queda usted.

–¿Qué puedo decirle yo?

Levine se sentía abatido, pesado. Respirar, impulsar la sangre inerte a través de las venas y las arterias era un trabajo pesado, imposible, agotador.

–No lo sé –dijo–. Quiere morir por usted. Explíquele por qué debe vivir.

Levine estaba en la ventana de la derecha, fuera del alcance de la vista del hombre que estaba en la cornisa. El hijo, el sacerdote, Crawley y Gundy se encontraban en la habitación, observando y esperando: el hijo parecía perplejo, el sacerdote aliviado, Crawley poco afable y Gundy excitado.

Janice Shapleigh estaba en la ventana de la derecha, tensa y asustada. Asomó el cuerpo y miró hacia abajo. Levine vio cómo su cuerpo se ponía rígido y se agarraba firmemente con ambas manos al marco de la ventana. Cerró los ojos, balanceándose, e inhaló aire. Levine estaba listo para actuar. Si llegaba a desmayarse en aquella posición, podía caerse por la ventana.

Pero no se desmayó. Levantó la cabeza y abrió los ojos, evitando a toda costa mirar de nuevo hacia abajo. En vez de ello, dirigió la mirada a su derecha, hacia el hombre que estaba en la cornisa.

–Jay –dijo–. Jay, por favor.

–¡Jan! –Cartwright parecía sorprendido–. ¿Qué estás haciendo? Jan, apártate, retírate de ahí. Vuelve a entrar.

Levine estaba escuchando al lado de la ventana. ¿Qué le diría ella? ¿Qué podría decirle?

–Jay –dijo ella, lenta y dubitativamente–. Por favor, Jay. No merece la pena. Por nada merece la pena... morir.

–¿Dónde está Laura?

Levine esperaba, conteniendo la respiración. Por último escuchó pronunciar la mentira que había puesto en boca de ella.

–Viene de camino. Pronto estará aquí. Pero ¿qué importa eso, Jay? Ya sabes que ella seguirá sin ceder. No te creerá.

–Esperaré a que venga Laura –dijo él.

El hijo cruzó la habitación y se acercó a la ventana.

–¿Qué es esto? ¿Qué está pasando aquí? –preguntó.

Levine giró sobre sus talones, enfadado, dispuesto a hacerlo callar.

–¿Quién es esa mujer? –preguntó el hijo–. ¿Qué está haciendo aquí?

Levine lo interceptó, poniéndole las palmas de las manos en la pechera de la camisa, antes de que se acercara a Janice Shapleigh.

–Vuelva donde estaba –dijo en un feroz susurro–. Vuelva donde estaba.

–¡Apártese de mí! ¿Quién es ella? ¿Qué está pasando aquí?

–¿Allan? –Era la voz de Cartwright, preguntando a gritos–. ¿Allan?

Crawley lo estaba ahora agarrando por detrás, y entre él y Levine lo empujaron hacia la puerta.

–¡Suéltenme! –gritaba el muchacho–. Tengo derecho a...

La manaza de Crawley le tapó la boca, y los tres corrieron hacia la oficina de recepción. Mientras se cerraba la puerta tras ellos, Levine oyó a Janice Shapleigh que repetía:

–¿Jay? Escúchame, Jay, por favor. Por favor, Jay.

Cuando la puerta estuvo bien cerrada, los dos detectives soltaron al muchacho. Éste se volvió de inmediato, gritando, mientras trataba de esquivarlos y regresar a la otra habitación.

–¡No pueden hacerme esto! ¡Déjenme ir! ¿Quién se han creído que son? ¿Quién es esa mujer?

–Silencio –dijo Levine. Aunque lo hizo con voz queda, el muchacho se calló en el acto. La voz de Levine expresaba sus propias miserias, todas sus frustraciones, y su inmenso hastío hacia las miserias y frustraciones del prójimo–. Le diré quién es esa mujer –anunció Levine–. Es la mujer con quien su padre quiere casarse. Desea divorciarse de su madre y casarse con ella.

–No –dijo el muchacho, tan seguro y rotundo como antes cuando negó que su madre quería verlo muerto.

–No diga que no –dijo fríamente Levine–. Le estoy contando los hechos. Eso es lo que lo obligó a salir a la cornisa. Su madre no quiere concederle el divorcio.

–Mi madre...

–Su madre –prosiguió fríamente Levine– planeó la vida de su padre. Ahora, de pronto, él ha alcanzado una edad en la que quiere ordenar todo lo que se propone hacer. Su hijo es adulto y él gana dinero; ahora es el momento de mirar a su alrededor y decir: «Éste es el mundo que yo he hecho para mí, y es un mundo bueno». Pero no puede, porque no le gusta su vida, porque no es su vida, sino la que su madre planeó para él.

–Se equivoca usted –dijo el muchacho–. Se equivoca usted.

–De modo que siguió buscando –continuó Levine, pasando por alto las interrupciones del muchacho– y encontró a Janice Shapleigh. Ella no lo empujaría, no planearía las cosas por él, dejaría que fuese él el fuerte.

El muchacho continuó allí meneando la cabeza, repitiendo una y otra vez:

–Se equivoca usted. Se equivoca usted.

Levine hizo una mueca de irritación y derrota. «Jamás lo descubriste –pensó–. Jamás lo descubriste.» En voz alta dijo:

–Dentro de veinte años usted me creerá. –Miró al agente McCann–. Mantén a este joven lejos de aquí –le dijo.

–De acuerdo –dijo McCann.

–¿Por qué? –exclamó el hijo–. ¡Se trata de mi padre! ¿Por qué no puedo estar ahí?

–Por sensatez –respondió Levine–. Si ve al mismo tiempo a su hijo y a esa mujer, saltará.

Los ojos del muchacho se dilataron. Empezó a sacudir la cabeza y luego se quedó quieto, mirando.

Levine y Crawley volvieron a la otra habitación.

Janice Shapleigh salió de la habitación con la cara pálida.

–Han empezado a sacar fotos desde la acera –dijo–. Jay les gritó que no lo hicieran. Ha dicho que me retire, o saltará ahora mismo.

–Respetabilidad –dijo Levine, como si la palabra fuese obscena–. Todos somos imbéciles.

–¿Crees que deberíamos enviar a alguien en busca de la esposa? –preguntó Crawley.

–No. Ella no haría más que empeorarlo. Diría que no, y él saltaría.

–¡Oh, Dios mío! –Janice Shapleigh se tambaleó de repente y Crawley la cogió del brazo y la llevó a uno de los sofás de piel.

Levine volvió a la ventana de la derecha y se asomó. A una manzana de distancia, al otro lado de la calle, en la fachada de un banco, se veía un gran reloj. Eran casi las once y treinta. Llevaban allí casi hora y media.

Súbitamente pensó en las tres. Este problema tenía que estar resuelto antes de las tres, la hora de su cita con el médico.

Miró a Cartwright, que se estaba cansando. En su rostro se dibujaban el esfuerzo y las emociones, y las puntas de sus dedos se agarraban a las partes rugosas de la pared. Levine le dijo:

–Cartwright.

El hombre volvió la cabeza lentamente. Ahora le daba miedo hacer movimientos rápidos. Miró a Levine, sin hablar.

–Cartwright –dijo Levine–. ¿Ha pensado ya en ello? ¿Ha pensado en la muerte?

–Quiero hablar con mi esposa.

–Puede usted caerse antes de que ella llegue –le advirtió Levine–. Debe recorrer un largo camino y usted se está cansando. Venga, entre. Cuando llegue, puede usted hablar aquí con ella. Usted ya ha mostrado su voluntad, hombre, ya puede entrar. ¿Quiere cansarse demasiado, perder el equilibrio, perder pie, resbalar y caerse?

–Quiero hablar con mi esposa –dijo, obstinado.

–Cartwright, está usted vivo. –Levine lo miraba fijamente, intentando en vano encontrar el modo de decirle cuán precioso era el don de la vida–. Usted respira –dijo–. Puede ver, oír, oler, gustar y tocar. Puede reírse con un chiste, amar a una mujer... ¡Por el amor de Dios, hombre, está usted vivo!

Cartwright oyó todo aquello con rostro impávido.

–Quiero hablar con mi esposa –repitió.

–Escuche, ya lleva usted ahí fuera dos horas –dijo Levine–.

Ha tenido tiempo de pensar en la muerte, en la nada. Escuche, Cartwright. Míreme, Cartwright; a las tres de esta tarde debo ir al médico para que me diga cómo tengo el corazón, Cartwright. Me va a decir si mi corazón se está cansando demasiado. Me va a decir si voy a dejar de estar vivo.

Levine ponía énfasis en la necesidad de decirle a ese imbécil lo que estaba despreciando, pero sabía que era en vano. El sacerdote se presentó de repente en la otra ventana.

–¿Podemos ayudarlo? –preguntó–. ¿Hay algo que alguno de nosotros pueda hacer por usted?

Cartwright giró la cabeza lentamente. Miró fijamente al sacerdote y dijo:

–Quiero hablar con mi mujer.

Levine se agarró al alféizar de la ventana. Tenía que haber alguna forma de que el hombre volviera, tenía que existir un modo de engañarlo, forzarlo o convencerlo para que entrase en la habitación. Había que obligarlo a volver. No podía acabar con su vida, la única cosa que realmente tiene el hombre.

Levine deseaba desesperadamente tener en sus manos la elección. Se asomó repentinamente otra vez, miró a Cartwright y gritó:

–¡Salte!

Cartwright giró la cabeza. Su rostro era inexpresivo. Miró incrédulo a Levine.

–¡Salte! –rugió Levine–. ¡Salte, maldito idiota, acabe, ponga fin a su vida, mátese! ¡Salte! ¡Arrójese al vacío, imbécil, salte!

Cartwright, con los ojos muy abiertos, miró fijamente la congestionada cara de Levine, apartó la vista, observó la multitud que había abajo, el camión de bomberos, la ambulancia, los hombres uniformados, el círculo trazado con tiza sobre el pavimento.

Y de repente rompió a llorar. Se llevó las manos a la cara, tambaleándose, y la gente de abajo dejó escapar un suspiro semejante al susurro de la brisa.

–¡Que Dios me ayude! –exclamó Cartwright.

Crawley se arrastró fuera por la otra ventana, mientras Gundy le sujetaba las piernas. Se agarró al brazo de Cartwright, rezongando:

–Tranquilo ahora, tenga calma. Tenga calma. Por aquí, por aquí, limítese a deslizar los pies a lo largo, no intente pasar un pie sobre el otro, basta con que los deslice, tranquilo, tranquilo...

Y Cartwright, dando traspiés, abandonó la cornisa.

–Te arriesgaste a hacerlo –dijo Crawley–. Corriste un maldito riesgo. –Eran las dos y media y Crawley lo llevaba en el coche a la consulta del doctor.

–Lo sé –repuso Levine. Aún le temblaban las manos; todavía podía sentir el desordenado martilleo de su corazón dentro del pecho.

–Pero descubriste su farol –dijo Crawley–. Esa clase de jugadas no son más que un farol. Realmente, no quieren suicidarse, están alardeando.

–Lo sé –dijo Levine.

–Pero, sin embargo, corriste un maldito riesgo.

–Era... –Levine tragó saliva. Parecía como si tuviese algo duro en la garganta–. Era la única forma de rescatarlo –dijo–. Su esposa no venía, y nada más lo habría hecho entrar. Al ver que fracasaba su amiga...

–Tuviste agallas, Abe. Durante un segundo, casi pensé que iba a seguir tu consejo.

–Yo también.

Crawley detuvo el coche junto al bordillo delante del consultorio del médico.

–Te recogeré a eso de las cuatro menos cuarto –dijo.

–Puedo tomar un taxi –indicó Levine.

–¿Por qué? La gasolina la paga la ciudad.

Levine sonrió a su compañero.

–Está bien –dijo. Se apeó del coche y echó a andar hacia el porche. Al volver la cabeza vio que el Chevvy doblaba la esquina. Susurró: «Yo quise que saltara». Y pensó: «Fue una locura. ¿Qué papel habría hecho yo allí arriba?».

A continuación entró en el consultorio para enterarse de si iba a seguir con vida.

Aventuras de los arqueros de Sussex

AUGUST DERLETH

Un atardecer de verano, a finales de la década de 1920, cuando regresé a nuestra vivienda de Praed Street, hallé a mi amigo Solar Pons sentado en su sillón con la cabeza gacha contemplando una hoja desdoblada de papel rayado.

–Ah, Parker –dijo, sin levantar la cabeza–, llega justo a tiempo de lo que promete ser una entretenida diversión.

Dicho esto, me hizo entrega del papel que acababa de examinar. Era un papel de escribir barato, de esa clase que se encuentra fácilmente en cualquier papelería. Encima habían pegado unas letras recortadas de un periódico amarilleado por el tiempo que decían: «¡PREPÁRESE A RECIBIR SU CASTIGO!». También habían pegado en el papel un dibujo impreso correspondiente a una flecha.

–Se lo enviaron a Joshua Colvin, de Lurgashall, Sussex –dijo Pons–, y me ha llegado esta misma tarde mediante un mensajero de Claridge's. Adjuntaban esta carta.

Extrajo la carta de un bolsillo de su batín.

> Querido señor Pons:
>
> Si no tiene usted inconveniente, quisiera visitarle a las ocho de esta tarde para hablar de un problema sobre el que mi padre no hará nada, pese a que un aviso semejante ya ha sido seguido de muerte. Le adjunto el aviso que recibió. Como sé que estará usted al corriente de los actuales crímenes y misterios de Inglaterra, ¿me permite llamar su atención sobre la muerte de Andrew Jefferds, de Petworth, hace diez días? Si no resultara conveniente mi visita, envíeme un cable a Claridge's y desistiré. Reciba, señor, mis respetos.
>
> Hewitt Colvin

–Por los periódicos que tiene al lado del sillón, veo que se ha enterado de la muerte de Jefferds –dije.

–En efecto. Jefferds, un hombre al que no se le conocen enemigos (no hemos leído que los tenga), fue muerto al atardecer hace diez días en su jardín, junto al bosque; recibió un flechazo en la espalda.

–¡No hay duda de que es un arma inusual! –exclamé.

–¡No lo es! Pero sí muy significativa, porque también aparece en el aviso y sin duda tendrá algún significado para el señor Colvin. –Levantó la mano para imponer silencio–. Se acerca un vehículo y sospecho que es nuestro cliente.

A los pocos instantes entró la señora Johnson con Hewitt Colvin. Era un hombre de treinta y tantos años, de rostro rubicundo y penetrantes ojos grises. Llevaba bigote y patillas y tenía la estampa de un hacendado rural.

–Señor Pons –dijo sin preámbulos–, espero que disculpe usted la brusquedad de mi carta. Seis hombres han recibido sendas copias como el aviso que le envié... y uno ya está muerto.

–¡Ah –dijo Pons–, el significado de la flecha! –Señaló con la mano una silla a nuestro cliente, pero Colvin estaba demasiado agitado para sentarse y empezó a pasear de un lado a otro a grandes zancadas–. ¿Qué tienen estos seis hombres en común?

–Todos pertenecieron a los arqueros de Sussex.

–¿Están en activo?

–No, señor. Ahí está el fondo de mis problemas. Se disolvieron a la muerte de Henry Pope, hace veinte años. Pope era el séptimo miembro de los arqueros. Murió igual que Jefferds..., por una flecha perteneciente a los arqueros de Sussex. La investigación dictaminó que se trataba de muerte accidental, y siempre entendí que era un veredicto justo.

–Empecemos por el principio, señor Colvin –sugirió Pons.

–Puede que aquello fuera el principio... allá por 1907. En lo concerniente al momento actual, bueno, señor, supongo que empieza con el regreso de Trevor Pope, hermano de Henry Pope, muerto hace dos décadas. Había vivido en Canadá, volvió a Inglaterra, abrió la vieja casa de los Pope cerca de Lugashall e inició allí una existencia de reclusión.

»¡Difícilmente olvidaré la primera vez que lo vi! Como usted sabe, los alrededores de Blackdown son grandes terrenos de excursionismo. Un atardecer estaba yo por allí, cuando oí a alguien que venía corriendo hacia mí. Me oculté entre la maleza justo a tiempo de ver salir corriendo del bosque, por un claro cerca de donde me encontraba escondido, a un hombre bajo, moreno, membrudo, rodeado por seis grandes mastines, todos corrieron en absoluto silencio sin hacer más ruido que el de las pisadas de él. ¡Parecía inconcebiblemente amenazador!

»Eso era en mayo. Dos semanas después volví a verlo. Esta vez no lo oí; irrumpió súbitamente ante mí, pedaleando con furia sobre una bicicleta, con los mastines corriendo a sus costados; tres a cada lado. Y, aunque me vio, no dijo una palabra; simplemente pasó todo lo deprisa que podía. Ni siquiera ladraron los perros. Señor Pons, aquello fue muy extraño. Después fui conociendo quién era, pero entonces aquello no significaba nada para mí... Cuando murió Henry Pope yo tenía doce años y me encontraba fuera, en el colegio.

»Luego, a finales de junio, llegaron los mensajes.

–¿Enviados a todos los miembros supervivientes de los arqueros de Sussex? –lo interrumpió Pons.

–Sí, en efecto.

–¿Los seis viven todavía cerca de Lurgashall? Creo que Petworth no está a más de cinco o seis kilómetros de distancia.

–Todos menos uno. George Trewethen se mudó a Arundel hace diez años.

–¿Cuál fue la respuesta de su padre al aviso?

–No hizo caso pues creyó que se trataba de la obra de algún chiflado; hasta que murió Jefferds. Entonces escribió o telefoneó a los otros miembros y supo por primera vez que todos habían recibido avisos idénticos. Se alarmó un poco, pero no por mucho tiempo. Es muy obstinado. Ahora, cuando sale lleva una escopeta; pero eso no sirve de nada contra una flecha por la espalda. Por eso mi hermano y yo nos turnamos siguiéndolo y no perdiéndolo de vista siempre que sale.

–¿Está usted aquí con su consentimiento?

–Sí, señor Pons. Él no es contrario a una investigación privada, pero parece resuelto a mantener alejada a la policía.

–Pero ¿no está interviniendo ya la policía? –preguntó Pons.

–Sí, pero no sabe nada sobre el aviso recibido por Jefferds. Si lo sabe mi padre es porque él le habló de destruirlo cuando fue a visitarlo unos días antes de su muerte... Señor Pons, mañana por la mañana regreso a Lurgashall. ¿Puedo sugerir que me acompañen en mi coche usted y el doctor Parker?

–Señor Colvin, ¿qué espera exactamente de nosotros?

–Que encuentren el modo de atrapar a Trevor Pope antes de que atente contra la vida de mi padre.

–A buen seguro que eso no va a ser fácil. ¿Dijo usted que tiene seis mastines? Además, es un hombre que corre o va en bicicleta tan rápidamente como puede. ¿Qué dice usted, Parker?

–¡Que vayamos! Me muero de curiosidad por ver a ese hombre y sus perros.

–Gracias al cielo, señor Pons. Está a poco más de una hora de Londres. Vendré a recogerlos a las siete de la mañana.

Después de irse nuestro cliente, Pons permaneció sentado unos instantes mirando pensativo la oscura chimenea. Pronto se volvió hacia mí y preguntó:

–¿Qué opina usted, Parker?

–Bueno, está claro como la palma de la mano que el viejo Colvin no quiere que la policía meta las narices en aquel accidente de hace veinte años –dije–. Y eso hace pensar que pudo haber sido más que un accidente. Esta conclusión nos sitúa a un paso de la teoría de que Trevor Pope ha venido del Canadá para vengar la muerte de su hermano.

–A buen seguro que ésa es una deducción ejemplar –dijo Pons–. Sólo me inquietan un par de aspectos, que sin duda me podrá aclarar usted cuando llegue el momento. Hasta ahora no tenemos ninguna prueba que relacione a Trevor Pope con los avisos.

–Seguramente no es una mera coincidencia que la aparición de Pope en la vecindad vaya seguida por las cartas de aviso. ¡Su propio estilo apunta hacia ello!

–¡No lo crea! –arguyó Pons–. A las presuntas víctimas no se les dice que se preparen a morir, sino «a recibir su castigo». ¡Esto seguramente es ambiguo! ¿«Castigo» a causa de qué?

–Por el asesinato de Henry Pope, ¿por qué si no?

–La investigación del forense determinó que Pope tuvo una muerte accidental.

–Las investigaciones no son infalibles, Pons; nadie lo sabe mejor que usted.

–Cierto, pero me inclino un poco a desconfiar de lo obvio. ¿Por qué avisar a estos caballeros si lo que se persigue es vengarse de ellos?

–Resulta de psicología elemental el que los vengadores tengan un deseo patológico de hacer saber a sus víctimas por qué están siendo castigadas. Estos avisos parecen haber logrado su propósito, ahora que el primero de los arqueros supervivientes ha sido asesinado.

–Pero no hasta el extremo de que alguno de ellos haya acudido a la policía. ¡Qué tímida repugnancia a actuar!

–Si faltaba alguna prueba para demostrar que la muerte de Pope no fue tal como parece, sin duda aquí la tenemos.

–¿De veras? No sé, no sé. Me temo que estas aguas están más turbias de lo que por ahora podemos creer. Ya veremos.

Después Pons se retiró a su habitación provisto de un mapa de Sussex.

Por la mañana, una hora después de que nos recogiera nuestro cliente, cruzábamos con el coche la singular aldea de Lurgashall, situada en Wealden, y luego escalábamos la cumbre de Blackdown, el punto más alto de Sussex. Nuestro cliente vivía cerca de la cuesta, en una laberíntica casa de piedra, detrás de unas columnas de piedra y un seto de tejos, con dependencias laterales que daban a la pendiente.

Nuestro cliente había telegrafiado a su padre anunciando nuestra inminente llegada; como consecuencia de ello, Joshua Colvin nos estaba esperando en la sala del desayuno. Era un hombre de mediana edad, robusto, con un feroz y desordenado mostacho y una mirada perruna en sus ojos negros.

Las presentaciones que hizo su hijo las acogió con un tono brusco y autosuficiente.

–¿Quieren desayunar conmigo? –preguntó.

–Una taza de té, señor –dijo Pons–. Me gusta tener la mente clara para estos pequeños problemas.

Colvin los obsequió con una mirada llana y circunspecta.

–Siéntense, caballeros –dijo–. No les importará que siga comiendo, ¿verdad? Esperaba su llegada.

–En absoluto, señor Colvin.

Tomamos asiento a la mesa del desayuno, y enseguida nos habríamos sentido a gusto de no haber sido por una interrupción casi inmediata. Un muchacho joven, que obviamente acababa de levantarse de la cama, irrumpió en la habitación, con su sensible rostro enrojecido y acongojado.

–Padre, anoche vi a Pearson... –dijo, y al advertir nuestra presencia se detuvo–. Les ruego que me disculpen.

–Ven; llegas tarde otra vez –dijo Colvin. Volviéndose hacia nosotros, añadió–: Mi hijo Alasdair; el señor Solar Pons, el doctor Parker. Así que Pearson... ¿Estás completamente seguro?

–Completamente, señor. Escondido tras el cercado de la entrada. Cuando llegué a medianoche.

–Pearson –aclaró nuestro cliente– es un ojeador que despidió mi padre hace más de dos meses. Desde entonces anda merodeando por aquí.

–¿Puedo preguntar por qué lo despidió? –inquirió Pons.

–Formaba parte de un grupo de cazadores furtivos –gruñó Colvin–. Es algo que no tolero.

Alasdair Colvin, mientras tanto, sólo se había tomado una taza de café. Luego se puso de pie, pidió disculpas y abandonó la habitación.

–El chico está empleado en una editorial –se apresuró a decir Colvin–. Un trabajo duro. Se levanta tarde. Desgraciadamente, como digo yo.

Nuestro anfitrión ya había devorado su abundante desayuno. Se retiró de la mesa, empujando hacia atrás su silla, y se puso en jarras agarrado a los brazos de aquélla.

–Bien, señor –le dijo a Pons–, ya que están aquí por invitación de mi hijo, podemos hablar sobre ello.

–Dígame algo acerca de los arqueros de Sussex, señor Colvin.

–Hay poco que decir. Se fundaron en 1901 y se disolvieron en 1907, debido al asesinato accidental de uno de nuestros miembros, Henry Pope. Nunca hubo más de siete miembros. Pope, Jefferds, yo mismo, George Trewethen, Abel Howard, Will Ockley y David Wise. Éstos éramos todos. Todos aficionados al tiro con arco. Nos reuníamos para practicarlo. En eso consistía. Todos congeniábamos. Nos gustaba echar un trago de vez en cuando. No había ningún mal en ello. Teníamos nuestras propias flechas especiales y cosas así. De vez en cuando competíamos con otros clubes. La muerte de Henry nos dejó sin ánimos y puso fin a los arqueros de Sussex.

–La muerte del señor Pope parece motivo suficiente para justificar algunas preguntas –dijo Pons.

–De eso hace veinte años, señor Pons –dijo Colvin, en un creciente tono defensivo–. A estas alturas no es más que polvo y huesos. La investigación del forense dijo que fue un accidente.

–¿Insiste usted en ello, señor Colvin? –lo presionó Pons.

De pronto aparecieron gotas de sudor en las sienes de nuestro anfitrión. Se agarró con más fuerza a los brazos de su asiento.

–¡Qué diablos, señor! ¡Ésa fue la decisión del jurado!

–No la suya, señor Colvin.

–¡No!

–Admita, señor, que la aceptó usted con reservas.

–Como no es usted de la policía, señor Pons, puedo decir que sí.

–Entonces, señor Colvin, no fue un accidente.

–¡Asesinato! –Nuestro anfitrión casi escupió la palabra. Una vez dicha, se relajó; sus manos se deslizaron a lo largo de los brazos de la silla. Hizo una profunda inspiración; las palabras le salieron a chorros–. Señor Pons, no entiendo cómo pudo ser asesinado por accidente. Ni tampoco por qué lo matarían. Todos éramos expertos arqueros, señor... ¡expertos! No era fácil que nos ocurriera un accidente. Todos éramos buenos amigos. Jamás hubo entre nosotros una palabra desagradable. Además, ninguno ganaba nada con la muerte de Henry. Teníamos mucho que perder. De hecho, perdimos lo más preciado para nosotros: nuestro tiro con arco. Desde aquel día no he vuelto a tocar el mío.

–¿Cómo lo mataron?

–Nos encontrábamos en Weald, señor Pons, rodeados de bosques. Estábamos separados, tomando posiciones distantes para disparar nuestras flechas. Cuando las hubimos disparado corrimos a marcar nuestras distancias y ver qué flecha había llegado más lejos. Entonces nos encontramos a Henry agonizando con una flecha en la espalda. Era una de nuestras propias flechas especiales..., pero sin ninguna marca.

–¿Sin ninguna marca?

–Como la prueba de aquel día era de distancia, habíamos marcado nuestras propias flechas individualmente. Después, cuando encontramos nuestras flechas, supimos que Henry había disparado la suya. –Hizo un alto, se humedeció los labios con la lengua, y prosiguió–: Señor Pons, aquel día todas nuestras flechas estaban marcadas; pero la que mató a Henry no lo estaba. No necesito decir que esto no se mencionó en la investigación. Quienquiera que matara a Henry había llevado para tal propósito una flecha sin marcar.

–¿Conocía mucha gente las actividades de los arqueros?

–Se establecían anualmente, señor –replicó nuestro anfitrión–. Cualquier persona interesada podía haberlas conocido. No eran muchas.

–¿Está todavía en la vecindad la familia de Pope?

–Henry era soltero. Era un hombre reservado, retirado prematuramente de la vida. Muy rico también. Su hermano más joven, Trevor, era su único heredero. Recuerdo el trabajo que nos costó localizar a Trevor; cuando logramos ponernos en contacto con él, Henry ya estaba enterrado. Se hallaba en una excursión a pie por las Tierras Altas de Escocia. Estuvo aquí el tiempo suficiente para hacerse cargo de los asuntos de Henry; cerró la casa de Pope situada al extremo de Lurgashall y se fue al Canadá. Regresó el mes de mayo último.

–¿Y esto, señor Colvin?

Pons extendió sobre la mesa que tenía delante el aviso que había recibido nuestro cliente.

–A mí me podrían castigar por muchas cosas, señor..., pero la muerte de Henry Pope no es una de ellas.

–¿Pertenecía a los arqueros de Sussex la flecha que mató a Jefferds?

–En efecto. De eso no hay duda. Buen susto me llevé.

–No me extraña –dijo Pons–. Ahora hablemos sobre Pearson. ¿Cuánto tiempo estuvo con usted?

–Diez años.

–¿También usted lo ha visto merodeando por aquí?

–Yo no. Ha sido principalmente Alasdair. Hewitt lo vio en dos ocasiones.

–Sólo recientemente, señor Pons –terció nuestro cliente–. Parecía estar esperando que saliera mi padre.

–Ese hombre conoce mis costumbres –gruñó Colvin padre–. Podía encontrarme fuera en cualquier momento que quisiese.

–Tengo entendido que ha estado usted casado más de una vez, señor Colvin.

–Oh, se ha fijado usted en que Alasdair no se parece ni pizca a él –dijo nuestro anfitrión, señalando con la cabeza a su otro hijo–. Es cierto, me he casado dos veces. Y dos veces me he quedado viudo. Alasdair es de mi segunda esposa; lo adopté. Un muchacho bueno y callado, un poco cabeza de chorlito. Tal vez se deba a su oficio.

–Y hablando del asesinato del señor Jefferds –dijo Pons entonces–, ¿no se le ocurre pensar que quien lo mató pudo ser el mismo hombre que asesinó a Henry Pope? Es una posibilidad.

–¿No se le ha ocurrido a usted? Pero ya le he dicho, señor, que estoy completamente perdido en cuanto a quién pudo haberlo hecho, y por qué.

–No ha acudido usted a la policía –dijo Pons.

–¡Qué demonios, señor!, hemos suprimido las pruebas. No queremos removerlo ahora. ¿De qué iba a servir? La única relación existente entre los dos asesinatos es una flecha usada por los arqueros. Es lo único. ¡Lo sé, señor Pons! Henry Pope era un hombre inofensivo; y lo mismo Andy Jefferds. ¿Quién podía sacar provecho de esas muertes? ¿Trevor Pope, que estaba a muchos kilómetros de distancia cuando murió su hermano? ¿La achacosa señora Jefferds, que más que la herencia de su marido lo que verdaderamente necesitaba era que siguiese con vida? Tales crímenes, señor, no tienen sentido... Pero esto es asunto suyo, no mío –terminó nuestro anfitrión, empujando su silla hacia atrás y levantándose–. Lo dejo con mi hijo.

Dicho esto, salió a grandes zancadas de la habitación.

Pons se puso de pie y se volvió hacia nuestro cliente.

–Señor Colvin, ¿cuándo fue la primera vez que vio a Pearson merodeando por aquí?

–Bueno, creo que fue la noche siguiente a la muerte de Jefferds.

–¿Nadie lo había visto antes de eso?

–Alasdair lo vio... aunque no lo mencionó hasta que dije a mi padre que lo había visto. Fue entonces cuando lo explicó. Dijo que no había querido decirlo antes para no inquietar a mi padre.

Pons se quedó un momento reflexionando. Cuando vi que se dibujaba en sus labios una leve sonrisa, supe que había optado por una nueva línea de pensamiento que le gustaba.

–Escuche –dijo a nuestro cliente–, debemos ponernos en acción. ¿Puede prestarme una tartana?

–Venga conmigo, señor Pons.

A finales de aquella tarde nos detuvimos en una taberna de Petworth, cerca de Lurgashall. Habíamos pasado el día visitando a los otros tres miembros del desaparecido club de los arqueros de Sussex, residentes en la vecindad: Will Ockley, un semiinválido; David Wise, que ahora era clérigo; y Abel Howard, un hombre taciturno de mediana edad, que seguía entregado a sus experimentos con animales de granja. De todo ello no fui capaz de colegir si Pons había recabado más información de la que ya tenía.

Al entrar a la taberna nos acercamos al mostrador y tomamos asiento. Pons pidió un bíter con ginebra y yo mi habitual cerveza. Como todavía era temprano, había pocos clientes en la taberna y el propietario, un tipo rechoncho con ojos brillantes y un cabello blanco y pajizo, no estaba muy dispuesto a hablar.

–¿Forasteros? –preguntó.

–Venimos a ver a Joshua Colvin en viaje de negocios –respondió Pons–. ¿Lo conoce?

–Sí. Lo conozco bien.

–¿Qué clase de hombre es?

El tabernero se encogió de hombros y dijo:

–A algunas personas les gusta y a otras no. Tiene una manera brusca y áspera de decir la verdad. Hace que uno se sienta incómodo.

–¿Y sus hijos?

El tabernero se animó.

–Cortados de diferentes paños. Alasdair, bueno... un verdadero deportista. Viene por aquí a jugar a los dardos. –Meneó la cabeza–. Aunque algo perdedor; no tiene mano para ello. Todavía me debe cinco libras. –Chasqueó la lengua–. En cambio Hewitt... bueno, señor, en cuestión de negocios es muy hábil; y no viene mucho por aquí. Pero no se deje engañar por eso, tiene un ojo especial para las mujeres. ¡Alguien podría contarle muchas cosas acerca de Hewitt y las mujeres! Pero yo no soy chismoso, nunca lo fui. Como yo digo, vive y dejar vivir.

–Por cierto, ¿no vive por aquí un tal señor Pope? –preguntó entonces Pons.

El tabernero se desinfló de pronto.

–Por aquí no viene ninguno como él –dijo misteriosamente–. No habla con nadie. Algunos dicen que conocen el porqué.

–¿Y el señor David Wise?

–Sí... lo más parecido a un santo hoy día. –De pronto, dejó de hablar. Apoyó las manos en el mostrador, se inclinó hacia Pons y lo miró inquisitivamente con los ojos entornados–. Está usted investigando sobre los arqueros. ¡Claro! Yo lo conozco a usted, señor, que me cuelguen si no lo conozco. Nos hemos visto antes.

–No lo recuerdo –dijo Pons.

–Usted es Solar Pons, el detective –dijo, apartándose decididamente de nosotros.

A partir de aquel momento no diría nada más.

Al poco rato nos marchamos. Pons no estaba en absoluto disgustado por la negativa a hablar del tabernero.

–Aún nos queda una visita por hacer –dijo–. Echemos un vistazo a Trevor Pope.

Siguiendo las señas facilitadas por nuestro cliente, descendimos por un sendero hasta una hondonada de Weald y avistamos una casa de estilo imitación Tudor, detrás de una pared baja con una parra. Por las apariencias, cualquiera hubiese dicho que estaba deshabitada.

Pons detuvo la tartana a la entrada, se bajó, y echó a andar hacia la puerta y una vez que estuvo delante de ésta golpeó con el llamador. Hubo una larga espera hasta que abrieron la puerta. Apareció un viejo criado.

–¿El señor Trevor Pope? –preguntó Pons.

–El señor Pope no desea ver a nadie –repuso el criado–. Se dispone a salir.

Pons regresó a la tartana, subió a ella y emprendió la marcha sendero arriba hasta la carretera, donde dio un giro y se internó en un bosquecillo; se apeó una vez más, haciéndome señas para que le siguiera, y ató nuestro caballo al tronco de un árbol pequeño. Rodeamos la parte posterior de la casa, ocultándonos detrás de cada árbol, y cuando apenas habíamos obtenido una buena vista de ella, salieron violentamente de la perrera sus mastines y en medio, corriendo a la par que ellos, un hombre de baja estatura, moreno, con jersey de cuello alto, pantalones muy ajustados y zapatillas de lona con suelas de caucho. Tomaron un sendero del bosque, que les llevaría alrededor de Lurgashall en dirección a Blackdown. Los perros apenas hacían ruido; lo único que se oía eran las pisadas de Pope, y todo lo que podía captar el ojo de la mente era la tensa y forzada expresión de su moreno rostro y los puños rígidos a los lados de su tórax.

–¿Qué locura lo impulsa a esto? –susurré cuando se perdieron de vista.

–¡Sí, es cierto! ¿No encontrará un ejercicio menos fuerte? Sin embargo, no se puede negar que es una demostración impresionante. ¡No me extraña que nuestro cliente se sobresaltase! –Pons sonrió–. Ya está anocheciendo. No creo que se aleje mucho. Vayamos a su encuentro.

El curso que había tomado Trevor Pope describía un arco que se alejaba de la casa; pronto perdimos de vista el sendero de Weald que él y sus perros habían seguido. Pons se detuvo de pronto al borde de un claro del bosque, donde el sendero descendía en dirección a Lurgashall. Al llegar allí, Pons se paró a mirar a su alrededor.

–Me parece que este sitio será tan bueno como cualquier otro –dijo Pons–. Esperemos aquí.

Ya se había puesto el sol y el resplandor crepuscular empezaba a desvanecerse. Al cabo de media hora nos llegó el sonido de sus pisadas.

–Ya llega –dijo Pons.

Casi instantáneamente, los mastines y su dueño surgieron de un bosquecillo de árboles jóvenes y arbustos que había al fondo de una pendiente.

–¡Señor Trevor Pope! –dijo Pons en voz alta, al tiempo que avanzaba hacia él.

Pope se detuvo y llamó a sus perros con un grito salvaje. Nos dirigió una mirada feroz, alargó el brazo hacia Pons y exclamó:

–¡Quédese donde está! ¿Qué diablos quiere?

–Hacerle unas preguntas.

–No respondo a preguntas.

–¡Entonces responda a una, señor Pope! –La voz de Pons resonó en el claro del bosque.

–¿Quién es usted?

–Sólo un londinense curioso. Habrá oído mi nombre. Solar Pons.

Hasta nosotros llegó un grito sofocado de Pope. Luego:

–¡Conque le mandaron llamar!

–¡Una pregunta, señor Pope!

–¡Váyase al infierno!

–¿Podría facilitarme un itinerario de su excursión a pie en 1907 por las Tierras Altas de Escocia?

Hubo un momento de embarazoso silencio. Luego un feroz grito de rabia, una maldición, y las furiosas palabras de Pope:

–¡Lárguese, lárguese, antes de que le azuce los perros! ¡Y usted, Parker, entrometido y fisgón!

–Puede que aún no haya escuchado usted mi última palabra, señor Pope.

–¡Usted ya ha escuchado la mía!

Pons dio media vuelta y regresamos por la misma senda que habíamos venido. Detrás de nosotros no se produjo ningún movimiento inmediato. Cuando descendíamos por el sendero que nos conducía de vuelta a la casa y a donde nos esperaba la tartana, volví la cabeza por encima del hombro y vi a Pope plantado de pie entre sus mastines, estallando literalmente de rabia y odio.

Una vez de vuelta en la tartana no pude por menos de decir:

–Un hombre violento.

–Y que lo diga –convino Pons.

Viajamos en pensativo silencio hasta que, justamente antes de llegar a las columnas de piedra de la casa de nuestro cliente, Pons vio a alguien deslizándose tras los cedros que crecían junto a la carretera. Detuvo en seco la tartana, me arrojó las riendas y, saltando de ésta, se lanzó hacia el cedro. Oí que decía:

–Supongo que es usted el señor Pearson, ¿verdad?

–Ése es mi nombre –respondió bruscamente una voz.

–¿Qué juego se trae entre manos, Pearson?

–Tengo mis derechos. No estoy haciendo ningún daño. Esto es una carretera pública.

–Completamente de acuerdo. Hace dos meses fue usted a ver al señor Colvin.

–No, señor. Dos semanas es más correcto.

–Señor Pearson, ¿lleva un arma de fuego?

–¡No, y tampoco un arco y flecha!

Su deducción fue inconfundible. Repentinamente, Pons le dio las buenas noches y volvió a la tartana. No pronunció una sola palabra mientras regresábamos en medio de una oscuridad creciente.

Nuestro cliente nos estaba esperando en el vestíbulo. Fue demasiado correcto al inquirir qué había estado haciendo Pons, aunque debió de sacar sus propias conclusiones.

–Caballeros, ¿puedo prepararles algo para comer? –preguntó.

–Quizás un sándwich de carne fría y vino seco –dijo Pons–.

Llévelo a nuestra habitación, ¿quiere? Ahora me gustaría hablar con su padre una vez más.

–Muy bien, señor Pons. Se encuentra en su estudio. Acabamos de volver de su habitual paseo. Esta noche me tocaba a mí protegerlo. –Suspiró–. Mi padre lo hace muy difícil; le irrita vernos detrás de él. Sólo durante el paseo, señor, por supuesto.

Colvin padre estaba sentado ante su colección de sellos. Su mirada era más calculadora que amistosa.

–Lamento molestarlo, señor Colvin. Pero ¿puedo ver su arco y flechas?

Colvin se inclinó hacia atrás, con una expresión de estupor en el rostro.

–¡Ah! –exclamó–. Ojalá supiera dónde están. Los guardé cuando murió Henry, y después los puse en no sé qué otro sitio. Que me cuelguen si sé dónde. De eso hace veinte años. ¿Por qué quiere verlos?

–Se me antoja estudiar la clase de arma que mató a Pope y a Jefferds..., y que algún día puede matarlo a usted si no soy capaz de impedirlo.

–No tiene usted pelos en la lengua, señor –dijo Colvin, sonrojándose–. El arco no puedo enseñárselo, pero ahí arriba encontrará una de las flechas. –Se puso de pie y señaló la pared encima de la chimenea–. Se la alcanzaré.

–No es necesario, señor –dijo Pons–. Me valdré de este cojín para verla.

Estuvo un buen rato delante de la flecha, la cual me pareció descomunalmente larga, con una punta muy aguda.

–Observo que esta flecha es tremendamente letal, señor Colvin. ¿Es esto habitual?

–En absoluto, señor Pons. A un club normal de tiro con arco no se le ocurriría usar flechas puntiagudas. Eso era lo que singularizaba a los arqueros de Sussex. Las nuestras eran todas puntiagudas. Nos enorgullecíamos de ello... Hasta que murió Henry.

Pons se retiró del cojín, lo restituyó a su sitio y deseó buenas noches a nuestro anfitrión. Colvin hijo esperaba en el umbral de la puerta para guiarnos hasta nuestra habitación donde nos tenía preparada la frugal cena.

–¿Desea algo más, señor Pons? –preguntó desde la puerta.

–Una cosa. ¿Sale su padre de paseo todas las tardes?

–Al atardecer, regularmente, llueva o haga sol. Sólo una severa tormenta lo retiene en casa. Es vigoroso, señor Pons; muy vigoroso.

–¿Sigue usualmente la misma ruta?

–Sí, más o menos.

–¿Es muy conocida en la vecindad esta ruta?

–Yo diría que sí.

–¿Puede usted perder un rato mañana por la mañana para mostrarme por dónde ha paseado esta noche?

–Por supuesto. A mi oficina de Petworth le será fácil prescindir de mí.

–Gracias. Buenas noches, señor.

Pons cenó en contemplativo silencio y siguió sentado un rato acariciando su copa de Mosela. Luego se levantó y empezó a pasear de aquella forma que yo conocía tan bien: con la cabeza hundida en el pecho y las manos atrás. Hice todo lo posible por no interrumpir el hilo de sus pensamientos.

Al cabo de un par de horas de pasear se detuvo delante de mí.

–Y bien, Parker, ¿qué puede decir de todo esto?

–Poco más de lo que ya he dicho. Trevor Pope huye a través de la oscuridad igual que un hombre que intenta escapar de su culpa.

–¡En verdad que sí! –dijo Pons satisfecho–. No tengo dudas de que el señor Pope es el agente sobre el que giran todas las piezas del rompecabezas.

–Eso apunté yo antes de que abandonáramos Praed Street –no pude por menos de decir.

–Lo recuerdo –continuó–. ¿No le parece significativo que Pearson, que ha estado tratando de ver a Colvin, no haya sido capaz de conseguirlo aunque conoce sus costumbres y podía encontrarlo fuera de su casa en cuanto quisiera?

–Está claro que ese tipo se trae un juego entre manos con intención de asustar a su antiguo patrono.

–Eso no deja de ser un punto de vista. ¿No le sugiere nada que todos los antiguos arqueros de Sussex que hemos interrogado hoy han mantenido el mismo criterio que nuestro anfitrión? Ninguno pronunció una palabra en contra de otro, pese a que todos estaban convencidos de que la muerte de Henry Pope no fue un accidente.

–A pesar de la investigación que se hizo, el punto de vista de ellos parece el único sostenible.

–Por otra parte, reconozco que es una interesante coincidencia que Jefferds fuera asesinado al atardecer, precisamente a la hora en que Trevor Pope está por ahí con su jauría de mastines domesticados.

–¿Lo cree de otra manera? –grité–. ¡Ésa fue su hora para cometer el crimen! –continué–. Usted ha construido un caso perfecto acerca de Pearson.

–Ciertamente, o yo me equivoco mucho o Pearson está metido en el asunto..., digamos hasta las cejas, ¿no? Veamos –prosiguió, mirando su reloj–, ya son más de las once. Sin duda a estas horas el inspector Jamison estará en casa. Ahora bien, si logro llegar hasta el teléfono sin despertar a nadie, tendré con él una pequeña charla.

Dicho esto, salió sigilosamente de la habitación para poner una conferencia.

Cuando volvió, no me facilitó la menor información.

A la mañana siguiente Pons estuvo haraganeando deliberadamente por la casa hasta las diez que llegó la conferencia que había solicitado. Se puso al teléfono, escuchó sin decir más de diez palabras, dio las gracias al inspector Jamison y colgó. Nuestro cliente estuvo todo aquel tiempo por allí cerca, esperando sernos útil.

–Señor Colvin –dijo Pons–, ya estoy listo para recorrer el curso que sigue su padre en sus habituales paseos vespertinos.

–Vamos, señor –repuso nuestro cliente.

Salió de la casa delante de nosotros y nos introdujo en los bosques circundantes. Nuestro trayecto se desarrollaba por la cuesta de Blackdown en dirección de Weald, apartándose de Lurgashall. Pons se iba fijando en todo. De vez en cuando hacía comentarios acerca del paisaje, y en una ocasión preguntó si la casa de Trevor Pope estaba lejos de donde nos encontrábamos.

–Los dos senderos se cruzan en aquel bosquecillo que hay al frente –dijo Colvin–. Allí es donde vi a Pope con sus mastines.

Cruzamos el bosquecillo, que consistía en un castaño muy viejo, rodeado de unos cincuenta árboles jóvenes. Al poco rato de cruzarlo, Pons se excusó y volvió corriendo hasta él, rogándonos que lo esperásemos allí.

Cuando volvió a reunirse con nosotros le bailaban los ojos.

–Creo que ya hemos visto bastante, señor Colvin –dijo–. Necesitaba asegurarme de que había un punto de intersección entre el recorrido de su padre y el de Trevor Pope. Ello parece cumplir el propósito pretendido.

–Me alegra que así lo crea, señor Pons.

Pons miró su reloj.

–Y ahora, si quiere perdonarme –dijo–, parece que por el momento hemos hecho todo lo que podíamos hacer; y si quiere llevarnos en su coche a Petworth, conseguiremos alcanzar el tren de las 12.45 para Londres. Le ruego que presente mis respetos a su padre y le diga que espero atrapar al asesino de Jefferds dentro de cuarenta y ocho horas.

–¡Entonces ha tendido una trampa a Pope! –exclamó nuestro cliente.

–Tendremos que coger al asesino en flagrante –respondió Pons–. Pope está desesperado. Anoche lo puse muy nervioso. Diga a su hermano que esta noche cuando siga a su padre extreme el cuidado.

Regresamos andando a la casa. Al cabo de unos minutos nos encontrábamos en el coche de nuestro cliente camino de la estación de Petworth. En cuanto desapareció el coche, Pons entró en acción.

–Bien –dijo–, facturemos nuestro equipaje y dediquemos algún tiempo a vagar por Petworth. Podríamos comer algo.

–¡Perderemos nuestro tren, Pons!

Me tranquilizó con una sonrisa.

–Parker, no vamos a tomar el tren. Esta noche tenemos una cita con el asesino. Pienso acudir a ella.

Poco antes de que anocheciera nos dirigimos al bosquecillo donde el sendero de Joshua Colvin se cruzaba con el de Trevor Pope. Pons tenía a la vista un objetivo –un viejo castaño con un hueco lateral en lo alto de la cruz–, un árbol achaparrado que dominaba el lugar.

–Aquí es nuestra cita –dijo Pons–. Si no me equivoco, ésta es la noche de peligro para Joshua Colvin. Espero evitar su muerte y coger en la red a su posible asesino. Y ahora trepemos al árbol; bien arriba.

En breves momentos estábamos ocultos en lo alto del tronco del viejo castaño. Pons ocupó el sitio más alejado de la dirección por donde podía venir Pope.

–¡Los perros, Pons! –exclamé–. ¿Qué pasará con ellos? Son peligrosos.

–Si es preciso nos las veremos con ellos –respondió–. Bueno, el sol se está poniendo; es de esperar que Colvin inicie pronto su paseíto. Le costará media hora llegar hasta aquí.

–Y Pope también –susurré–. ¡Todo está calculado!

–¡Efectivamente! Ahora guardemos silencio a la espera de los acontecimientos. Vea lo que vea, Parker, ¡no haga ruido!

Se había puesto el sol y el cielo palidecía entre el canto vespertino de los pájaros. Los murciélagos empezaban a pasar revoloteando silenciosamente. Entonces, puntual, Joshua Colvin entró en el bosque, con su escopeta apoyada negligentemente en el pliegue de un brazo, y pasó por delante de nuestro árbol.

En cuanto se hubo alejado, surgió Alasdair Colvin paseando tranquilamente. El joven Colvin se fue derecho al castaño y dejó su escopeta apoyada en el tronco. Extrajo del bolsillo un par de guantes muy ceñidos y se los puso a toda prisa. ¡Entonces metió la mano en el hueco del tronco del árbol y sacó un arco y una flecha!

En aquel momento, Pons se descolgó sobre él. Yo, sobrecogido por un *shock* casi paralizante, acabé deslizándome tronco abajo y caí sobre Pons.

Alasdair Colvin luchaba como una fiera, con una fuerza sorprendente para un cuerpo tan frágil como el suyo, pero entre Pons y yo logramos reducirlo en el preciso momento que

Joshua Colvin volvía corriendo junto a nosotros atraído por el ruido de la pelea. Al ver el arco y la flecha en el suelo, comprendió en el acto el significado de la escena. Levantó su arma y disparó dos veces para pedir ayuda.

–¡Reptil! –gritó con voz hiriente–. ¡Reptil desagradecido! –Luego, desdeñando al joven caído en el suelo, se volvió hacia Pons–. Pero ¿por qué?

–Señor Colvin, Alasdair se encuentra fuertemente endeudado. También sospecho que Pearson lo está sometiendo a chantaje. Su hijo mató a Andrew Jefferds y planeaba matarlo a usted en un intento de resucitar un viejo crimen e imputárselo a un viejo asesino.

–¿Un viejo crimen?

–El asesinato de Henry Pope. Casi seguro que fue su hermano quien lo mató. Sus senderos se cruzan aquí. Aunque esta noche, inexplicablemente, por pocos minutos, Pope no ha llegado a tiempo, lo cual habría servido para que, lamentablemente, Alasdair hubiera consumado su diabólico plan.

Hacia la dirección de la casa sonaron pisadas de gente que se aproximaba a la carrera.

En el tren de regreso a Londres, Pons respondió con voz firme a mis preguntas:

–Ya me pareció desde el principio que, sin ser imposible, resultaba altamente improbable que nadie quisiera vengar lo ocurrido hace exactamente veinte años –empezó diciendo–. Y, ciertamente, habría sido el mayor disparate anunciar un «castigo» contra quienes eran sospechosos de haber asesinado a Henry Pope, presentando a Trevor Pope como posible autor de los avisos, único hombre que, razonablemente, podía querer vengar la muerte de su hermano. Por consiguiente, parecía elemental que dichos avisos pretendieran explícitamente hacer aquello.

»Partiendo de esta conclusión, sólo me quedaba buscar un móvil. ¿Quién podía beneficiarse de la muerte de Joshua Colvin sino sus hijos? Hewitt Colvin difícilmente habría solicitado mi ayuda si estuviera implicado. Esto dejaba sólo a Alasdair. Pero ¿qué motivos podía tener éste? Resultó harto curioso que fuese el tabernero de Petworth quien me proporcionara un motivo al mencionar que Alasdair aún le debía la insignificante suma de cinco libras; un móvil que se vio reforzado cuando Jamison me informó esta mañana, en respuesta a mi demanda de datos, de que Alasdair tenía grandes deudas en la vecindad y en varios establecimientos de juego: cinco mil libras.

»El plan había sido concebido con asombrosa astucia. Fue una pena que tuviera que morir Jefferds; un sacrificio a la vanidad de Alasdair. Todos conocían los paseos que daba Joshua Colvin; y Alasdair estaba seguro de que Trevor Pope no sería capaz de proporcionarse una coartada a aquella hora. Es más, las flechas y el arco que Alasdair había cogido de donde las guardaba su padre y escondido en el hueco del castaño podían fácilmente considerarse como pertenecientes al difunto Henry Pope. Sólo Trevor conocía la inexistencia de motivos de venganza contra los arqueros de Sussex, toda vez que él, incuestionablemente, había matado a su hermano; sólo él tuvo motivos y oportunidad; aquella vaga excursión a pie por las Tierras Altas le permitió regresar sin ser visto, cometer el crimen (el programa de actividades de los arqueros se fijaba anualmente, según Joshua Colvin) y regresar a las Tierras Altas hasta ser localizado después de las planeadas dificultades.

»Por desgracia para Alasdair, se produjeron dos acontecimientos con los que él no contaba. Pearson se presentó ante él la noche del asesinato de Jefferds (que también aconteció a la hora en que Trevor Pope salía con sus mastines) y es muy probable que lo viese con el arco en la mano antes de que pudiera esconderlo. Aunque Pearson hubiera acudido originalmente para ver al padre, después acudió a ver a Alasdair con el fin de ejercer chantaje sobre él. Recordará usted la discrepancia existente entre la declaración de Alasdair asegurando que llevaba meses sin ver a Pearson, y la de Pearson (corroborada por Hewitt, diciendo que no le había visto últimamente) aclarando que "dos semanas era más correcto". De manera que Pearson sospechó, ¡y de ahí que estuviera metido en ello hasta las cejas!

»El otro acontecimiento, por supuesto, fue la aplicación de Hewitt en 7B. Un pequeño problema, Parker. Me da el corazón que mañana tendré que recorrer el itinerario de Trevor Pope por las Tierras Altas, por penoso que ello resulte en esta época.

Pero la solución al misterio secundario no la iba a dar Pons, porque los periódicos de la mañana publicaban el suicidio, por ahorcamiento, de Trevor Pope. Aunque éste no dejó ningún mensaje escrito, era evidente que en la presencia de Pons en la escena de su propio y miserable crimen vio la acción de la justicia, aunque tardía.

Fat Jow

ROBERT ALAN BLAIR

Al oír que sonaban estridentemente las campanillas de la puerta de la tienda, Fat Jow dejó de barrer y miró hacia arriba, fastidiado. Su fastidio se transformó en repugnancia mezclada de temor cuando vio entrar a Lucky Leo Lindner.

–¿Dónde está el dueño? –demandó Lindner, un hombre con muchas prisas y poca educación. La naturaleza de sus diversas empresas no requería buenos modales.

Con una impaciente sacudida de cabeza, el viejo dependiente señaló hacia las escaleras del fondo de la tienda y continuó barriendo. Raras veces empleaba su impecable inglés, pues consideraba que su aspereza hería el oído oriental, más apto para las lenguas cantarinas.

Se puso a barrer más cerca de la escalera, con el fin de oír mejor. En sus cuarenta y dos años con Moon Kai, poco se le escapaba al viejo dependiente. Pronto se elevó la voz malhumorada de Lindner.

–¡Me ha llevado siete años meter en cintura a todos esos tipos, y ahora no voy a tolerar que un pequeño vividor como tú me eche a perder la organización!

La respuesta de Moon Kai fue monosilábica e ininteligible.

–¿Por qué no eres listo, papá? –dijo Lindner–. No sólo se trata de mí. Ya sabes lo que le espera a tu lotería si te quejas a los polis.

Moon Kai levantó el tono de su voz.

–Haré lo que deba, señor Lindner, y no le pido su consejo.

–¡Está bien! Ya conoces mi postura. Piénsalo, eso es todo. No te lo pediré otra vez.

Lindner bajó taconeando la escalera y cruzó la puerta, seguido por el tintineo de las campanillas.

Moon Kai apareció en la escalera abrochándose la chaqueta.

–Tengo que salir durante un rato –le dijo a su empleado. Estaba tranquilo, pero sus ojos brillaban de rabia.

–¿Va usted a la policía? –preguntó Fat Jow. No deseaba que le pasara nada a su patrón, ni que la lotería se viera afectada por su causa. Pero quien está en el sitio de Fat Jow no tiene derecho a expresar su opinión. Moon Kai se detuvo en la puerta.

–Cuando un comerciante tenga el coraje de ir a la policía –dijo con parsimonia–, el tiempo de aflicción habrá terminado. –Lanzó un suspiro–. ¿No es mejor permitir que cierren la lotería que someterse mansamente a Lindner?

–No lo sé –murmuró cariñosamente Fat Jow.

–El cierre no sería definitivo –arguyó Moon Kai–. Los policías son como los pájaros en un campo de arroz. Atacan con entusiasmo, pero pronto se sacian y lo abandonan.

–¿Irá usted solo a la policía?

En el rostro de Moon Kai se dibujó una leve sonrisa.

–No temas... no actuaré solo. Ahora voy a hablar con Lee Keung, el de la fábrica de fideos, y con Gim Wong, el del taller de costura. También ellos están hartos de la «protección» de Lindner.

Fat Jow, lleno de recelos, vio salir a su amo. Presentía un cambio inminente en la ordenada existencia que él tanto valoraba. Hacía cuarenta y dos largos años que trabajaba para Moon Kai; vivía solo, muy cerca, en un apartamento subterráneo de una sola habitación, compraba sus frugales suministros en las tiendas de la vecindad y charlaba pausadamente con sus amigos. Era, en verdad, una existencia ordenada, y no necesitaba iniciativas ni innovaciones.

Como la paz de la herboristería era más apta para hablar seriamente que la fábrica de fideos o el taller de costura, Moon Kai se trajo a ambos comerciantes con él. Mientras tomaban una taza de té en el altillo, conferenciaron larga y solemnemente, pero en el rato que Moon Kai bajó para despedir a Fat Jow, dejaron de estar tan de acuerdo como antes.

Fat Jow se fue a casa sintiendo que se había quitado un peso del corazón. Moon Kai había prometido que no actuaría solo.

Por la mañana temprano, Fat Jow se fue caminando a la tienda para abrir sus puertas y empezar la jornada. Lleno de alarma, se detuvo bajo el cartel que rezaba «Herbolario», deteriorado por la acción del tiempo. La puerta no estaba cerrada con llave y se abrió hacia el oscuro interior de la tienda nada más tocarla. Moon Kai nunca se olvidaba de echar la llave cuando por la noche se iba a casa.

Fat Jow miró a un extremo y otro de la calle, pero a aquella hora tan temprana no vio a nadie. Se acercó de puntillas a la ventana e intentó atisbar a través de la descolorida cortina de muselina, pero ésta cumplía bien el propósito de que los viandantes no vieran lo que había en el interior de la tienda.

Como adoraba a su dueño, Fat Jow venció el miedo y entró. El aspecto de la tienda era normal, con los empolvados anaqueles llenos de jarros, cajas de cartón y aluminio, montones de ramitas y raíces retorcidas. Entonces vio que la luz del altillo estaba encendida. ¡Qué raro que Moon Kai pagara electricidad nocturna sin usarla!

Con pasos contenidos por el miedo, Fat Jow subió por la oscura y empinada escalera. Cuando sus ojos estuvieron al mismo nivel que el suelo del altillo, vio a Moon Kai caído de bruces entre el escritorio de tapa rodadera y el sillón giratorio. En la espalda, en el centro de su descolorido chaleco de satén gris, tenía una fea mancha con un agujero negro.

Fat Jow quedó aterrado. Después de cuarenta y dos años de llevar una existencia dictada por su dueño, ahora tenía que tomar su propia decisión. Era el momento de llamar a la policía. Había un teléfono sobre el escritorio, pero no podía acercarse al cadáver para usarlo. Bajó precipitadamente la escalera y se detuvo delante del teléfono de pared. La policía iba a precipitar el hundimiento de su tambaleante mundo. Hizo un esfuerzo para pensar. Si no llamaba a alguien, Moon Kai podía yacer allí indefinidamente. Ninguna esposa vendría a buscar a su marido, pues Moon Kai era viudo. El dueño no vendría a cobrar el alquiler hasta final de mes.

¡Ah...!, Moon Kai tenía un hijo en la universidad de la ciudad. Sólo tenía veinticuatro años, pero él era el único que podía relevar a Fat Jow de su responsabilidad. El número del club de estudiantes estaba escrito a lápiz sobre la pared junto al teléfono. Fat Jow marcó y poco después le respondió la voz soñolienta de un joven, quien le aseguró que localizarían al hijo de Moon Kai.

Fat Jow se dejó caer pesadamente sobre una silla con asiento de mimbre que había debajo del teléfono. Sus aprensivos ojos parpadearon en dirección a la escalera del altillo.

Empezaba a envolverle una lenta oleada de rabia. Entornó los ojos y plegó las manos sobre sus piernas. Tal vez el dominio de la serenidad era lo que le tranquilizaba.

El único hijo de Moon Kai, a quien éste llamaba con ilusión Primer Hijo, llegó en un taxi. Era un presuntuoso chino americanizado, que ahora lucía ojeras de preocupación. Cogió al empleado por los hombros.

–¿Qué le pasa... a mi padre, anciano? ¡No me lo pudieron decir! ¿Está enfermo?

Fat Jow señaló hacia el altillo.

–Querrás ir tú solo –repuso cariñosamente.

Primer Hijo se lanzó escaleras arriba subiendo los peldaños de dos en dos. Se oyó un grito, un solo grito de agonía... y se hizo el silencio.

Cuando bajó tenía los ojos enrojecidos de tanto llorar, pero además del dolor se había unido a ellos la rabia.

–¿Quién lo ha hecho? –preguntó, ceñudo.

Fat Jow lo miró con detenimiento. ¿Había pensado pedir ayuda a este joven? Dijo:

–Leo Lindner.

La náusea atemperó su rabia.

–¿Estás seguro? –susurró.

–O Lindner o alguien pagado por él. Está irritado porque tu padre pensaba quejarse a la policía. Hizo veladas amenazas, pero Moon Kai las pasó por alto.

–Mi padre no era fácil de doblegar –dijo Primer Hijo con triste orgullo. Se asomó a la calle–. ¿Dónde está la policía? ¿Por qué no viene?

Fat Jow bajó la cabeza pensando en la diatriba que le esperaba y dijo:

–No he llamado a la policía.

–¿Dónde está tu sensatez? –lo increpó Primer Hijo, fuera de sí–. Mi padre dijo acertadamente: «Otros deben pensar por ti en las cosas más pequeñas». –Descolgó el teléfono.

–¡Espera! –dijo cortantemente Fat Jow, agarrando a Primer Hijo por la muñeca. En circunstancias normales no habría osado tocarlo. Prosiguió–: Escucha a un hombre que amaba a tu padre no menos que tú, y que quisiera verlo vengado.

–¿Entonces, por qué no has llamado a la policía? –preguntó Primer Hijo, ya más calmado.

–Debo contar con tu permiso para decir a la policía lo que hay en mi mente –respondió Fat Jow.

Primer Hijo elevó los brazos y los ojos rogando al cielo que fuera testigo de su paciencia.

–¿Qué puedes decirle a la policía sino la verdad?

Fat Jow meneó la cabeza.

–No es tan simple. Si Lindner es el responsable, puedes estar seguro de que justificará todos y cada uno de sus pasos la noche pasada.

–Pero los comerciantes... ¿no estarán deseosos de testificar?

–Nada de eso. Tienen miedo, y esto les asustará aún más. Aquí tenemos una prueba de que Lindner actúa rápidamente contra quienes se oponen a él. A los ojos de los comerciantes, él es un demonio a quien nadie puede oponerse. En verdad, su dinero y sus abogados crean una magia perversa que lo protege contra la ley. Crean un aura de temor.

El miedo creció en los ojos de Primer Hijo.

–Entonces debo ir yo mismo a ver a Lindner –comentó con resignación. Su concha de americanización era frágil; muy cerca de su superficie se agitaban filosofías milenarias.

Fat Jow se levantó y puso una mano sobre el hombro del joven.

–Hijo mío, Lindner es un hombre mucho más experto que tú en la violencia. No te destruyas a ti mismo en un arrebato de venganza personal.

–¿Qué tengo que hacer, entonces? –gritó Primer Hijo.

–Déjame que llame a la policía y que sea yo quien la reciba cuando venga. ¿Por qué buscar a Lindner en su propio terreno cuando podemos traerlo al nuestro?

Primer Hijo miró a Fat Jow con un nuevo respeto.

–Llámala –dijo.

Fat Jow se dispuso a recibir a los policías facilitándoles un sencillo móvil del crimen. Vació de dinero la caja registradora y dejó el cajón abierto. Para recibirlos se puso la chaqueta de Moon Kai. Les hizo subir al altillo y allí les habló con sincero pesar:

–Éste fue Fat Jow, mi fiel empleado.

No le pidieron que se identificara. Para ellos, todos los chinos, particularmente los de edad mayor, eran iguales. Interrogaron a los comerciantes del barrio, pero la mentalidad oriental, condicionada por siglos de opresión, es renuente a toda burocracia. Inconscientemente, todos ellos respaldaron con una general respuesta la impostura de Fat Jow: «No ver nada».

Fue una impostura que de inmediato surtió efecto, pero no antes de que los periódicos de la tarde publicaran un breve artículo en su primera página bajo el encabezamiento «Asesinan a un dependiente durante un robo en Chinatown».

Fat Jow se quedó hasta bien tarde en su escritorio, terminando el trabajo contable empezado por Moon Kai la noche anterior. Su recién encontrada confianza se iba desvaneciendo con el paso de las horas y empezaba a dolerle la cabeza por un trabajo al que no estaba acostumbrado. Frecuentemente miraba el espejo que había colocado para ver la escalera sin tener que volverse. Como la tienda estaba a oscuras ya que la única bombilla encendida era la que estaba sobre su escritorio, sólo vio el borde de una mancha negra al pie de la escalera. Se sentía incómodamente llamativo con la chaqueta de Moon Kai.

Silencio abajo... un interminable silencio. ¿Cómo pudo un intruso haber llegado hasta Moon Kai sin ser oído? De haberlo oído, Moon Kai no habría sido encontrado junto a su escritorio. Seguramente habrían sonado las campanillas. Tal sigilo sugería que tal vez el asesino no fuese Lindner.

Fat Jow se sobresaltó ante la rabiosa estridencia de las campanillas. Ésta no era una visita furtiva, sino arrogante y segura. Unas fuertes pisadas resonaron en la escalera. Fat Jow hacía esfuerzos por mirar los papeles que tenía delante, pero sus ojos se desviaron hacia el espejo.

De la oscuridad surgió la turbia figura de un hombre. Fat Jow contuvo la respiración. Era Leo Lindner, y venía a culminar la misión que, pensaba, había dejado incompleta su mercenario.

–¡Eh, papá! –ladró Lindner–. Quiero hablar contigo. Lamento mucho lo que pasó. Yo no quería eso. Pero tenía que darte un aviso... –Se detuvo y dijo con suspicacia–: Tú no eres Moon Kai.

Fat Jow se dio la vuelta.

–¿De verdad que conocía usted a Moon Kai, señor Lindner?

Se encendieron las luces de abajo. Lindner, al volverse, vio la escalera llena de comerciantes. Recorrió de un salto los peldaños que lo separaban del suelo del altillo, pero allí se encontró con otros que salían de sus escondites. Primer Hijo, al ver que Lindner intentaba llevarse la mano a la axila debajo de la chaqueta, saltó sobre él y lo derribó. Los demás se acercaron a sujetarlo mientras Primer Hijo le quitaba la pistola.

–¡Si es necesario la usaré! –dijo, apuntándole a la altura de los ojos. Convencido de la sinceridad que se reflejaba en la cara y en la voz de Primer Hijo, Lindner dejó de luchar y miró a su alrededor, lleno de frustración. No sentía miedo... aún.

Fat Jow dejó vacante el sillón giratorio.

–Por favor, señor Lindner, siéntese –lo invitó.

Lindner no podía elegir; lo sentaron a la fuerza. Fat Jow le preguntó:

–¿Por qué estaba yo y no Moon Kai esperando aquí? ¿Por qué ha querido usted matar a Moon Kai?

Lindner le dirigió una mirada hosca y desafiante.

–No hablaré sin ver a mi abogado –gruñó.

–Ya no es tiempo de hablar –dijo Fat Jow–. Su abogado no está aquí. Aquí no hay más que el acusado y sus acusadores.

La jactancia de Lindner parecía ceder por momentos.

–Escucha, ¿qué clase de broma es ésta? Llama a tus polis y acabemos con esta comedia barata.

–Tiene muy poco de comedia –lo corrigió Fat Jow–. Ha habido una muerte y esa muerte debe ser expiada. Degraciadamente, usted tiene medios para burlar la ley occidental... De manera que nosotros no nos fiaremos de esa ley. Una ley antigua demanda ojo por ojo. Como comprenderá, nuestra tradición ofrece muchos medios eficaces para el castigo. –Hizo una señal a los otros–. Atadle.

Lindner se espantó al ver las cuerdas.

–¡Oh, no..., espera! –protestó, incrédulo, tratando de levantarse. Pero lo sentaron a la fuerza y lo ataron al sillón. Cuando le vendaron los ojos, Lindner se quejó–: ¡Oh, basta de juegos! Sabéis que esto no es más que una fanfarronada. Bien, pues yo no me asusto tan fácilmente.

–Veremos si es una fanfarronada –dijo Fat Jow–. Siga sentado donde murió Moon Kai.

Lindner se humedeció los labios con la lengua.

–¿Qué es lo que queréis, amigos? –gritó–. Dejaré de molestaros. Os lo firmaré en un documento.

–Es demasiado tarde para eso –dijo Fat Jow–. Nada nos devolverá a Moon Kai. –El tono de su voz se hizo más agudo–. Moon Kai, que nunca hizo mal a nadie..., que no será vengado por la ley de Occidente.

–Hablas demasiado, anciano –intervino Primer Hijo–. Empecemos.

–Lo estoy deseando –replicó Fat Jow con grave cortesía–. ¿Quién tiene el cuchillo?

Lindner forcejeaba contra las ataduras.

–¡No podéis hacer esto! –gemía–. Estamos en el siglo veinte. Estamos en Estados Unidos. Yo... ¡Esto va contra la ley!

–Lo que se le hizo a Moon Kai va también contra la ley –dijo Fat Jow–. Primer Hijo, te corresponde el honor de hacer verter la primera sangre. Empieza por la cara. En ella no hay órganos que pongan su vida en peligro.

–¡Esto es bárbara tortura a sangre fría! –exclamó Lindner con voz ronca–. ¡No podéis quedar impunes!

–Suavemente –ordenó Fat Jow–. No queremos mucha sangre demasiado pronto.

Primer Hijo se adelantó y le hizo un ligero corte en la mejilla izquierda. Entre crecientes gritos de insoportable terror,

Lindner se inclinó hacia delante sollozando. Pero en su rostro no apareció más señal que una raya húmeda. Primer Hijo aprendió bastante bien lo que hacen los estudiantes de ingeniería; en ocasiones, una marca de iniciación a la hermandad resulta útil. El arma que tenía en su mano no era más que un trozo de hielo.

–Una vez más –dijo Fat Jow.

–¡No, no, no! –exclamó Lindner–. ¡Fue un accidente, lo juro! Yo sólo quería asustar un poco a Moon Kai. ¿Cómo iba a saber que a aquel maldito gorila le gustaba tanto apretar el gatillo?

Fat Jow se volvió a examinar las caras de los comerciantes.

–Mirad, amigos míos. Éste es el señor Leo Lindner, el que tanto os ha intimidado. Si seguís guardando silencio y toleráis la «protección» de esta endeble persona, ¿viviréis alguna vez en paz con vosotros mismos?

Avergonzado y rabioso, Gim Wong dijo:

–Testificaré yo solo... si fuera necesario.

Lindner, al borde de la histeria, logró susurrar débilmente:

–Me las pagaréis... hasta el último de vosotros.

Primer Hijo le metió un pañuelo en la boca abierta y la amenaza se quedó en un balbuceo. Entre los comerciantes siguieron los ceños y las discusiones exageradas.

–¿Hay alguno entre vosotros que no quiera testificar? –preguntó Fat Jow.

Los comerciantes se quedaron en silencio. Fat Jow los fue mirando uno por uno, pero nadie respondió.

–Entonces llamaré a la policía –dijo.

Cada comerciante compareció ante el tribunal con su mejor traje y contó todo lo que sabía acerca de Leo Lindner. Los abogados de éste no fueron lo bastante hábiles para evitar que fuese acusado de asesinato, y, aunque salvaron a su cliente de la cámara de gas, oyeron pronunciar una sentencia que abarcaba muchos años del futuro de Leo Lindner.

La atención oficial que atrajo el juicio suspendió inevitablemente la lotería. Pero una rigidez legal que se oponía a una tradición tan hondamente arraigada en el corazón de un pueblo no podía durar indefinidamente.

El letrero de «Herbolario», deteriorado por la acción del tiempo, sigue meciéndose imperturbable sobre la puerta de la tienda, pero el sereno comerciante que preside el escritorio de tapa rodadera es Fat Jow. La gratitud de Primer Hijo, que no aspira a llevar el negocio de su padre, ha elevado al dependiente a propietario. En las tardes de ocio, Fat Jow, junto a una taza de té, conversa con los otros comerciantes, quienes lo consideran un valioso amigo, lo visitan a menudo y le piden sus consejos.

Nuevamente la existencia de Fat Jow es ordenada, pero en un plano distinto. En ocasiones se deja llevar por la nostalgia de una vida sin decisiones.

Vacaciones

MIKE BRETT

El motel era una lujosa estructura en forma de U construida con pino gigante de California, aluminio y vidrio. Tenía dos plantas, la de arriba con una galería continua con vistas a una enorme piscina. Charles y Lisa Hannaford llegaron en un taxi procedentes del aeropuerto a la una de la tarde. Al cálido sol de enero, los huéspedes jugaban alrededor de la piscina o se relajaban en sus tumbonas. Iban en pantalones cortos o trajes de baño.

Era un lugar de recreo de Florida, y Charles ya estaba empezando a sentirse un poco agobiado por las tensiones del negocio. La piscina aparecía tentadora. Deseaba ponerse el bañador, darse un chapuzón y pasar el resto del día tomando el sol.

Iban a estar allí una semana. Quizás al día siguiente probase sus músculos jugando un poco al golf, o tal vez Lisa quisiera salir con él en una lancha para practicar pesca de altura.

Lisa lo cogió del brazo.

–Charles, ¿verdad que es muy bonito? –dijo, sonriendo.

–Sí, es precioso. –La belleza de Lisa nunca dejaba de asombrarlo. Ella tenía treinta y dos años y llevaban ocho casados. Hacía diez que había muerto su primera esposa y Charles se encargó de la crianza de sus dos hijos hasta que contrajo matrimonio con Lisa. Veinte años mayor que ella, era perfectamente consciente de la lozanía y entusiasmo de su mujer, y del infinito deleite que suponía el mero hecho de contemplarla.

Al llegar a su habitación se pusieron el traje de baño. Él la besó y dijo:

–Una vez más tienes razón. Me alegro de que hayamos venido aquí.

Había sido idea de ella que se tomaran estas vacaciones.

Charles poseía una importante empresa inmobiliaria y trabajaba mucho. Pero últimamente algunas grandes transacciones habían fracasado y las pequeñas tampoco iban demasiado bien. Llegaba a casa cansado e irritable. La competencia había ido creciendo a su alrededor a lo largo de los años, y cada día tenía que librar una batalla distinta.

Sin embargo, ello no había afectado a su amor por Lisa. Para él seguía existiendo la maravilla y la magia. Por la noche, cuando la veía cepillarse su largo cabello negro, se convencía de que la mayor riqueza de su vida era ella.

Pero la tensión de los negocios había empezado a pasarle factura. Muchos días no abandonaba su despacho hasta la medianoche. Fumaba demasiado, se tomaba muchos martinis y había engordado más de la cuenta.

Los duendes habían actuado fuertemente contra su matrimonio desde el principio. Algunos de sus mejores amigos le habían aconsejado que no se casara con ella. Por supuesto, todos se lo dijeron con discreción.

–Charlie, no te cases con una muchacha con ese pasado –le habían dicho todos, aunque ninguno se había atrevido a calificarla abiertamente.

Un atardecer lluvioso cuando cruzaba un puente con el coche de regreso a casa, la vio encaramándose al pretil para arrojarse a las turbias aguas. Entonces ella tenía veinticuatro años, y estaba tan convencida de la inutilidad de todo que ya no quería vivir. Pero Charles Hannaford vio algo en la muchacha, se esforzó por convencerla de que era un valioso ser humano y le pidió que se casara con él. Después de mucha persuasión logró convencerla también de que se sentía muy solo y de que únicamente ella podría alegrar su hogar.

Un bonito hogar, un pequeño círculo de amigos (algunos no la aceptaron) y la grata tranquilidad de sentirse verdaderamente amada por Charles Hannaford hicieron de ella un ser humano normal. Llevaban juntos ocho maravillosos años y él la veía más adorable que cuando se casaron.

Lisa había advertido que durante las últimas semanas estaba deprimido e insistió en que se tomaran unas vacaciones. El estrés tenía sus buenos motivos. Charles ya había cumplido cincuenta y dos años. El feo espectro del fracaso se cernía sobre él. No tenía sentido dejar un negocio que marchaba mal e ir a divertirse. Pero una vez aquí se sentía feliz de haber venido. De alguna forma, el optimismo de Lisa era contagioso.

El problema empezó cuando salían de la habitación y se dirigían a la piscina. Desde la estrecha galería que rodeaba la planta alta del motel, un gigante rubio de dimensiones heroicas gritó:

–¡Lisa, encanto! –y se lanzó de cabeza a la piscina. En aquellos escasos segundos, Charles había detectado la presencia de un gesto de temor en el rostro de Lisa.

–¿Te pasa algo? –preguntó–. Estás tan blanca como el papel.

–No, me encuentro bien. Conozco a ese hombre, Charles. Hace diez años pasé un tiempo en Florida con él. Si lo deseas nos marchamos de aquí –añadió ella, significativamente–. Sí, creo que sería mejor que nos fuéramos.

–No. Nos quedaremos. No huimos de nada. Lisa –dijo cariñosamente.

El hombre salió de la piscina, chorreando agua. Estaba en perfecta forma física: era alto y tan musculoso como un levantador de pesas. Su largo cabello rubio y su cuerpo bronceado le daban una apariencia de dios vikingo.

–Éste es mi marido –dijo atropelladamente ella, y Charles advirtió su nerviosismo–. Mi marido, Charles Hannaford –recalcó–. Creo que no recuerdo tu nombre –añadió, con voz débil.

Charles percibió una reacción de empatía. Notó la inquietud de su esposa. En el tiempo que llevaban casados nunca había ocurrido una cosa así. Su pasado volvía a surgir de alguna parte. Ya no había forma de escapar de él. El gigante rubio, plantado delante de Lisa, impedía que le diera el sol. Su sombra la cubría como un abrazo maligno.

El hombre del cabello rubio se quedó con los pies separados y las manos en las caderas, seguro de sí mismo.

–Es natural que hayas olvidado mi nombre, Lisa –dijo, sonriendo–. Soy Bill Rennie. Ha pasado mucho tiempo, y tú conociste a mucha gente cuando estuviste aquí. ¿Tienes un cigarrillo? –dijo con toda naturalidad.

Charles le ofreció un cigarrillo y encendió otro para él.

Rennie miró descaradamente a Lisa y en sus delgados labios se dibujó una sonrisa maliciosa.

–Ha pasado mucho tiempo, pero es estupendo volver a verte. Tienes un aspecto magnífico, lo que se dice magnífico. –Sus ojos recorrieron descaradamente todo su cuerpo. Se rió entre dientes–. Desde la última vez que te vi te has puesto encima algunos kilos. Recuerdo que eras una chica realmente delgada. –Alargó la mano hacia Charles–. Es usted un hombre afortunado –le dijo–. Realmente afortunado.

Charles notó en él un tono sarcástico.

–Gracias, lo mismo pienso yo.

Bill se volvió hacia Lisa.

–Creo que te ha sorprendido ver cómo me he lanzado desde esa altura. Todos los huéspedes levantan la cabeza para mirarme cada vez que lo hago. No esperan que nadie se tire desde tan alto. –Le hizo un guiño a ella–. ¿Lo recuerdas, nena? Yo era el que saltaba desde más alto.

–Sí –respondió ella–. Ya me acuerdo de ti.

El rubio se tocó el estómago con una poderosa mano.

–Sigo estando en forma. Me cuido –señaló hacia la galería de la planta superior–. Vivo ahí arriba, en la habitación quince. Por las mañanas salgo y me lanzo como un pájaro. Jamás uso la escalera para bajar a la piscina. Eso es exclusivamente para los turistas. Nosotros los nativos sabemos más. ¿Cuánto tiempo van a estar por aquí?

–Una semana –respondió Charles.

–Tal vez un día –se apresuró a decir Lisa.

–No –dijo Bill–. Tienen que quedarse más tiempo. Éste es un sitio maravilloso. Hace falta una semana para encontrarse a gusto. –Miró otra vez a Lisa y dijo–: Señor Hannaford, no hay duda de que ha elegido usted lo mejor.

–Sí, eso pienso yo –convino amablemente Charles.

Bill sacudió la ceniza de su cigarrillo.

–¿Por qué no vienen a mi habitación esta noche? Voy a dar una fiesta. Habrá residentes y turistas. Tendremos baile. Pueden ir como quieran. En pantalones cortos, en traje de baño, en vestido de noche o en traje de etiqueta, como gusten, con tal de que estén cómodos. Yo estaré en traje de baño.

–No sé –dijo ella poco convencida–. No creo que podamos ir. Acabamos de llegar de un largo viaje...

–¡Oh!, por Dios –dijo animadamente Bill–. Será como en los viejos tiempos, Lisa. Tenemos mucho de que hablar, y usted lo pasará muy bien, señor –le dijo a Charles.

–Estoy seguro de ello –respondió Hanneford–. Allí nos tendrá. Gracias, estaremos encantados de ir.

La forma en que Rennie lo había llamado «señor» le hacía sentirse más viejo.

–Estupendo –dijo Bill–, empezamos a eso de las doce. Por aquí no dormimos mucho, ¿sabe?

Mientras Rennie se alejaba, Charles se quedó mirando sus hombros, su cuerpo bronceado, su largo cabello rubio y su andar jactancioso.

–Yo no quiero ir –dijo Lisa en voz baja.

–Ni yo tampoco –repuso él en igual tono–, pero creo que deberíamos acudir.

–Ya has visto –comentó ella, ruborizada– de la forma que me miraba.

–Se equivoca –dijo él asintiendo levemente con la cabeza–. Lo que está mirando es una cosa del pasado.

–Así es como él lo recuerda. –Ella le tocó el codo–. Charles, no debemos continuar aquí. Hay muchos sitios donde podemos quedarnos, con mayor intimidad.

–Un lugar no es muy diferente del resto. Lo único importante eres tú.

–Entonces, vayámonos de aquí, Charles. Sinceramente, quiero marcharme. No es bueno para ti que nos quedemos. –Ella giró la cabeza hacia otra parte, bajando el tono de la voz–. Cuando lo conocí, yo no era más que basura. Ya lo has oído, ya has visto cómo me miraba. Hace que me sienta basura.

Él sacudió la cabeza.

–Nos quedaremos. –Las maliciosas indirectas del tono de aquel hombre seguían hiriéndole.

–¿Qué estás tratando de demostrar? –preguntó ella, enfadada.

–Nada. Absolutamente nada. De eso se trata. No tenemos que demostrar nada.

–Gracias –dijo Lisa, y él sintió una punzada de simpatía al verla forzar una sonrisa–. Él no cejará en su empeño, querido.

Charles, un hombre bajo pero fuerte, meneó ligeramente la cabeza.

–Él no sabe con quien está tratando. Yo sí.

–Te quiero, Charles –se limitó a decir Lisa, y se fue corriendo de su lado. Charles contempló cómo su cuerpo cortaba el aire y se zambullía en la piscina. Era una excelente nadadora. Él apenas lograba mantenerse a flote.

Charles la siguió y estuvo unos minutos metido en la piscina, luego salió y se puso a secarse al sol. Desde allí oía el murmullo de las conversaciones y las risas, el griterío de los niños, las exclamaciones de los que jugaban a las cartas.

Se acostó en una tumbona y cerró los ojos para protegerlos de los fuertes rayos del sol. Un niño que pasó corriendo chorreando agua de la piscina lo obligó a incorporarse. En el otro lado de la piscina vio a Lisa y Bill Rennie, sentados uno al lado del otro, agitando las piernas en el agua. Él estaba riendo, e incluso a aquella distancia Charles podía ver una expresión de pena en el rostro de Lisa.

«Un hombre verdaderamente intrépido, un héroe –se dijo Charles a sí mismo–. Tienes cincuenta y dos años y la pones en el camino de un tipo que puede presionarla.»

Observó que Lisa sonreía a Bill.

«¿Dónde está tu sentido común, Hannaford? –se preguntó–. Te casaste con ella y ya has triunfado. ¿Qué más quieres?» Pero huir ahora sería reconocer su falta de fe en ella. Destruiría lo que habían levantado entre los dos.

Después cenaron en el restaurante del motel, con vistas a la piscina. Ella estuvo callada y pensativa. La piscina había sido desalojada de bañistas y un operario estaba limpiando la superficie del agua con una escoba gigante.

Después de cenar pasearon un rato y luego volvieron a su habitación. Los dos estaban muy cansados, y ella sugirió que se echaran una siestecita. Charles se fue a la cama. La oyó moverse por la habitación y luego le llegó el suave murmullo de la ducha. Al poco rato oyó que salía de la ducha y se sentaba a cepillarse el cabello. Charles se quedó dormido.

Cuando despertó todo estaba a oscuras y el único sonido era el zumbido persistente del acondicionador de aire. Lisa se había ido. Podía notar que se aceleraban los latidos del corazón. Permaneció allí en un tormento de agonía.

Entonces oyó la llave en la cerradura. Sin saber por qué, cerró los ojos y simuló estar dormido. Ella entró sigilosamente en la habitación, andando despacito. Notó que cedía la cama al echarse ella a su lado y luego captó su respiración agitada. Se sintió enfermo.

Al cabo de un rato, ella se levantó y se vistió. Charles pensó que debía de haberse quedado traspuesto otra vez cuando ella le tocó el hombro y le dijo que eran las doce menos cuarto.

Lisa llevaba puesto un reluciente vestido blanco de noche. Su cabello estaba bellamente peinado. Su cuello era blanco y terso y sus labios parecían más rojos y sensuales que nunca.

–Hala –le dijo, sonriendo–, que vamos a una fiesta. Probablemente querrás ponerte una chaqueta deportiva.

Cuando llegaron la fiesta ya estaba en todo su apogeo. Bill Rennie los saludó como si fuese una versión del amante hollywoodense. Charles notaba en sus ojos el vivo centelleo del regocijo. Los invitados estaban vestidos como él había pronosticado. En el salón había unas quince personas y sus atuendos oscilaban entre los vestidos de cóctel y los trajes de baño. Charles vio que había unas bellas mujeres. Pero ninguna tan hermosa como la suya. Sintió una inexplicable sensación de tristeza.

Los invitados bailaban a la música de un viejo tocadiscos emplazado en un rincón. Bill bailó con un surtido de felices y sonrientes señoras, y luego lo hizo con Lisa, muy pegado a ella, susurrándole cosas al oído.

A las tres de la madrugada muchos de los invitados ya estaban borrachos. Una señora de cabello negro estaba ebria; acariciaba a su jefe y éste, ¡ay!, acariciaba a su esposa.

Charles vio que Lisa bailaba con Rennie y asentía a algo que había dicho él. Dejó rápidamente a Rennie y vino donde estaba su marido. Sus ojos azules eran enormes en su cara extrañamente pálida.

–Voy un rato a nuestra habitación –dijo ella en voz baja–. Tengo que coger algo y ponerme un poco de lápiz de labios.

–Claro –repuso él–. Claro.

Charles se preparó otra copa, pero sabía que todo el whisky que había allí no le iba a quitar el gusto amargo que tenía en su boca.

Bill Rennie se situó en el centro de la habitación y de pronto simuló estar muy borracho. Hasta aquel momento había estado completamente sobrio. Se tambaleó e hizo una declaración propia de un hombre ebrio.

–Adiós, mundo cruel –dijo. Luego se encaramó a la ventana abierta y se quedó equilibrado, dispuesto a saltar.

Quienes nunca lo habían visto arrojarse a la piscina estallaron en gritos de pánico, y en risas desenfrenadas quienes sí lo habían visto hacerlo.

Charles captó un vislumbre de mofa en el rostro de Bill. Todo se iba a desarrollar ahora ante sus ojos. Lisa se había ido ya y Bill Rennie iba a reunirse con ella. Iba a saltar dentro de la piscina, mientras que los invitados iban a gritar y a esperar encontrársele abajo con el cuerpo destrozado.

Bill Rennie iba a reunirse con ella en alguna parte. Charles había jugado y había perdido. Jamás se sintió tan viejo, tan cansado.

Bill Rennie se lanzó en picado sobre la galería hacia la piscina, su gran número. Algunos invitados corrieron a la ventana. Se escuchó un grito de mujer. Alrededor de ella había muchos invitados que estaban tranquilos. Era una especie de broma.

Repentinamente otra mujer se puso a gritar cerca de la piscina. Las luces del motel comenzaron a encenderse.

Los hombres acudían corriendo de todos los puntos. Sacaron a Bill Rennie de la piscina y le tendieron junto a ésta a la espera de que llegara una ambulancia.

Estaba vivo. Tenía los dos brazos rotos y un severo corte en la cabeza. Su cara no volvería a ser como antes.

Uno de los hombres que lo habían sacado de la piscina dijo:

–Tuvo suerte. Todavía quedaba casi un metro de agua en la parte más honda. Eso fue lo que le salvó la vida.

Se presentó la policía rasgando la noche con sus sirenas. Investigaron y descubrieron que algún chistoso había quitado los tapones de desagüe y casi había vaciado la piscina.

–Debió de ocurrir al caer la tarde –aventuró el gerente del hotel–. Para que descienda tanto el nivel se necesitan varias horas.

Charles Hannaford regresó lentamente a su habitación. Varias horas para que descendiera el nivel de la piscina; eso coincidía con el momento en que se había quedado dormido aquella noche justamente después de cenar.

Entró en su habitación muy silenciosamente. Había encendida una pequeña lámpara y vio que su adorable esposa dormía. ¿Se lo imaginaba él, o en sus labios realmente se dibujaba una leve sonrisa?

Se inclinó sobre ella y la besó, sintiendo una embriagadora sensación de triunfo. Hay que luchar para conservar lo que se tiene.

JUEGO
DE ASESINOS

AGRADECIMIENTOS

«La casita de porcelana» de August Derleth. © 1965, H. S. D. Publications, Inc. Reeditado con el permiso del autor y sus agentes, Scott Meredith Literary Agency, Inc.

«Asesinato por compasión» de Nedra Tyre. © 1963, H. S. D. Publications, Inc. Reeditado con el permiso del autor y sus agentes, Scott Meredith Literary Agency, Inc.

«Nunca se peca de demasiado cuidadoso» de James Holding. © 1961, H. S. D. Publications, Inc. Reeditado con el permiso del autor y sus agentes, Theron Raines Literary Agency, Inc.

«Asesinato a largo plazo» de Henry Slesar. © 1962, H. S. D. Publications, Inc. Reeditado con permiso del autor y sus agentes, Theron Raines Literary Agency, Inc.

«Modelo de culpabilidad» de Helen Nielsen. © 1958, H. S. D. Publications, Inc. Reeditado con permiso del autor y sus agentes, Scott Meredith Literary Agency, Inc.

«Un problema de peso» de Duane Decker. © 1960, H. S. D. Publications, Inc. Reeditado con permiso del autor y sus agentes, Scott Meredith Literary Agency, Inc.

«Willie Betts, banquero» de Mike Brett. © 1960, H. S. D. Publications, Inc. Reeditado con permiso del autor y sus agentes, Scott Meredith Literary Agency, Inc.

«Autobús a Chattanooga» de Jonathan Craig. © 1964, H. S. D. Publications, Inc. Reeditado con permiso del autor y sus agentes, Scott Meredith Literary Agency, Inc.

«El tacto del gatillo» de Donald E. Westlake. © 1961, H. S. D. Publications, Inc. Reeditado con permiso del autor y sus agentes, Scott Meredith Literary Agency, Inc.

«Audiencia cautiva» de Jack Ritchie. © 1964, H. S. D. Publications, Inc. Reeditado con permiso del autor, Larry Sternig Agency y Scott Meredith Literary Agency, Inc.

«Una cuestión de rutina» de Robert Edmond Alter. © 1962, H. S. D. Publications, Inc. Reeditado con permiso del autor, Larry Sternig Agency y Scott Meredith Literary Agency, Inc.

«Atraco en *pianissimo*» de Talmage Powell. © 1964, H. S. D. Publications, Inc. Reeditado con permiso del autor y sus agentes, Scott Meredith Literary Agency, Inc.

«Ojalá estuvieras aquí» de Richard Hardwick. © 1965, H. S. D. Publications, Inc. Reeditado con permiso del autor y sus agentes, Scott Meredith Literary Agency, Inc.

La casita de porcelana

AUGUST DERLETH

–Mi apreciado hermano –dijo Solar Pons mientras entraba en nuestros aposentos a desayunar una mañana de otoño– posee una mente bastante más perceptiva que la mía, pero tiene poca paciencia con el proceso de raciocinio. Si bien no hay nada que lo indique, seguro que ha sido él quien ha enviado este paquete de papeles por mensajero mucho antes de que te despertaras.

Había apartado los platos del desayuno, sin casi haber probado bocado de la comida preparada por la señora Johnson, y estaba estudiando varias páginas de un manuscrito, al lado del cual yacía una tarjeta con el nombre de Randolph Curwen, y en la que alguien había garabateado en tinta roja un imperativo interrogante.

Observando la dirección de mi mirada, Pons continuó con sus explicaciones:

–La tarjeta venía sujeta a los papeles con un clip. Curwen es, o quizá debería decir «era», un experto en relaciones extranjeras, además de ser un conocido asesor en criptología del Ministerio de Asuntos Exteriores. Tenía sesenta y nueve años, estaba viudo, vivía solo en Cadogan Place, Belgravia, y era poco dado a las relaciones sociales desde la muerte de su esposa, hace ya nueve años. Sin hijos, tenía fama de poseer un considerable patrimonio.

–Entonces, ¿está muerto? –pregunté.

–No me sorprendería enterarme de que lo está –dijo Pons–. He hojeado los periódicos de la mañana, pero no se le menciona en ellos. Se ha hecho algún descubrimiento importante acerca de Curwen. Estos papeles son fotografías de cierta correspondencia confidencial entre miembros del Ministerio de Asuntos Exteriores alemán y ruso. A primera vista podrían parecer singularmente inofensivos, y seguramente se los enviaron a Curwen para ver si detectaba en ellos algún código secreto.

–Supuse –dijo una voz gélida desde el umbral de la puerta situada detrás de mí– que llegarías a la conclusión correcta en lo referente a este material. Vine en cuanto pude.

Bancroft Pons había entrado silenciosamente en la habitación, una gran hazaña en vista de su peso. Sus ojos avizores se mantenían fijos en Pons y su rostro severo e impasible aumentaba lo impresionante de su aspecto.

–¿Sir Randolph? –preguntó Pons.

–Sí, está muerto –contestó Bancroft–. Todavía no sabemos cómo ha sido.

–¿Los papeles?

–Tenemos motivos para creer que un *rapprochement* entre Alemania y Rusia es inminente. Naturalmente estamos ansiosos por saber qué se traen entre manos. Recurrimos a Curwen, uno de nuestros más hábiles criptólogos. Un mensajero le entregó los documentos ayer al mediodía.

–Debo suponer que se le entregaron los originales.

Bancroft asintió lacónicamente.

–A Curwen siempre le gustaba trabajar con los originales. Tú has tenido la oportunidad de examinarlos.

–No parecen estar codificados –dijo Pons–. Sólo parece una correspondencia amistosa entre ambos ministerios de asuntos exteriores, si bien queda bien claro que se contempla un incremento de las relaciones comerciales.

–Curwen debía telefonearme a primera hora de esta mañana. Cuando pasaron las siete y aún no había recibido su llamada, fui yo quien llamó. No obtuve respuesta, de modo que mandamos a Danvers. La casa y el estudio estaban cerrados con llave. Por supuesto Danvers llevaba las llaves maestras, lo cual le permitió franquear la entrada. Encontró a Curwen muerto en el sillón de su escritorio, con los documentos delante de él. Las ventanas estaban todas cerradas, salvo una que sólo tenía bajada la persiana. A Danvers le pareció detectar un olor a algún producto químico; eso podría indicar que alguien había fotografiado los papeles.

Pero tendrás ocasión de ver a Curwen. No hemos tocado nada. Tengo un coche esperando abajo, y Cadogan Place no está lejos.

La casa de Cadogan Place tenía un mobiliario austero. Estaba ahora fuertemente custodiada por la policía; un guardia permanecía en la entrada del edificio, mientras otro vigilaba la puerta de la casa, y uno más la puerta del estudio, situado en una esquina de la parte delantera de la vivienda. Un par de ventanas daban a la calle y otra lindaba con un muro de piedra y un terreno de setos que separaba el edificio de la propiedad contigua. La casa era de estilo georgiano, al igual que los muebles que contenía.

Cuando se abrió la puerta del estudio, aparecieron unas paredes cubiertas de estanterías, los estantes sólo interrumpidos por las ventanas y una chimenea. Las paredes enmarcaban lo que habíamos venido a ver: el gran escritorio en el centro de la sala, la lámpara todavía encendida, el cuerpo inerte de sir Randolph Curwen, derrumbado en el sillón, los brazos colgando hacia el suelo, la cabeza hacia atrás y el rostro retorcido en una expresión de agonía. De pie a su lado, también vigilante, se veía un hombre a quien Bancroft Pons presentó como Hilary Danvers.

–No se ha tocado nada, señor.

Bancroft asintió y con un ademán señaló el cuerpo.

–Sir Randolph, Parker. Todo tuyo.

De inmediato me dirigí a examinar el cuerpo. Sir Randolph había sido un hombre delgado y larguirucho. Un bigote gris decoraba su labio superior y un ralo cabello cano le cubría escasamente la cabeza. Unos quevedos con un cristal roto le colgaban de un cordón de seda negra alrededor del cuello. Parecía haber tenido una agonía con convulsiones, pero no había ninguna herida visible en su cuerpo.

–¿El corazón? –preguntó Pons.

Cuando negué con la cabeza, dejó que continuara el reconocimiento y se paseó como un felino por la habitación. Examinó las ventanas, una tras otra, comprobó la persiana de la ventana semiabierta y se detuvo delante de la chimenea en cuclillas.

–Aquí se ha quemado algo –dijo–. ¿Parte del material original?

Bancroft contestó malhumorado:

–Un primer examen sugiere que alguien ha quemado papeles con cifras, como puedes ver. Recogeremos las cenizas y las estudiaremos, no temas.

Pons se puso de pie, se acercó al escritorio y lo escudriñó, sin tocar nada. Estaba casi totalmente cubierto por los documentos del Ministerio de Asuntos Exteriores, que se dividían en dos montones. Entre ambos había una hoja que, evidentemente, era la que estaba leyendo Curwen cuando cayó muerto. Junto a la hoja había un cuaderno sin notas. El perímetro del escritorio estaba cubierto por una variedad de objetos entre los que destacaban una pequeña casita de porcelana blanca decorada con rosas y, a su lado, una caja abierta que contenía pastillas de incienso. El sillón de Curwen se encontraba ligeramente apartado de la mesa y hacia un lado, como si estuviera intentando levantarse antes de que le alcanzara la muerte.

–¿Qué me dices, Parker? –preguntó Pons con impaciencia.

–Algún tipo de ataque –contesté–, pero me temo que sólo la autopsia podrá determinar con precisión las causas de la muerte. Si tuviera que adivinar, diría veneno.

Pons le lanzó una mirada a su hermano.

–Has mencionado un olor al entrar.

–Creemos que el olor emanaba del quemador de incienso –dijo el señor Danvers.

–Ah, esto –dijo Pons, tocando con la mano la casita de porcelana. Miró inquisitivamente a Danvers.

–Hemos buscado huellas dactilares, señor Pons. Sólo se han encontrado las de sir Randolph.

Pons levantó la casita donde, en una pequeña taza, se hallaban los restos de las pastillas quemadas. Inclinó la cara hacia la taza y olió. Levantó la vista con ojos entornados, cogió la base de la casita de porcelana y me la entregó.

–¿Qué clase de olor es éste, Parker?

Seguí su ejemplo y olisqueé.

–Almendras –dije–. Estas pastillas las fabrican con todo tipo de aromas.

Pons recompuso la casita de porcelana y cogió la caja de pastillas.

–Lilas –dijo secamente.

–La habitación estaba cerrada con llave, señor Pons –agregó Danvers–. Nadie pudo haber entrado, si lo que está insinuando es que alguien entró a envenenar a sir Randolph.

–Juego de niños –murmuró con impaciencia Bancroft–. ¿Qué encontró en los documentos que hizo que alguien quisiera matarlo? ¿O quemar lo que había descubierto?

–Estás irritable hoy –dijo Pons–. No hay nada aquí que demuestre que Curwen hubiera encontrado algo en los documentos.

–Al contrario, todo parece indicar que alguien consiguió entrar en esta habitación, mató a sir Randolph y quemó sus notas.

–¿Y por qué no llevárselas? Si era lo bastante listo como para entrar y salir de una habitación cerrada sin dejar pista alguna, es evidente que sabía que podría determinarse algo de las cenizas. Yo soy de la opinión de que fue sir Randolph quien quemó los documentos que hay en la chimenea. Arrancó las hojas usadas de su cuaderno y lo que había acumulado en la papelera debajo de la mesa, lo vació en la chimenea y prendió fuego al contenido. Hay una buena cantidad de cenizas. Entre ellas por lo menos una o dos páginas del *Times*, y no creo que ningún agente secreto tenga necesidad de quemar eso. Tú lo ves todo con los ojos del ministerio, intriga y espionaje.

–Así es –dijo Bancroft secamente.

Pons volvió a interesarse por la casita de porcelana.

–Si es posible, me gustaría llevármela a la calle Praed. –Cogió la caja de pastillas–. Y esto también.

Bancroft lo miró como si estuviera convencido de que Pons se había vuelto loco.

–Es porcelana blanca y translúcida –dijo Pons, con una pequeña sonrisa en los labios–. Originaria de Staffordshire, data, diría yo, de principios del siglo XIX. Esta porcelana, aunque translúcida, tolera una sorprendente cantidad de calor.

–Te ruego que me ahorres este discurso –dijo gélidamente Bancroft–. Llévatela.

Pons le dio las gracias secamente, se metió la caja de pastillas en el bolsillo y me entregó la casita de porcelana.

–Manéjala con cuidado, Parker. La examinaremos con tranquilidad en el 7B. –Se volvió de nuevo hacia su hermano–. Sir Randolph vivía solo. ¿No tenía servicio?

–Una tal señora Claudia Melton venía a limpiar dos veces por semana –contestó Bancroft–. Y durante el día había un mayordomo, Will Davinson. Preparaba las comidas de sir Randolph y contestaba las llamadas. Ha venido, en caso de que desees interrogarle. Si es así, hagámoslo cuanto antes.

Bancroft le hizo una señal al policía que estaba de pie en el umbral de la puerta, y éste nos condujo a la parte trasera de la casa. En un comedor-cocina esperaba un hombre de mediana edad que, en cuanto entramos, dio un taconazo y se cuadró.

–Señor Davinson –dijo el policía–, el señor Solar Pons desearía hacerle algunas preguntas.

–A sus órdenes, señor.

–Por favor, siéntese, señor Davinson.

El señor Davinson recuperó la silla y se sentó a la espera. Tenía una mirada alerta que daba una impresión de juventud que le negaba el resto del cuerpo.

–¿Fue el ordenanza de sir Randolph durante la guerra? –preguntó bruscamente Pons.

–Sí, señor.

–¿Conocía por tanto sus costumbres?

–Sí, señor.

–Por lo visto, era muy aficionado a quemar incienso.

–Ha quemado incienso desde que lo conozco.

–Habrá tenido la oportunidad de comprobar cuántas pastillas quemaba al día.

–Señor, liberaba el aromático humo sólo cuando se retiraba a su estudio. Esto era normalmente por la noche. Rara vez quemaba más de tres en una noche, utilizando por lo general dos.

–¿Su aroma preferido?

–Lilas. Pero también tenía pastillas con olor a rosa, almendra, tomillo y, creo, lavanda. Siempre estaba bien abastecido.

Pons recorrió la habitación de punta a punta. Se quedó unos momentos en silencio, los ojos cerrados, estirándose la oreja con la mano derecha.

–¿Era sir Randolph un hombre solitario?

–Recibía poco.

–¿A quién vio en los últimos quince días?

Davinson se quedó pensativo un momento.

–A su sobrina, la señorita Emily Curwen. Había venido a Londres desde su residencia de Edimburgo y vino a visitarlo. Eso ocurrió hace poco más de dos semanas.

–No tiene importancia –dijo Pons–. Siga.

–El señor Leonard Loveson de Loveson y Fitch, en High Holborn. Por un asunto de negocios. Sir Randolph tenía una hipoteca sobre su local.

–¿Tenía otras hipotecas similares sir Randolph?

–Sir Randolph no me hacía grandes confidencias, señor, pero creo que sí.

–Continúe, señor Davinson.

–Después vino su sobrino segundo, Ronald Lindall, el hijo de la hermana de la señorita Emily, también de Edimburgo; estuvo en la casa hace seis días, una visita de cortesía, me pareció a mí.

–¿Alguna otra persona?

–Sí –contestó dubitativo Davinson–. Vino un abogado hace dos días, y la situación fue ligeramente tensa. Intercambiaron unas palabras, pero brevemente. Sir Randolph lo tranquilizó y se deshizo de él. Creo que el asunto estaba relacionado con otra de las hipotecas de sir Randolph.

–¿Era un hombre duro?

–No, señor. Al contrario. Más de una vez aplazó los intereses que se le debían, o incluso los canceló. Y en una ocasión perdonó una pequeña hipoteca. No, señor, era fácil entenderse con él. Y algunas personas se aprovechaban de su bondad.

Pons dio otra vuelta a la habitación.

–De todas estas personas, ¿quién lo visitaba con mayor frecuencia?

–El señor Loveson.

–¿No había visto nunca antes a la señorita Emily?

–No, señor. Sir Randolph me había hablado de ella, pero no había visitado nunca la casa estando yo aquí.

–¿Le abrió usted la puerta?

–Sí, señor. Sir Randolph nunca contestaba a la puerta. Si yo me había marchado ya, nunca abría a no ser que tuviera una cita.

–¿Querría recordar la visita de la señorita Emily? ¿Qué le pareció a usted?

–No le comprendo, señor Pons.

–¿Cómo estaba? ¿Triste, alegre o cómo?

–Parecía ligeramente alterada, si me permite decirlo. Pero eso fue cuando se marchó, señor Pons. Cuando llegó estaba muy serena.

–¿Ella y su tío se pelearon?

–No podría decirle –dijo Davinson de pronto remilgado.

–¿Y el señor Lindall?

–Era un joven algo truculento, pero se disculpó por importunar a sir Randolph. La visita fue agradable. Sir Randolph le enseñó la casa y el jardín, y a continuación se marchó.

–Volvamos al señor Loveson. ¿Sabe si la hipoteca es grande, suponiendo que no se haya cancelado?

–No lo sé, pero tuve la impresión de que era bastante grande. –Davinson tragó saliva y se aclaró la voz–. Le repito, señor Pons, que si bien sir Randolph no me explicaba sus asuntos, pude llegar a ciertas conclusiones en lo referente a sus negocios.

–Es lo menos que se puede esperar de un compañero de tantos años.

Davinson inclinó la cabeza ligeramente como si aceptara con modestia los halagos.

–Los caballeros del ministerio –dijo entonces Pons–. ¿Les abrió usted la puerta?

–No, señor. Llegaron después de que yo me hubiera marchado.

–Contestó usted el teléfono mientras estaba aquí. ¿Recuerda que se concertara alguna cita después de su horario laboral en las dos últimas semanas?

–El caballero extranjero, hace tres noches.

–¿Dio su nombre?

–No, señor. Preguntó por sir Randolph. Tenía acento alemán. Sir Randolph estaba en su estudio. Le pasé la llamada y sir Randolph contestó. Yo mantuve la comunicación el tiempo suficiente como para asegurarme de que así lo hacía.

–¿Escuchó la conversación?

–Señor, sólo el tiempo suficiente para saber que sir Randolph estaba muy sorprendido... Me dio la impresión de que agradablemente. Después, salió y me encargó que preparara unos bocadillos y que enfriara vino. Así fue como supe que esperaba a alguien aquella noche. Di por sentado que se trataba del caballero extranjero.

Pons asintió.

–¿Ha sido usted quien ha elegido no vivir en la casa, señor Davinson?

–No, señor. Así es como lo quería sir Randolph. Nunca quiso tener un ayuda de cámara, no le gustaba. Pero necesitaba que alguien se ocupara de los asuntos domésticos durante el día.

–¿Tiene sus propias llaves?

–Sí, señor Pons.

–¿Era sir Randolph un hombre reservado?

–Sólo en lo que se refería a su trabajo. Era un caballero que, debo decir, prefería estar solo que con cualquier otra persona. Me trataba muy bien. De hecho, si me permite decirlo, no me sorprendería aparecer mencionado en su testamento. En más de una ocasión me lo insinuó, y eso debería ser prueba suficiente de que no era un hombre excesivamente reservado.

–Gracias, señor Davinson. Puede que vuelva a llamarle.

–Haré lo que pueda para ayudarle, señor. Apreciaba mucho a sir Randolph. Éramos, si me permite decirlo, casi como medio hermanos.

–¿No te parece una forma extraña de decirlo? –preguntó Bancroft, cuando nos alejamos de la cocina–. Uno dice «éramos como hermanos». ¡Pero medio hermanos!

–Seguramente no para Davinson –contestó Pons–. Me imagino que es su forma de decir que eran como hermanos con una cierta diferencia en la escala social, estando sir Randolph unos peldaños más arriba.

Bancroft gruñó de forma explosiva.

–Acabas de desperdiciar media hora. ¿A qué conclusión has llegado?

–Me atrevería a decir que es un poco pronto para estar seguro de cualquier cosa. Sin embargo te puedo adelantar que a sir Randolph lo asesinó alguien del que no tenía motivos para temer. Parece haber sido un hombre cauteloso, no muy dado a descuidos en sus relaciones públicas.

–Debes de tener alguna ingeniosa teoría acerca de cómo se las arregló el asesino para entrar y salir de una habitación cerrada a cal y canto –dijo Bancroft irritado.

–Yo no iría tan lejos. Sir Randolph le dejó entrar, y sir Randolph lo acompañó a la puerta, cerrándola a su espalda. Hasta que no tengamos el informe de la autopsia no puedo precisar cómo murió sir Randolph.

–Estamos examinando de nuevo los papeles.

–Una pérdida de tiempo. La gente de tu ministerio tiene una forma muy convencional de pensar. Te adelanto que los documentos no tienen nada que ver con el asesinato.

Bancroft protestó:

–No me digas que crees que el hecho de que sir Randolph estuviera en posesión de estos documentos a la hora de su muerte es mera coincidencia.

–Es ciertamente una terrible coincidencia –dijo Pons–. Pero me veo obligado a pensar que así es.

–¿Algo más? –preguntó Bancroft.

–Si es posible, me gustaría que me mandaras cuanto antes una copia del testamento de sir Randolph a 7B.

–Así lo haré.

De regreso a nuestros aposentos, Pons se retiró con la casita de porcelana y la caja de pastillas a un rincón donde guardaba sus productos químicos, mientras yo me preparaba para salir a visitar a mis pacientes. Cuando abandoné 7B, lo dejé ocupado en triturar una de las pastillas aromáticas; al regresar dos horas más tarde, las había desmenuzado todas y estaba finalizando su examen, los ojos resplandecientes por el descubrimiento.

–Sir Randolph murió por su propia mano.

–¡Suicidio!

–No he dicho eso. No, una de las pastillas contenía cianuro. Se había preparado y colocado entre las pastillas de la caja que tenía sobre el escritorio, sin que él lo supiera. Dado que utilizaba no menos de dos pastillas al día y no más de tres, y la caja contiene normalmente dos docenas de pastillas, podemos asumir que la pastilla envenenada se colocó allí hace no más de doce días. Por las cenizas depositadas en la casita de porcelana es posible determinar que el cianuro estaba envuelto en una capa de cera inflamable, y todo esto recubierto de la fórmula habitual. Sir Randolph fue víctima de una trampa planeada por alguien que conocía sus hábitos y que tenía acceso a su estudio.

–A mí también me pareció que era veneno. ¿Cuál fue el móvil?

–Evidentemente no los documentos, como quedó claro en el momento en el que comprendí que el quemador de incienso era la fuente del fallecimiento de sir Randolph. El sutil olor a almendra, recordarás, resultó decisivo.

–¿Entonces la herencia?

–Veremos. Unos minutos antes de que regresaras, he recibido una copia del testamento de sir Randolph. Me disponía a leerlo.

Se dirigió a la mesa, cogió el sobre sellado que allí descansaba y lo abrió. Se quedó unos minutos de pie estudiando el escrito.

–Un documento admirablemente claro –murmuró–. A su fiel criado, Will Davinson, dos mil quinientas libras. A la señorita Emily, «que no carece de nada», la suma de quinientas libras. A la señora Claudia Melton, doscientas libras. La mayor parte de su fortuna distribuida en partes iguales entre cinco instituciones benéficas. ¡Y todas las hipotecas perdonadas!

–No es que quede muy claro el móvil –dije.

–Se han cometido asesinatos por tan sólo diez libras –repuso Pons–. Y menos. Pero nunca con tanto cuidado y premeditación. Apuesto a que había en juego mucho más de doscientas o quinientas libras.

–Davinson tiene un móvil y la oportunidad de llevarlo a cabo.

–Difícilmente podría negarlo –observó Pons con una sonrisa torcida.

–Sabía que aparecía en el testamento. Nos lo dijo él mismo.

–Intenta aducir una sola razón en contra de que haya planeado la muerte de sir Randolph.

–Recuerdo que en ocasiones has dicho que cuando se han eliminado todas las soluciones imposibles, entonces lo que queda, por muy improbable que sea, debe ser la verdad. –Parker continuó–: Davinson nos mencionó un extranjero, un alemán que visitó a sir Randolph tan sólo unos días antes de su muerte.

–Sólo tenemos la palabra de Davinson –dijo Pons.

–Si no se trata de los documentos del Ministerio de Asuntos Exteriores, parece que el único móvil es la fortuna de sir Randolph –señalé, con cierta aspereza.

–Su fortuna parece estar bien repartida.

–¡Los que debían pagar la hipoteca! –exclamé.

–He pensado en ellos. Incluso antes de ver este documento, sugerí que se les investigara. Pero me atrevo a decir que descubriremos que sir Randolph no tenía muchas hipotecas impagadas, y que la suma total no es tan grande como en principio parecía creer Davinson.

–¿Y ese hombre, Loveson?

–No lo he olvidado. Probablemente comprobaremos que es él quien tiene la mayor hipoteca pendiente. Puede que además del móvil haya tenido la oportunidad. Las probabilidades, de nuevo, son remotas, ya que con toda seguridad se le ha ocurrido (si es que se le ha pasado por la cabeza la idea de asesinar a sir Randolph) que su móvil quedaría de inmediato en evidencia. Además, por las declaraciones de Davinson sabemos que sir Randolph era clemente con sus deudores, y esto queda claro por los términos en que está redactado su testamento, al perdonar las hipotecas. No, hay algo más aquí que todavía no adivinamos, algo que indujo al asesino a tomarse muchas molestias para preparar la mortal pastilla, ocultarla entre las que estaban sobre el escritorio durante su visita a sir Randolph (o entrar a escondidas en la casa, si es que así fue) y después asegurarse de estar bien lejos cuando su víctima por casualidad eligiera la pastilla. Todo se ha preparado con mucho cuidado; no ha sido un acto impulsivo. Por eso parece claro que los documentos no tienen nada que ver con el asunto, porque quien fuera que puso la pastilla en la caja lo hizo mucho antes de que sir Randolph supiera que iba a recibir los papeles. Por el mismo sistema deductivo, el visitante extranjero carecía de motivo... si es que se realizó dicha visita.

–¿Y si no hubo visita?

–Entonces, me temo que tendremos que interrogar duramente a Davinson. Pero existen pocos motivos para dudar de la declaración de Davinson. No es inverosímil que sir Randolph recibiera la visita de un extranjero. Y Davinson no me parece capaz de llevar a cabo un plan tan elaborado.

–¿Quién entonces?

–Debemos tener en cuenta que Davinson no residía en la casa por la noche. Sir Randolph estaba solo. Podría haberle abierto la puerta a quien quisiera, a pesar de lo que piensa Davinson.

–Bueno, entonces nos queda el móvil.

–Así es. –Y diciendo esto Pons se hundió en un estado de reflexión del que sólo despertó para ingerir, con aire preocupado, el almuerzo que le envió la señora Johnson. Seguía sentado, fumando pipa tras pipa de su abominable tabaco, cuando por fin me retiré a mi habitación.

La mano de Pons sobre mi hombro me despertó cuando todavía estaba oscuro.

–¿Puedes tomarte el día libre, Parker? –preguntó, mientras me incorporaba–. Tenemos el tiempo justo para coger el tren de las cuatro de la madrugada que sale de King's Cross con destino a Edimburgo.

–¿Edimburgo? –pregunté, levantándome de la cama.

–Tengo un inquebrantable deseo de saber qué llevó a sir Randolph y a su sobrina a intercambiar unas palabras. Perderemos todo un día si salimos más tarde. El tren de las cuatro nos deja en Edimburgo a la una y media. Tendremos tiempo de sobra para interrogar a la señorita Emily Curwen, y tú tendrás muchas horas para dormir en el tren.

–¡La señorita Emily! –exclamé–. ¿Por quinientas libras? ¡Eso es absurdo!

–Improbable, quizá, pero de ninguna manera absurdo –respondió Pons–. Al fin y al cabo, el veneno es ante todo un arma de mujer, de modo que también es sospechosa.

Pons había llamado ya un taxi, que esperaba abajo. En cuanto me hube vestido y pedido a mi sustituto que visitara a mis pacientes durante los próximos dos días, partimos hacia la estación de King's Cross a la que llegamos justo a tiempo para coger el tren de Escocia.

Una vez acomodados en nuestro compartimiento y dirigiéndonos al norte, Pons volvió a sus meditaciones, y yo intenté reanudar el sueño que él había interrumpido.

Cuando desperté, bien entrada la mañana, Pons observaba el bello paisaje. Habíamos cruzado la frontera escocesa, y pronto aparecerían las familiares alturas de Arthur's Seat, el despeñadero de Salisbury, las colinas de Braid y la colina de Cortsorphine. Aquí y allá se veían pequeñas brumas, pero brillaba el sol, y el día prometía ser bueno.

La tranquila expresión del rostro de Pons no me transmitió nada.

–No hablabas en serio al insinuar que la señorita Curwen envenenó a su tío –dije.

–No estoy todavía en posición de hacer tal insinuación –contestó Pons, apartando la vista de la ventanilla–. Sin embargo, una curiosa cadena de acontecimientos se ofrece a nuestra consideración. No existe nada que demuestre que la señorita Emily visitara a su tío antes de ese reciente encuentro. Entonces viene, se pelean y se marcha rápidamente, turbada. ¿No te sugiere algo esto?

–Está claro que se enfadaron.

–Pero ¿por qué? Dos personas que, por lo que sabemos, no se han visto desde hace muchos años, no pueden en tan poco tiempo tener mucho de qué enfadarse.

–A no ser que el asunto venga de lejos.

–¡Estupendo! Estupendo, Parker –dijo Pons con los ojos chispeantes–. Pero ¿qué antiguo desacuerdo podía existir entre tío y sobrina?

–¿Una desavenencia familiar?

–Siempre existe esa posibilidad –concedió Pons–. Sin embargo, la señorita Emily no habría venido, en ese caso, sin anunciarse y sin una invitación a hacerlo.

–Quizá, sin que lo supiera Davinson, la había invitado a venir –dije.

–Quizás. Aunque lo dudo. La señorita Emily cedió al impulso de enfrentarse a su tío para pedirle algún favor. La negativa de éste a concedérselo la irritó y se marchó.

–Esto difícilmente casa con la premeditación tan evidente en la cuidadosa preparación de una pastilla envenenada –señalé. Como de costumbre, resultó superfluo.

–De acuerdo, Parker. Pero no hay nada que impida tal premeditación en el caso de que su tío no le concediera el favor solicitado.

–¿Cuál podría ser el favor que, si él no se lo concedía, sólo podía recurrir al asesinato? –protesté–. Si se trataba de un viejo asunto, ¿por qué no podía seguir esperando? No, Pons, no se sostiene, no se sostiene en absoluto. Me temo que has permitido que tu desconfianza latente hacia el sexo opuesto oscurezca tu opinión de la señorita Emily Curwen.

Pons soltó una fuerte carcajada.

–¿Adónde nos dirigimos? ¿Lo sabes?

–La señorita Emily vive en casa de su padre en la calle Northumberland, en la Ciudad Nueva. Dediqué un tiempo ayer a comprobar éste y otros datos. Ella y su hermana eran los únicos hijos del hermano de sir Randolph, Andrew. Su hermana se casó con un hombre que dilapidó su considerable fortuna. Los dos Lindall mayores están ahora muertos. Los sobrevive un hijo, Ronald, que trabaja en una librería en la calle Torphichen. Pero ya estamos llegando a Edimburgo.

En menos de una hora nos encontrábamos en el pórtico de la casa de la calle Northumberland. Pons presionó el timbre tres veces antes de que se abriera la puerta, sólo un poco, y apareciera un rostro inquisitivo.

–¿La señorita Emily Curwen?

–¿Sí?

–El señor Solar Pons, de Londres, para servirla. El doctor Parker y yo hemos venido por el asunto de la muerte de su tío.

Se produjo un silencio cáustico. A continuación se abrió la puerta de par en par y la señorita Curwen permaneció en el umbral inconfundiblemente aturdida y sorprendida.

–¿Muerto el tío Randolph? Lo vi hace menos de un mes. ¡La salud personificada! –exclamó–. Pero perdonen. Entren, caballeros.

La señorita Emily nos condujo al salón de la antigua casa, que con toda seguridad había sido en otro tiempo una residencia señorial. Era una mujer de unos cincuenta años, que conservaba una buena figura; se notaban los cuidados que había prodigado a su cabello castaño y al maquillaje intentando retener en todo lo posible su aspecto juvenil.

–Por favor, siéntense –dijo–. Háblenme de la muerte de mi tío. ¿Qué ocurrió? ¿Fue un accidente?

–Quizá, en cierto sentido, lo fue –dijo Pons–. Lo encontraron muerto en su estudio.

–¡Pobre tío! –exclamó con poco sentimiento.

Parecía incapaz de mirarnos directamente a los ojos ni a Pons ni a mí. Tenía las manos ocupadas jugueteando con el vestido, entrelazando los dedos o cubriéndose los labios.

–¿Quizás no sabía que le ha dejado quinientas libras?

–No, no lo sabía. –De pronto se le animó la mirada–. ¡Pobre, querido tío! No hacía falta que hiciera eso. Ahora que ha muerto, lo tendré todo. ¡Todo!

–Hace poco más de quince días visitó usted a su tío, señorita Curwen.

–Así es. –Hizo una mueca.

–¿Lo encontró bien de salud?

–Creo que ya se lo he dicho, señor.

–Usted abandonó la casa enfadada. ¿La trató mal?

–Señor, se trataba de un viejo asunto. Ya está resuelto.

–¿Le importaría hablarnos de ello?

–No es ningún secreto, se lo aseguro. Todo el mundo lo sabe aquí en Edimburgo. –Echó la cabeza hacia atrás y se encogió de hombros, compadeciéndose brevemente–. El tío Randolph era un hombre tan severo como mi padre. Mi hermana mayor, Cicely, no se casó adecuadamente según nuestro padre. Él le había dado toda su parte de la herencia, y cuando vio cómo la malgastaba Arthur, quiso asegurarse de que yo nunca pudiera hacer lo mismo. De modo que colocó mi herencia, cincuenta mil libras, en fideicomiso, y nombró al tío Randolph guardián de dicho fideicomiso. Sólo me daba una cantidad fija al año para mis gastos, una miseria. Pero el mundo ha cambiado, y todos saben que ya no es tan fácil vivir de rentas restringidas como lo era hace veinticinco años cuando murió mi padre. Pero se acabó. Ahora que ha muerto el tío Randolph, lo que es mío me llegará libre de cualquier control.

–Debe de haber recibido alguna ayuda, señorita Curwen –dijo Pons amablemente.

–Ah, sí. Mi querido sobrino. Es todo lo que tengo, caballeros. Ha cuidado de su vieja tía como si fuera su propia madre. He estado muy sola aquí. ¿Qué podía hacer, qué compañía podía tener, con unos ingresos tan limitados? Ahora todo ha cambiado. Siento la muerte del tío Randolph, pero no siento que hayan desaparecido las restricciones sobre mi herencia.

Pons recorrió con la mirada la habitación que no parecía haber entrado todavía en el siglo XX.

–Un salón muy bonito, señorita Curwen –observó.

–Lo amuebló mi abuelo. Yo lo odio –dijo con sencillez–. No tardaré en vender la casa. Imaginen tener cincuenta mil libras que podría haber disfrutado cuando tenía veinte años. ¡Oh, señor Pons, no sabe lo cruel que ha sido! Mi padre pensaba que haría lo mismo que mi hermana, incluso después de haber visto lo que les había pasado a ellos.

–Veo que a usted también le gusta el incienso, señorita Curwen –dijo Pons, la mirada fija en un castillo de porcelana.

–Cualquier aroma sirve para disimular el moho y la humedad, caballeros.

–¿Puedo examinar ese quemador de incienso? –insistió Pons.

–Adelante.

Pons se acercó a la repisa de la chimenea, cogió el castillo de porcelana y volvió con él a su silla. Era un diseño elaborado en porcelana translúcida, en la que se veían tres torreones cubiertos de liquen y evidentemente tres quemadores. Estaba decorado con claveles, una parra de hojas verdes y campanillas. Las ventanas quedaban esbozadas en un color marrón claro.

–Esta marca de Colebrook Dale sitúa los orígenes del castillo en una época anterior a 1850 –dijo Pons.

La señorita Curwen arqueó las cejas.

–¿Es usted coleccionista, señor?

–Sólo de las rarezas de la vida –dijo Pons–. Pero también me interesan algunas antigüedades. –Levantó la vista–. ¿Y qué aroma prefiere, señorita Curwen?

–Rosas.

–Uno podría haber adivinado que elegiría una fragancia tan complementaria, señorita Curwen.

La señorita Curwen se sonrojó tímidamente mientras Pons se levantaba a devolver el castillo a la repisa, se quedó unos instantes con la caja abierta de pastillas en la mano, inhalando profundamente el aroma que emanaba de allí. Pareció tener alguna dificultad a la hora de cerrar la caja antes de regresar al lugar en el que había estado sentado. No volvió a ocupar la silla.

–Me temo que ya la hemos molestado bastante, señorita Curwen –dijo Pons.

La señorita Emily se puso de pie.

–Me imagino, caballeros, que se ocuparán de todos los asuntos legales que puedan surgir.

–Supongo que eso lo harán los abogados de sir Randolph a su debido tiempo, señorita Curwen –dijo Pons.

–¡Oh! Pensé...

–Siento haberla confundido. Yo soy un investigador privado, señorita Curwen. Existen algunas dudas sobre la forma en que su tío encontró la muerte; yo estoy encargado de responder a las preguntas.

Se quedó visiblemente perpleja.

–Bueno, no puedo aclararles nada acerca de eso. Diría que gozaba de lo que parecía una salud perfecta la última vez que lo vi.

No parecía sospechar lo más mínimo de las intenciones de Pons, y nos acompañó a la puerta, donde nos despidió. Desde el pórtico oímos cómo volvía a colocar la cadena.

–Tengo que felicitarte, Pons –dije–. Realmente tiene un buen móvil.

–¡Pobre mujer! Me apuesto algo a que está bailando por la casa a modo de celebración –dijo mientras volvíamos a la calle–. Existen algunas personas patéticas en el mundo para quienes la posesión de dinero lo es todo. Saben poco de la vida y nada de cómo vivirla. Debo suponer que Andrew Curwen era uno de ellos; y me temo que la señorita Emily sea otra. Se puede vivir bien con las rentas de cincuenta mil libras si uno quiere, pero la señorita Emily ha preferido quejarse y compadecerse de sí misma, una mujer solitaria y desengañada. Lamentaré aumentar su soledad, aunque quizá le consuele la riqueza. Pero vamos, Parker, no tenemos tiempo que perder. Debemos ir a la policía. Con un poco de suerte, podremos coger un tren nocturno de regreso a Londres.

El inspector Brian McGavick se unió a nosotros cuando Pons le explicó la situación. Iba vestido de paisano, y parecía mucho más un actor que un miembro de la policía.

–Me han hablado de usted, señor Pons –dijo McGavick–. Esta mañana, siguiendo instrucciones del Ministerio de Asuntos Exteriores. Estoy a su disposición.

–Inspector, usted es quien manda aquí. Yo no tengo autoridad. Espero que tome todas las medidas que requieran los acontecimientos de las próximas horas. –Describió brevemente las circunstancias que rodeaban el asesinato de sir Randolph Curwen. Cuando finalizó habíamos llegado a la calle Torphichen.

–Aparquemos aquí –dijo Pons– y vayamos andando el resto del camino.

Nos bajamos del coche patrulla y paseamos tranquilamente por la calle hasta el establecimiento que llevaba el nombre de librería Laidlaw. Allí entramos.

Un hombre pequeño pero corpulento vestido formalmente, a excepción de su chaleco a cuadros, se acercó apresuradamente a atendernos.

–Sólo estaba mirando –dijo Pons.

El pequeño hombre inclinó la cabeza y regresó a ocupar de nuevo su lugar sobre un alto taburete ante un escritorio antiguo en un rincón de la tienda. Los tres empezamos a hojear libros de los estantes, imitando a Pons. Éste pronto se decidió por una pequeña estantería que contenía novelas de sir Walter Scott y Dickens, estudiando un volumen tras otro con aquel irritante aire de disponer de toda la tarde para hacerlo.

Al cabo de un cuarto de hora, se abrió la puerta de la librería dando paso a un apuesto joven que se dirigió directamente a la parte trasera de la tienda, se quitó el sombrero y el abrigo, y animadamente vino a atendernos. Como Pons era quien estaba más cerca, se dirigió a él e inició una conversación que no pude oír hasta no acercarme más.

–Hay mérito en ambos –decía Pons–. Scott por su inigualable reconstrucción del pasado de Escocia, Dickens por su amplia gama de personajes, si bien algunos de ellos pueden parecer caricaturas. Tengo pensado designar estantes especiales para cada uno de ellos cuando abra mi propio local.

–¿Es usted librero, señor? ¿Dónde?

–En Londres. Sólo me falta un socio.

–Me gustaría estar en Londres. ¿Qué necesita exactamente?

–Necesito un joven, conocedor de libros y autores, capaz de invertir un poco de capital en el negocio. ¿Le interesa?

–Puede que sí.

Pons tendió la mano.

–Me llamo Holmes –dijo.

–Lindall –dijo el joven, saludándolo.

–¿Tiene capital? –preguntó Pons.

–Espero tenerlo pronto.

–¿Cuándo?

–En los próximos meses.

–¡Tiempo suficiente! Dígame, señor Lindall, ya que necesito otro pequeño favor, ¿sabe algo de química?

–No, señor.

–Lo preguntaba porque he visto una droguería aquí al lado. Quizá tenga un amigo allí que pueda prepararme una fórmula especial.

–Pues da la casualidad de que sí tengo un amigo. Un joven de nombre Ardley. Pregunte por él y dígale que lo mando yo.

–Gracias, gracias. Se lo agradezco. En asuntos tan delicados como éstos, nunca se peca por demasiado cuidado.

Estas palabras aumentaron el interés de Lindall, que se pasó la punta de la lengua por los labios y preguntó:

–¿Qué tipo de fórmula quiere que le preparen, señor?

Pons hundió la mano en el bolsillo del abrigo, la sacó y desdobló los dedos.

–Necesito una pequeña pastilla como ésta, que contenga cianuro para deshacerme de hombres viejos y señoras de mediana edad.

La reacción de Lindall fue extraordinaria. Levantó los brazos como si quisiera empujar a Pons, se tambaleó hacia atrás y derrumbó un estante lleno de libros. Lindall y los libros cayeron al suelo con gran estruendo.

–¡Cuidado! ¡Cuidado! –exclamó el propietario, abandonando su taburete.

–Inspector McGavick, detenga a este hombre por el asesinato de sir Randolph Curwen, y por el planeado asesinato de su tía, la señorita Emily Curwen –dijo Pons.

McGavick ya había rodeado a Lindall y estaba ayudándolo a ponerse de pie.

–Necesitará esta pastilla envenenada, inspector. La encontré en una caja de pastillas con aroma a rosas en la casa de la señorita Emily. Creo que no le resultará difícil demostrar que ésta y la que mató a sir Randolph se fabricaron según las órdenes de Lindall. –Dirigiéndose a Lindall, Pons añadió–: Es una lástima que no me preguntara mi nombre de pila, señor Lindall. Sherlock. Un nombre que asumo en aquellas ocasiones especiales en las que me siento poco modesto.

En nuestro compartimiento del expreso de las diez y cuarto a Londres, Pons contestó todas las preguntas que le formulé.

–Era un asunto elemental, Parker –dijo–, que se complicó con la coincidencia de que Randolph estuviera en posesión de los documentos del Ministerio de Asuntos Exteriores. La trampa mortal se había preparado mucho antes de que nadie supiera que iba a ver los documentos en cuestión. Una vez eliminado ese móvil, fue necesario encontrar otro. Nadie parecía odiar a Randolph, y no existían móviles en sus disposiciones testamentarias.

»Nos quedaba, entonces, la curiosa visita de la señorita Emily que acabó en pelea. Vino a Londres a rogarle a su tío que pusiera fin al fideicomiso. Regresó a casa y se quejó a su sobrino (su "querido chico" que es "todo" lo que tiene), su heredero, como podrá verse al examinar el testamento. Al cabo de quince días el sobrino, familiarizado con las costumbres de sir Randolph gracias a las confidencias de la señorita Emily, le hizo una visita, consiguió colocar una pastilla envenenada en la caja y se marchó a esperar. Hizo que le prepararan otra para su tía, que colocó también en la caja de pastillas de ésta. Hubiera sido mejor que esperara, pero estaba seguro de que la policía consideraría la muerte de sir Randolph un ataque de algún tipo. Infravaloró a la policía, me temo, y la avaricia le perdió. "El amor por el dinero", Parker, "es realmente la raíz de todos los males".

Asesinato por compasión

NEDRA TYRE

John Johnson sabía que tenía que asesinar a su mujer. Tenía que hacerlo. Era el único comportamiento decente. Se merecía esa pequeña consideración.

El divorcio era impensable. No tenía motivos. Mary era amable, bonita y una compañía agradable, y nunca había mirado siquiera a otro hombre. En todos los años que llevaban casados no le había dado jamás la lata. Era una cocinera maravillosa y una excelente jugadora de bridge. No existía anfitriona más popular en todo el pueblo.

Le parecía una pena tener que matarla. Pero de ninguna manera iba a humillarla diciéndole que la dejaba; no cuando acababan de celebrar el vigésimo aniversario de boda dos meses antes y se habían felicitado por ser la pareja más feliz del mundo. Con champán rosado, y ante una docena de amigos admirados, se habían jurado amor eterno. Habían dicho que esperaban que el destino fuera comprensivo y los dejara morir juntos. Al fin y al cabo, John no podía simplemente dejar de lado a Mary. Eso hubiera sido una jugada digna de un sinvergüenza.

Sin él la vida de Mary no tendría sentido. Claro está, tendría la tienda, que había ido bien desde que la abrió, pero no era una mujer ambiciosa. Abrir la tienda había sido una especie de diversión cuando la casa Greer, colindante con la suya en una fila de casas adosadas, se había puesto en venta. No había necesitado remodelación alguna a excepción del derribo de una pared para comunicar las dos casas mediante una puerta. La tienda de muebles era sólo algo para llenar las horas, dijo Mary, mientras trabajaba su querido marido. No significaba nada para ella, aunque tenía un buen olfato para los negocios. John casi nunca entraba en el establecimiento. Ahora que lo pensaba, era un caos. Le producía cierto desasosiego, tan abarrotado, y los objetos siempre colocados de forma precaria.

Sí, el interés de Mary se centraba en él, no en la tienda. Necesitaría algo más que la tienda para que su existencia tuviera sentido.

Si él se divorciaba de ella no tendría a nadie que la llevara a conciertos o al teatro. Las cenas, su pasatiempo preferido, se suprimirían. Ninguno de sus amigos la invitaría sin él. Sola y divorciada, quedaría relegada a la miserable categoría de solteronas y viudas a las que había que invitar a almorzar en vez de a cenar.

No podía condenar a Mary a esa clase de vida, si bien estaba seguro de que si le pedía el divorcio, ella se lo concedería. ¡Era tan condescendiente y servicial!

No, no iba a humillarla pidiéndole el divorcio. De él se merecía algo mejor que eso.

Ojalá no hubiera conocido a Lettice en aquel viaje de negocios a Lexington. Pero ¿cómo podía lamentar tal milagro? Desde que había conocido a Lettice hacía seis semanas, había recuperado la alegría de vivir. La vida con Mary no era nada en comparación. Desde que conocía a Lettice se sentía como un ciego que ha recuperado la vista. Y lo más maravilloso era que Lettice lo amaba y estaba ansiosa por casarse con él, y libre para hacerlo.

Y lo esperaba.

Y le insistía.

Tenía que concentrarse en deshacerse de Mary. Seguro que podía simularse un pequeño accidente sin demasiados problemas. El lugar ideal tenía que ser la tienda, allí entre todos aquellos trastos. Entre los pesados bustos de mármol, candelabros y morillos podría utilizarse algo para enviar a Mary a su celestial recompensa.

–Querido, tienes que decírselo a tu mujer –insistió Lettice cuando volvieron a encontrarse en su hotel favorito en Lexington–. Tienes que conseguir el divorcio. Tienes que hacerlo. Tienes que hablarle a tu mujer de nosotros. –La voz de Lettice era tan baja y musical que John se sintió hipnotizado.

Pero ¿cómo podía hablarle a Mary de Lettice?

John se sentía incapaz de racionalizar siquiera lo que le atraía de ella.

En vez de la gracia de Mary, Lettice tenía elegancia. No era ni tan bonita ni tan encantadora como Mary, pero a él le parecía irresistible. En su presencia era un ardiente y experimentado amante; en presencia de Mary era un marido complaciente y cuidadoso. Con Lettice la vida siempre se vivía al máximo; nada en los largos años con Mary podía compararse con la maravilla que había descubierto en los pocos encuentros con Lettice. Lettice era tierra, aire, fuego y agua, los cuatro elementos. Mary era... no, era imposible compararlas. En cualquier caso, ¿de qué servían las comparaciones?

Entonces, justo cuando estaba a punto de proponerle a Lettice que fueran al bar, vio a Chet Fleming entrar en el hotel y cruzar el vestíbulo hacia la recepción. ¿Qué hacía Chet Fleming en Lexington? Por otra parte cualquiera podía estar en cualquier sitio. Aquél era el humillante riesgo al que se enfrentaban los amantes. Podían descubrirlos en cualquier sitio, en cualquier momento. No había lugares seguros. Pero Chet Fleming era la persona que menos ganas tenía de ver, y el que sacaría más provecho de encontrarse a John con otra mujer. Ese cotilla se lo contaría a su mujer y amigos, a su médico, al tendero, al banquero, a su abogado. Mary acabaría enterándose. Se le rompería el corazón. Se merecía algo mejor que aquello.

John se agazapó junto a Lettice. Chet se entretuvo en la recepción. John no podía seguir exponiéndose de ese modo, una sola mirada de Chet a su alrededor y lo vería con Lettice. Dio una excusa incoherente, y se dirigió al quiosco donde se ocultó tras una revista hasta que Chet se registró y cogió el ascensor.

Se habían librado, pero por los pelos.

John no podía arriesgarse a enturbiar su reciente relación. Tenía que actuar ya y convertirlo en algo permanente, pero al mismo tiempo no quería hacer daño a Mary.

Miles de personas se habían despertado aquel día en Estados Unidos para acabar muertos antes de la puesta del sol. ¿Por qué no podía ser su querida Mary una de ellas? ¿Por qué no podía morir sin que tuviera que asesinarla?

Cuando John se reunió de nuevo con Lettice y le intentó explicar su pánico, ella no perdió la compostura pero se expresó con preocupación y énfasis.

–Querido, este incidente no hace más que demostrar lo que he estado diciendo. Tienes que contárselo a tu mujer cuanto antes. No podemos seguir así. Tienes que entenderlo.

–Sí, querida, tienes toda la razón. Haré algo en cuanto pueda.

–Tienes que hacerlo inmediatamente, cariño.

Por extraño que parezca, Mary Johnson se encontraba exactamente en la misma situación que John Johnson. No había tenido intención alguna de enamorarse. De hecho, creía estar enamorada de su marido. Qué inocente había sido antes de que Kenneth entrara en su tienda aquella mañana preguntando si tenía un busto de Mozart. Claro que tenía un busto de Mozart; tenía varios bustos más de Mozart, sin mencionar a Bach, Beethoven, Víctor Hugo, Balzac, Shakespeare, George Washington y Goethe, en distintos tamaños.

Él se había presentado. Por lo general los clientes no se presentaban, y a cambio ella también le dijo su nombre, dándose cuenta en aquel momento de que era el decorador más importante de la ciudad.

–Francamente –dijo– a mí no me cogerían muerto con este busto de Mozart y estropeará la habitación, pero mi cliente insiste en tenerlo. ¿Le importa que mire a ver qué otras cosas tiene?

Entonces ella le enseñó toda la tienda. Más tarde intentó recordar el momento exacto en el que se enamoraron. Él se había pasado toda aquella primera mañana allí; hacia el mediodía pareció especialmente atraído por un cuarto trastero abarrotado de cómodas. Estiró el tirador de un cajón que se le quedó en la mano, a continuación la cogió por la cintura.

–¿Qué cree que está haciendo? –dijo ella–. Cielos, ¿qué pasará si entra un cliente?

–Deje que se paseen por el establecimiento.

Ella no podía creerse que hubiera ocurrido, pero así era. Después, en vez de sentirse sola cuando John partía en viaje de negocios, deseaba el momento en el que le daba aquel beso aséptico y le decía que pasaría la noche fuera.

El pequeño cuarto trastero abarrotado de muebles y cajones se convirtió en el discreto punto de encuentro de Mary y Kenneth. Trajeron una tumbona.

Un día les llegó el sonido de una voz. Habían estado demasiado ensimismados para darse cuenta de la entrada de un cliente.

–Señora Johnson, ¿dónde está? Me gustaría un poco de atención.

Mary salió tambaleándose a saludar a la cliente e intentó arreglarse el cabello despeinado. Sabía que se le había corrido el pintalabios.

La clienta era la señora Bryan, la cotilla más experta de la ciudad. La señora Bryan haría correr el rumor de que Mary Johnson se estaba comportando de forma escandalosa en la tienda. Seguro que ahora se enteraba John.

Afortunadamente, la señora Bryan estaba preocupada. Estaba de pésimo humor y sólo quería ver mantequeras y cómodas.

Tuvieron suerte, como más tarde le dijo Mary a Kenneth. Kenneth se negó a que lo tranquilizaran.

–Te quiero muchísimo –dijo–. Y de forma honrosa. Tengo motivos para pensar que tú también me quieres. Estoy muy cansado de verte a escondidas. No lo aguanto más. ¿Lo entiendes? Tenemos que casarnos. Dile a tu marido que quieres divorciarte.

Kenneth seguía hablando del divorcio, como si un divorcio no fuera nada... nada más complicado que una cita con el dentista. ¿Cómo podía divorciarse de un hombre que había sido amable y fiel durante veinte años? ¿Cómo podía arrebatarle la felicidad?

Si John se muriera... ¿Por qué no le daba un ataque de corazón? Cada día morían miles de hombres de infartos. ¿Por qué no podía morirse su querido John? Todo resultaría mucho más sencillo.

Incluso el timbrazo del teléfono parecía lleno de ira, y cuando Mary lo contestó, Kenneth, al otro extremo de la línea, estaba furioso.

–Maldita sea, Mary. Lo de esta tarde ha sido una ridiculez. Es insultante. Ya no aguanto más. No quiero permanecer oculto detrás de las puertas mientras tú te dedicas a enseñar mantequeras a los clientes. Tenemos que casarnos enseguida.

–Sí, cariño. Ten paciencia.

–Ya he sido demasiado paciente. Ya no quiero esperar más.

Ella sabía que hablaba en serio. Si perdía a Kenneth la vida ya no tendría sentido para ella. Nunca había sentido lo mismo por John.

Querido John. ¿Cómo podía dejarlo de lado? Estaba en la flor de la vida; aún podría vivir décadas. Toda su existencia se centraba en ella. Él vivía para complacerla. Sus únicos amigos eran otras parejas casadas. Si ella lo abandonaba, John estaría condenado a llevar una vida solitaria. Sería un hombre sin pareja; sus amigos lo invitarían a sus casas por compasión. «Pobre John», es lo que diría todo el mundo de él. Estaría mejor muerto, dirían. No se cuidaría; no comería regularmente; tendría que vivir solo en algún espantoso apartamento amueblado. No, no podía condenarlo a llevar una existencia como ésa.

¿De dónde había salido esta locura por Kenneth? ¿Por qué había insistido aquella estúpida mujer en tener un busto de Mozart en su salón? ¿Por qué había venido Kenneth a buscarlo a su tienda cuando los bustos de Mozart se encontraban en todos los establecimientos de segunda mano de Broad Street y mucho más baratos?

Y sin embargo no hubiera cambiado nada. Unos segundos con Kenneth equivalían a toda una vida con John.

Sólo existía un fin posible. Tendría que encontrar una forma rápida, eficaz y limpia de deshacerse de John.

Y pronto.

John nunca había visto a Mary tan guapa como aquella noche cuando regresó de su viaje de negocios. Durante unos segundos, la vida con ella le pareció suficiente. A continuación pensó en Lettice, y el pensamiento le convenció de que ningún acto que los uniera podía ser criminal. Tenía que llevar a cabo lo que se había propuesto. Tenía que asesinar a Mary de la forma más caballerosa posible, y tenía que hacerlo aquella misma noche. Mientras tanto disfrutaría de la maravillosa cena que Mary le había preparado. La simple educación lo exigía, y en cualquier caso estaba hambriento.

Sí, tenía que consumar el asesinato en cuanto acabara de cenar. Le parecía un poco cruel estar planeando la muerte de una mujer mientras comía su tarta de queso, pero ciertamente no tenía la intención de ser insensible.

Todavía no sabía exactamente cómo asesinaría a Mary. Quizá si pudiera llevarla hasta la tienda, allí en el rincón donde estaban todas las estatuas se le ocurriría algo.

Mary le sonrió y le sirvió una taza de café.

–Pensé que necesitarías mucho café, cariño, después de un viaje en coche tan largo.

–Sí, querida, así es. Gracias.

En cuanto empezó a sorber el café levantó la vista para mirar a Mary, sentada al otro lado de la mesa. Tenía una expresión rara en el rostro. John se quedó extrañado. Habían estado tan unidos durante tantos años que sin duda ella podía leerle los pensamientos. Debía de saber lo que estaba planeando. Entonces ella sonrió; era la gloriosa sonrisa que le había dedicado desde el primer día de su luna de miel. Todo iba bien.

–Querido, perdóname un momento –dijo–. Acabo de recordar que tengo que resolver un asunto en la tienda. Vuelvo enseguida.

Salió rápidamente del comedor y cruzó el vestíbulo hasta la tienda.

Pero no regresó enseguida tal como había prometido. Si no volvía pronto el café de John se enfriaría. Sorbió un poco de líquido, y a continuación decidió ir a investigar la causa del retraso de Mary.

Ella no lo oyó entrar. La encontró en la sala central con los candelabros encendidos. Estaba de espaldas, sentada en el sofá cerca de los bustos sobre sus pedestales. Estaba rodeada de estatuas.

Santo cielo, era tal como lo había sospechado. Ella le había leído los pensamientos, y sollozaba. Sabía que la vida en pareja llegaba a su fin. Entonces comprendió que podría estar riendo. Sus hombros también se agitarían si se estuviera riendo. Fuera lo que fuera lo que estaba haciendo, tanto si reía como si lloraba, no era momento para especular. La oportunidad era demasiado buena como para dejarla pasar. Con la cabeza inclinada, estaba exactamente debajo del busto de Víctor Hugo o Benjamín Franklin o quien fuera. John sólo tendría que darle un pequeño empujón y caería sobre su cabeza. Un suave empujón.

Empujó.

Era tan sencillo.

Pobre chica. Pobre Mary.

Pero era lo mejor y nunca se culparía por lo que había hecho. Sin embargo, le sorprendió que fuera tan fácil, y tan rápido. Lo hubiera intentado semanas atrás de haber sabido que se podía hacer con tanta facilidad.

John estaba muy tranquilo. Miró con afecto a Mary por última vez. Se bebería el café y a continuación llamaría al médico. Sin duda el doctor se ofrecería a informar a la policía ya que se trataba de una muerte accidental. John no tendría que mentir en ningún momento salvo en lo referente a un pequeño detalle. Tendría que decir que algún movimiento de Mary había provocado la caída del busto.

El café estaba todavía caliente. Se lo bebió con tranquilidad. Pensó en Lettice. Deseaba ardientemente telefonearla y decirle que su vida juntos estaba asegurada y que tras un discreto intervalo de tiempo podrían casarse. Pero decidió que sería mejor no arriesgarse. Pospondría la llamada.

Estaba rebosante de alegría y tranquilo. No recordaba haberse sentido nunca tan relajado. Sin duda se debía a haber hecho lo que tenía que hacer. Incluso tenía sueño. De hecho tenía más sueño del que jamás había tenido. Tendría que estirarse en el sofá. Aquello resultaba más urgente incluso que telefonear al médico. Pero no pudo esperar a llegar al sofá. Recostó la cabeza sobre la mesa del comedor. Tenía los brazos caídos.

Ninguno de los amigos de Mary y John tuvieron ninguna duda de cómo había ocurrido la doble tragedia. Bien mirado, la tienda siempre había sido una trampa mortal, y aquella noche Mary había tropezado o dado un traspiés y uno de los bustos le había caído en la cabeza. Así la encontró John y el dolor lo venció. Se dio cuenta de que no podía vivir sin Mary, y la desesperación de la pérdida lo llevó a disolver suficientes somníferos en el café para suicidarse.

Todos recordaban bien cómo, durante la celebración de su último aniversario de boda, Mary y John habían dicho que esperaban poder morir juntos. En realidad eran la pareja más enamorada que jamás habían conocido. Uno podía ponerse sentimental tan sólo pensando en Mary y John, y verlos juntos era una inspiración. En un mundo lleno de inseguridades nada era tan alentador como el profundo amor que se profesaban esos dos seres. Resultaba dulce y enternecedor que hubieran muerto la misma noche, y exactamente como habían deseado.

Nunca se peca de demasiado cuidadoso

JAMES HOLDING

Fargo Scott no se enteró hasta la mitad de su juicio por asesinato de cuál había sido realmente el problema al intentar robar en la casa de los Bronson.

Siempre había sido un trabajador cuidadoso, por lo menos comparado con otros ladrones. Además de reconocer primero el terreno, tomaba las mismas precauciones que tomaría cualquier ladrón inteligente para reducir los naturales peligros de su profesión a proporciones manejables: asegurarse de que la casa está vacía antes de entrar; llevar un arma para intimidar; ponerse un sencillo disfraz para confundir a posibles testigos oculares.

Y su promedio de éxitos alcanzaba el ciento por ciento hasta que llegó el trabajito en la casa de los Bronson.

En aquel caso estudió el terreno con su habitual cuidado. Y para cuando entró en acción ya sabía bastante acerca de los Bronson y de su casa. Por una parte, merecían encabezar la lista de sus posibles víctimas. Eran ricos y mayores; a ambos les gustaban las joyas vistosas y llevaban muchas; eran propietarios de una colección de monedas antiguas griegas que conseguirían un buen precio en el deprimido mercado en el que Fargo se vería obligado a vender.

Además, al ser presumiblemente amantes de la intimidad, los Bronson vivían solos a excepción de un mayordomo que tenía todos los jueves libres; desaparecía regularmente al mediodía del jueves y no regresaba a la casa de los Bronson hasta la medianoche o más tarde. Por último, la antigua casa de los Bronson estaba retirada de la calle ocupando un solar grande que le proporcionaba aislamiento.

Bueno, Fargo vio al señor y la señora Bronson abandonar

la casa una noche, vestidos elegantemente. Aquella noche se estrenaba *La Traviata* en la ciudad, y Fargo sabía que la señora Bronson era la presidenta de la sociedad de ópera. De modo que supuso, correctamente, que iban a la ópera. Era jueves, el día libre del mayordomo, y a Fargo le pareció la noche más adecuada para apropiarse del dinero, las joyas y la colección de monedas de los Bronson.

Volvió a su habitación y se puso el disfraz, que consistía en varios rellenos pequeños que le desfiguraban las mejillas y los ojos, una barba falsa, y zapatos con plataforma que le aumentaban su estatura en cuatro centímetros. A continuación se ciñó la pistolera bajo el abrigo, se aseguró de que la automática estuviera cargada y descansando cómodamente en el estuche, y se dirigió a la casa de los Bronson.

Por el camino, se detuvo en una cabina telefónica de una estación de servicio y marcó el número de los Bronson. Estaba seguro de que aquello era una mera formalidad, ya que había visto a los Bronson salir de casa, era jueves y, por tanto, no había nadie que pudiera contestar. Pero Fargo era un hombre cuidadoso; esperó a que sonaran diez timbrazos sin obtener respuesta antes de colgar y salir de la cabina.

Recorrió a pie las dos manzanas restantes hasta llegar a la residencia de los Bronson y, echando un vistazo a su alrededor, entró en el jardín y con tranquilidad cruzó el sendero hacia la puerta principal. A estas horas ya estaba oscuro; se veían algunas luces en la casa. Había una bombilla encendida sobre la puerta de entrada.

Osadamente, Fargo llegó hasta la puerta y tocó el timbre. En el interior se oyeron unas campanadas. Esperó, preparado para preguntar si venía alguien, dónde vivían los Smith, o si éste era el número 700, o alguna otra pregunta inocente. Volvió a tocar el timbre, colocado bajo la bombilla con sus zapatos de plataforma. Le apretaban un poco.

No vino nadie. No pasó nada. No había nadie en casa.

Satisfecho, Fargo se dirigió a la parte trasera de la casa. Desde allí no podía verle ningún vecino. Sin preocuparse por el ruido, rompió la cerradura de la ventana de la despensa, apartó la tela metálica y entró en la casa.

Pasó por un abarrotado salón hasta el pasillo y subió los escalones que llevaban al segundo piso. La distribución era similar a la de muchas casas viejas: un largo y estrecho pasillo que iba de un extremo a otro; de trecho en trecho había puertas que daban a las habitaciones superiores. Algunas estaban abiertas, otras cerradas. Hizo caso omiso. El estudio del señor Bronson se encontraba a un extremo del pasillo, en la parte de atrás; una habitación grande con tres paredes cubiertas de libros. En el lado este se veían las vitrinas de cristal que alojaban la famosa colección.

Una vez encendidas las luces del estudio, Fargo se dirigió a la colección de monedas como un pájaro a su nido. Se inclinó sobre la vitrina más cercana y estudió el rudimentario cierre. Sonriendo, lo abrió en menos de dos minutos y entonces, sin prisas, empezó a trasladar el contenido de la vitrina a sus bolsillos.

Era agradable el despacho del señor Bronson. Mientras trabajaba, Fargo reparó en el sillón de cuero rojo frente a la chimenea, las lámparas de lectura y las fotografías enmarcadas de un hombre (que por el parecido era evidentemente el hermano del señor Bronson) que descansaban sobre la pequeña mesita. El único sonido audible en la casa era el tintineo de las monedas antiguas al tomarlas con la mano.

De pronto, sin previo aviso, se oyó otro ruido. Desde donde se encontraba en el estudio, Fargo no pudo adivinar la procedencia, pero estuvo inmediatamente seguro de lo que era: una de las puertas del pasillo que se abría. Aquello produjo un terrible clamor en el silencio.

Se volvió hacia la puerta del estudio con una ligera preocupación, nada más. La puerta se había abierto a causa de una ráfaga de viento, se dijo. O por un gato. No podía ser nada ni nadie más. Imposible.

Seguía con las monedas de oro en la mano derecha cuando apareció un hombre en el umbral de la puerta. En pijama. Con una lamentable bata gris; el cabello cano despeinado, con los pelos de punta. La viva imagen de la fotografía que había sobre la mesita. ¡El hermano del señor Bronson!

Durante unos segundos, Fargo no pudo dar crédito a sus

ojos. Le pasaron por la cabeza toda clase de preguntas y respuestas. ¿De dónde demonios ha salido? De un dormitorio. ¿Qué está haciendo aquí? Visitando a su hermano. ¿Cómo es que no lo sabía? No se puede vigilar una casa durante las veinticuatro horas del día, bobo. Y así sucesivamente.

Miraba los estantes cuando entró en la habitación. Obviamente, quería un libro para leer en la cama. Y entonces vio a Fargo. Sus ojos se posaron en la cara barbuda de Fargo y en la mano que aferraba las monedas de oro. Fargo vio su mirada de comprensión.

Sin embargo, Fargo no se sintió turbado. Al fin y al cabo este hombre no iba armado. Estaba más sorprendido de ver a Fargo que éste de verle a él. Ahora, se dijo tranquilamente Fargo, ahora que está desconcertado es el momento de atacar. De mostrarle la pistola, encerrarlo en el armario y cortar los hilos telefónicos. Y después de eso, habrá tiempo para vaciar las vitrinas. Los Bronson tardarán horas en volver, y él no podrá identificarme con esta barba.

Fargo se metió las monedas de oro en el bolsillo del pantalón. A continuación se llevó rápidamente la mano a la pistolera. Pero el hermano de Bronson no le vio hacerlo, porque en cuanto se percató de que Fargo era un ladrón se dio media vuelta haciendo un remolino con la bata y se precipitó al pasillo alejándose del estudio. Ya estaba bastante lejos cuando Fargo sacó la pistola y de un salto se acercó al umbral.

Fargo seguía sin inquietarse excesivamente por su situación. No veía razón para estar preocupado. Sólo tenía que amenazar al tipo con la pistola, y todo estaría bajo control.

El hermano de Bronson estaba a tres metros de Fargo, moviéndose por el estrecho pasillo hacia la puerta de la casa a buen ritmo, para un viejo, cuando Fargo le gritó:

–¡Para, abuelo! Vuelve aquí o te dejaré como un colador.

Fargo pensó que aquello le detendría en seco. No sólo no lo hizo, sino que aceleró aún más. Fargo estaba anonadado.

Ahora, por fin, empezó a sentir un ligero pánico; ahora, en menos tiempo que el latido de un corazón, empezó a dudar de su control de la situación. Volvió a chillar, más fuerte que antes, y más agudamente:

–¡Detente, maldita sea! ¿Quieres que te meta un balazo?

Movido por un oscuro impulso de coger y dominar al viejo, Fargo corrió por el pasillo tras él, pistola en mano.

El hermano de Bronson no se detuvo, ni tan siquiera hizo una pausa. Fargo empezó a preguntarse de forma confusa adónde pensaba el hombre que iba y qué iba a hacer cuando llegara. Y durante todo ese tiempo, Fargo continuaba gritándole que se detuviera o que comería plomo.

No tuvo que esperar mucho Fargo para saber adónde iba Bronson y por qué. Por encima del hombro veía, al final del pasillo, el salón superior de la casa de los Bronson con una gran ventana que daba a la calle. La ventana estaba ligeramente abierta. Y en aquel momento el hermano de Bronson empezó a lanzar gritos.

–¡Socorro! –chillaba–. ¡Socorro! ¡Policía! –Consiguió hacer tanto jaleo que Fargo empezó a pensar que alguien llegaría a oírlo a pesar del aislamiento de la casa. Y lo peor era, desde el punto de vista de Fargo, que los gritos del hombre obviamente le impedían oír sus amenazas de dispararle por la espalda.

Había llegado casi hasta la puerta del salón cuando Fargo decidió que sólo había un curso de acción, una sola manera de hacer que el viejo cabrón entrara en razón y se diera cuenta del peligro que lo acechaba.

Fargo empuñó la pistola y apretó el gatillo, apuntando todo lo bien que pudo con las prisas, hacia el lado derecho del pasillo y bastante lejos del viejo. «Esto –pensó Fargo enfadado– hará que el imbécil se dé cuenta de que voy en serio, que tengo una pistola y que si es preciso la utilizaré.»

A continuación todo ocurrió con mucha rapidez. Fargo seguía todavía, o al menos eso creía, persiguiendo al hermano de Bronson por el pasillo a toda velocidad, cuando de pronto tropezó con él y cayó de cabeza en la puerta del salón.

Cuando logró ponerse de pie y mirar a su alrededor, aturdido y sorprendido, la automática perdida bajo un sofá victoriano del salón, vio que el hermano del señor Bronson yacía en el suelo del pasillo. Tenía la cara hacia un lado, los brazos estirados encima de la cabeza. Abría y cerraba la boca como si continuara pidiendo ayuda, pero ya no emitía sonido alguno. Por fin, Fargo vio la mancha roja entre los hombros del viejo que se extendía por la espalda y manchaba la lamentable bata.

En ese momento Fargo se dio verdadera cuenta de la situación, y fue como un puñetazo en el corazón. Supo que había disparado al hombre por la espalda, tal como había amenazado hacer, sólo que no había tenido la intención de herirlo con aquella bala. Nada más que una terrible mala suerte había hecho que la bala rebotara en la pared y le diera de pleno en la espalda.

Bueno, por lo visto alguien sí había oído los gritos y el disparo. Fargo seguía considerando la idea de alejarse rápidamente del lugar, cuando dos policías y un extrañado transeúnte que había dado la alarma entraron en la casa.

Encontraron al hermano del señor Bronson muerto a los pies de Fargo.

Y Fargo no supo hasta que testificó el señor Bronson en el juicio la verdadera razón por la cual el trabajito le había salido mal.

El hermano del señor Bronson estaba completamente sordo.

Asesinato a largo plazo

HENRY SLESAR

–Realmente es un día caluroso –dijo el periodista–. ¿Le importa que abra un poco más la ventana?

–Adelante –contestó Joe Harper. Se levantó lentamente de la silla y se dirigió con cautela al mueble bar. Cuando se sirvió una copa, sus movimientos resultaron rígidos y mesurados. El periodista, que conocía el motivo, lo observó con ojos inquietos.

–No tiene por qué molestarse –dijo.

–No es ninguna molestia –respondió Harper–. Todavía me las arreglo, siempre y cuando me lo tome con calma. –Le trajo la copa, y sonrió. La sonrisa no relajó aquel rostro enjuto y tenso. Desapareció en cuanto Harper hubo acomodado su delgado cuerpo de nuevo en la silla. Era un hombre de cuarenta y tantos años, y a pesar de las huellas de sufrimiento, sus menudas facciones y el cabello oscuro le daban un aspecto juvenil.

–Supongo que ya ha contado la historia en muchas ocasiones –dijo el periodista–. No sabe cuánto le agradezco el tiempo que me dedica.

–No tantas veces. Al principio, cuando ocurrió el robo, y durante el juicio, muchos periódicos se interesaron. Pero en cuanto condenaron a Nally y lo encarcelaron, todo el mundo pareció olvidarse. ¿Dice que esto va a ser para el dominical?

–Así es. Un perfil humano.

–Ya –dijo Harper.

–Nunca pensé que ocurriría una cosa así cuando me fui a trabajar con el señor Pachman –comenzó Harper–. ¡Era un anciano tan apacible, con un negocio tan pequeño! En el mismo edificio en el que Pachman tenía su compañía de compra-venta de diamantes, debía de haber por lo menos cincuenta comerciantes de más importancia. Pero quizá por eso le resultó más interesante a Nally. Quizá pensó que el establecimiento del viejo sería pan comido.

»A los pocos meses de estar allí, me ocupaba de casi todas las transacciones con los clientes, si bien Pachman hacía todas las tasaciones. Debía de tener por lo menos setenta años y no podía hacer grandes esfuerzos. La mayoría de semanas venía al despacho sólo dos o tres días. No estaba el día en que Nally decidió dar el primer paso.

»Era un martes por la mañana, y yo acababa de enviar a Ruthie, la secretaria, a por un café. Por tanto estaba solo en el local cuando entró un tipo con una llamativa americana deportiva. No me dejé confundir por la vestimenta; tendría que ver lo mal vestidos que iban algunos clientes, muchos de ellos con miles de dólares de diamantes en el bolsillo. Pero sospeché cuando empezó a tartamudear diciendo que quería hacer una adquisición. Finalmente dejó claro que quería ver algunas piedras de corte esmeralda para un anillo de compromiso. Saqué una bandeja, pero la coloqué en el mostrador cerca de la alarma de pie. Debió de percatarse inmediatamente de lo que me proponía, porque en aquel momento sacó la pistola.

»La verdad es que estaba demasiado asustado para discutir con él. Al fin y al cabo, el negocio no era mío, y sabía que Pachman tenía un seguro. ¿Qué sentido tenía que me mataran? Lo observé mientras cogía los diamantes de la bandeja, y a continuación me pidió que sacara más de los cajones. Él temblaba bastante, y yo también. Al sacar la segunda bandeja, mis dedos no pudieron sostenerla y se me cayó al suelo. Cuando me incliné para recoger las piedras, tenía la mano muy cerca de la alarma y él debió de pensar que lo iba a traicionar. Fue entonces cuando me disparó.

»No recuerdo gran cosa después de eso, excepto que oí un portazo cuando salió corriendo. Perdí el conocimiento aunque lo recuperé durante unos segundos en la ambulancia. También recuerdo vagamente que recorrí el pasillo del hospital estirado en una camilla, mirando las luces del techo mientras me conducían al quirófano. Sólo cuando desperté de la anestesia tres horas más tarde pude hablar con la policía, y me informaron de que habían detenido a Nally al salir del edificio. Sólo tenía una salida, sabe, todos estos edificios en la calle Cuarenta y siete tienen una única entrada y salida. Pero no fue hasta el día siguiente cuando me dijeron que no me habían podido extraer la bala que Nally me había disparado.

»Eso fue lo más duro. La bala se había alojado en el pecho pasando a pocos milímetros del corazón y el pulmón. Pero estaba en un lugar en el que era imposible extraerla sin correr el riesgo de dañar uno u otro de los órganos vitales. Me mostraron las radiografías, me dieron una larga conferencia sobre anatomía y empecé a comprender que la bala algún día se movería y me mataría.

»Seguía en el hospital cuando Nally fue acusado de robo y asalto. Veía a mucha gente en aquel entonces. Los especialistas que venían a ver las radiografías y a dar su negativa. Los periodistas que querían saber cómo me sentía con una pena de muerte alojada en el pecho. Entonces, por fin, me trajeron a Nally para que lo identificara. Lo reconocí inmediatamente.

»Antes de que se celebrara el juicio, el hospital decidió que ya no podía hacer nada más por mí, de modo que me dieron de alta. Me dijeron que tuviera cuidado, que me tomara las cosas con calma, que no hiciera grandes esfuerzos. Cuanto más quieto estuviera, más posibilidades tenía de seguir con vida. Pero era sólo una forma de tranquilizarme. Esa bala acabaría conmigo. Dentro de una semana, dentro de un mes, quizás incluso dentro de un año, pero era hombre muerto.

»El fiscal del distrito me preguntó si estaba dispuesto a testificar en el juicio. Dije que sí. Quería estar seguro de que Nally recibiera su justo castigo, y yo era el tipo que podía conseguirlo. Nunca olvidaré ese día. Nally tenía media sala llena de parientes, y todos lloraban y se comportaban como si el juicio fuera un funeral. Al parecer procedía de una de esas familias que están muy unidas. Hacían tanto ruido que el juez se vio obligado a desalojar la sala. La defensa intentó exculpar a Nally argumentando que era muy joven. Pero en cuanto yo testifiqué, el caso estuvo perdido.

»Bueno, ya sabe cuál fue el veredicto. Le cayeron treinta años a Nally. Era un asesino, y se merecía la silla eléctrica, pero técnicamente la ley no podía condenarlo a eso, no mientras yo continuara caminando y respirando.

»Pero aquello era sólo provisional. No iba a librarse con tanta facilidad. De no haber sido por la bala que me había metido, habría cumplido la sentencia, quizás incluso le hubieran concedido la libertad provisional antes de llegar a viejo. Pero estaba la bala. Y un día de éstos, me iba a matar. Y cuando eso ocurriera, Nally sería un asesino, acusado de asesinato.

»Es gracioso, ¿verdad? Ese tipo está en la cárcel de Ossining en este momento, rogando a Dios que me conserve la salud. Pero según los médicos, sus oraciones no servirán de nada y las mías tampoco. En cuanto yo muera, se abrirá un nuevo juicio, esta vez por asesinato en primer grado. Y no será una repetición del anterior; el fiscal del distrito ya se ha pronunciado. Será una acusación completamente distinta, y Nally no podrá librarse.

»De modo que ése es mi único consuelo. Cuando me llegue la hora, también le llegará a Nally. Si yo muero, él muere. No es que me produzca una gran alegría, pero en una situación como ésta, te tienes que contentar con cualquier cosa.

Joe Harper había estado paseándose por la habitación mientras hablaba, moviéndose lentamente, con cuidado. Se detuvo ante la ventana abierta y miró fuera. Estaba anocheciendo, y las primeras estrellas aparecían en el oscuro cielo. Levantó la vista y suspiró.

–Es duro –dijo el periodista con gravedad–. De verdad que lo siento, señor Harper. Pero si le sirve de consuelo, yo diría que seguramente es más duro para Frank Nally.

–¿Cree que me importa ese hombre? –dijo Harper con desprecio.

–No –contestó el periodista–. Supongo que no. –Se le acercó por detrás y le cogió el codo–. Lo siento –repitió. Empujó a Harper, y éste lo miró sorprendido. Estaban a sólo dos pasos de la ventana, y cuando Harper se vio balanceándose al borde del vacío miró el rostro intenso del joven con la esperanza de recibir una explicación o alguna muestra de piedad.

–No soy periodista –dijo el hombre–. Soy el hermano de Nally.

Y Joe Harper, condenado a una u otra muerte, terminó sus días estrellado en la acera de la calle.

Modelo de culpabilidad

HELEN NIELSEN

Keith Briscoe no había sido nunca un hombre de grandes odios. De temperamento disciplinado, mente despierta, trabajador... éstas eran las cualidades que le proporcionaban el éxito como periodista de sucesos, y en los catorce años transcurridos desde que había regresado del extranjero, demasiado gordo ya para sus viejos trajes y su antiguo puesto de redactor, Keith Briscoe se había convertido en uno de los mejores. El entusiasmo ayudaba –algo rayano en la pasión a veces, porque aquello era lo que conformaba la genialidad– pero no el odio. El odio era un cáncer en la mente, una miopía. El odio era un ácido que devoraba el alma. Keith Briscoe era consciente de todas estas cosas, pero también empezaba a darse cuenta de algo más. Por muchos esfuerzos que hiciera para apartar el pensamiento de su mente, sabía que odiaba a su mujer. Y la idea se le presentaba de forma clara y punzante.

El caso estaba en manos del sargento Gonzales; robo y asesinato. Violet Hammerman, de treinta y ocho años, vivía sola en un pequeño apartamento de North Curson. Trabajaba de secretaria en una pequeña planta industrial de lunes a viernes, jugaba al bridge con los amigos el sábado por la noche, formaba parte del comité de su iglesia los domingos por la mañana y murió en la cama el domingo por la noche (lunes por la mañana para ser más exactos, ya que eran las dos de la madrugada cuando ocurrió el crimen), víctima de una bala disparada a poca distancia que le atravesó el corazón. El sargento Gonzales era un hombre concienzudo, y cuando Keith Briscoe llegó a la escena del crimen, después de responder con rapidez al código de homicidios transmitido por su receptor de onda corta, todos estos detalles, y algunos otros, ya habían quedado establecidos y Gonzales esperaba a que el fotógrafo de la policía completara sus tareas para poder así trasladar el cuerpo al depósito.

No era una mujer guapa. Un cadáver casi nunca lo es.

–Tú mismo lo puedes comprobar –dijo Gonzales–. Una historia sencilla. No hubo forcejeo ni intención de atacarla. Las sábanas permanecen intactas. Los vecinos la oyeron gritar una sola vez e inmediatamente después se produjo el disparo. No hubiera debido despertarse.

Ahora estaba dormida y nada volvería a despertarla. Briscoe miró el cajón de la cómoda que permanecía medio abierto. Una sola media colgaba tristemente a un lado. Jugueteó distraído con ella y, sin tocar la madera, la volvió a meter dentro.

–¿Huellas dactilares? –preguntó.

–Ninguna huella –dijo Gonzales–. El asesino debía de llevar guantes, pero dejó un par de pisadas en la parte exterior de la ventana.

El dormitorio tenía sólo una pequeña ventana. El apartamento se encontraba en la primera planta de una de aquellas casas residenciales que se habían remodelado convirtiéndolas en pequeñas unidades, pero seguía teniendo un sótano poco profundo y por tanto cierta altura. Probablemente Violet Hammerman se sentía segura durmiendo con la ventana abierta y manteniendo cerrada la tela metálica, pero aquello había sido un error. La tela metálica aparecía cuidadosamente cortada por la parte inferior hasta el centro. Ahora colgaba como una cortina fuertemente almidonada, que se doblaba hacia fuera bajo la presión de la mano de Keith Briscoe.

–Puerto de entrada y salida.

–Así es –dijo Gonzales–. Pero la salida fue rápida. Debió de saltar por la ventana y aterrizar sobre el cemento. Las pisadas las dejó al entrar. Collins, ilumina de nuevo la ventana con tu linterna.

Collins era el hombre de uniforme que permanecía vigilando el importante descubrimiento bajo la ventana. Respondió a la orden de Gonzales dirigiendo un haz de luz al estrecho trozo de terreno que separaba la casa de la entrada. Era una parcela de apenas cuarenta centímetros de ancho, pero alguien la había trabajado para plantar flores, y por ello un par de pisadas quedaban claramente visibles sobre la tierra blanda.

–Hemos tenido suerte –le explicó Gonzales–. El propietario removió la tierra ayer por la mañana, y plantó unas petunias. Es una pena. Un par de ellas no llegarán a florecer.

Un par de ellas estaban ligeramente destrozadas por las pisadas, pero entre el marchito verde se veían claramente las hendiduras, como una firma anónima. Briscoe apartó aún más la tela metálica y se inclinó para asomarse por la ventana.

–Hay por lo menos una distancia de metro ochenta hasta el suelo –comentó.

–Ciento ochenta y dos centímetros –dijo Gonzales.

–Las pisadas no parecen muy profundas.

–No lo son, no se ve dibujado el talón. Si estuvieras donde está Collins, verías lo que he visto yo unos minutos antes de que llegaras. Esas pisadas son de zapatos con suelas de goma, «zapatillas deportivas» las solíamos llamar cuando yo era niño. Más de cerca podrás ver alguna huella más, pero no muchas. Estas suelas en particular están bastante gastadas. Pero estás pensando, Briscoe, como de costumbre. La tierra está blanda. Tendremos que medir el contenido de humedad para hacernos una idea del peso que había sobre esas huellas para conseguir la profundidad que tienen, pero de entrada diría que buscamos a un joven alto y delgado.

–¿Un delincuente juvenil? –preguntó Briscoe.

–¿Por qué no? Como le dije a mi mujer cuando regresó de hacer unas compras la semana pasada, no me sorprende que tantos chicos vayan por mal camino. Vuelven de la escuela y se encuentran a sus madres disfrazadas con todo tipo de modelitos. Eso es suficiente para hacer que se tiren a la calle.

Keith Briscoe metió la cabeza y pasó una mano por la cortada tela metálica. Era un trabajo limpio. Podría haberse hecho con la hoja afilada de una navaja de bolsillo. Puede que Gonzales tuviera razón en lo referente al delincuente juvenil.

–Hablas como un detective –dijo.

–Vaya, gracias –dijo Gonzales sonriendo–. Quizás acabaré siendo un famoso periodista algún día. ¿Quién sabe?

No hubo sarcasmo en el intercambio de palabras. Gonzales y Briscoe hacía tiempo que eran amigos y podían permitirse el lujo de insultarse con respeto y afecto. Gonzales tenía una mente perspicaz y buen ojo para los detalles. También tenía imaginación, que es a la hora de reconstruir un caso lo que el cemento a la paleta.

–Encontramos un bolso de fieltro negro en el sendero de la entrada –añadió–. Los vecinos del edificio lo han identificado diciendo que pertenecía a la víctima. No contiene dinero a excepción de algunas monedas, pero está esto que encontramos encima de la cómoda.

Gonzales tenía un trozo de papel azul en la mano. Se lo entregó a Briscoe. Era la hoja de retenciones del salario. Después de las retenciones, Violet Hammerman había recibido un cheque por valor de 61,56 dólares.

–El día de cobro era el viernes –continuó Gonzales–. Me lo dijo el casero. Lo sabe porque ha tenido que esperar a recibir el importe del alquiler unas cuantas veces. Violet Hammerman no tuvo tiempo de ir al banco el viernes, trabajó hasta tarde, pero cobró el cheque en el Sav-Mor Market el sábado. –Gonzales tenía otra hoja de papel en la mano. Una tira larga de la máquina registradora–. Cuando hizo la compra por valor de 14,82 dólares –añadió.

Existía el riesgo de sonar demasiado a detective. Briscoe devolvió el papel azul con una expresión dubitativa en el rostro. Eran escasamente las dos y media. Gonzales trabajaba con rapidez, pero los supermercados no abrían hasta las nueve. Sin embargo Gonzales le adivinó los pensamientos antes de que pudiera expresarlos en voz alta.

–Estoy haciendo conjeturas, por supuesto –se apresuró a decir–, pero en base a algo. 14,82 dólares de 61,56 dejan 46,74. Si calculamos que se gastó algunos dólares más en otro sitio y que contribuyó con un billete a los gastos de la parroquia, tenemos que el asesino de Violet Hammerman se escapó con la gran cantidad de cuarenta dólares, a lo sumo cuarenta y cinco.

–Una muerte barata –dijo Briscoe.

–Una muerte muy barata, y un asesino muy barato y poco

profesional. –Gonzales hizo una pausa para mirar de nuevo el papel azul, pero ya no era totalmente azul. Una mancha roja había aparecido en el borde–. ¿Qué has hecho, te has cortado con la tela metálica? –preguntó.

Briscoe no sabía de qué estaba hablando, pero se miró la mano y vio que sangraba.

–Será mejor que vayas al baño a ver si encuentras un poco de mercromina –dijo Gonzales–. Podrías acabar con una buena infección a causa de ese óxido.

–No es nada –dijo Briscoe–. Me lo lavaré con un poco de agua cuando llegue a casa.

–Te lo lavarás ahora mismo –le ordenó Gonzales–. El cuarto de baño está al otro lado de la cómoda.

Gonzales era capaz de comportarse como una solterona quisquillosa. Resultaba más fácil hacerle caso que discutir. El fotógrafo había acabado ya con el cadáver, y Briscoe le cubrió la cara con la sábana al pasar a su lado. Una muerte barata y una forma barata de esperar la ambulancia. Violet Hammerman había llevado una vida humilde y discreta, pero quizá conseguiría una necrológica destacable si podía lograr que Gonzales continuara hablando. Claro que a Violet Hammerman quizá no le hubiera gustado semejante necrológica, a estas alturas ya era del dominio público.

–Un asesino barato y poco profesional –repitió Briscoe, con la mano bajo el grifo– pero llevaba guantes, zapatos con suela de goma y una pistola.

Apoyado en el marco de la puerta del cuarto de baño, Gonzales picó.

–Que disparó demasiado pronto –dijo–. A eso voy, Briscoe. En todos los crímenes existen pautas, algo que nos deja entrever las debilidades, y sabemos que tienen debilidades o no serían criminales. Se requiere una mente, algún tipo de mente, para planear un robo; pero se requiere sangre fría para llevarlo a cabo con éxito. Este asesino tiene poca sangre fría. Un grito desde la cama y disparó a bocajarro. Un profesional no se arriesgaría a acabar en la cámara de gas por unos miserables cuarenta dólares. No utilices esa pequeña toalla roja. El tinte rojo no es bueno para un corte.

Gonzales, siempre pendiente de los detalles aunque estuviera pensando en otra cosa. Briscoe volvió a colocar la toalla de invitados en el colgador. Una toalla bastante cursi, roja con un caniche bordado en negro. Estaba fuera de lugar en el modesto cuarto de baño de Violet Hammerman. Se parecía más al tipo de toalla que compraría Elaine. Elaine. Pensó en ella y cerró el grifo con tanta fuerza que chirriaron las tuberías.

–Un asesino con poca sangre fría, pero lo suficientemente desesperado como para allanar una morada –recapituló Briscoe, haciendo grandes esfuerzos por desterrar la imagen de Elaine de la mente–. Un asesino de cuarenta dólares. –Y consiguiendo lo que se proponía, pudo ya enfrentarse a Gonzales sin temor a mostrar ira en el rostro–. Quizás un toxicómano –sugirió.

Gonzales asintió tristemente.

–Eso es lo que he estado pensando –dijo–. Y eso es lo que me preocupa. ¿Cuánta diversión puede comprar con tan poco dinero? Lo único que espero es que Violet Hammerman no sea el principio de una moda.

Entre otras características, el sargento Gonzales era pesimista, y Keith Briscoe no podía infundirle ánimos. Tenía sus propios problemas.

La sala del juez Kermit Lacy no había cambiado en cuatro años. La bandera estaba en el mismo sitio; la madera seguía necesitando un buen barnizado; las sillas continuaban duras. Si se habían limpiado las ventanas, la prueba de ello ya no era visible. Las salas de los tribunales podían ser lugares divertidos donde los abogados discutían asuntos de vida o muerte, pero no lo eran tanto cuando en ellas iban a morir o a ser exhumados para tardías autopsias los viejos amores.

Los muertos deberían permanecer muertos. Eso es lo que pensaba Keith Briscoe cuando vio a Faye sentada junto a su abogado. Faye había cambiado en cuatro años. Parecía más joven, si bien más madura, más serena. Vestía un traje gris claro y un sombrero que era elegante sin ser ridículo. Faye nunca había tenido nada de ridícula, ése era su único problema; proyectaba siempre aquel aura del viejo Boston. Levantó la vista y lo vio. Y cuando se cruzaron sus miradas, se produjo un instante de entendimiento, una casi imperceptible sombra cruzó los ojos de ella, y a continuación sonrió. Keith se acercó a la mesa. No sabía exactamente qué hacer. ¿Era costumbre darle la mano a una ex mujer, el clásico gesto que hacen los tenistas después de ganar un partido? Mantuvo los brazos a los lados.

–Tienes buen aspecto, Faye –dijo–. Estupendo, de hecho.

Palabras torpes, como si estuviera aprendiendo el idioma.

–Gracias –respondió Faye–. Tú también tienes buen aspecto, Keith. Has adelgazado.

Keith empezó a decir:

–Se han acabado las comidas caseras. –Pero se lo pensó mejor. Además, no tenía buen aspecto. Y aquello no sólo se debía a haberse pasado levantado la mayor parte de la noche investigando la violenta partida de una tal Violet Hammerman de este valle de lágrimas; era porque tenía el aspecto cansado de un hombre que parece sufrir una resaca prolongada–. Me mantengo ocupado –dijo.

–¿Y cómo está Elaine?

Aquella pregunta tenía que hacerse. Keith buscó en vano un poco de emoción en la voz de Faye. No percibió ninguna. Elaine era un cuchillo que los había desgarrado hacía muchos años, y las viejas heridas cicatrizan.

–Elaine está bien –dijo, y ya no pudo continuar siendo evasivo–. Faye... –El alguacil acababa de entrar en la sala. Dentro de unos minutos llegaría el juez y no habría tiempo para hablar–. Me gustaría que reconsideraras tu decisión. Tenemos un buen acuerdo ahora. Si te llevas a los chicos al este, no tendré oportunidad de verlos.

–Eso no es cierto –objetó Faye–. Pueden visitarte durante las vacaciones.

–¡Vacaciones! Unas pocas semanas al año no es lo mismo que todos los fines de semana.

–¿Todos los fines de semana, Keith? –El tono de voz de Faye era suave y la mirada tranquila. Faye siempre miraba tranquilamente–. Has tenido cuatro años para visitar a los chicos los fines de semana. ¿Cuántas veces te has aprovechado de ello?

–¡Todos los fines de semana que me ha sido posible! ¡Ya sabes cómo es mi trabajo!

Faye lo sabía. La medio sonrisa que le vino a los labios tenía algo de tristeza. Ahora que verdaderamente la miraba, Keith percibió la tristeza. Se sentía sola. Debía de sentirse sola, educando a dos chicos sin nada más que una pensión a modo de compañía. Ahora entablaba un pleito para conseguir permiso para llevarse a los chicos al este, aparentemente para matricularlos en un colegio preparatorio; pero Keith Briscoe de pronto supo cuál era la verdadera razón. Había viejos amigos en el este que la ayudarían a olvidar, quizás incluso un antiguo novio.

Keith sintió una punzada de dolor que no comprendió.

–Me voy a oponer, Faye –dijo–. Lo siento, pero voy a luchar contra ti.

Eran casi las ocho de la noche cuando Keith regresó a su apartamento. Nadie acudió a la puerta a recibirlo excepto *Gus*, el perro de Elaine. *Gus* le dedicó el gruñido de rigor y saltó sobre sus tobillos mientras cruzaba el oscuro salón y se acercaba al recuadro iluminado que se veía al final del pasillo. En el umbral del dormitorio de Elaine, se detuvo a escuchar la música que procedía del tocadiscos al lado de la cama. Era algo latino de ritmo lento y sensual. Lo escuchó hasta que ella salió del cuarto de baño luciendo un modelo francés igualmente sensual. Keith no era ningún modisto, pero a simple vista pudo comprobar que el vestido de Elaine no era de percal, y que no estaba diseñado para pasar una tranquila velada en casa. También pudo comprobar que era caro. Se enteraría del precio a principios de mes.

Ella levantó la vista y lo vio en el umbral de la puerta.

–Oh –dijo–. No te he oído llamar.

Keith no respondió de inmediato. Simplemente se quedó allí mirándola, toda ella, dentro y fuera. El exterior seguía siendo atractivo. Sentía la atracción de su cuerpo desde el otro lado de la habitación.

–¿Alguna vez me oyes llegar?

Elaine se volvió y cogió un pendiente de encima del tocador. Levantó los brazos para ponérselo en la oreja.

–¿Vas a salir? –preguntó de nuevo.

–Es el cumpleaños de Thelma –contestó.

–¿No fue la semana pasada?

Aquello hizo que Elaine se volviera.

–De acuerdo –dijo–, ¿qué mosca te ha picado? ¿Le has vuelto a dar al martini?

–Ya soy lo bastante viejo –dijo Keith. Cruzó el dormitorio. No sólo estaba guapa, además olía bien–. Sólo pensé que quizá quisieras quedarte una noche en casa.

–¿Para qué? ¿Para estar sentada en la oscuridad viendo el programa de Wyatt Earp? Este espantoso apartamento...

–Este espantoso apartamento –la interrumpió Keith– me cuesta ciento setenta y cinco dólares al mes. Teniendo en cuenta los otros gastos que debo afrontar, no es de extrañar que dedique un poco de tiempo a hacer lo que los campesinos conocen como un trabajo honrado. Si no fuera así, tú no podrías estar tan provocativa para el cumpleaños de Thelma.

Elaine cogió el otro pendiente y se lo puso. Era como si él no hubiera dicho nada, como si la reprimenda no existiera. Y a continuación su rostro en el espejo adoptó una cierta astucia animal. Se volvió hacia él con ojos interrogantes.

–¿Cómo te ha ido en el juicio? –preguntó.

–Conseguimos un aplazamiento –dijo Keith.

–¿Un aplazamiento? ¿Por qué? ¿Para que puedas sufrir un poco más?

–Quiero a mis hijos...

–¡Quieres a Faye! ¿Por qué no puedes ser lo bastante honesto como para admitirlo? Siempre has querido a Faye. Sólo te casaste conmigo porque no podías tenerlo todo. Ésa es tu gran debilidad, Keith. ¡No se puede estar en misa y repicando!

–Quiero el divorcio –dijo Keith.

No había tenido intención de decirlo, todavía no, no de esta manera. Pero una vez lo hubo dicho, no quedaba más remedio que dejar que las palabras permanecieran como una pared entre ellos, o como una pared con una puerta que se estaba abriendo. Y entonces Elaine cerró de golpe la puerta.

–Puedes irte al infierno –dijo en voz baja.

Ésa fue la noche que Keith Briscoe se marchó del apartamento. De todas formas había estado pasando la mayoría de las noches en una habitación amueblada que consistía en una cama, un baño, una placa eléctrica para el café, un escritorio para la máquina de escribir y una mesita para la radio de onda corta al lado de la cama. La máquina molestaba a Elaine por las noches, y era a esa hora cuando Keith hacía la mayor parte de su trabajo. Se ganaba un dinero extra convirtiendo los casos policiales en obras de ficción para las revistas de misterio. Un poco de dinero extra era importante con dos hijos que pronto empezarían la universidad.

Pero la noche que se trasladó a aquella habitación para siempre, Keith no trabajó. Se quedó sentado mirando fijamente el calendario que había sobre el escritorio intentando poner orden en sus pensamientos. Disponía de una semana de aplazamiento. Una semana antes de tener que volver a la sala del juez Lacy y ver a Faye sentada allí tranquilamente, orgullosa y sola. Elaine era una mujer estúpida, pero incluso los mayores imbéciles hablan razonablemente cuando el momento es adecuado. Era a Faye a quien quería; Faye, los chicos, todo lo que había tirado por la borda. Elaine era un mal sueño. Elaine era una tormenta emocional en la que se había perdido, y ahora la tormenta había llegado a su fin y estaba intentando encontrar de nuevo el camino a casa. Pero una semana no era mucho tiempo. Quizá su abogado podría encontrar otro pretexto y conseguir un nuevo aplazamiento. De hecho sólo faltaban seis días hasta el lunes...

El domingo por la noche, media hora después de medianoche, la radio de onda corta volvió a despertarlo.

Dorothy McGannon tenía un rostro alegre incluso muerta. Debía de haber sonreído mucho en vida. En cuanto hubo pasado el momento de terror, los músculos de la cara se le habían relajado hasta adoptar la posición normal, y podría haber estado disfrutando de un sueño feliz de no ser por la oscura mancha que traspasaba la manta.

Estaba sola en la habitación, a excepción del sargento Gonzales y compañía. Vivía sola, una mujer soltera de unos veintitantos años. El apartamento era pequeño: salón, cocina y dormitorio. Estaba en una segunda planta, en la parte trasera de un edificio de ocho apartamentos. El rellano de servicio acababa a unos cuarenta centímetros de la ventana donde la tela metálica estaba cortada en tres direcciones y ahora caía desgarbadamente en la noche. Había requerido una cierta agilidad mantener el equilibrio sobre la reja y cortar la tela metálica; y aún más agilidad cruzar la reja y escapar después del fatal disparo.

–Nuestro chico está cada vez más osado –comentó Gonzales–. Sigue nervioso con el gatillo, pero atrevido.

–¿Crees que es el mismo asesino que acabó con Violet Hammerman la semana pasada? –preguntó Keith.

Hasta ese momento nadie había mencionado a Violet Hammerman. Se había convertido simplemente en un titular de la semana pasada, olvidada por todos menos por sus familiares más próximos. Pero la tela metálica cortada y la muerte rápida resultaban actos familiares. Gonzales, que siempre buscaba pautas, ya se había puesto manos a la obra.

–Una bala del calibre 45 es lo que encontraron los de balística en el cuerpo de Hammerman –contestó–. Cuando veamos lo que le ha causado la muerte a esta mujer, te daré una respuesta definitiva. Por desgracia, no hay tierra blanda en este rellano, no hay pisadas; pero la forma de entrar es la misma. Es una forma extraña de cortar la tela metálica, ¿sabes? Se tarda más así.

–Pero hace más segura la salida –dijo Keith.

–Eso es cierto, y este visitante siempre se marcha precipitadamente. –Gonzales se volvió hacia la cama, haciendo una mueca–. Me pregunto si asesina simplemente por diversión. –Reflexionó–. Nadie oyó ni un solo grito esta noche. El disparo, pero ningún grito. De todas formas, con cinco de ocho televisores en marcha, es sorprendente que oyeran algo.

–¿Consiguió lo que vino a buscar? –preguntó Keith.

Ceñudo aún, Gonzales se volvió hacia él. A continuación asintió con la cabeza a modo de llamada.

–Sígueme –dijo.

Cruzaron el pequeño dormitorio y fueron hasta el salón. Giraron a la derecha y entraron en la cocina que compartía una pared con el dormitorio y daba a la puerta del salón. La pared del fondo de la cocina estaba ocupada por un armario, y una de las puertas se encontraba abierta. Sobre el fregadero, volcado como si lo hubieran abierto apresuradamente, se veía un bote de azúcar que no contenía azúcar, ni ninguna otra cosa.

–¿Qué te parece esto? –preguntó Gonzales.

–Parece que Dorothy McGannon guardaba el dinero en un bote de azúcar –dijo Keith.

–Exactamente. Trabajaba de secretaria en un bufete de abogados. Le pagaban cada viernes y esa misma noche le devolvió al encargado los diez dólares que éste le había prestado a primeros de semana. Él vio un fajo de billetes en su bolso en aquel momento... cincuenta o sesenta, cree. Encontramos el bolso en el cajón de la cómoda del dormitorio. Contenía cinco dólares y algunas monedas.

–El asesino no lo encontró.

–El asesino ni siquiera lo buscó. Aquel cajón estaba encallado, hacía tanto ruido al abrirse que podría despertar a un muerto, bueno, casi. Es evidente que ni siquiera se molestó en mirar la cómoda, y eso es interesante porque fue lo que más le atrajo la semana pasada. En vez de eso, se dirigió directamente a la cocina y abrió el armario, que ahora está vacío.

Lo que iba diciendo el sargento Gonzales explicaba el ceño fruncido que iba en aumento. Significaba que otra pieza del rompecabezas iba encajándose en el *modus operandi* del asesino desconocido.

–Puede que fuera amigo de la mujer... –dijo Keith–, alguien que había estado en el apartamento y sabía dónde guardaba el dinero. Un novio, quizás. Era soltera.

–También lo era Hammerman –comentó Gonzales–. Pero no existía ningún novio. Hemos interrogado al propietario en lo que se refiere a eso y definitivamente no tenía novio. Pero tienes razón, era soltera. Ambas eran solteras y ambas fueron asesinadas el domingo por la noche. Empieza a tener sentido, ¿verdad? Dos asesinatos, las dos víctimas mujeres que vivían solas, y ambas mueren en fin de semana después de haber cobrado la paga del viernes. ¿Te apuestas algo a que la bala que encontraremos será del calibre 45?

–No hay apuesta –dijo Keith–. ¿Qué hay de las provisiones?

–¿Provisiones? ¿Qué provisiones?

–Las provisiones de McGannon. ¿Tiene provisiones? Que yo recuerde Hammerman tenía comestibles en casa. Por un valor de más de catorce dólares.

Gonzales pareció interesarse. Miró detrás suyo a la puerta del salón claramente visible desde la cocina.

–Te has vuelto a poner pensativo, Briscoe –dijo–. El chico de los recados... pero espera, Hammerman pagó la compra en el supermercado. Aunque es posible que fuera el chico de los recados. Alto, delgado. El laboratorio dice que no supera los setenta kilos. Vale la pena investigarlo. No me gusta la idea de que se produzca un asesinato cada fin de semana.

Dorothy McGannon le hizo un gran favor a Keith muriendo cuando lo hizo. Fue una historia lo suficientemente importante como para mantenerlo alejado de los tribunales después de que se consiguiera otro aplazamiento, y eso significaba una semana más para hablar con Faye. La encontró bajando las escaleras del palacio de justicia. Estaba enfadada por la incomparecencia; obviamente, pensó que lo había hecho a propósito, y Keith no estaba seguro de que no tuviera razón.

–Si podemos ir a algún sitio y tomar una copa, te lo explicaré –sugirió.

–Lo siento, Keith. Ya he perdido bastante tiempo.

–Pero no he podido evitarlo. Tenía esta historia entre manos, mira.

Desdobló la última edición y se lo enseñó. Ella vaciló unos instantes.

–Sólo una copa para demostrar que no hay resentimientos –dijo Keith.

Finalmente, ella consintió. No lo hizo con excesiva calidez, pero Keith lo consideró una gran victoria. La llevó hasta un pequeño bar cerca del periódico donde solía encontrarse con ella en los viejos tiempos, cuando su matrimonio, y el mundo, era joven. Faye siempre había sido un poco sentimental. La condujo hasta su viejo apartado en el fondo del bar y pidió un whisky con hielo y una Dama Rosa. El objetivo de aquello era demostrar que no se había olvidado.

–Que sea un martini de vodka –dijo Faye.

–Has cambiado de bebida –observó Keith.

–He cambiado muchas cosas, Keith.

Era cierto. Ahora que estaban solos, era fácil comprobarlo. Eso no iba a ser sencillo. Faye sacó un cigarrillo del bolso. Él hurgó en el bolsillo en busca de un encendedor, y a continuación, mirándola por encima de la llama, estudió la situación en sus ojos.

–Yo también he cambiado –dijo él–. Ahora trabajo por las noches, Faye. Estoy muy trabajador. Incluso escribo un poco... puede que consiga acabar aquella novela de la que tanto he hablado.

–Eso está muy bien –dijo Faye–. Me alegra saberlo. –Hizo una pequeña pausa–. ¿Qué le parece a Elaine todo esto?

Keith cerró el mechero con un golpe seco y jugueteó con él.

–Elaine y yo ya no vivimos juntos –dijo–. Me marché de casa la semana pasada.

La observó detenidamente para ver cuál era su reacción, pero Faye ocultaba bien sus emociones. Era como el proverbial iceberg, noventa y cinco por ciento sumergido. Si se hubiera dado cuenta de ello cuatro años antes, no estaría ahora allí sentado como un preocupado colegial a la espera de la nota de examen.

–Lo siento, Keith –dijo.

–Yo no. Hacía mucho tiempo que las cosas iban mal. Fue un error desde el principio... todo un lío. No sé cómo pude estar tan ciego.

Una copa juntos. No dijo mucho más; no se atrevía a presionarla. Faye era el tipo de mujer que se marcharía en cuanto hiciera una cosa así. Pero al menos había dicho lo más importante, y ella podría pensárselo durante una semana más.

No fue hasta que regresó a su pequeña habitación amueblada que se le ocurrió que estaba haciendo el imbécil. Intentaba recuperar a Faye cuando todavía no sabía cómo deshacerse de Elaine. Se sentó a trabajar. Relegó el asunto a un segundo término y se concentró en el problema del sargento Gonzales. El caso empezaba a fascinarlo. ¿Qué clase de asesino sería el que operaba de esta manera? Un toxicómano medio loco, sí; pero con suficiente astucia animal como para llevar a cabo un plan. Ahora entendía a qué se refería Gonzales cuando hablaba de unas pautas. Si fuera posible pensar como el asesino... Era evidente que había estado en el apartamento de Dorothy McGannon antes del asesinato. Había ya muy poca gente que guardara el dinero en botes de azúcar. Elaine lo guardaba en cualquier sitio, esparcido por el dormitorio en media docena de bolsos. El «asesino felino», como lo había llamado Keith en su último reportaje, se divertiría de lo lindo si se decidía a acuchillar la tela metálica de su casa.

Pero ¿cómo lo sabría? Pensó de nuevo en Elaine, no conseguía mantenerla alejada. Pensó en ella sola en el apartamento. ¿Qué hacía durante todo el día? Nunca iba al mercado; encargaba la compra por teléfono. Pero no la pagaba, a excepción de la propina que le daba al repartidor. La factura, junto a muchas, muchas otras, llegaba a primeros de mes. Había otras entregas: la tintorería, la bodega... ¿Y qué más? Y entonces recordó que en la primera época de su matrimonio, antes de que empezara a salir en busca de diversiones, Elaine era una mujer que compraba todos los aparatos que se vendían de puerta en puerta. Era una idea, una idea incitante.

Un aparato. Tendría que ser algo fácil de vender; que le cerraran la puerta en las narices no ayudaría en absoluto al asesino. Necesitaba por lo menos unos minutos para estudiar las posibilidades: saber si la mujer vivía sola, ver adónde se dirigía a buscar el dinero después de concluir la venta. Quizás utilizara un truco, el «sólo necesito cien puntos más». Existían otras formas de vender, algunas legítimas, como presentarse con objetos fabricados por ciegos, mancos o deficientes. Algo que una mujer compraría tanto si lo necesitaba como si no.

Al día siguiente, Keith fue a exponerle su idea a Gonzales. Juntos hicieron otra visita al apartamento de la señora McGannon. Examinaron los cajones del armario de la cocina que contenían objetos de uso corriente, desde un abridor de botellas hasta un batidor de huevos, pero nada que pareciera nuevo. Gonzales pasó al armario de las escobas.

–A veces vienen vendedores de productos de belleza –comentó Keith–. Miraré en el cuarto de baño.

Cruzó la pequeña habitación hasta llegar al diminuto baño. No había bañera, sólo una ducha y un inodoro. Abrió uno de los cajones y llamó a Gonzales. Cuando éste entró en el baño encontró a Keith con una pequeña toalla para invitados en la mano. En esta ocasión era verde, una especie de verde chartreuse con un pequeño caniche negro bordado en un extremo.

–¿Te resulta familiar? –preguntó.

Y Gonzales recordó lo de que el tinte de la toalla no era bueno para una herida abierta.

Preguntaron en todos los apartamentos ocupados del edificio. Después, fueron al apartamento de Curson y entrevistaron a todos los inquilinos disponibles. De todo ello, surgió un cuadro. En ambos casos, el sábado anterior al asesinato, al menos un inquilino en cada uno de los edificios recordaba haber visto un vendedor con un cesto colgado del brazo entrando en el local. Uno de ellos, una mujer mayor que vivía con su marido jubilado en el mismo edificio que la señora Hammerman, incluso detuvo al vendedor y conversó con él.

–Vendía toallas pequeñas y cosas así –les informó–. Muy bonitas y baratas, además. Yo compré dos por muy poco dinero. Hubiera comprado más, pero una pensión no da para mucho estos días.

Pero ¿recordaba qué aspecto tenía el vendedor? Y tanto que sí. Un joven alto y delgado, casi un niño.

–No es que fuera un gran vendedor –añadió–. Ni siquiera parecía importarle vender los objetos. Yo tuve que abordarlo o no hubiera pasado por mi casa.

Al parecer no se había parado en ninguna otra casa, a excepción de dos: la de Violet Hammerman y la de Dorothy McGannon. Un estudio de los buzones de cada edificio les proporcionó una explicación. Todos los restantes apartamentos estaban ocupados por dos o más inquilinos. El asesino se dedicaba a las mujeres que vivían solas.

–Estupendo –concluyó Gonzales–. En esta zona en concreto tenemos la mayor concentración de gente soltera de toda la ciudad. Ahora lo único que tenemos que hacer es localizar a todas las mujeres que viven solas y advertirles que no compren una toalla de un vendedor ambulante.

–¿No tienen permiso los vendedores? –preguntó Keith.

–Tienen permiso los que tienen una licencia –dijo Gonzales–. Pero lo que es más importante, la mercancía de este tipo está fabricada. Lleva una etiqueta con un código. Mantén la boca cerrada sobre esta operación durante unos días, registraremos toda esta zona en busca de un vendedor alto y delgado que lleva un cesto.

–O sin cesto –sugirió Keith–. No creo que nuestro hombre haya entrado en estos edificios al azar. Creo que seleccionó a las víctimas días antes de hacer las comprobaciones. Creo que las observó, estudió el emplazamiento de los apartamentos... lo planeó todo de antemano. Seguramente ahora está preparando el terreno para la próxima víctima del domingo por la noche. Ha conseguido llegar hasta los titulares del periódico, Gonzales. Todo el mundo tiene un ego.

Gonzales no le discutió la hipótesis.

–Realmente has trabajado a fondo el tema –dijo.

–Sí –contestó Keith–, así es.

Todavía le quedaba trabajo por hacer.

Keith se fue de compras. Se despidió de Gonzales y se dirigió a uno de los grandes almacenes. Encontró el departamento de ropa blanca y se paseó por los pasillos, evitando a las vendedoras, hasta que encontró lo que buscaba: pequeñas toallas de todos los colores, toallas con pequeños caniches bordados en un extremo.

–¿Desea algo, señor?

Una voz a su espalda lo devolvió a la realidad.

–No, no gracias –dijo–. Sólo estaba mirando.

Se alejó apresuradamente. Estaba excediéndose en el trabajo; necesitaba un poco de aire.

Aquella noche fue a ver a Elaine. Todavía tenía la llave, de modo que pudo abrir la puerta. Nadie acudió a darle la bienvenida, ni siquiera *Gus*.

–Está en el veterinario –le explicó Elaine–. Se resfrió. Lo van a tener en observación durante una semana.

La encontró en el dormitorio arreglándose las uñas. Estaba sentada en la cama, apoyada en las almohadas. Casi ni levantó la vista al hablarle.

–Pensé que no ibas a volver –dijo.

–Y no vuelvo –contestó él–. Sólo he venido esta noche para que podamos hablar.

–¿Hablar? ¿De qué hay que hablar?

–Del divorcio.

La mano con la que se pintaba las uñas se detuvo unos instantes.

–Ya hablamos de ello la semana pasada –dijo Elaine.

Keith esperó unos segundos, pero su presencia seguía sin suscitar interés alguno. Era como un mueble que ella estuviera a punto de entregar al chatarrero. Pasó por delante de la cama hasta la ventana. La alfombra de Elaine era gruesa; hubiera sido imposible oír las pisadas con un estetoscopio. Fue hasta la ventana y descorrió las cortinas. Era una ventana de bisagras y ambos paneles estaban abiertos para dejar entrar la brisa nocturna. El apartamento se hallaba en una segunda planta. Directamente debajo, la luz de la luna iluminaba el tejado del garaje y resaltaba la suave curva de la escalera de servicio que aparecía a un lado. La ventana en sí estaba a un escaso metro y medio del tejadillo.

–Deberías mantener la ventana cerrada –dijo–. Es peligroso.

El cambio de tema hizo que Elaine levantara la vista de las uñas.

–¿A qué te refieres?

–¿No has leído los periódicos?

–¡Ah, eso!

–No es cosa de risa. Ya han muerto dos mujeres.

Entonces ella se lo quedó mirando, porque no se trataba de una mera conversación y ella empezaba a darse cuenta.

–Deja de desearlo con tanta insistencia –dijo–. Casi se te cae la baba.

–No seas estúpida, Elaine.

–No soy estúpida, y no voy a dejar que me asustes para que te dé la libertad. ¿Qué crees que soy, Keith? ¿Un esposa sustituta que puedes usar durante un tiempo hasta que decides regresar al hogar y a las zapatillas? ¡Pues te equivocas! Ya te lo dije antes, no lo puedes tener todo. Tú has sido el que te has marchado de casa, yo no te obligué a marcharte. ¡Intenta conseguir un divorcio en base a eso y ya verás lo que te cuesta!

Dos días más tarde el sargento Gonzales llamó a Keith a su despacho. Había habido un avance en el caso, uno de aquellos acontecimientos inesperados que podrían significarlo todo o nada, dependiendo de cómo evolucionaran las cosas. Se había recibido una llamada de una residente de West Hollywood. Una mujer denunciaba haber visto a alguien merodear bajo las ventanas de su dormitorio. A estas alturas las ventanas de los dormitorios eran un tema crucial para Gonzales, y cuando supo que la mujer vivía sola, que trabajaba cinco días a la semana y que se pasaba los fines de semana en casa, lo que podría haber sido una queja rutinaria se convirtió en algo lo suficientemente importante como para merecer una entrevista personal. Fiel a su promesa, le estaba ofreciendo a Keith una exclusiva si es que la había, y la había.

Nettie Swanson era una mujer robusta, de mediana edad, con opiniones muy definidas acerca de lo admisible e inadmisible de la conducta humana.

–No me gustan los curiosos –les informó–. Si alguien tiene curiosidad por la forma en la que vivo, que venga a mi puerta y pregunte. No soporto a los fisgones. Por eso llamé a la policía cuando descubrí a ese tipo paseándose por aquí.

–¿Puede describirnos al hombre, señorita Swanson? –preguntó Gonzales.

–Y tanto que sí, sargento. Era alto como una farola. Parecería más alto si no se encorvara tanto. Joven, además. No es que le viera realmente la cara, pero pensé que sería joven por la forma en que se encorvaba. ¿Se les ocurre a ustedes alguna razón por la cual los jóvenes de hoy en día se pasean como si hubieran recibido un golpe en el estómago? ¡Y las caras! Todos como un rebaño de ovejas perdidas intentando encontrar el camino de vuelta al redil.

–Señorita Swanson –la interrumpió Gonzales–, ¿cómo tiene los nervios?

Algunas personas hablan con gran valentía pero se derrumban con facilidad. Nettie Swanson se derrumbaría con la misma facilidad que lo haría un acordeón de hierro forjado. Escuchó mientras el sargento Gonzales le explicaba la situación y una llamarada de interés apareció en sus ojos. Puede que volviera, le dijo. Puede que apareciera en la puerta de su casa en algún momento del sábado con un cesto de objetos para vender. ¿Permitiría que un oficial de la policía esperara en su apartamento para así atraparlo?

–No será necesario –dijo–. Tengo un rifle en mi armario que utilizaba para matar serpientes cuando era joven en Oklahoma. Puedo defenderme contra ese intruso.

–Pero no es un simple intruso –protestó Gonzales–. Si resulta ser el hombre que creemos, ya ha matado a dos mujeres que nosotros sepamos.

Aceptó la información sobriamente. No estaba ciega, y sabía leer. Y de nuevo le resplandecieron los ojos al darse cuenta de la realidad.

–¡El «asesino felino»! ¡Qué cosas! Bueno, en ese caso supongo que será mejor que deje el asunto en sus manos, sargento. Pero tengo mi rifle si necesita otra arma.

Gonzales no podría haber encontrado una ciudadana más acomodaticia.

Sábado. Keith estaba sentado junto a Gonzales en un pequeño sedán sin matrícula policial delante del edificio de apartamentos donde vivía Nettie Swanson. Era una vieja casa de dos plantas flanqueada a un lado por un edificio de construcción reciente y por el otro por un tupido seto que separaba el borde del terreno de un estrecho callejón. El seto tenía por lo menos un metro y medio de altura y sólo se veía la boca del callejón desde el sedán. Pero sí quedaba claramente visible la entrada del edificio y así había sido durante más de una hora. En el interior del edificio, uno de los hombres de Gonzales esperaba desde las nueve. Eran ya casi las once.

Keith sudaba. Abrió la portezuela de su lado para dejar entrar más aire. Gonzales lo observó con curiosidad.

–Estás aún más nervioso que yo –comentó–, y yo siempre me comporto como una viejecita en estas situaciones. Creo que le estás dedicando demasiado tiempo a este asunto, Briscoe.

–Siempre dedico mucho tiempo a los asuntos –dijo Keith–. Me gusta así.

–¿Y las noches también?

–Las noches también.

–Mal asunto. Ya no somos tan jóvenes. Llega un momento en que hay que relajarse un poco. –Gonzales se retiró la gorra de la frente y estiró las piernas empujando el asiento un poco hacia atrás–. Por lo menos eso es lo que me dicen –añadió–, pero con cinco hijos no me dicen cómo debo hacerlo. Tú también tienes hijos, ¿verdad?

Keith no le respondió. Buscó un cigarrillo en el bolsillo, pero el paquete estaba vacío. En la esquina, pasado el callejón, se divisaba una galería comercial. En las galerías comerciales se vendía tabaco y no se producían conversaciones sobre cosas que no quería discutir.

–Voy a buscar pitillos –dijo–. Dile a nuestro amigo que no venda las toallas hasta que yo vuelva.

La galería comercial se encontraba en el mismo lado de la calle que el edificio de apartamentos que estaban vigilando. Por curiosidad, cruzó y pasó por delante de la entrada principal. Estaba abierta para dejar pasar el aire, pero no había nadie en el vestíbulo. Pasó por delante del callejón y continuó hasta el establecimiento. Compró cigarrillos y regresó, caminando despacio ya que no tenía ninguna prisa en volver al caluroso sedán. Gonzales tenía razón: estaba nervioso. Le temblaban las manos al abrir la cajetilla. En la boca del callejón se detuvo para encender un pitillo, y a continuación se olvidó de él y lo tiró al suelo.

Pocos minutos antes el callejón había estado desierto. Ahora un desvencijado cupé gris aparecía aparcado junto al seto a medio metro de la calle. Levantó la vista. La acera estaba vacía, pero al otro lado de la calle Gonzales se bajaba del sedán y se dirigía apresuradamente a la entrada del edificio, un hombre con las ideas claras. No vio a Keith. Éste fue directamente al cupé. Era un viejo Chevy, matrícula KUJ770. Dio un paso hasta la portezuela y buscó la tarjeta identificativa sobre el volante. No estaba a la vista, pero encontró la portezuela abierta. Cuando la abrió, vio algo que había caído al suelo del coche y que quedaba medio oculto bajo el asiento. Estaba sucio a causa de las pisadas, pero era azul y llevaba bordado un caniche. Soltó la toalla y la dejó caer, a continuación se puso a buscar la tarjeta identificativa. Consiguió verla: «George Kawalik, 1376 1/4 N. 3rd Street».

Keith ya tenía toda la información. Gonzales no había visto el cupé; no podía haberlo visto desde el otro lado del seto. Dio un paso atrás con la intención de seguir a Gonzales, y fue entonces cuando oyó el disparo. Esperó. Puede que se produjera un grito en el interior del edificio. Nunca pudo estar seguro porque lo que ocurrió, cuando ocurrió, ocurrió muy deprisa. Había empezado a rodear el seto cuando de pronto éste se abrió y apareció una cabeza rubia, de pelo corto, luego una cara de mirada salvaje, contorsionada por el miedo, y por último un cuerpo, largo pero casi doblado por la mitad al tropezar y caer sobre el cupé. Abrió la portezuela de un tirón, y el rostro apareció por encima del volante antes de que Keith pudiera entrar en acción. Ya estaba en la esquina a treinta metros del coche. Se volvió en el momento en que el cupé se puso en marcha y se vio obligado a apartarse rápidamente para que no lo atropellara. La retirada llegó de pronto a su fin cuando colisionó con unos noventa kilos de fuerza móvil que resultó ser Gonzales.

–¿Era él el del cupé? ¿Lo has visto?

El cupé era ya una mancha gris que se dirigía a toda velocidad hacia la esquina.

–¿Has visto el coche? ¿Has cogido el número de la matrícula?

Gonzales tenía derecho a chillar. Se le había escurrido entre los dedos un criminal. Un asesino se escapaba.

–¡Aquella imbécil de mujer y su rifle!

Keith recuperó el aliento.

–¿Fue ella quien disparó? –preguntó.

–No, pero tenía el rifle en la mano cuando abrió la puerta. Clancy, en el interior, no la detuvo a tiempo. El vendedor lo vio y fue corriendo hasta la puerta trasera. Fue Clancy quien disparó. ¿Has cogido el número de la matrícula?

El rostro de Gonzales era una gran máscara sudorosa ante los ojos de Keith. Una cara grande, fea y sudorosa. Un poli, un amigo, un hombre con problemas. Y Keith tenía toda la historia escrita en un pequeño trozo de papel en la mano.

No vaciló.

–No –dijo–. No pude apuntarlo. No tuve tiempo.

¿Quién sabe cuándo se toman las decisiones? Llega una oportunidad, se da una respuesta... pero ése no es el momento. El tiempo es como un tejido; el instante que ahora se produce es sólo un hilo. Pero ya estaba hecho. En cuanto Keith habló, supo que algo que de manera inconsciente había estado planeando ya estaba hecho. La tela ya estaba tejida. Sólo le quedaba seguir los hilos.

Existía un asesino llamado George Kawalik que mataba en

serie. Encontraba un apartamento en el que una mujer vivía sola. Lo vigilaba, ubicaba la ventana del dormitorio, esperaba hasta el sábado, día en el que era más probable que la encontrara en casa, y llevaba a cabo la expedición con el pretexto de vender toallas bonitas. El domingo era el día de acción. Llegaba, robaba y mataba.

Existía otro hombre llamado Keith Briscoe que había cometido un error. No le gustaba pensar en cómo o por qué lo había cometido, pero tenía que encontrar una salida. Ya no era un hombre joven. Las canas habían aparecido en sus sienes, y empezaba a sentir sus limitaciones. No le parecía justo tener que pagar durante el resto de su vida por un coqueteo que había ido demasiado lejos. Y le parecía aún menos justo que sus hijos no tuvieran padre, y que Faye se estuviera convirtiendo en una mujer solitaria que cada vez tomaba copas más fuertes y que huía para encontrar el amor que él quería darle.

Tras dejar a Gonzales, Keith tuvo tiempo de pensar en todas estas cosas. Sentado a solas en su habitación amueblada se las planteó lógica y matemáticamente. Concibió una fórmula sencilla: Keith más Faye significaba el hogar y la felicidad; Keith sin Elaine significaba Faye. La segunda parte no podía asegurarse del todo, pero al menos era una apuesta y Keith con Elaine no le proporcionaba posibilidad alguna.

Conocía bien los peligros del asesinato. A George Kawalik lo cogerían. No era ya una pisada en la tierra mojada o una sombra sin rostro lo suficientemente alta como para acuchillar una tela metálica, y lo bastante delgada y ágil como para entrar en un dormitorio. Ahora ya tenía rostro además de cuerpo; tenía un método operativo; y lo más importante, tenía un coche. Gonzales había visto fugazmente el cupé, pero lo había visto con ojos entrenados a asimilar los detalles. Y trabajaba con una organización. Incluso mientras lo pensaba, Keith sabía las fuerzas que estaban en juego. Encontrarían el cupé. Puede que tardaran días o incluso semanas, pero lo encontrarían. Mientras tanto, George Kawalik volvería a asesinar. Eso era inevitable. La fuerza que lo llevaba a cometer el acto, tanto si era una neurosis como la desesperada necesidad de dinero del adicto, lo llevaría a asesinar de nuevo.

Y el domingo era la noche indicada.

El sábado por la noche, en cuanto oscureció, Keith inició una expedición. La dirección que aparecía en la tarjeta identificativa de Kawalik no era fácil de encontrar en la oscuridad; tampoco hubiera resultado fácil durante el día. Era un vecindario destartalado y abarrotado a punto de recibir una invasión de personas. Viejas casas de madera con los jardines llenos de chabolas. Al otro lado del terreno encontró el número de Kawalik. El piso estaba oscuro y las cortinas corridas. Hubiera querido llamar a la puerta, pero era demasiado arriesgado. No era momento de activar el nervioso dedo de Kawalik. Silenciosamente se dirigió a la parte trasera de la casa. Todas las persianas estaban bajadas, pero una ventana se encontraba abierta. Se acercó a ella y se quedó unos momentos allí de pie. Le pareció oír a alguien respirando en el interior. Continuó su camino. La puerta trasera tenía una cerradura antigua que podía abrirse con cualquier llave maestra. Jugueteó con el llavero que llevaba en el bolsillo y a continuación decidió esperar. Se alejó de la casa y volvió al garaje, una fila al estilo cuartel de cubículos abiertos que daban a un estrecho callejón. Allí estaba el cupé gris.

Kawalik se escondía en el interior, una reacción natural a su afortunada huida. Eso era bueno. Keith no estaba todavía preparado para enfrentarse con él; simplemente quería saber dónde podía encontrarlo cuando llegara el momento adecuado. Volvió a recorrer el laberinto de casas hasta llegar a la calle, siempre con la intranquilizadora idea de que un asesino demente podía estar vigilándolo detrás de una persiana. Había llegado casi a la acera cuando una voz en la oscuridad lo hizo detenerse en seco.

–¿Busca a alguien, caballero?

La voz de un hombre. Keith se volvió lentamente y a continuación respiró con más tranquilidad. Un viejo estaba de pie en el umbral iluminado de la puerta de un apartamento. Tenía la mirada suspicaz y la postura posesiva de un hombre que protege sus propiedades.

–Me parece que me he equivocado de dirección –dijo Keith.

–¿Qué busca?

–Una casa de alquiler. Un amigo mío me dijo que había visto una casa disponible por aquí.

–Aquí no se alquila nada –contestó el viejo.

–Una casa con las persianas bajadas –dijo Keith.

–Ya está alquilada. El hombre trabaja por las noches.

Entonces Keith se fue a casa. El viejo todavía lo miraba con recelo; Keith se sentía satisfecho.

Sólo faltaba hacer una cosa antes de ocuparse de Kawalik. A la mañana siguiente, Keith llamó a Elaine. Era casi mediodía, pero ella parecía estar adormecida. Las noches de Elaine eran extraordinariamente largas. Había ideado sus argumentos con cuidado. Aquella noche iba a trabajar hasta tarde, le dijo, pero tenía que verla. Era importante. ¿Qué le parecía a medianoche? Elaine protestó. Thelma iba a dar una fiesta.

–¿No será otro cumpleaños? –le retó.

Ella continuó protestando. ¿Qué era tan importante que no podía esperar? La libertad, contestó él.

–Ya sabes lo que pienso yo –dijo ella.

–Que me costará mucho. Bueno, es posible que encuentre la forma de pagar. Te gusta el dinero en efectivo, ¿verdad?

Mordió el anzuelo. Estaría en casa a medianoche.

Vigiló el apartamento desde la calle. A medianoche estaban todas las luces encendidas. A la una se apagaron las de fuera, y él se dirigió a la parte de atrás. A la una y media, se apagó la luz del dormitorio. Elaine pensó que le habían dado plantón y se había ido a la cama. No podría haber cometido un error más grande.

Veinte minutos más tarde, Keith entró en el apartamento de Kawalik por la puerta trasera. El lugar estaba oscuro. Durante unos segundos, temió que Kawalik fuera más valiente de lo que habían pensado y que estuviera visitando alguna otra víctima elegida de antemano, pero el temor se desvaneció cuando llegó al dormitorio. Un ligero resplandor procedente de la luna penetraba por la persiana perfilando sobre la cama un largo cuerpo bajo una sábana. Keith tenía su propia pistola en la mano. Encendió la linterna. Era Kawalik, pero éste ni se movió. Keith se acercó más a la cama. Kawalik tenía los ojos cerrados y respiraba pesadamente. Tenía un brazo sobre la sábana. La primera corazonada de Keith había sido correcta. El brazo estaba lleno de pinchazos y la última dosis de droga debía de haber sido fuerte. Kawalik tardaría horas en despertar.

Estaba teniendo más suerte de la esperada. Estudió la habitación con la linterna, no queriendo arriesgarse a encender la luz y alertar al propietario. Objeto tras objeto, encontró lo que necesitaba: la pistola de Kawalik en el cajón de la cómoda, un par de zapatillas deportivas con lisas suelas de goma en el armario, un par de guantes y un cesto lleno de toallitas de colores. Keith rebuscó en la cesta hasta que dio con una de color rosa. Un rosa terrible. Le pareció apropiado para Elaine.

En el cuarto de baño, encontró la navaja entre otros objetos interesantes: una jeringuilla, una cuchara con el cuenco quemado, los restos de una vieja camisa en jirones. Uno de los trozos de tela estaba manchado de sangre. Seguramente Kawalik había tenido problemas a la hora de encontrar la vena. Otro trozo también manchado colgaba del borde del inodoro. Empezó a dirigir la linterna hacia abajo y en vez de continuar decidió apagarla. No volvió a respirar hasta no estar convencido de que era un gato lo que había oído fuera. Abandonó entonces el apartamento, sin encender la luz y cerrando bien la puerta trasera.

Media hora más tarde Keith entró por la ventana del dormitorio de Elaine. Estaba jadeando y asustado. Una docena de veces había esperado que ella lo oyera serrar la tela metálica; pero los otros inquilinos del edificio siempre habían sido considerados en lo referente a las altas horas de la madrugada, películas a todo volumen o fiestas nocturnas con una gran gama de voces humanas. Esta noche no era una excepción, de modo que Elaine estaría durmiendo, como de costumbre, con tapones y antifaz. Realmente no necesitaba los zapatos de suela de goma sobre la espesa moqueta, pero sí necesitaba la firma de Kawalik: la toalla rosa que depositaría en el armario de la ropa blanca en el cuarto de baño. En el vestidor encontró dos bolsos a la vista. Cogió el dinero, metiéndose el más pequeño, un bolso de noche, en el bolsillo para depositarlo posteriormente en la entrada. Una vez hecho aquello, se dirigió a la cama, se inclinó sobre Elaine y le apartó el antifaz. Se despertó de golpe, pero no gritó. Elaine era valiente, lo suficientemente valiente como para estudiar la sombra que tenía sobre ella hasta que lo reconoció.

–¡Oh, eres tú...!

Y entonces vio la pistola que él tenía en la mano. En aquel momento Keith disparó.

Era fácil. Asesinar era fácil. Cuando ya estaba a salvo en su coche, Keith se sentía casi loco de alegría. Sus nervios habían estado más tensos de lo que había creído; ahora se estaban relajando con la fuerza de un espíritu que se libera de su entorno. Sabía cómo se sentía Kawalik cuando la droga empezaba a hacerle efecto en las venas: eufórico, libre y a cien metros de altura. Elaine estaba muerta, y nunca nadie podría hacerle nada. Los ruidosos vecinos no habían oído el disparo, había tirado el bolso de noche al pie de la escalera de servicio del garaje, la toalla rosa estaba en el armario de la ropa blanca y los de balística compararían la bala encontrada en el cuerpo de Elaine con las otras dos que tenían de crímenes idénticos. Y lo más bonito de todo era que Kawalik, cuando lo cogieran, no recordaría si realmente la había matado él. Ya no tenía nada que hacer más que coger el arma, los guantes, los zapatos y el dinero, y llevarlos al apartamento de Kawalik. Después de eso, su vida pertenecía a lo inevitable.

Lo inevitable era el sargento Gonzales. Keith no vio el coche patrulla delante de la casa de Kawalik hasta que ya era demasiado tarde para seguir adelante. Había reducido la velocidad, y Gonzales le reconoció.

–Veo que has recibido mi mensaje –dijo Gonzales.

Keith apagó el motor. No tenía ni idea de cómo Gonzales había localizado tan rápidamente a Kawalik, pero podía hacerse el tonto. Eso significaba guardar silencio.

–Justo antes de salir dije en la comisaría que te llamaran. Me pareció una pena que te perdieras el final.

–¿El «asesino felino»? –preguntó Keith, pensando a toda velocidad.

–Lo tenemos. Te diré, Briscoe, en este caso he tenido un ángel de la guarda. Otro momento de suerte. El propietario empezó a sospechar. Dijo que anoche alguien estuvo merodeando por aquí y que hoy volvió a oír ruido, de modo que llamó a la policía. Los chicos no encontraron a ningún vagabundo, pero en el garaje encontraron algo mucho más interesante...

Keith intentaba pensar a mayor velocidad que las palabras de Gonzales. Ya no estaba a cien metros de altura, pero seguía libre. Tendrían que buscar el arma. Él podría ayudarlos a hacerlo; en la oscuridad podría resultar de gran ayuda.

–... un viejo cupé –añadió Gonzales– como el que llevamos todo el día buscando. Lo registraron. El asiento delantero estaba lleno de sangre.

En la oscuridad podría ayudarlos a encontrar la pistola y los guantes y los zapatos. Y en aquel momento Keith dejó de pensar y escuchó las palabras de Gonzales.

–¿Sangre? –dijo.

Sangre, como la que había en la tela del cuarto de baño. Sangre, como la que estaba empapando la cama de Elaine y empezaba a manchar las manos de Keith.

Gonzales asintió.

–Supongo que Clancy tiene más puntería de la que pensábamos. El asesino ya no podrá actuar esta noche, Briscoe, ni ninguna otra noche. Está ahí dentro tan drogado que ni siquiera sabe que lo hemos cogido. Es una buena manera de matar el dolor cuando alguien te ha arrancado un trozo de carne de un disparo.

En realidad Keith no tenía sangre en las manos, sino una pistola. Cuando ya no pudo aguantar más el peso, se la dio a Gonzales. Gonzales ataría los cabos. Un hilo, una tela, un tejido. Elaine había tenido razón: tenía una debilidad, y un hombre con una debilidad no debería jugar con pistolas.

Un problema de peso

DUANE DECKER

Fatstuff pudo detectar con los dedos que la tela del traje que le había traído la enfermera era de pana. Aquello significaba que no era su traje.

–Ha habido un error –dijo, en tono irritado–. Esta ropa no es mía.

–Es cierto –contestó ella–. Pero sus prendas quedaron destrozadas en el accidente. Tendrá que pasar con esto hasta que pueda comprar otra cosa. Cortesía, por cierto, del Ejército de Salvación.

–¡Oh! –dijo Fatstuff, más apaciguado ahora–. ¿Y cuándo me retirarán el vendaje de los ojos?

–En cuanto llegue el doctor –le explicó–. Y lo esperamos muy pronto.

–Muy bien –dijo él–. Supongo que esperaré a ponerme la ropa hasta que pueda ver lo que hago.

Se recostó en la cama elevada del hospital. Recordaba claramente el accidente. A última hora de aquella mañana cruzó el campo de detrás de la casa de Bertha. Sabía cuál había sido su error: se había tomado tres generosas copas de whisky para darse ánimos, y a continuación había caminado bajo un sol de justicia. Dado su pésimo estado físico aquello había sido una tontería.

Al otro extremo del prado, donde empezaba el bosque, encontró el pozo seco, el lugar en el que había ocultado el dinero muchas semanas antes. Lo había metido dentro de un cubo galvanizado que descansaba ahora en el fondo del pozo seco.

En la mano sostenía una percha de alambre con la parte triangular aplanada, por lo que parecía un gancho al final de un pepino muy largo. A un extremo del pepino había atado un trozo de cuerda. Era un utensilio muy casero que debía moverse de un lado a otro, hasta que el gancho consiguiera coger la curvada asa del cubo. Entonces Fatstuff podría elevar el cubo y retirar el dinero, los treinta mil.

Pero cuando llegó al pozo, el fuerte sol y el whisky y su demacrado cuerpo se habían cobrado una víctima. Justo antes de desmayarse y perder el conocimiento, recordaba haberse golpeado la cabeza y el cuerpo contra el borde de cemento del pozo.

Ahora, el reloj que colgaba sobre la entrada de la sala del hospital, dio las cinco. Eso significaba que ya había perdido seis horas y que sin duda Bertha se estaría paseando por la estación de autobuses de Pomeroy, empezando a sospechar que le había dado plantón y que se había fugado con el dinero. Si se enfadaba y se ponía vengativa... bueno, era capaz de hacer una llamada y la policía caería sobre él. Tenía que abandonar este lugar a toda velocidad, conseguir el dinero y encontrarse con Bertha en la estación de autobuses de Pomeroy antes de que a ésta se le acabara la paciencia.

–¿Cómo llegué hasta aquí? –dijo dirigiéndose a la enfermera.

–Pasó por allí un cazador. Lo encontró inconsciente, y medio en brazos, medio arrastrándolo, lo llevó hasta el coche. Así es como sus prendas acabaron hechas trizas. Después lo trajo hasta aquí, a la entrada de urgencias.

Bueno, podía estarle agradecido al cazador. Lo recordaba todo con tanta claridad... Todo había ido mal desde el principio. Aunque todavía no era demasiado tarde. El dinero seguía allí esperándole a él –y sólo a él– para que lo recogiera.

Había empezado muy bien. Llevaba meses viviendo de gorra, haciendo autostop en dirección a Nueva York. Un buen día al atardecer, se encontró en las afueras de ese pueblucho, Appleton.

Las luces de una granja situada a unos novecientos metros de Post Road lo atrajeron. Bertha respondió a la llamada de la puerta. Lo invitó a entrar y a cenar. Más tarde le sugirió que se quedara a dormir y que descansara una noche. Y realmente lo necesitaba.

Bertha resultó ser una viuda pobre y solitaria que no poseía más que una granja infestada de termitas. No obstante, Fatstuff se quedó gustosamente con ella durante una semana. Y entonces, una vez que confió en él, le contó un plan que había ideado hacía ya mucho tiempo, esperando que llegara el socio más adecuado.

Le explicó que siguiendo medio kilómetro por Post Road, se desviaba una pequeña carretera de tierra que llevaba a un solo lugar: la compañía Macklin Tool. Y cada viernes a las tres en punto, el viejo Macklin pasaba por delante de la casa de Bertha y tomaba aquel desvío con la paga de la semana. Siempre hacía el trabajo solo. Un duro individualista desde hacía muchos años. Y era viejo, débil, confiado e indefenso.

Lo único que tenía que hacer Fatstuff, le explicó Bertha, era estar en aquel desvío antes de las tres y tenderse en medio de la carretera cuando oyera que se acercaba el coche. El señor Macklin, que era diácono de la iglesia, detendría el vehículo y ayudaría al hombre herido. Y Bertha tenía un viejo Luger con el que Fatstuff podría amenazar al señor Macklin mientras le robaba la paga. Mientras tanto, ella dejaría el viejo cupé escondido a unos quinientos metros a un lado de la carretera. Después de conseguir el dinero, Fatstuff debía apresurarse hacia el coche, conducir a la estación de autobuses de Pomeroy y coger el autobús a Nueva York. Ya que nadie habría visto el coche relacionado con el robo, Bertha cogería el autobús a Pomeroy, recogería su coche y se reuniría con Fatstuff en Nueva York.

–Así de sencillo –dijo Bertha.

Y Fatstuff tuvo que estar de acuerdo y seguir adelante con el plan.

El problema surgió cuando el viejo Macklin blandió un arma y se produjo un intercambio de disparos. Pero Fatstuff llegó primero y fue el que más disparó.

Dio por muerto al viejo Macklin –a Fatstuff le pareció que estaba muerto, si bien no perdió demasiado tiempo en comprobarlo– y se alejó apresuradamente hacia el cupé escondido de Bertha. Pero ahora, con un caso de asesinato, no le pareció muy seguro ir hasta Pomeroy. En lugar de eso, regresó a la granja a refugiarse.

Sabía que tendría que mantenerse oculto durante un tiempo. Por eso se le ocurrió la idea de esconder el dinero en el pozo seco. Mientras Bertha no supiera exactamente dónde estaba, tendría que ocultarlo y cuidarlo.

Más tarde, por la radio, informaron que el viejo Macklin había muerto, no sin antes dar una detallada y mortal descripción de Fatstuff.

–El hombre más bajo y gordo que jamás he visto –dijeron que había dicho Macklin–. Uno de esos tipos a los que se describe como cuadrados. Una gran mandíbula. Unos muslos tan gruesos que casi se le rompían los pantalones cuando se movía. Una gran barriga. Es imposible que pase inadvertido. Se le reconocería entre una gran multitud.

Bueno, Fatstuff (y Bertha) se dieron cuenta de que aquello significaba que no podía dejarse ver fuera de la granja. En Appleton cualquiera lo reconocería y se acordaría. Entonces fue cuando tuvo la gran idea: se trasladaría al ático y se pondría a régimen hasta conseguir ser un hombre delgado y anémico. Se fue al ático y vivió allí en soledad durante casi dos meses. Ella no le traía más que lechuga, leche descremada, pomelo y cosas así. Los kilos se fueron evaporando hasta que finalmente parecía un cadáver ambulante. Al fin pensó que ya podía continuar con el plan.

Se dio la vuelta en la cama del hospital. Estaba pensando que había sido la dieta además de las copas de whisky y el fuerte sol lo que le había provocado el desmayo. Pero al no saber lo ocurrido, Bertha había cogido el autobús a Pomeroy y allí lo esperaba, y si se enfadaba...

–¿Tengo que firmar algo para salir de aquí? –le preguntó a la enfermera.

–No –contestó ella–. Ahora goza de buena salud. Y su mente está... bueno, la conmoción fue sólo temporal. ¡Ah! ¡Aquí viene el doctor!

Fatstuff se deslizó para poder sentarse al borde de la cama. Sintió la mano del médico sobre su hombro mientras éste decía:

–¡Hola!

Fatstuff estaba tocando el traje de pana.

–Doctor –dijo–, realmente agradezco estas prendas, pero ¿no podrían haberse adecuado un poco más a mi talla?

–Creo que le irán bastante bien –contestó el doctor.

–¿Quién está engañando a quién por aquí? –preguntó Fatstuff–. Este traje parece del tamaño de una tienda de campaña.

–Bueno, ha estado usted bastante comilón desde que perdió el conocimiento.

–¡Pero si eso ocurrió esta mañana!

Sintió cómo el médico le retiraba con cuidado las vendas de los ojos mientras le decía:

–Ahora soy yo el que pregunta: ¿quién está engañando a quién? Hoy es diecisiete de septiembre. Lo trajeron aquí a principios de agosto. Ha tenido tanto la mente como los ojos bastante en blanco desde entonces, desde que se golpeó con el cemento.

Las vendas habían desaparecido. Fatstuff se puso de pie lentamente. A continuación, con paso mesurado se dirigió al espejo de cuerpo entero que divisó al fondo de la sala. Llegó hasta allí y se quedó mirándose aturdido. No podía dejar de mirarse.

Una vez más estaba cuadrado. Allí estaba otra vez la enorme mandíbula, las gruesas caderas, la exagerada cintura. Estaba aún más extraordinariamente gordo que antes de iniciar el régimen. Sabía que en cuanto pusiera el pie en la calle lo detendría la policía. Antes de que pudiera sacar el dinero de la ciudad.

Detrás suyo oyó al médico decir:

–Bueno, ¿está preparado para marcharse? Es libre de hacerlo cuando quiera.

Intentó recuperar la voz, pero lo único que podía pensar era: «¡No!, ¡no! ¡no!».

Willie Betts, banquero

MIKE BRETT

Hay muchos tipos que se levantan a las seis de la mañana, desayunan, se van a trabajar y no vuelven a casa hasta las siete de la noche. Conducen grandes coches de ocho años de antigüedad, trabajan como mulas, y al final de la semana su paga desaparece en cuanto entra en casa. Imbéciles, todos y cada uno de ellos. Pero como dicen, algunos tienen suerte y otros no.

Yo, yo soy Willie Betts y tengo suerte. Lo tengo todo, a todos los niveles. Conduzco un coche nuevo, equipado con aire acondicionado y tapicería de cuero, y tengo una tía estupenda unos veinticinco años más joven que yo que me hace compañía mientras viajo a la Costa oeste.

Es una muñeca. Se llama Irma Taylor y tiene un estupendo par de piernas y un tipo y una cara preciosos, una chica de primera.

Como iba diciendo, no soy de los que se levantan por la mañana y luchan contra el tráfico para ir a trabajar. Los trajes me los hago a medida y me cuestan trescientos dólares, y se nota. Llevo un anillo de diamantes en el dedo meñique de la mano derecha y la piedra vale doce de los grandes. Las camisas también me las hace el sastre y los zapatos me cuestan por lo menos cincuenta dólares.

Hablo en voz baja, ¿saben lo que quiero decir? No me gusta cuando alguien grita al hablar. Los que hablan a gritos son unos tipejos. Y yo detesto a los tipejos. No saben lo que es tener clase. Llevan trajes vistosos y chillones y parecen unos gángsters. No soporto estar en presencia de tipejos.

Un hombre tiene que parecer lo que es. Yo parezco lo que soy. Soy el presidente de un banco. Sí, así es. Soy Willie Betts, banquero.

No llegué a ser presidente del banco de un día para otro.

A nadie le ocurre eso. Hay que trabajar para conseguir llegar a la cima. Pero una vez que se consigue, es maravilloso. Ganas dinero todo el tiempo, y cuando eres presidente de un banco, ¿quién te impide que cojas dinero de arriba?

Tienes pasta y con ella consigues a las chicas, las copas, las buenas vacaciones, los caballos y las grandes partidas de póquer. Es la buena vida.

Allí en el estado de Nueva York tienen lo que se llama la Comisión de Investigaciones, y esos tipos y yo no estamos de acuerdo en lo que soy.

Yo sé que soy banquero.

Ellos lo ven de forma diferente. Me llaman prestamista y usurero. Dicen que mis asociados (es un nombre un tanto rimbombante para describir a mis recaudadores, pero como ya he dicho, hay que tener un poco de clase) y yo cooperamos muy poco cuando nos acogemos a la Quinta Enmienda, porque no nos gusta incriminarnos a nosotros mismos.

Es como si esos tipos que les hacen todas esas preguntas a mis asociados fueran muy estúpidos. ¿Qué esperan? ¿Preguntarles algo a mis muchachos y que la respuesta los meta en un lío? Están locos si creen que mis socios van a hablar.

Usureros es lo que nos llaman a mí y a mis muchachos. ¡Están locos! Tienen que estarlo. ¿Desde cuándo es usurero un hombre que lleva un negocio legítimo? No tienen ni idea de lo que están diciendo. Yo soy un hombre de negocios y trabajo legalmente. Para eso tengo abogados y contables que me asesoran.

Y lo que me dicen, lo tengo grabado en la memoria. Lo sé todo, palabra por palabra. No hay límite en el interés que se puede cobrar en los préstamos que superan los ochocientos dólares cuando se hacen a particulares y en cualquier cantidad cuando se trata de sociedades anónimas. Un interés de más del seis por ciento anual en préstamos inferiores a los ochocientos dólares a particulares es un delito menor, punible con un máximo de un año de prisión.

Pero eso me da risa, porque yo no pongo nada por escrito, así que ¿cómo va a saber alguien qué intereses cobro?

La ley dice que la obtención de cualquier dinero utilizando

el miedo o la fuerza, aunque te lo deban, se considera legalmente una extorsión, un delito que puede castigarse con una condena de siete y medio a quince años de cárcel.

Pero ¿quién va a quejarse? ¿Uno de los clientes? Si abre la boca, nosotros le rompemos la cabeza y él lo sabe.

Como ya he dicho, soy banquero. No tiene vuelta de hoja. Si bien los tipos de la Comisión de Investigaciones no lo ven así.

De alguna manera, le estoy prestando un gran servicio a la comunidad. ¿A qué otro lugar puede recurrir un hombre de negocios o un tipo que no puede pagar la hipoteca de su casa, después de que el banco le niegue un préstamo al considerarlo un alto riesgo? Mantienes en nómina a un par de cajeros del banco y ellos te dicen a quién se le ha negado un préstamo. Así es, vienen a mí. El interés empieza en el treinta por ciento, y puede llegar hasta el mil por ciento, según cómo se devuelva el dinero. Si no te va pagando, el interés sube semana a semana. Algunos de mis muchachos han recaudado dos mil dólares sobre un préstamo de cien dólares.

Pero como ya he dicho, le estoy haciendo un servicio a la comunidad.

No habría tenido problemas, pero uno de los chicos nuevos cometió un gran error. Golpeó un poco a uno de los clientes llamado Joe Teasdale, porque se negó a pagar los intereses. La esposa de Teasdale llamó a la policía cuando el viejo tuvo un infarto y la palmó. Los polis fueron tras el tipo que lo había golpeado y así es como empezaron los problemas. Además, lo tenía todo apuntado en los libros.

Eso es lo más duro, porque era una pequeña operación, pequeños préstamos. Ese tal Teasdale había pedido prestados trescientos dólares. No tiene absolutamente nada que ver con el gran negocio que tengo montado yo ahora.

Como iba diciendo, ahora soy banquero. Esto de los pequeños préstamos es sólo parte de la operación. Ahora trabajo mano a mano con algunos de los grandes bancos. Puedo entrar en un banco y salir al poco rato con dos millones de dólares de dinero no respaldado. ¿Cuántos tipos existen que puedan hacer esto?

En cualquier caso, los periódicos consiguieron la información que había en los libros de contabilidad y publicaron en primera plana todos los detalles, las cantidades de los préstamos, las fechas de pago y los intereses. Todo el mundo puso el grito en el cielo. Se produjo una gran conmoción, y así es como empezó la Comisión de Investigaciones.

Tuve que hablar con mi abogado y él pensó que sería buena idea que desapareciera durante un tiempo e hiciera un viaje de unos meses, para que no tuviera que declarar y ampararme en la Quinta. Podría haber cogido un vuelo a Europa o a algún otro sitio, pero siempre hay controles en los aeropuertos, y la policía vigila también las estaciones de trenes.

De modo que tanto mi abogado como yo pensamos que lo mejor sería que viajara por el país. Los periódicos dijeron que estaba eludiendo una citación de la Comisión de Investigaciones. Era cierto, pero la verdadera razón por la cual no quería aparecer en la vista era que existía la posibilidad de que mi foto saliera en los periódicos. Nunca se sabe cuándo un imbécil va a ver tu rostro en un diario y a continuación pasar a señalarte con el dedo. Las cosas me van demasiado bien como para permitir que me pase algo así.

No he llegado a ser presidente de un banco de un día para otro. Empecé como recaudador. Rompí varias cabezas y unos cuantos brazos, y algunos tipos que tenían grandes préstamos y que intentaron librarse de ellos acabaron en el fondo del río Hudson envueltos en diez metros de cadenas para que se mantuvieran allí.

Como iba diciendo, visto trajes de trescientos dólares, me cambio de coche cada año y dispongo de chicas elegantes que me hacen compañía. Soy un honesto hombre de negocios. Claro que tengo recaudadores. Al fin y al cabo, pides un préstamo y hay que devolverlo. Si los intereses te parecen demasiado altos, entonces no vengas a pedir dinero.

Esta Comisión de Investigaciones me tiene loco. Dicen que he llevado a la quiebra a muchas compañías, que he sobornado a empleados de banca, que he cometido asesinatos y otros actos de violencia, y que he convertido a ciudadanos honestos en simples títeres. Eso son palabras muy fuertes y a mí no me gustan nada las palabras fuertes.

Yo lo veo de forma diferente. Soy un banquero legítimo y espero cobrar. Claro que no voy a ponerme violento con alguien que no puede devolverme el dinero. Si coges dinero prestado y no lo devuelves, no te voy a romper la cabeza.

Me encargaré de que lo haga uno de mis muchachos. Él te romperá la cabeza.

Pero, mientras tanto, estoy recorriendo el país y supongo que será mejor que me divierta. El paisaje es muy bonito. Irma Taylor también es muy bonita. Es una preciosa muñequita con el cabello rubio que hace juego con sus brazos morenos. Eso es lo bonito de estar en compañía de una chavala. Parece una niña, con esa carita, pero el vestido de algodón que lleva le cae muy bien. El cuerpo de Irma no es el de una niña.

Parece una niña, pero ha recorrido mucho mundo antes de que yo empezara a pagar el alquiler. Pertenecía a uno de mis socios, pero ella perdía el tiempo con él, de modo que le di un toque a mi amigo y eso es todo lo que tuve que hacer. Ésa es otra de las ventajas de ser el jefe. Lo único que tienes que hacer es decir lo que quieres y ya lo tienes. Puedes hacerlo si te llamas Willie Betts.

Recorrí Pensilvania, Ohio, Indiana e Illinois. A continuación nos dirigimos al sur cruzando Missouri. Creo que fue Irma la primera que vio el viejo cacharro detrás nuestro en Illinois.

Se había quitado los zapatos y tenía los pies apoyados en el salpicadero.

–Willie, me parece que ese viejo coche nos sigue –dijo.

Por el retrovisor vi un viejo coche de unos diez años de antigüedad.

–¿Por qué lo dices? –le pregunté.

–Lo he visto antes, en Indiana.

–Eso no significa nada –contesté–. ¿Y qué? Un tipo que está cruzando Indiana e Illinois.

–No te enfades, Willie. Sólo pensé que sería mejor decírtelo.

No significaba nada, pero de todas formas no me gustaba que andara detrás de mí. No me gustaba que me siguiera.

Cuando llegamos a Missouri, me metí en la autopista y me abrí. Dejé a aquel viejo coche tragando el humo de mi tubo de escape. Le perdí.

Pero al salir de Bismarck, uno de aquellos ayudantes del sheriff con un enorme sombrero me hizo señales para que me detuviera, y supe que las cosas iban mal, muy mal. Querría ver mi carnet de conducir, y si había oído hablar de un tipo llamado Willie Betts, tendría problemas.

–Dame cincuenta pavos –dijo Irma.

Hundí la mano en mi bolsillo y se los di, mientras el sheriff aparcaba su coche delante del nuestro y se dirigía hacia nosotros caminando.

Irma arrugó los cincuenta dólares en la mano y se bajó del coche, y la pude oír hablar con él. De vez en cuando me llegaban palabras sueltas. Le dijo que éramos unos recién casados y me di cuenta de que se estaba enrollando. Recordé que ella venía de esta parte del país. Y a continuación le susurró al tipo algo así como:

–Es un ricachón. Anda, cógelo.

Vi que los dos se echaban a reír. Ella le dio la mano y supe que había aceptado el dinero. El sheriff le dedicó una gran sonrisa y se marchó.

Cuando ella regresó al coche, yo estaba sudando como un cerdo. Se subió y nos fuimos. Pero yo limité la velocidad a lo estrictamente legal, y me mantuve así al cruzar Missouri, Oklahoma y Texas.

De nuevo divisé al tipo del cacharro detrás mío al salir de la ciudad de Oklahoma. Aminoré la marcha para que me alcanzara y pudiera verle bien la cara. Era un jovencito con el pelo cortado al cero. No le había visto nunca antes. No llevaba matrícula delantera en el coche.

Pero yo quería saber lo que estaba ocurriendo, de modo que cuando llegué al siguiente semáforo me detuve, salté del coche y fui hacia donde se había parado él. Y en aquel momento, cuando ya casi había llegado, el chaval puso la marcha atrás y retrocedió por la calle hasta un coche patrulla que estaba allí aparcado, y empezó a hablar con el poli. No sabía de qué se trataba, quizá sólo le estuviera consultando una dirección, pero yo no quería saber nada de todo ello, de modo que me volví a mi coche y arranqué.

El chaval me siguió durante todo el recorrido por Oklahoma. A estas alturas, Irma ya estaba medio loca y no apartaba la mirada de la carretera. Ni un segundo.

–Ahí está, Willie –decía continuamente–. Ahí está. Acabo de verlo en aquella curva.

Salí al arcén de la carretera y me detuve. Él hizo lo mismo a una prudente distancia de nosotros.

Me dirigí al centro de la carretera y empecé a chillar:

–¡Eh! ¿Qué quieres?

El chaval se quedó tranquilamente en el viejo coche.

Volví tras el volante y pisé a fondo el acelerador. Cruzamos el estado de Texas a ciento veinte kilómetros por hora y me mantuve así. El parabrisas del coche empezó a cubrirse con cientos de cadáveres de insectos.

No sabía qué quería aquel imbécil, pero no iba a dedicarme a averiguarlo. Nunca se sabe, te encuentras un chaval como ése, que quizás ha visto un descapotable nuevo y piensa que el tipo que lo lleva está cargado de pasta, y toma la decisión de atracar al dueño. Y yo no voy armado. No puedo conseguir un permiso de armas en Nueva York a causa de mis antecedentes.

No me importaba que me parara la policía por superar los límites de velocidad. Lo único que me interesaba era deshacerme del chaval. Hasta llegar a Lubbock fui a toda pastilla.

Cuando nos paramos a cenar no se veía el viejo coche por ninguna parte. Los dos nos sentimos mejor. De alguna forma el hecho de que nos siguiera aquel chaval estaba poniendo muy nerviosa a Irma. Le asustaba y le ponía de mal humor. A mí también me molestaba.

Irma salió del restaurante mientras yo pagaba la cuenta y me compraba unos puros. Cuando fui a reunirme con ella, descubrí que no estaba. Oí un coche salir del aparcamiento a toda velocidad y entreví el viejo cacharro dirigiéndose a la autopista. Irma estaba en el asiento del pasajero al lado del chaval. Gracias a la luz procedente del restaurante pude ver que la matrícula era del estado de Nueva York.

Puse en marcha el coche y pisé el acelerador, pero me detuve a los quince metros. Tenía pinchada una de las ruedas de delante. Debía de haberla desinflado el chaval.

Regresé al restaurante y le pagué dos dólares a un chico para que me colocara la de recambio. Mientras cambiaba el neumático, le dije que al día siguiente quería ir a cazar conejos y que necesitaba un rifle.

Creo que no le engañé ni un segundo, pero tenía un viejo rifle en su casa y estaba dispuesto a venderlo por treinta dólares. Lo acompañé hasta su casa, esperé en el coche mientras me traía el arma y una caja de cartuchos y le pagué.

A continuación me dirigí a Nuevo México. Estaba decidido a encontrar a aquel chaval, y a no ser que me diera una buena explicación, ese chico no iba a salir nunca más de aquel estado. Tuve que aminorar la marcha al llegar a Lovington, y entonces lo vi delante de mí. Había un semáforo a la entrada del pueblo, además de un policía para los que no se creían lo del semáforo.

El cacharro siguió adelante mientras yo esperaba que el poli me diera la señal de seguir. El chico iba solo ahora, a no ser que Irma estuviera hecha un ovillo en el suelo. Pero yo soy Willie Betts, y un jovencito no se lo hace pasar mal a Willie Betts sin pagar por ello. No he llegado a la cima siendo un tipo simpático.

Encendí las luces cuando salí del pueblo. Tomé una curva demasiado deprisa y casi volqué, de modo que aminoré un poco. Tenía el coche controlado cuando llegué a la siguiente curva a noventa, y ahí fue cuando vi el tronco en medio de la carretera. A mi derecha se veía la ladera de una montaña; a la izquierda, lo que en la oscuridad parecía un prado.

Giré el volante hacia la izquierda y eché el freno de mano. Las cuatro ruedas se detuvieron en seco. Me salí de la carretera y sentí cómo se desplomaba la parte delantera del coche al caer en una zanja. Di con la cabeza en el volante y permanecí un rato quieto, intentando recuperarme del mareo que me había invadido.

Poco después tenía una luz en los ojos. Allí estaba el chaval, al lado del coche.

Fui a coger el rifle y le oí decir:

–Un momento. No lo hagas, o te mataré.

Parpadeé y miré la pistola que tenía en la mano. Parecía que el chaval no hablaba en broma.

–¿Qué quieres? –pregunté.

–Te quiero a ti –dijo, y me pareció oírlo reír–. Sal del coche.

–¿Qué quieres? ¿Por qué me sigues? ¿Dónde está Irma?

–Se ha marchado. Hace mucho que se ha marchado. Le dejé elegir. Le dije que estabas acabado, que no ibas a la Costa oeste. Me creyó. Se subió al primer autobús que pasó y se marchó. No quiere tener nada que ver con lo que está ocurriendo por aquí. Se alegró mucho de salir con vida. Vamos, de ahora en adelante iremos en mi coche.

–Yo no voy a ninguna parte contigo –dije.

El chaval introdujo la mano en el coche. Apagó las luces y se metió las llaves en el bolsillo.

En la carretera, un gran camión tomó la curva y siguió tranquilamente su camino.

El chico se echó a reír.

–El tronco ya no está. Tengo el coche aparcado a unos cincuenta metros. Vamos a ir hasta allí andando y después nos marcharemos. Si haces lo que te digo, no te pasará nada. Pero intenta cualquier cosa y te mataré sin pensármelo dos veces.

Me apuntó con la pistola y se quedó muy quieto. Le creí. Yo conduje su viejo coche y él permaneció a mi lado apuntándome con la pistola. Íbamos por una carretera llena de baches y parecía que iban a ceder todos los amortiguadores del vehículo. Había luna llena. A lo lejos pude divisar cactus y la forma de las montañas. Viajamos por la maltrecha carretera siendo el único coche que iba por allí.

–Estamos en el desierto de Chihuahua –dijo el chaval.

–¿Quién eres? ¿Qué quieres?

–Te quiero a ti.

–¿De qué estás hablando? ¿Estás loco? ¿Sabes quién soy, imbécil? Soy Willie Betts. ¿Has oído hablar alguna vez de Willie Betts?

Y entonces ese imbécil, ese imbécil con el pelo cortado al cero, se echó a reír. Dijo:

–Tú crees que eres Willie Betts. Pero no eres Willie Betts.

–Estás loco.

–No –dijo el chico–. Yo no. Yo no estoy loco, y tú no eres Willie Betts.

Iba a seguirle la corriente porque el chico era un caso mental. Eso estaba claro.

–Sí –dije–, no soy Willie Betts. ¿Y tú quién eres?

Volvió a reír.

–No te lo vas a creer, pero soy Willie Betts.

No tenía ningún sentido hablar con ese imbécil. Era simplemente un listillo y si no fuera por la pistola con la que me apuntaba, lo hubiera matado. Todo el asunto era una especie de broma. Ahí estoy en medio del desierto con un chaval al que le falta un tornillo.

–Escucha –dije–. Hagamos un trato. ¿Quieres dinero? No tienes más que decirlo.

–No. El dinero no sirve de nada por aquí.

El lugar en el que nos detuvimos era una pequeña casucha de piedra y tenía una pesada puerta de madera. Iluminó el camino con su linterna y lo observé mientras encendía la lámpara de queroseno.

–Mira a tu alrededor –dijo–. Hay una sola ventana allí arriba. Mi padre construyó la casa hace años, como lugar de veraneo. Pero queríamos proteger lo que había dentro, de modo que la construcción es de piedra y las ventanas tienen barrotes. Dispones de suficiente queroseno para tres noches. Después de eso, permanecerás a oscuras. Pero verás las estrellas.

–Mira chaval, estás cometiendo un gran error. Yo no te he visto nunca en la vida. Yo soy Willie Betts. Volvamos al coche. Iremos hasta el primer pueblo y pediré una transferencia de diez mil dólares. Eso sí que es dinero, chaval, mucho dinero.

–Puedes guardarte tu dinero.

–Entonces, ¿qué quieres?

–Darte un largo descanso.

–Intentas decirme que vas a matarme.

–No, no quiero matarte. Tienes mantas y un camastro, y hay comida enlatada en el armario.

El chaval salió, cerró la puerta, y lo oí colocar un candado.

Se cerró de golpe la portezuela del coche. No podía hacer nada, así que me acosté en el camastro.

Me desperté a las nueve de la mañana. La habitación era pequeña y la registré palmo a palmo. Era imposible derrumbar la puerta y la pequeña ventana tenía barrotes. No había forma de escapar de aquel lugar.

Era una locura. Estaba soñando todo esto. ¿Cómo podía ocurrirle una cosa así a Willie Betts? ¿Quién podría creérselo? Yo me lo creía porque me estaba ocurriendo a mí.

Acerqué la silla a la ventana y subiéndome a ella, me asomé. No se veía el coche por ninguna parte, pero podría estar al otro lado del cobertizo.

–¡Oye, chico! –chillé–. ¡Oye, chico!

No hubo respuesta. Encontré una lata de sardinas, la abrí y me las comí con unas galletas. Y entonces empecé a buscar agua. No había, pero el chaval vendría a traerme. Suponía que sería así.

Para cenar me comí una lata de atún. A la mañana siguiente, me tragué otra lata de sardinas. Empezaba a notar la falta de agua.

Pero sabía que tenía que comer. Tenía que mantenerme fuerte. De modo que cuando llegó el mediodía, abrí otra lata de atún. Me obligué a mí mismo a pasear por la habitación para hacer un poco de ejercicio. Un tipo puede volverse loco en una chabola tan pequeña si no hace algo.

¿Hacía dos días que estaba ahí, o eran tres? ¿O cuatro?

Tenía un lápiz en el bolsillo y empecé a hacer señales en la pared. Tenía que saber qué día era. Hice cuatro marcas en la pared.

Al quinto día vino el chico. Detuvo el coche en la entrada y yo me subí a la silla y lo llamé.

–Oye, tengo sed, chico. Tengo mucha sed. ¿Has traído agua?

Pude verlo bajar del coche con un cubo de agua entre toda aquella sequedad. Se quedó de pie en la entrada y yo lo miraba desde arriba. Sabía que estaba loco, porque no hacía más que balancear el cubo de agua.

–Vamos –dije–. Tengo sed. He estado sin agua.

Veía a ese imbécil con el cubo lleno de agua y me moría por beberme un vaso.

–Abre la puerta –oí decir a una voz, y la voz ni siquiera parecía mía, porque era la voz de alguien que suplica–. Abre la puerta y dame un poco de agua.

Entonces el chico con el pelo cortado al cero levantó la vista mientras yo lo miraba por aquella ventana. Cogió el cubo con las dos manos y me lanzó el agua.

Era como si todo estuviera ocurriendo a cámara lenta. Veía el agua venir hacia mí. Era una gran masa, y entonces chocó contra los barrotes y me dio en plena cara para acabar derramándose por la habitación.

Lo maldije, pero lo único que hizo fue darme la espalda y volver a subirse al coche. Sentía un dolor sordo en la frente. Había pasado casi una semana y no había bebido nada de agua, y lo único que tenía para comer era pescado enlatado que no hacía más que aumentar mi sed.

Pero quedaba un poco de agua en el suelo de madera. Veía pequeños charcos. Necesitaba agua. Me bajé de la silla y me puse a gatas. Con la boca sobre el agua empecé a sorber.

Yo, Willie Betts, haciendo una cosa así. Pero nadie podía verme, y tenía que mantenerme con vida, porque había que matar a ese chico.

Volví a subirme a la silla y busqué al chaval. Estaba de pie cerca del coche, sonriendo hacia la ventana.

–Oye, chaval –chillé–. ¿Qué quieres? No tienes más que decírmelo. Te daré cincuenta de los grandes. Yo soy Willie Betts y siempre cumplo mi palabra. Cincuenta mil dólares y lo único que tienes que hacer es abrir la puerta y dejarme salir.

El chico volvió caminando hacia la casucha; a continuación me miró durante largo rato sin decir nada. Finalmente contestó:

–No, no eres Willie Betts –dijo–. Yo soy Willie Betts.

Ese imbécil volvía a hacerme la misma broma. Pero yo le seguí la corriente. Estaba mal de la cabeza.

–Sí –dije–. De acuerdo. Pero entonces, ¿quién soy yo?

–Tú eres Joe Teasdale –dijo el chaval–. ¿Recuerdas?, tuviste un ataque de corazón cuando un tipo te golpeó porque no podías devolver ochocientos dólares, por los trescientos que pediste para mantener a tus hijos en la universidad.

Entonces lo reconocí. Era el hijo de Joe Teasdale, el universitario con el pelo cortado al cero que estaba jugando un juego. Pensaba que iba a mantenerme encerrado en una chabola de piedra en el desierto, con el ardiente sol brillando sobre la casucha hasta que me hirviera el cerebro.

Pero Willie Betts es demasiado listo para un chaval como ése. Sabía cómo manejar ahora al chico, porque sabía lo que tenía en la cabeza. Lo único que tenía que hacer era convencerlo de que estaba loco, y aquel chico entraría en la casucha, y yo lo tendría atrapado, y lo mataría.

Pero ahora estaba muy cansado. Lo único que quería hacer era estirarme en el camastro y dormir. Lo hacía muy a menudo ahora. Dormía muchas siestas.

Estaba tendido en el camastro y debía de estar dormido porque me despertó un ruido. Era a última hora de la tarde y allí, en la ventana, estaba el chico. Me sonreía. Debía de estar de pie sobre algo al otro lado de la ventana, quizá tenía el coche aparcado al lado de la casucha.

Dijo:

–Hola, Teasdale.

No le contesté.

A continuación levantó una mochila hasta la ventana y la dejó caer en el interior. Algo se movía dentro, y antes de que cayera al suelo vi que asomaba un trozo de serpiente.

Salió toda ella. Vi la cabeza triangular, la cola agitándose, y pude oír el cascabeleo. Vi cómo me miraba y cómo empezaba a deslizarse hacia mí.

Cogí la silla y la lancé mientras la serpiente se retorcía, y vi el destello del animal cuando la lancé con todas mis fuerzas sobre aquella horrible cabeza triangular. La silla quedó hecha astillas. La serpiente se revolvió un rato hasta detenerse por fin.

Entonces desapareció la cara de la ventana, y pude oír la voz de un hombre gritando en el interior de la habitación. Pensé que era bastante extraño, porque yo era el único que estaba ahí.

Al día siguiente, el chaval lanzó media cantimplora de agua en el interior de la chabola. Cuando fui a recogerla, lo oí reír y dijo:

–Oye, Teasdale.

Levanté la vista.

De nuevo tenía una mochila en la mano. Mi corazón latía como si estuviera a punto de explotar. ¡Otra serpiente! Lo sabía, y esta vez, quizá no tendría tanta suerte.

Dejó caer la mochila, y salieron de allí tres ratas del desierto. Con las patas rascaban el suelo de madera. Me bebí el agua, pero ya no podía dormir. Aquellas ratas me comerían vivo si me dormía.

Me dormí y me despertó una pesadilla. Soñé que una de aquellas ratas me había mordido la pierna. En la oscuridad, me la toqué. Realmente me habían mordido.

Cuando por la mañana se iluminó la chabola, cogí una astilla de la silla y perseguí a las ratas. Parecía como si supieran qué les esperaba, porque se separaron, cada una dirigiéndose a una pared. Me miraban fijamente con sus ojos amarillos. Conseguí atrapar a una y la maté. A continuación las otras dos me atacaron por los dos lados, y sentí unos afilados dientes hundiéndose en mi brazo. Le di un fuerte puñetazo. Y durante todo el rato oí a alguien gritar aterrorizado, y supe que era yo.

Más tarde, yacía jadeante sobre el camastro. La habitación olía a sangre de ratas y yo estaba empapado. Después de aquello perdí la cuenta de los días que iban transcurriendo. Entonces un día, caí sobre la puerta y ésta se abrió. No tenía candado. Era libre, pero no tenía suficientes fuerzas para caminar. Lo único que quería era alejarme de aquella casucha de piedra. El chaval no estaba por ninguna parte y el coche también había desaparecido.

Un tipo con una insignia en la camisa, en un coche blanco, me detuvo cuando llegué a la autopista. Me echó una ojeada y empalideció.

–Métase en el coche, señor –dijo–. Lo llevaremos corriendo al hospital.

Y entonces empezó a jugar a un extraño juego. Había

puesto la sirena como si fuera un poli de verdad. Pero yo sabía la verdad. Estaba claro que era un policía falso.

–¿Cómo se llama? –me preguntó.

–Soy Joe Teasdale –contesté–. Ése soy yo. Joe Teasdale.

No iba a contarle lo del chaval, aquel Willie Betts, que tiraba serpientes y ratas por la ventana. Me tomaría por loco.

Autobús a Chattanooga

JONATHAN CRAIG

Janie June Hibbins estaba todavía dolorida por los azotes que el tío Elmore le había dado ayer por la tarde, y de vez en cuando hacía una mueca de dolor y cambiaba de posición en la mecedora. Era difícil coser a la luz de la lámpara de aceite de carbón, pero ella tenía mucha práctica y le faltaban pocos puntos para terminar el vestido blanco de algodón que estaba copiando del que aparecía en el catálogo de Sears Roebuck.

No es que hubiera hecho nada malo, pensó mientras volvía a cambiar de posición. No había hecho nada malo. Simplemente se trataba de que el día no tenía horas suficientes para hacer todo el trabajo que el tío Elmore esperaba que hiciera una joven de buena salud. No sabía cuánto más podría aguantarlo. Desde que murieron mamá y papá y el tío Elmore se había trasladado a vivir allí, la vida se había convertido en un suplicio. El tío Elmore siempre había sido uno de los hombres más crueles de las montañas, y últimamente iba de mal en peor. Había llegado al extremo de que con tan sólo mirarlo de reojo él se levantaba e iba a por el látigo.

–Vigila bien ese alambique de whisky, jovencita –le había ordenado el tío Elmore antes de subirse al destartalado coche y alejarse por la carretera llena de baches que cruzaba las montañas Smoky durante casi diez kilómetros antes de llegar a la autopista de Chattanooga–. Quiero que la cena esté bien preparada. Si no lo está, te daré un regalo de cumpleaños que no te gustará ni una pizca.

–Sí, tío Elmore –había dicho Janie June.

–Y no salgas de casa después de la puesta del sol. No quiero que ninguna mujer de mi familia se pasee en la oscuridad con uno de los jóvenes de la zona. ¿Me oyes, chica?

–Sí, señor.

–Y será mejor que lo recuerdes. A no ser que desees unos buenos azotes a modo de regalo de cumpleaños. ¿Cuántos vas a cumplir, por cierto?

–Dieciocho.

–Bueno, eso no impedirá que te azote. Y ser la chica más guapa de las montañas tampoco lo impedirá. Será mejor que aprendas a trabajar con un poco más de alegría, Janie June Hibbins.

–Así lo haré, tío Elmore.

–Ve a buscarme una jarra de whisky. Me he olvidado de traerla.

Janie entró corriendo en la casa, cogió uno de los tarros de fruta que tío Elmore acababa de llenar con whisky de maíz, y volvió rápidamente al coche.

–Acuérdate de lo que te he dicho –chilló tío Elmore mientras se alejaba–. No tengo el látigo colgado de la pared a modo de decoración, ¿sabes?

Ahora que Janie June daba la última puntada al dobladillo del vestido y anudaba el hilo, oyó el reloj de la habitación contigua dar las tres. Era más tarde de lo que pensaba, y rápidamente colgó el vestido, apagó la lámpara y se dirigió a la ventana para ver pasar el autobús a Chattanooga.

El autobús aparecía por Piney Ridge pocos minutos después de las tres, y las noches en las que Janie June estaba demasiado preocupada para dormir, le gustaba verlo llegar y soñar en lo bonito que sería tener el dinero suficiente para escaparse a Chattanooga, donde no había tíos Elmore, ni apestosos alambiques de whisky, ni un trabajo duro de sol a sol, ni azotes que la dejaban tan dolorida que casi no podía sentarse. Esta noche había luna llena, y Piney Ridge estaba tan iluminado que Janie June veía como si fuera de día.

Bajo la cresta de la loma, justo enfrente de la casa, Janie June vio algo que le hizo olvidar por completo el autobús. Allí, en la carretera abandonada que iba de la colina hasta Nuzum's Notoch, un coche se movía lentamente con las luces apagadas. Mientras lo miraba, el coche se detuvo en la boca de la cueva del río China, donde tantas veces había jugado ella de pequeña, y se bajaron dos hombres. Veía que eran hombres, pero poca cosa más. Se movían con rapidez, sus sombras fundiéndose con la sombra más amplia del coche antes de apartarse de él y dirigirse a la cueva. Pero ahora transportaban algo entre los dos, algo que se parecía mucho a otro hombre. Durante unos momentos se los tragó la gran sombra de la boca de la cueva; a continuación los dos regresaron solos, cogieron lo que parecía ser una mochila medio llena del coche, y volvieron a la cueva. Esta vez permanecieron mucho más tiempo en su interior. Cuando salieron, ninguno de los dos llevaba nada. Se metieron en el coche sin hacer nada de ruido y dejaron que se deslizara carretera abajo antes de poner en marcha el motor.

Janie June se quedó mirando fijamente el hueco negro de la caverna, totalmente desolado a la luz plateada de la luna que iluminaba las rocas, durante casi un minuto.

Una persona tenía que estar loca para ir allí, se dijo. Tenía que ser una persona tocada del ala para que se le ocurriera una cosa así.

Seguía diciéndose lo mismo cuando se dirigió a la habitación contigua, descolgó la linterna del clavo de la pared, recogió unas cerillas de la caja al lado de los fogones y salió hacia la cueva.

Se había pasado la vida correteando por aquellas colinas, y salvo cuando rodeó la arboleda donde el tío Elmore guardaba el alambique, y que había cubierto con cables trampas y hoyos profundos a modo de protección contra los agentes recaudadores y el sheriff Orv Loonsey, hizo todo el recorrido corriendo.

La cueva del río China –llamada así, se decía, porque el pequeño y rápido río que había en su interior llegaba hasta la China– no era mucho mayor que la casa. Janie June encendió la linterna, la colocó sobre una roca y miró a su alrededor.

No había nada allí. Janie June conocía la cueva tan bien como su propio dormitorio, y no había lugar en el que esconder ni una mochila medio llena, y mucho menos el cuerpo de un hombre. Volvió a coger la linterna, se dirigió al borde del río subterráneo y se quedó mirando fijamente el agua. El río pasaba por la cueva con tanta rapidez que el agua parecía hervir, y Janie June se estremeció un poco al pensar en lo que le había ocurrido al hombre que los otros dos habían introducido en la cueva. La corriente se lo habría tragado en un segundo, y ahora el agua lo estaría llevando hacia las entrañas de la tierra para siempre.

Cuando Janie June se dio la vuelta para marcharse, la linterna iluminó algo en el suelo delante de ella, y lo cogió. Era un estrecho alfiler de corbata de oro con el nombre de «Duke» grabado en letras muy pequeñas. Lo examinó cuidadosamente, y a continuación lo tiró al río. No quería que nadie supiera que lo había visto, porque entonces sospecharían que sabía mucho más. Apagó la linterna y abandonó la cueva.

Al bajar la colina, Janie June vio los faros en la carretera que llevaba a la casa. Todavía estaban lejos, pero se acercaban deprisa. Seguro que era el coche del tío Elmore, y si quería llegar a casa antes que él, tendría que darse prisa. Lo que pasaría si no la encontraba allí era demasiado terrible como para pensarlo.

Era una suerte que llevase una falda corta, pensó al atravesar Froggy Bottom y empezar a escalar la colina hacia la casa; no era momento para impedimentos. Corrió más deprisa que nunca, incluso de día, y cada vez que llegaba a un hoyo del tío Elmore, lo saltaba, en vez de perder el tiempo en dar la vuelta. Sin embargo tuvo que rodear la casa para ocultarse de los faros del coche, y llegó a la ventana de su habitación sólo medio minuto antes de que el coche aparcara en el jardín. Cuando hubo entrado, el tío Elmore y otro hombre ya cruzaban pesadamente el entarimado del porche.

El tío Elmore empezó a golpear la puerta de su cuarto.

–Despierta –chilló. Estaba borracho, era evidente. Muy borracho.

–¿Eres tú, tío Elmore? –contestó, intentando hacer que el tono de voz pareciera soñoliento.

–Sabes perfectamente quién soy –dijo el tío Elmore–. Sal de ahí, chica. Tenemos visita.

Janie June esperó el tiempo que hubiera necesitado para vestirse, y a continuación salió de la habitación.

–El desayuno –dijo el tío Elmore en cuanto la vio–. Y no

pierdas tiempo. –Era calvo y desdentado, pero tenía unos hombros y un pecho enormes, y cuando movía los brazos, los sobresalientes músculos se retorcían bajo la piel pecosa como un montón de serpientes. Estaba sentado a la mesa con otro hombre mucho más joven, y en aquel momento lucía aquella cruel sonrisa que tenía cuando estaba muy satisfecho de sí mismo–. Huevos y jamón y pastel de patata y un poco de aquella mermelada de ciruelas –dijo–. Mueve el culo, Janie June.

–Sí, tío Elmore –dijo Janie June y se dirigió apresuradamente a los fogones.

El joven sentado a la mesa junto a tío Elmore era moreno y llevaba un pequeño bigote, y era tan guapo como feo era el tío Elmore. Le sonrió a Janie June y empezó a ponerse de pie.

El tío Elmore se rió despreciativo.

–No hace falta que te levantes por ella –dijo–. Sólo es Janie June, mi sobrina.

–Santo cielo –dijo el hombre suavemente.

–¿Qué demonios te ocurre, Burt? –preguntó tío Elmore.

–No me habías dicho que tenías una sobrina tan guapa –dijo Burt.

–Es una descarada –dijo el tío Elmore.

–No me lo puedo creer –dijo Burt, mirando fijamente a Janie June que estaba ocupada con la comida.

–Date prisa, chica –dijo el tío Elmore mientras encendía la vieja radio de pilas que estaba sobre la mesa–. Puede que digan algo interesante por la radio, ¿eh, Burt?

–Quizá sí –contestó Burt–. Me llamo Burt Connor, Janie June.

–Encantada de conocerle –dijo Janie June.

Una estridente música de guitarra invadió la habitación, y el tío Elmore bajó un poco el volumen.

–Ve a buscar un poco de whisky, chica –dijo.

–¿Tienes novio formal, Janie June? –preguntó Burt.

–No, señor –contestó Janie June.

El tío Elmore se echó a reír.

–Se te están saliendo los ojos de las órbitas, Burt –dijo, llenándole el vaso–. Debes de haber visto una o dos chicas en tu vida.

–He visto muchas –dijo Burt–. Pero nunca una tan...

–¡Calla! –ordenó el tío Elmore, el vaso a medio camino de la boca–. Escucha.

–... y la policía de Chattanooga todavía no tiene pistas acerca del robo y secuestro del conocido jugador Duke Mahannah –iba diciendo la voz de la radio–. Sin embargo, fuentes fidedignas han informado de que la caja fuerte de Mahannah que los secuestradores presuntamente le obligaron a abrir, contenía casi treinta mil dólares... Y ahora este informador nocturno les pediría un momento para contarles...

El tío Elmore apagó la radio, apuró el contenido de su vaso en dos largos tragos y le guiñó el ojo a Burt.

–¿Qué te parece eso? –preguntó–. Yo diría que alguien ha ido y le ha robado a ese pobre tipo treinta mil dólares. –Ladeó la cabeza y chasqueó con la lengua–. Claro que uno no va a creerse todo lo que oye por la radio, ¿verdad?

Burt sonrió, los ojos fijos en Janie June.

–No –dijo–. Claro que no. –Bebió un poco de su whisky, tosió y bebió un poco más–. Destilas un buen licor, Elmore.

–Muchas gracias –dijo el tío Elmore–. Lo hago a conciencia. Janie June, ¿qué demonios pasa con la comida?

–No le metas prisa –dijo Burt.

–Le meteré prisa con el látigo –contestó tío Elmore.

–Oh, no harías una cosa así –dijo Burt, riéndose.

–¿Que no? –dijo tío Elmore, cogiendo el tarro–. ¿Te apetece otra copa, Burt?

–Gracias –dijo Burt–. Está bien.

–Es una pena que no tengamos nada que celebrar, ¿verdad, Burt? –dijo tío Elmore con una amplia sonrisa.

Burt también sonrió.

–Sí, es verdad –afirmó.

–Date prisa con la comida, chica –ordenó el tío Elmore.

–Sí, tío Elmore –dijo Janie June–. Ya está lista. –Llenó dos platos al lado de los fogones y los llevó hasta la mesa–. ¿Puedo volver a la cama ahora, tío Elmore? –preguntó.

–¿Por qué no te quedas un rato con nosotros? –sugirió Burt–. ¿Te gusta bailar, Janie June?

–Vete a la cama –ordenó el tío Elmore–. Te quiero despierta y alegre mañana. ¿Me oyes?

–Sí, señor –dijo Janie June al tiempo que abría la puerta de su dormitorio–. Encantada de haberle conocido, señor Connor.

–Lo mismo digo –dijo Burt, sonriendo–. Volveremos a vernos, Janie June. De hecho, creo que nos veremos con bastante frecuencia.

Janie June cerró la puerta con el pestillo, se estiró en la cama con la ropa puesta y escuchó las voces procedentes de la habitación contigua. Transcurrió una hora y las voces se oían cada vez más pesadas y somnolientas y los silencios se producían con mayor frecuencia y duraban más. A continuación se hizo un silencio que duró varios minutos, y finalmente el tío Elmore empezó a roncar. Cuando Janie June se dirigió de puntillas a la puerta y puso el ojo en el resquicio entre ésta y la jamba, vio que el tío Elmore dormía en su camastro y Burt Connor apoyado en la mesa, la cabeza descansando sobre el brazo y la boca semicerrada, como si estuviese silbando.

Bueno, pensó Janie June mientras salía por la ventana, el tío Elmore y Burt Connor no hubieran tirado una bolsa de dinero en el río, del mismo modo que habían hecho con el cuerpo del pobre Duke Mahannah, eso seguro. Ahora sabía qué era lo que habían hecho con el dinero, lo único posible.

Veinte minutos más tarde, Janie June yacía boca abajo junto a la corriente de agua en la cueva del río China, la linterna a su lado, el brazo metido en el agua hasta el codo, palpando la nudosa superficie de la socavada roca debajo suyo, buscando lo que sabía tenía que estar ahí.

Por fin lo encontró: un alambre tenso atado a una pequeña protuberancia en la roca. La fuerza de la corriente sobre la que estaba al otro extremo del alambre era tan fuerte que casi se cortó los dedos mientras lo sacaba, y si no hubiera sido una chica tan fuerte no lo habría conseguido.

No era una bolsa de tela de saco lo que vio al otro extremo del alambre, sino una bolsa de plástico transparente y más de la mitad estaba llena de billetes.

En el momento en que Janie June empezaba a desatar el

nudo de la parte superior de la bolsa, le pareció oír un ruido. Los dedos se le quedaron paralizados sobre el alambre, y se agazapó, inmóvil, conteniendo la respiración. Volvió a oír el ruido, el sonido de cantos rodados que se movían en la ladera bajo la cueva.

Tenía que ser el tío Elmore o Burt Connor, eso lo sabía. Fuera quien fuera la mataría, seguro. Se daría cuenta de que sabía lo que le había ocurrido al pobre Duke Mahannah, y la mataría echándola al río.

Nunca en su vida había pensado con tanta rapidez. Fuera quien fuera ya habría visto la luz de la linterna, de modo que eso no tenía solución. Pero si no sabían quién estaba en la cueva, todavía tenía la posibilidad de salvarse.

Esa posibilidad suponía esconderse en el agua. Y ya que un vestido mojado la delataría más tarde, tendría que quitárselo. Volvió a colocar la bolsa de dinero en el río, se quitó el vestido –que era lo único que llevaba puesto– pasándoselo por encima de la cabeza y lo hundió en el resquicio entre dos rocas, donde nadie pudiera verlo. A continuación se deslizó en el agua y, comprobando los agarraderos antes de confiarles la vida, cruzó bajo la sobresaliente roca de la orilla del río, al igual que había hecho tantas veces cuando jugaba de pequeña. Sólo la cabeza permanecía por encima de la silbante superficie del agua; metió los dedos en un pequeño surco en la roca y se defendió contra la fuerza de la corriente que amenazaba con separarla en cualquier momento lanzándola al centro de la tierra para toda la eternidad.

Oyó las fuertes pisadas de unas botas en la cueva, y a continuación la sorprendida maldición de tío Elmore al no encontrar a nadie allí. Blasfemando, el tío Elmore empezó a estirar el cable al que estaba enganchada la bolsa del dinero. La bolsa apareció por encima de la superficie del agua, y un momento después Janie June oyó cómo caía sobre el suelo de la cueva.

El tío Elmore dejó de blasfemar de golpe.

–¡Burt! –dijo–. No te he oído llegar.

–Ésa era mi intención –dijo la voz de Burt Connor. Su tono era frío y serio, totalmente distinto al que había utilizado en la casa–. ¿Acaso te he cogido con las manos en la masa?

–¿A qué demonios te refieres? –exigió saber el tío Elmore.

La risa de Burt era desagradable.

–Me imaginé que intentarías traicionarme, pero no pensé que lo harías tan pronto.

–Escucha –empezó a decir el tío Elmore–. ¡Oye, vamos! ¿Qué haces con ese cuchillo?

–Eres hombre muerto, Elmore –dijo Burt–. ¿Lo sabías?

–Te estás equivocando, Burt –dijo el tío Elmore, con voz asustada–. No iba a coger el dinero. He visto una luz aquí y yo...

–Deja de mentir –dijo Burt.

–Aparta de mí ese cuchillo, Burt –chilló el tío Elmore–. No lo hagas, Burt. Escúchame, te juro que yo nunca...

–Adiós, Elmore –dijo Burt, y a continuación el cuerpo del tío Elmore cayó al agua a tan sólo unos metros de donde estaba la cabeza de Janie June, y a pesar de sí misma, la muchacha reprimió un grito.

Unos segundos después, una mano grande y dura le aferró la muñeca y la sacó del agua.

Pero cuando Burt vio que estaba completamente desnuda la miró incrédulo y durante un instante aflojó la mano que le sujetaba la muñeca. Aquel instante fue lo único que necesitó Janie June para librarse de él y dirigirse de un salto a la boca de la cueva. Burt la persiguió, pero las manos se le deslizaban por el cuerpo mojado y no pudo detenerla.

Bajó corriendo la colina con Burt pisándole los talones. Él tenía las piernas más largas, pero ella conocía bien el camino y él no. Si conseguía llegar a la casa antes de que la atrapara, podría coger el rifle que había encima de la chimenea y así impedir que la matara.

Y entonces, justo cuando estaba a medio camino de Froggy Bottom, resbaló sobre la mojada hierba y se cayó. En un abrir y cerrar de ojos volvió a levantarse y reanudó la carrera, pero ahora Burt estaba a pocos metros de ella. Cuando empezó a escalar la ladera hacia la casa, miró aterrorizada por encima del hombro y vio que estaba aún más cerca de lo que se había imaginado. El cuchillo que llevaba en la mano resplandecía terriblemente a la luz de la luna. Sabía que no llegaría hasta la casa; podía decirse que era ya mujer muerta.

Y entonces lo recordó. ¡Los fosos! Los pequeños pozos cubiertos de maleza que rodeaban la arboleda donde el tío Elmore tenía el alambique.

El foso más cercano estaba sólo a unos seis metros. Se dirigió hacia allí, y en el último momento lo esquivó, esperando que Burt se hundiera en la fina capa de maleza y cayera dentro.

Pero no iba a ser así. Burt había cambiado de dirección al ver que ella lo hacía, y sus enormes pies se libraron del foso por pocos centímetros.

Janie June supo que ya estaba atrapada. No había ningún otro foso al que pudiera conducirlo sin volver sobre sus pasos. Se imaginaba ya el cuchillo hundiéndose en la espalda, y empezó a sollozar. Intentó acelerar aún más.

Entonces volvió a esperanzarse, y empezó a correr aún más deprisa. Se había olvidado de los cables trampas. Había uno entre la espesa hierba a pocos metros. Era el último de allí a la casa, y sería su última oportunidad de salvar la vida.

Llegó hasta la trampa un segundo antes que Burt, dio un salto y reanudó la carrera. El pie de Burt se quedó atrapado en el alambre y cayó de bruces, el cuerpo deslizándose por la hierba mojada hasta detenerse bruscamente en un tronco.

Janie June entró corriendo en la casa, cogió el rifle que colgaba de la pared y volvió a toda velocidad. Suponía que tendría que disparar al señor Connor; parecía no haber ninguna otra manera de impedir que la matara.

Burt Connor permanecía completamente quieto, y a medida que Janie June se acercaba cautelosamente a él, vio que tenía el cuello doblado en un ángulo extraño y que sus ojos estaban completamente abiertos, mirando al vacío. Se dio cuenta de que estaba muerto; se había roto el cuello al caer.

Janie June se lo quedó mirando largo rato, y a continuación respiró profundamente para después exhalar el aire lentamente. Tendría que arrojar el cadáver del señor Connor al río, y aquello iba a ser una ardua tarea. No tendría problemas en bajarlo por la ladera hasta Froggy Bottom, claro está, y arrastrarlo por la resbaladiza hierba tampoco resultaría muy difícil. Pero subirlo por la ladera hasta la cueva iba a ser un trabajo duro y cansado.

Tres largas horas después, cuando Janie June detuvo el autobús en Piney Ridge y se hubo subido, llevaba el vestido nuevo de algodón blanco y sostenía la ajada maleta de cartón del tío Elmore.

Encontró un asiento, colocó la maleta sobre su regazo y se sentó sonriendo mientras el gran autobús volvía a recobrar vida y se deslizaba por la montaña camino de Chattanooga.

–Mira esa pobre chiquilla cómo sostiene la destartalada maleta –le oyó decir a una mujer al otro lado del pasillo–. Cualquiera diría que lleva una fortuna ahí dentro.

El tacto del gatillo

DONALD E. WESTLAKE

Abraham Levine, detective del distrito Cuarenta y tres de Brooklyn, estaba sentado en la sala de policías escuchando preocupado cómo su corazón se saltaba cada octavo latido. Eran las dos de la mañana del domingo, y tenía delante de él la sección de deportes del suplemento del *Times*, pero no lo estaba leyendo. Hacía ya unos diez minutos que no lo leía. En lugar de eso, se estaba escuchando el corazón.

Hacía unos meses que el detective Levine había descubierto la manera de escucharse el corazón sin que nadie supiera lo que estaba haciendo. Colocaba el codo derecho sobre la mesa y presionaba la palma de la mano sobre la oreja, con la suficiente fuerza como para no oír los ruidos externos. Al principio era como si estuviera bajo el agua, y después empezaba a ser consciente de un chasquido regular. No era un latido ni nada parecido, era un chas-chas-chas-chas...chas-chas.

Allí venía de nuevo. Nueve latidos antes de saltarse uno. Fluctuaba entre cada octavo y cada duodécimo latido. El médico le había dicho que no se preocupara por ello, mucha gente lo tenía, pero eso no acababa de tranquilizarlo. Además, mucha gente moría de ataques al corazón. Mucha gente que rondaba los cincuenta y tres.

–¿Abe? ¿No te encuentras bien?

Levine bajó la mano con culpabilidad. Miró hacia su compañero de turno, Jack Crawley, sentado con el crucigrama del *Times* ante otro escritorio.

–No, estoy bien –dijo–. Estaba pensando.

–¿En tu corazón?

Levine quería contestar que no, pero no podía. Jack le conocía demasiado bien.

Crawley se puso de pie, estirándose, un hombre enorme como un toro.

–Eres un hipocondríaco, Abe –dijo–. Eres un buen tipo, pero estás obsesionado.

–Tienes razón. –Sonrió tímidamente–. Casi me gustaría que sonara el teléfono.

Crawley extrajo un arrugado cigarrillo del paquete.

–Fuiste al médico, ¿verdad? Hace un par de meses. ¿Y qué te dijo?

–Dijo que no tenía por qué preocuparme –admitió Levine–. Tengo la tensión un poco alta, eso es todo. –No quería contarle lo del latido.

–Pues ya está –dijo Crawley razonablemente–. Sigues trabajando, ¿no? Si no te funcionara el corazón, te jubilarían, ¿verdad?

–Verdad.

–Así que relájate. Y no desees que suene el teléfono. Ésta es una tranquila noche de sábado. Hace años que deseo una noche como ésta.

El turno del cementerio del sábado por la noche –domingo por la mañana, de hecho, desde medianoche hasta las ocho– solía ser el turno más movido de la semana. El sábado por la noche era el momento en que la gente normal se ponía violenta y la gente violenta se volvía asesina; el momento en que los policías de paisano del distrito estaban más ocupados.

Una noche como la de hoy era poco corriente. Eran ya más de las dos, y la única llamada hasta ahora había sido para informar de un atraco en un bar de la calle Veintitrés. Rizzo y McFarlane habían ido a ocuparse de ello, dejando a Crawley y a Levine encargados de la comisaría y de leer el *Times*.

Crawley volvió ahora al crucigrama, y Levine hizo un honesto esfuerzo por leer la sección de deportes. Levine era un hombre bajito y robusto de cincuenta y tres años. Cuando vestía su sencillo traje marrón parecía regordete, más de lo que era en realidad. Tenía una cara redonda y suave, con ojos tranquilos, una nariz informe y una boca ancha y sensible, todo ello enmarcado por unas finas líneas muy parecidas a un dibujo a lápiz.

Leyeron en silencio durante diez minutos, y entonces sonó el teléfono sobre la mesa de Crawley. Éste descolgó el auricular, se identificó y escuchó.

La conversación fue breve. La parte de Crawley se limitó a «síes» y «entendido», y Levine esperó, observando su cara de boxeador e intentando adivinar de qué trataba la llamada.

A continuación Crawley cortó la comunicación presionando la horquilla y dijo, por encima del hombro:

–Un atraco. Una tienda de comestibles en el cruce de Green y Tanahee. Han disparado al propietario. Ha llamado el poli que estaba de patrulla, Wills.

Levine se puso de pie con dificultad y cruzó la sala hasta el colgador, mientras Crawley marcaba un número y decía:

–Urgencias, por favor.

Levine se puso el abrigo, no escuchando a propósito la conversación de Crawley. Ésta fue más breve. Cuando Crawley se acercó a coger su abrigo, dijo:

–Un asesinato. Cuatro balas. Uno de esos aficionados a los que les gusta el gatillo.

–¿Testigos?

–La esposa. El poli, Wills, dice que ella cree haber reconocido al tipo.

–La viuda –dijo Levine.

–¿Qué? –preguntó Crawley.

«Viuda. Ya no es la esposa, sino la viuda.»

–Nada –contestó Levine.

Si eres un hombre de cincuenta y tres años, existe estadísticamente la posibilidad de que se te pare el corazón este año. Pero no tiene sentido preocuparse por ello. Existe también una mejor posibilidad estadística de que no ocurra este año. De modo que si vas al médico y éste te dice que no te preocupes, entonces no debes preocuparte. No pienses cosas desagradables. No pienses en la muerte continuamente, piensa en la vida. Piensa, por ejemplo, en el trabajo.

Pero ¿qué pasa si da la casualidad de que tu trabajo, la mayoría de las veces, gira alrededor de la muerte? ¿Qué pasa si eres detective de distrito, aquél al que llama la esposa cuando su marido acaba de derrumbarse sobre el plato del desayuno, aquél al que llama el hotel cuando un invitado no se despierta por la mañana? ¿Qué pasa si ésta es la estadística que tú más ves?

Levine se acomodó en el coche patrulla al lado de Crawley, que conducía, y miró las calles de Brooklyn, intentando distraerse. A las dos de la mañana Brooklyn era aburrido, con letreros de neón rojos y ventanas sucias en calles estrechas. Levine deseó haber cogido el volante.

Llegaron al cruce de Tanahee y Green, y Crawley aparcó en una parada de autobús. Se bajaron del coche.

El establecimiento no estaba exactamente en la esquina. Estaba dos casas más abajo en Green, en el lado sureste, y ocupaba la planta baja de un edificio de pisos de ladrillo rojo. El cristal del escaparate, lleno de cajas de cereales Kellogg's y detergente Tide estaba muy sucio. Inevitable, las letras SALADA aparecían dibujando una curva en el vidrio. El ala abatible del toldo verde que protegía el escaparate tenía también algo escrito: «Sastrería fina».

Había que subir dos escalones de pizarra hasta llegar a la tienda. El cristal de la puerta estaba tan lleno de pegatinas anunciando cigarrillos y refrescos que resultaba casi imposible ver el interior. Por detrás todas decían: «Gracias, esperamos de nuevo su visita».

La puerta estaba cerrada ahora, y con llave. Levine entrevió un uniforme azul entre las pegatinas, y llamó suavemente con los nudillos. El joven policía, Wills, lo reconoció y abrió.

–Stanton está con ella –dijo–. En la trastienda. –Se refería al policía que había llegado en el coche patrulla aparcado en la puerta.

Crawley preguntó:

–¿Se sabe alguna cosa?

–Sobre lo ocurrido sí –dijo Wills.

Levine cerró de nuevo la puerta con llave, y se volvió para escucharle. Éste era su método, el de Crawley y el suyo, y hacía que formaran un buen equipo. Crawley hacía las preguntas y Levine escuchaba las respuestas.

–No había muchos clientes –iba diciendo Wills–. Los fines

de semana la tienda está abierta hasta las tres de la madrugada. Hasta medianoche durante el resto de la semana. Sólo están los dos viejos, Nathan y Emma Kosofsky. Se van turnando, y cuando hay mucho trabajo se ponen los dos. El marido, Nathan, estaba aquí fuera, y su mujer en la trastienda, preparando un té. Oyó el timbre de la puerta...

–¿Timbre? –Levine se volvió y miró la parte superior de la puerta. No había oído el sonido de ningún timbre al entrar.

–El tipo lo arrancó de la pared al salir.

Levine asintió. Veía la madera de donde se habían arrancado unos tornillos. Una persona alta, por tanto, de casi dos metros. Una persona fuerte, y nerviosa.

–Ella oyó el timbre –continuó Wills– y unos minutos después, los disparos. Salió corriendo y vio a ese tipo al lado de la caja...

–Lo vio –dijo Crawley.

–Sí, claro. Pero llegaré a eso dentro de un momento. En cualquier caso, el chico intentó dispararle a ella también, pero falló. Y ella cayó de bruces al suelo, esperando que volviera a disparar, pero él no volvió a intentarlo.

–Pensó que le había dado la primera vez –dijo Crawley.

–No lo sé –dijo Wills–. Al viejo le metió cuatro.

–No esperaba encontrar a dos personas –comentó Levine–. Ella le puso nervioso. ¿Vació la caja?

–Se llevó todos los billetes y un montón de monedas. Ella calcula que unos sesenta y dos dólares.

–¿Qué hay en cuanto a la identificación? –preguntó Crawley–. Ella lo vio, ¿verdad?

–Así es. Pero ya conoces este tipo de vecindario. Al principio, dijo que lo había reconocido. Después se lo pensó, y ahora dice que se ha equivocado.

Crawley emitió un sonido amargo y dijo:

–¿Sabe que el viejo está muerto?

Wills pareció sorprendido.

–No lo sabía ni yo. Estaba vivo cuando se lo llevó la ambulancia.

–Murió camino del hospital. De acuerdo, vamos a hablar con ella.

«Santo cielo –pensó Levine–. Vamos a ser nosotros los que se lo tendremos que decir.»

«No pienses cosas desagradables. Piensa en la vida. Piensa en el trabajo.»

Wills se quedó en la parte delantera de la tienda, al lado de la puerta, mientras Crawley se dirigía al interior. Era la típica tienda de comestibles de un barrio degradado. Para empezar era demasiado estrecha, ambos lados cubiertos de estantes. Un refrigerador con la superficie de cristal y lleno de embutidos, ensalada de patata y mantequilla, corría paralelo a los estantes ocupando el centro de la tienda. A un extremo se veía un mostrador de madera con la caja registradora, caramelos y una pila torcida de bollos. Más allá estaban los estantes del pan y los pasteles, y al fondo, un pequeño congelador. El lado del cliente era lo bastante espacioso para permitir que éste se diera la vuelta, si lo hacía con cuidado, y en el lado del vendedor había espacio suficiente para deslizarse lateralmente.

Crawley recorrió el largo de la tienda y desapareció por la puerta del fondo. Levine lo siguió. Pasaron por otra pequeña zona de almacén hasta llegar a otra entrada que daba al salón más abarrotado que jamás hubiera visto Levine.

Mohair y borlas y dorados y patas de león, así era el salón. Grandes cojines, sillas excesivamente tapizadas, pantallas de lámpara de color ámbar y pequeños tapetes cubriendo todas las superficies planas. El diseño de la alfombra mostraba formas retorcidas y curvadas, de color oscuro y desteñido. El papel pintado era sombrío, con el dibujo de una enredada parra. El techo era bajo. No era una habitación, era un agujero cargado y repleto de objetos. Un refugio en el suelo para asustadas ratas grises.

La mujer estaba sentada en una de las rebosantes y acolchadas sillas. Era bajita y muy gorda, y vestía unas prendas oscuras casi del mismo color que la silla, de modo que al principio uno sólo se fijaba en el pálido y asustado rostro, y después en las manos blancas que se retorcían sobre el regazo.

Stanton, el otro policía de uniforme, se levantó del sofá diciéndole a la mujer:

–Estos hombres son detectives. Querrán hablar un poco

con usted. Intente recordar cómo era el chico, por favor. Ya sabe que la protegeremos y no dejaremos que le ocurra nada.

Crawley le preguntó:

–¿Han venido ya los del laboratorio?

–No, señor, todavía no.

–Tú y Wills no os vayáis hasta que lleguen.

–De acuerdo. –Se disculpó al pasar al lado de Levine y se marchó.

Crawley ocupó el asiento de Stanton en el sofá, y Levine se abrió paso entre los cojines y las mesitas hasta la silla más alejada de la luz, a la izquierda de la mujer.

–Señora Kosofsky –dijo Crawley–, queremos coger al hombre que ha hecho esto. No queremos que vuelva a hacerlo con otra persona.

La mujer permanecía inmóvil, sin hablar. Tenía la mirada fija en los labios de Crawley.

–Le dijo antes al policía que podría identificar al hombre que lo hizo –dijo Crawley.

Tras un largo segundo de silencio, la mujer tembló, tiritó como si de pronto tuviera frío. Negó moviendo pesadamente la cabeza de lado a lado.

–No. No, estaba equivocada. Todo ocurrió muy rápido, demasiado rápido. No pude verlo bien.

Levine suspiró y cambió de posición. Sabía que era inútil. No le diría nada, se limitaría a hundirse más y más en la madriguera, sin desear venganza, ni castigo, sólo que la dejaran en paz.

–Usted lo vio –dijo Crawley, el tono de voz fuerte y duro–. ¿Teme que él vaya a vengarse si habla con nosotros?

La mujer volvió a negar con la cabeza, y replicó:

–No, no, no.

–¿No quiere que recuperemos el dinero?

–No, no. –Ya no escuchaba a Crawley, simplemente negaba con la cabeza y repetía la misma palabra una y otra vez.

–¿No quiere que atrapemos al hombre que mató a su marido?

Levine se sorprendió. Sabía qué se proponía Crawley, pero

aun así no dejaba de sorprenderlo. La dureza de sus palabras le afectó, aunque era consciente de que ésa era la única manera de obtener información, golpearla con la muerte de su marido con la mayor fuerza posible.

La mujer continuó negando con la cabeza durante unos segundos más, y a continuación se detuvo bruscamente y miró por primera vez a Crawley a los ojos.

–¿Qué ha dicho?

–El hombre que asesinó a su marido –dijo Crawley–. ¿No quiere que lo detengamos por haber asesinado a su marido?

–¿Nathan?

–Está muerto.

–No –dijo ella, con más fuerza que antes, y se levantó un poco de la silla.

–Murió en la ambulancia –dijo Crawley obstinado–, antes de llegar al hospital.

A continuación esperaron. Levine se mordió con fuerza el labio inferior, lo bastante fuerte para que sangrara. Sabía que Crawley tenía razón, era la única manera. Pero Levine hubiera sido incapaz de hacerlo. Pensar en la muerte ya era suficientemente terrible. Utilizar la muerte, utilizar el hecho como un arma... No, eso nunca podría haberlo hecho.

La mujer volvió a caer en la silla, y su rostro de pronto quedó desnudo y claro en todos sus detalles: la frente redondeada, la nariz estrecha, los pómulos sobresalientes y la barbilla pequeña. Todo ello cubierto por una piel más blanca que la cera de una vela, tensamente estirada.

Crawley respiró a fondo.

–Asesinó a su marido –dijo–. ¿Quiere que quede en libertad?

En el silencio que siguió se oyeron lejanos sonidos, gente caminando, hablando, escuchando la radio o mirando la televisión, alejados en otro mundo.

Por fin habló.

–Brodek –dijo con voz átona. Miraba fijamente la pared que tenía delante–. Danny Brodek. Unos bloques más abajo.

–¿Un chico?

–Dieciséis, diecisiete años.

Crawley le hubiera hecho más preguntas, pero Levine se puso de pie y dijo:

–Gracias, señora Kosofsky.

Ella cerró los ojos.

En el listín telefónico que estaba en la parte delantera de la tienda encontraron un Brodek, Harry R., con una dirección en Tanahee. Subieron al coche y recorrieron lentamente la siguiente manzana, hasta dar con el edificio que buscaban. Aparte de un taxi que los adelantó con la luz de libre encendida, la calle estaba desierta.

Esta manzana, como la anterior y la siguiente, tenía a ambos lados edificios de cinco pisos de ladrillo rojo. El edificio que buscaban se encontraba a dos tercios del camino. Aparcaron el coche y entraron.

El vestíbulo era de baldosas color ámbar, y las puertas eran verde oscuro, con números metálicos. Olía a comida. Las escaleras conducían bruscamente a la izquierda. Delante estaban los buzones, deformados de tanto saqueo.

Encontraron el nombre, escrito en temblorosas letras mayúsculas en un trozo de papel e introducido en el buzón 4-D.

Pasada la primera planta, las paredes eran de yeso, pintadas de un verde ligeramente más oscuro que el de las puertas. A través de ellas se filtraban los sonidos de los televisores. Crawley esperó en el rellano de la cuarta planta a que Levine llegara hasta allí. Éste subía lentamente las escaleras, temiendo quedarse sin aliento. Cuando jadeaba, se hacían más frecuentes los latidos irregulares.

Crawley llamó a la puerta 4-D. También se oía la televisión aquí. Al cabo de unos minutos, la puerta se entreabrió lo máximo posible con la cadena puesta. Una mujer los miraba.

–¿Qué quieren?

–Policía –dijo Crawley–. Abra la puerta.

–¿Qué quieren? –volvió a preguntar.

–Abra –dijo Crawley impaciente.

Levine sacó su cartera y la abrió para enseñarle la placa junto a la identificación.

–Queremos hablar un momento con usted –dijo, intentando que el tono de su voz fuera lo más suave posible.

La mujer vaciló, a continuación cerró la puerta y oyeron cómo retiraba la cadena. Abrió de nuevo la puerta, inundando el pasillo con un olor a cerveza y sopa de verduras. Dijo:

–De acuerdo. Entren. –Volviéndose, se dirigió por un pasillo sin luz hacia el salón.

Esta habitación estaba amueblada de forma muy similar a la que habían visto anteriormente en la tienda, pero el efecto era distinto. Era algo más grande, dominada por un televisor de plástico azul que enmarcaba una sobresaliente pantalla. En aquel momento se proyectaba una persecución de vehículos, Fords y Mercuries de antes de la guerra. Todo ello acompañado de una música frenética.

Un hombre bajo y gordo luciendo una camiseta, pantalón de trabajo y zapatillas estaba sentado en el sofá, sosteniendo una lata de cerveza y mirando la televisión. Más allá, una versión más alta y joven del viejo con pantalones caquis y una camisa de franela con el cuello subido, observaba, con ojos fríos y alertas, la entrada de los dos policías.

El hombre se volvió agriamente, y su esposa dijo:

–Son policías. Quieren hablar con nosotros.

Crawley cruzó la estancia y se situó de pie delante del chico.

–¿Eres tú Danny Brodek?

–¿Y qué?

–Ponte de pie.

–¿Por qué?

Antes de que Crawley pudiera contestar, la señora Brodek se colocó entre él y su hijo, diciendo rápidamente:

–¿Qué quiere de Danny? Él no ha hecho nada. Ha estado aquí toda la noche.

Levine, que esperaba en el pasillo al lado de la puerta, movió tristemente la cabeza. Esto iba a ser tan difícil como la escena con la señora Kosofsky. Quizá peor.

–¿Él le ha dicho que diga eso? ¿Le ha dicho por qué? ¿Le ha contado lo que ha hecho esta noche? –dijo Crawley.

Fue el padre quien respondió.

–No ha hecho nada. Ustedes los polis lo convierten todo en un caso federal. Los chicos quizá roben un tapacubos o apedreen una farola, ¿qué demonios? Son chicos.

Por encima del hombro de la señora Brodek, Crawley le preguntó al chico:

–¿No se lo has contado, Danny?

–¿Contarles qué?

–¿Quieres que se lo diga yo?

–No sé de qué me está hablando.

En la pantalla del televisor se había acabado la carrera de coches. Un personaje malcarado dijo: «No sé de qué me estás hablando». Otro respondió: «Sabes perfectamente a lo que me refiero, chico».

Crawley se volvió hacia el señor Brodek.

–Su hijo no ha robado un tapacubos esta noche –dijo–. Ha atracado una tienda de comestibles en la manzana contigua. La de los Kosofsky.

El chico lo interrumpió.

–Está loco.

La señora Brodek dijo:

–Danny no. Danny no haría una cosa así.

–Disparó al viejo –dijo pesadamente Crawley–. Le disparó cuatro veces.

–¡Dispararle! –exclamó Brodek–. ¿Cómo? ¿De dónde iba a sacar una pistola? Contésteme a eso, ¿de dónde iba a sacar un chico una pistola?

Levine abrió la boca por primera vez.

–No sabemos dónde las consiguen, señor Brodek –dijo–. Lo único que sabemos es que las consiguen. Y las utilizan.

–Le diré dónde cuando él nos lo diga –dijo Crawley.

La señora Brodek lo interrumpió de nuevo.

–Danny no haría una cosa así. Se han equivocado.

–Espera, Jack –dijo Levine a su compañero. Luego se volvió hacia la señora Brodek–. Danny lo hizo. No hay duda alguna. Si dudáramos, no lo detendríamos.

–¡Al diablo con todo esto! –exclamó Brodek–. Conozco a la policía, y sé que tienen unos cupos de arrestos. Tienen que practicar muchas detenciones para quedar bien.

–Si nos equivocamos mucho a la hora de detener a malhechores –contestó Levine, intentando ser paciente por mor a lo que le ocurriría a Brodek cuando finalmente tuviera que admitir la verdad–, avergonzamos al departamento de policía. Si nos equivocamos muy a menudo, nos despiden del cuerpo.

–Danny, no te estás haciendo ningún favor. Y no les estás haciendo ningún favor a tus padres. ¿Quieres que los acusen de ser cómplices de un crimen? ¡El viejo ha muerto! –dijo Crawley enfadado.

En el silencio que se produjo, Levine dijo en voz baja:

–Tenemos un testigo, señora y señor Brodek. La esposa, la mujer del viejo. Ella estaba en la trastienda cuando oyó los disparos. Salió corriendo y vio a Danny al lado de la caja. Ella podrá identificarlo.

–Y tanto que sí –dijo el chico.

–Mataste a su marido, chico. Ella te identificará.

–¿Y por qué no la liquidé a ella también?

–Lo intentaste –dijo Crawley–. Disparaste una vez, la viste caer y echaste a correr.

El chico sonrió.

–Eso es estupendo. ¿Cree que sus argumentos se sostendrán en un juicio? Una vieja nerviosa, que sólo ve al tipo un par de segundos mientras él le está disparando. ¡Vaya identificación!

–Es mala la ley que enseñan en la televisión, chico –dijo Levine–. Los argumentos serán válidos en un juicio.

–No si resulta que he estado toda la noche en casa. Y he estado aquí. ¿Verdad, mamá?

En tono retador la señora Brodek dijo:

–Danny no ha salido de esta habitación ni un segundo esta noche. Ni un segundo.

–Señora Brodek, ha asesinado a una persona. Su hijo ha acabado con la vida de un hombre. Lo han visto –dijo Levine.

–Podría haberse equivocado. Todo ocurrió muy deprisa. Me apuesto cualquier cosa a que se ha equivocado. Se imaginó que era Danny.

–Si le ocurriera a su marido, señora Brodek, ¿se sentiría capaz de cometer un error?

–No me harán creer una cosa así. Conozco a mi hijo. Se han equivocado –dijo el señor Brodek.

–Oculto en su dormitorio, o escondido en algún lugar cercano, hay sesenta y dos dólares, la mayor parte en billetes, tres o cuatro dólares en monedas. Y seguramente junto a ello encontrarán el arma –dijo Crawley.

–Ésa fue la razón del asesinato, señor Brodek –dijo Levine–. Sesenta y dos dólares.

–Voy a buscarlo –dijo Crawley, volviéndose hacia la puerta al otro lado del salón.

Brodek se puso en pie, chillando:

–¡Y un carajo! ¡A ver la orden de registro! Al menos eso he aprendido de la televisión. No se puede entrar en la casa de alguien y registrarla así por las buenas. Se necesita una orden de registro.

Crawley miró a Levine asqueado y frustrado, y Levine supo lo que estaba pensando. Lo sencillo sería seguir adelante y detener al chico dejando a los Brodek con su mentira. Eso sería lo sencillo, pero también lo erróneo. Si los Brodek persistían en su mentira cuando Crawley y Levine se fueran, estarían atrapados. Después de eso, no se atreverían a admitir la verdad, ni siquiera sabiendo que estaban equivocados.

A estas alturas ya debían de tener sus dudas, pero no se sentían capaces de admitirlas. Si los dejaban solos ahora, ellos mismos harían el registro que le habían impedido hacer a Crawley, y encontrarían la pistola y el dinero. El dinero y la pistola sin duda estarían en alguna parte del dormitorio de Danny Brodek. El dinero metido en un calcetín dentro de un armario, quizá. La pistola debajo del colchón o en el fondo de una papelera llena.

Si los Brodek encontraban el dinero y el arma, y no se atrevían a cambiar su versión de los hechos, se desharían de las pruebas. Los billetes acabarían en la taza del inodoro rotos en trocitos. Gastarían las monedas o las tirarían por la ventana, y dejarían caer la pistola en una alcantarilla.

Sin el dinero, sin la pistola, sin poder deshacer la coartada de Danny Brodek, éste tenía buenas probabilidades de quedar en libertad. Sin duda, el gran jurado ni siquiera persistiría en la acusación. La declaración en solitario de la vieja, que sólo había tenido unos caóticos segundos para identificar al chico, contra la falta total de pruebas y una coartada sólida por parte de los padres del asesino, y el caso estaba totalmente perdido.

Pero Danny Brodek había asesinado. Había acabado con una vida, y no se podía permitir que quedara sin castigo. Ninguna otra cosa en el mundo, en lo que se refería a Levine, era tan atroz, tan horrible, tan malvado, como el acabar prematuramente con la vida de alguien.

¿Acaso no comprendía el chico lo que había hecho? Nathan Kosofsky estaba muerto. Ya no existía. Ya no respiraba ni tenía vista, olfato, tacto. El pozo que aparecía tan grande en los temores de Levine se había abierto para Nathan Kosofsky y él había caído dentro. No vivir más, nunca más.

Si el chico no comprendía la enormidad de lo que había hecho, si era demasiado joven, si para él la vida era todavía un regalo natural e inevitable, entonces seguro que sus padres eran lo suficientemente adultos como para entenderlo. ¿Nunca había permanecido el señor Brodek despierto en la cama pensando en aquel frágil sonido del corazón bombeando vida por sus venas? ¿No había sentido la señora Brodek la terrible cercanía del miedo a la muerte cuando estaba a punto de dar a luz a su hijo? Lo sabían, tenían que saber lo que significaba realmente el asesinato.

Quería preguntárselo, o recordárselo, pero las terribles verdades que revoloteaban en su cerebro no acababan de transformarse en palabras y frases. No existe una verdadera forma de expresar en palabras las emociones.

Crawley, al otro lado de la habitación, suspiró profundamente y dijo:

–De acuerdo. Vas a meter a tus padres en un buen lío. Está bien. Tenemos una testigo ocular. Y tendremos algo más; huellas dactilares en la caja registradora, y alguien que te vio salir corriendo de la tienda.

Nadie había visto salir corriendo a Danny Brodek de la tienda. Y al ver su cara de satisfacción, Levine supo que no habría huellas en la caja registradora. Era igual de fácil dar un golpe a la tecla de «No Venta» para abrirla.

Le dijo al padre del chico:

–Al salir del establecimiento, Danny estaba enfadado, asustado y nervioso. Abrió la puerta de golpe y sonó la campanilla. Descargó su ira y nerviosismo arrancando la campana. La encontraremos en algún lugar entre la casa y la tienda, y puede que tenga huellas. Quizás incluso tenga algún arañazo en la mano por haber arrancado el mecanismo del marco de la puerta.

–Mucha gente tiene arañazos en las manos –se apresuró a decir Danny–. Estuve jugando con un gato esta tarde, al volver del colegio, y me arañó. ¿Lo ve? –Extendió la mano derecha, con tres arañazos rosados en la superficie de la palma.

–Yo también he jugado con gatos, chico –contestó Crawley–, y los arañazos siempre se producen en el dorso de la mano.

El chico se encogió de hombros. La afirmación no merecía respuesta.

Crawley continuó:

–Jugaste mucho tiempo con ese gato. El tiempo suficiente para que te hiciera tres arañazos, ¿verdad?

–Así es. Demuestren lo contrario.

–Déjame ver los arañazos que tienes en la mano izquierda.

Una cierta tensión apareció durante unos segundos en el rostro del chico, antes de contestar:

–No tengo nada en la mano izquierda. Sólo en la derecha. ¿Y qué?

Crawley se volvió hacia el padre.

–¿Le parece que está diciendo la verdad?

–¿Y por qué no? –preguntó Brodek a la defensiva–. Quizás utilizara sólo una mano al jugar con el gato. ¿Está intentando acusar a mi hijo por unos arañazos de gato?

No debía proceder así, y Levine lo sabía. Las pequeñas pruebas circunstanciales no bastaban. Sólo servían para dar mayor peso a una acusación ya demostrada. No podrían cambiar el curso de las cosas si lo declaraban inocente.

A los Brodek había que recordarles, de alguna manera, la enormidad de lo que había hecho su hijo. Levine deseó poder abrirles el cerebro como un libro, para que pudieran verlo y leerlo. Tenían que saberlo, a su edad debían de tener alguna idea de lo monstruoso que resultaba la muerte. Pero era necesario recordárselo.

Había una forma de hacerlo. Levine conocía la manera, pero le horrorizaba. Era tan necesario como la brutalidad de Crawley con la vieja en la trastienda. Igualmente necesario, pero aún más brutal. Y él había retrocedido ante el método de Crawley, menos brutal, diciéndose a sí mismo que nunca podría hacer una cosa así.

Miró a su compañero, esperando que a Crawley se le ocurriera una manera, esperando que Crawley actuara. Pero éste seguía recitando su pequeña lista de pruebas circunstanciales, ante un público todavía no preparado para aceptarlas.

Levine negó con la cabeza, respiró hondo y dio un paso más hacia el centro de la sala.

–¿Puedo utilizar su teléfono? –preguntó.

Todos lo miraron, Crawley extrañado, el chico asustado, los padres hostiles. Por fin el padre se encogió de hombros y dijo:

–¿Por qué no? Allí, al lado del televisor.

–¿Puedo bajar el volumen?

–Apague el maldito aparato si quiere. ¿Quién puede prestarle atención?

–Gracias.

Levine apagó el televisor, a continuación buscó en el listín hasta encontrar el número de la tienda de comestibles de los Kosofsky. Marcó, y le contestó una voz masculina al primer timbrazo.

–Kosofsky, ¿diga?

–¿Eres Stanton?

–No, Wills. ¿Quién habla?

–El detective Levine. Estuve allí hace un rato.

–Claro. ¿Qué puedo hacer por usted?

–¿Cómo está ahora la señora Kosofsky?

–¿Cómo está? No lo sé. Quiero decir, no está histérica ni nada de eso. Está allí sentada.

–¿Es capaz de dar un paseo?

El «supongo que sí» de Wills quedó amortiguado con los gritos del señor Brodek.

–¿Qué demonios se propone?

–Un momento. –Levine cubrió el auricular con la mano, y miró al enfadado padre–. Quiero que comprenda –le dijo– exactamente lo que ha hecho su hijo esta noche. Quiero asegurarme de que lo entiende. De modo que le voy a pedir a la señora Kosofsky que venga aquí para que vuelva a ver a Danny. Y para que ustedes puedan verla mientras ella lo mira.

Brodek palideció ligeramente y una mirada insegura apareció en sus ojos. Examinó rápidamente a su hijo, y a continuación con más celeridad a Levine.

–Al demonio –dijo en tono retador–. Danny ha estado aquí toda la noche. Haga lo que tenga que hacer.

La señora Brodek quiso hablar, pero se contuvo, emitiendo sólo un pequeño sonido. Sin embargo, bastó para que todos volvieran la cabeza y la miraran. Tenía los ojos abiertos como platos y se le habían acentuado las arrugas alrededor de la boca. Miraba fijamente a Levine rogándole silenciosamente, los ojos claramente diciendo: «No me obligue a saberlo».

Levine se obligó a sí mismo a darle la espalda y decir al teléfono:

–Estoy en casa de los Brodek. Traiga aquí a la señora Kosofsky. Está en la siguiente manzana a la derecha, el número 1342, apartamento 4-D.

La espera fue larga y silenciosa. Nadie dijo ni una palabra desde el momento en que Levine colgó el teléfono hasta que llegó Wills con la señora Kosofsky. Los cinco permanecieron sentados en la lúgubre sala, evitándose la mirada. Desde otra estancia más apartada, llegaba el tictac de un reloj que hasta ahora había pasado inadvertido. El sonido era rápido, pero los minutos transcurrían con gran lentitud.

Cuando por fin se oyó la llamada a la puerta, todos se sobresaltaron. La señora Brodek volvió a mirar con desespero a Levine, pero él apartó la mirada, dirigiéndola a su compañero. Crawley se puso dificultosamente de pie, salió de la habitación y recorrió el pasillo hasta la puerta principal. Los que permanecieron en la sala oyeron abrirse la puerta, el murmullo de unas voces masculinas, y a continuación la voz asustada de la anciana:

–¿Quién vive aquí? ¿Quién vive en esta casa?

Levine levantó la vista y vio que Danny Brodek lo estaba observando, los ojos fríos y duros, el rostro lleno de odio. Levine le sostuvo la mirada, apiadándose de él, hasta que Danny apartó los ojos y torció la boca en una mueca de desprecio que no acabó de funcionarle.

A continuación Crawley entró en la habitación y se hizo a un lado para dejar pasar a la anciana. Detrás de ella se veía el rostro pálido del policía de a pie, Wills.

La mujer vio primero a Levine. Tenía los ojos asustados y llenos de extrañeza, y jugueteaba con el botón de un largo abrigo negro que llevaba por encima del vestido. A la luz más fuerte de esta sala, parecía mayor, más débil y más desamparada.

Miró durante un segundo a la señora Brodek, que estaba tan aterrorizada como ella, y a continuación vio a Danny.

Emitió un grito, un gemido agudo, y se volvió rápidamente, empujando a un lado a Wills.

–¡Fuera! ¡Fuera! ¡Me voy! –murmuró.

Por encima de la histeria se oyó la voz de Levine:

–Está bien, Wills. Acompáñala a la tienda. –No pudo reprimir un tono de amarga ira. Los demás podrían haber pensado que la furia iba dirigida contra Danny Brodek, pero se habrían equivocado. Estaba furioso consigo mismo. ¿Qué sentido tendría condenar a Danny Brodek, encarcelarlo durante veinte o treinta años? ¿Desharía lo ya hecho? ¿Le devolvería la vida al marido de la señora Kosofsky? No. Pero nada podía excusar la cosa tan terrible que le había hecho.

Tartamudeando, casi en un susurro, la señora Brodek dijo:

–Quiero hablar con Danny. Quiero hablar con mi hijo.

Su marido la miró para que tuviera cautela.

–Esther, estuvo toda la...

–¡Quiero hablar con mi hijo!

–De acuerdo –dijo Levine. Al final del pasillo se cerró la puerta al salir Wills y la anciana.

–A solas con él en su habitación –dijo la señora Brodek.

Levine miró a Crawley, que se encogió de hombros y dijo:

–Tres minutos. Después entramos nosotros.

–Mamá, ¿de qué tenemos que hablar? –preguntó el chico.

–Quiero hablar contigo –contestó ella fríamente–. Ahora.

Ella salió primero de la habitación y Danny Brodek la siguió a regañadientes, deteniéndose para lanzar una mirada venenosa a Levine antes de cerrar la puerta.

Brodek se aclaró la voz, mirando inseguro a los dos detectives.

–Bueno –dijo–. Bueno. Ella realmente... ella realmente cree que fue él, ¿verdad?

–Y tanto que sí –dijo Crawley.

Brodek negó lentamente con la cabeza.

–Danny no –dijo, pero hablaba consigo mismo.

Y entonces oyeron a la señora Brodek chillar desde el dormitorio, y un ruido sordo. Los tres hombres cruzaron corriendo el salón y Crawley, que fue el primero en llegar a la puerta, la abrió de golpe y los condujo por el corto pasillo hasta la segunda puerta. Levine entró detrás de él, seguido de Brodek, que gruñía:

–¡Dios mío! ¡Oh, Dios mío!

La señora Brodek estaba sentada en el suelo del pequeño dormitorio, los brazos doblados sobre el asiento de una silla de cocina sin pintar. Una camisa de colores brillantes colgaba del respaldo.

Levantó la vista al verlos entrar corriendo, y su rostro no reflejaba ni rastro de emoción, vida o personalidad. En un tono tan inexpresivo como su cara, dijo:

–Se ha escapado por la escalera de incendios. Ha cogido la pistola, de debajo del colchón, y se ha subido por la escalera de incendios.

Brodek empezó a dirigirse a la ventana abierta, pero Crawley se lo impidió, diciendo:

–Puede que esté allí esperando. Disparará contra la primera cabeza que vea.

Levine había encontrado un tebeo y una pequeña gorra gris sobre la cómoda. Dobló el tebeo hasta conseguir un gran cilindro, le colocó la gorra encima, y lo llevó lenta y cautelosamente a la ventana. Desde arriba, la silueta parecería una cabeza y un cuello.

El disparo se oyó fuerte desde arriba, y el tebeo salió disparado de la mano de Levine. Retiró el brazo y Crawley dijo:

–Por las escaleras.

Levine siguió a su compañero. Lo último que vio antes de salir fue al señor Brodek inclinándose, con torpe timidez, para acariciarle la mejilla a su mujer.

Se encontraban en la planta superior del edificio. A partir de allí, la escalera subía un tramo más, acabando en una puerta metálica que daba al tejado. Crawley iba delante con su pequeña y plana pistola en la mano, y Levine ascendía más lentamente detrás de él.

Estaba a mitad de camino cuando Crawley abrió la puerta, salió cautelosamente al tejado, y se agachó, retrocediendo involuntariamente un paso, y se habría caído de espaldas por la escalera si Levine no lo hubiera cogido a tiempo ayudándolo a sentarse entre el escalón superior y la pared.

Crawley tenía el rostro gris, la boca pálida.

–Por la derecha –dijo, el tono de voz bajo y amargo–. Abajo. He visto el resplandor.

–¿Dónde? –le preguntó Levine–. ¿Dónde te ha dado?

–En la pierna... la pierna derecha, en el muslo. No ha llegado al hueso, creo.

En el exterior se podía oír la voz de un hombre chillando:

–¡Danny! ¡Danny! ¡Por el amor de Dios, Danny! –Era el señor Brodek, que gritaba desde la ventana del dormitorio.

–La luz –susurró Crawley.

Levine no se dio cuenta hasta entonces de lo nervioso que estaba. Veinticuatro años en el cuerpo. ¿Cuándo se convertía uno en profesional? ¿Cómo?

Se incorporó y alargó la mano hacia la bombilla desnuda que estaba colocada en el casquillo de la pared cerca de la puerta. La bombilla le quemó los dedos, pero se apagó en cuanto empezó a desenroscarla.

Todavía se filtraba luz del piso de abajo, pero no lo suficiente como para que se distinguieran las sombras en el tejado. Se inclinó sobre Crawley parpadeando hasta que sus ojos se acostumbraron a la oscuridad.

A la derecha, sobre la parte superior del bajo muro que rodeaba el terreno, se veían las barras de la escalera de incendios. En torno a la base del muro se extendía una sombra negra. El chico estaba agazapado, bien apoyado contra la pared en la oscuridad, donde no se le pudiera ver.

–Desde aquí veo la escalera de incendios –murmuró Crawley–. Lo tengo atrapado. Baja al coche y pide ayuda.

–De acuerdo –dijo Levine.

Había empezado a bajar cuando Crawley le cogió del brazo.

–No. ¡Escucha!

Escuchó. Pequeñas rascadas en el exterior del edificio, a la derecha. Un repentino movimiento de pies, corriendo, retrocediendo.

–¡Al otro tejado! –exclamó Crawley–. ¡Maldita pierna! ¡Ve tras él!

–La ambulancia –dijo Levine.

–¡Síguelo! Ellos pueden hacer la llamada. –Hizo un gesto señalando el pie de la escalera, y Levine se volvió y vio allí abajo rostros ansiosos, asustados y extrañados que miraban hacia arriba. Cuerpos vestidos con batas y zapatillas.

–¡Vamos! –dijo Crawley.

Levine se movió, salió al tejado medio de cuclillas y se ocultó a la derecha. Tenía el revólver en la mano y miraba fijamente la oscuridad.

Tres tejados más allá vio un resplandor blanco, la camisa del chico. Levine corrió tras él.

Cruzó el primer tejado corriendo con la boca abierta, pero se le secó la garganta y continuó con la boca cerrada, intentando tragar. Sin embargo, no consiguió que le entrara suficiente aire por la nariz y decidió alternar, boca abierta y boca cerrada, asemejándose a un pez frenético, corriendo como un cómico gordo, escalando medio a gatas los bajos muros con dolorosa lentitud.

Había siete tejados hasta llegar a la esquina, y el edificio de la esquina sólo tenía tres pisos de altura. El chico dudó, corrió primero hacia la derecha y después hacia la izquierda, mientras Levine se le acercaba. A continuación se volvió, disparó sin apuntar y se dirigió corriendo a la escalera de incendios. Era joven, ágil y delgado. Sus piernas pasaron al otro lado, el cuerpo se deslizó; lo último que Levine vio de él fue su rostro blanco.

Dos tejados más. Levine los cruzaba a trompicones, y ya no necesitaba ponerse la mano sobre la oreja para oírse el corazón. Se oía claramente, por encima de sus jadeos, una gran palpitación. Cada seis o siete latidos.

Llegó hasta la escalera de incendios sin aliento, y se asomó: cinco pisos, un camino largo y mareante hasta la oscuridad del fondo. Vio el destello del chico en movimiento, dos pisos más abajo.

–¡Detente! –gritó, sabiendo que era inútil.

Puso los pies sobre los peldaños, pesado y torpe. Su revólver chocó contra el peldaño superior mientras descendía y, como si de una respuesta se tratara, la pistola del chico dio contra algo metálico abajo.

El primer tramo se bajaba mediante una escalera metálica sin pasamanos, y a continuación había unas estrechas escaleras metálicas con un rellano en cada planta. Bajó corriendo, nunca del todo equilibrado, con el chico siempre dos pisos más adelantado.

Al llegar a la segunda planta, se detuvo, miró a un lado, vio al chico caer ágilmente al suelo y dirigirse hacia el edificio, y a continuación oyó los goznes oxidados de una puerta no acostumbrada a abrirse.

El sótano. Y la linterna estaba en la guantera del coche patrulla. Crawley tenía un lápiz linterna, a seis edificios y tres plantas de distancia.

Levine volvió a moverse con la misma celeridad de antes. Al llegar al final había que saltar. Se colgó de las manos, el revólver clavándosele en la palma, y se dejó caer. Sintió un fuerte golpe en los tobillos al tocar tierra.

La parte trasera del edificio estaba en penumbra con un rectángulo más oscuro en el interior, y se produjo un destello de fuego en aquel rectángulo. Algo rozó la manga de Levine, a la altura del codo. Se volvió hacia la izquierda y siguió corriendo hasta llegar al sótano.

Delante suyo se volcó algo con gran estruendo, y se oyó una maldición del chico. Levine aprovechó el ruido para adentrarse aún más en el sótano, a la derecha, para que su silueta no quedara dibujada en la puerta de entrada que era ahora un agujero gris en un mundo repentinamente negro. Dio con una pared de ladrillo desnudo y trozos de yeso, y se detuvo, respirando a fondo, intentando hacerlo silenciosamente y escuchar a la vez.

Quería oír los movimientos del chico, pero los rítmicos latidos de su corazón eran demasiado fuertes, demasiado penetrantes. Primero tuvo que oírlos, contarlos y saber que ahora el corazón se saltaba un latido cada seis. La respiración le quemaba los pulmones, una faja metálica le comprimía el pecho; estaba acalorado y mareado. Puntitos negros se le aparecían ante la vista.

Se produjo otro derrumbe en alguna zona más profunda del sótano, a la izquierda, y el débil sonido del pomo de una puerta que se gira, hacia un lado y hacia otro.

Levine se aclaró la voz. Cuando habló, casi esperaba que el tono de su voz fuera agudo, pero no fue así. Seguía tan profunda y fuerte como siempre, quizás incluso algo más profunda y más fuerte.

–Está cerrada con llave, Danny –dijo–. Ríndete. Tira el arma hacia la puerta.

La respuesta fue otro disparo y un atronador eco, demasiado fuerte para la pequeña estancia de paredes desnudas en la que estaban. Y, después de aquello, el gimoteo de la bala rebotando.

«Ésta es la tercera vez –pensó Levine–. La tercera vez que se ha convertido en blanco y yo no le he disparado. Podría haber disparado al destello, esta vez o la anterior. Podría haberle disparado en el tejado, justo cuando se detuvo antes de bajar por la escalera de incendios.»

En voz alta dijo:

–No te servirá de nada, Danny. No puedes dispararle a una voz. Ríndete, todos los coches patrulla de Brooklyn están en camino.

–Yo ya estaré lejos –dijo de pronto la voz, y estaba sorprendentemente cerca, y era sorprendentemente alta.

–No puedes salir por la puerta sin que yo te vea –contestó Levine–. Ríndete.

–Yo puedo verte, poli –dijo la joven voz–. Tú no puedes verme a mí, pero yo te veo a ti.

Levine sabía que era mentira. Si le estuviera viendo, el chico le habría disparado ya. Dijo:

–Si te rindes ahora, Danny, no saldrás tan malparado. Eres joven, la condena no será demasiado dura. ¿Cuántos años tienes? ¿Dieciséis?

–Voy a acabar contigo, poli –dijo la voz del chico. Parecía estar cerca, moviéndose a la derecha de Levine. El chico estaba intentando colocarse detrás de él, acorralar a Levine entre él y la puerta, para poder así apuntar a la silueta.

Levine se deslizó con cuidado por la pared, tanteando.

–No vas a acabar con nadie –dijo a la oscuridad–. Con nadie más.

Otro destello, otro eco y cristales haciéndose añicos detrás suyo. La voz dijo:

–Ni siquiera vas armado.

–Yo no disparo contra sombras, Danny. Ni contra viejos.

–Yo sí, viejo.

«¿Cuántos años tiene? –se preguntó Levine–. Dieciséis seguramente. Treinta y siete años más joven que yo.»

–Tienes miedo –le reprochaba la voz, acercándose–. Deberías huir, poli, pero tienes miedo.

«Es cierto –pensó Levine–. Tengo miedo, pero no por las razones que crees tú.»

Era cierto. En cuanto se había metido en este sótano, Levine había dejado de temer su propia muerte a manos de este chico. Tenía cincuenta y tres años. Si algo iba a acabar con él esta noche iba a ser su corazón, que ahora se saltaba un latido cada cinco. No iba a ser el chico, aunque sí indirectamente, sino el corazón.

Pero era verdad que tenía miedo. Tenía miedo del revólver que llevaba en la mano, del tacto del gatillo, y de saber que había dejado pasar tres oportunidades. Tenía miedo de su trabajo, porque su trabajo era acabar con este chico. Matarlo o herirlo, pero acabar con él.

Treinta y siete años. Eso es lo que los separaba, treinta y siete años de vida. ¿Por qué dependía de él la decisión de robarle al chico estos treinta y siete años? ¿Por qué tenía que ser él?

–Estás perdido, poli –dijo la voz–. Eres hombre muerto. Me estoy acercando a ti.

No importaba lo que había hecho Danny Brodek. Tampoco importaba Nathan Kosofsky, que ya estaba muerto. Diente por diente, vida por vida. ¡No! Una vida destrozada no podía restituirse con más destrucción.

«No puedo hacerlo –pensó Levine–. No se lo puedo hacer a él.»

–Danny, te equivocas. Escúchame, por el amor de Dios, te equivocas –dijo.

–Será mejor que corras, poli –continuó la voz–. Será mejor que te des prisa.

Levine oyó al chico, sonidos suaves cerca de él, a la izquierda, acercándose cada vez más.

–¡No quiero matarte, Danny! –exclamó–. ¿No lo entiendes? No quiero matarte.

–Yo sí quiero matarte a ti, poli –susurró la voz.

–¿No sabes lo que es morir? –imploró Levine. Había extendido la mano en un gesto de súplica, aunque el chico no podía verlo–. ¿No sabes lo que significa morir? Pararte, como un reloj. No ver nada nunca más, no oír ni tocar ni saber nada nunca más. No ser.

–Así será, poli –lo tranquilizó la joven voz. Muy cerca ahora, muy cerca.

Era demasiado joven. Levine lo sabía, sabía que el chico era demasiado joven como para sentir lo que realmente era la muerte. Era demasiado joven para saber exactamente qué era lo que quería arrebatarle, algo que Levine no quería quitarle a él.

Cada cuatro latidos.

«Treinta y siete años.»

–Eres hombre muerto, poli –susurró la joven voz, justo delante de él.

Y los dos quedaron iluminados por una luz.

Todo ocurrió con demasiada rapidez. Allí estaban, interpretando juntos el baile de la muerte, solos, solos los dos en el mundo. Y al siguiente instante, el destello de la linterna los alumbró a los dos. El patoso policía uniformado apareció en el umbral de la puerta y dijo «¡Eh!», convirtiéndose en blanco, y el chico, ágil, se volvió como una serpiente, los ojos centelleantes, la pistola apuntando a la luz y a la figura de detrás de la luz.

El corazón de Levine se detuvo. Un latido.

Y cada músculo, cada nervio, cada hueso de su cuerpo se tensó, endureció y paralizó, cerrándose sobre sí mismo, y el sonido del revólver disparándose lo golpeó, martilleándole el estómago.

El chico gritó, desplomándose fuera del círculo luminoso, la pistola cayéndole de los dedos.

–Santo cielo, ten piedad –suspiró el policía. Era Wills. Entró vacilante, la linterna temblándole en la mano mientras señalaba el cuerpo del chico desplomado en el suelo.

Levine se miró y vio el fino hilo de humo azul gris que procedía del barril de su revólver. Vio sus manos tensas como garras, puños, el primer dedo de la mano derecha todavía apretando el gatillo.

Se obligó a abrir las manos, y el revólver cayó al suelo.

Wills se arrodilló al lado del chico. Al cabo de unos instantes, se incorporó y dijo:

–Muerto. Directamente al corazón, supongo.

Levine se desplomó contra la pared. La boca le colgaba abierta. Parecía no poder cerrarla.

–¿Qué le ocurre? ¿Está bien? –preguntó Wills.

Con un cierto esfuerzo, Levine asintió con la cabeza.

–Estoy bien –dijo–. Pide ayuda. Anda, pide ayuda.

–Bueno. Volveré enseguida.

Wills se marchó, y Levine bajó la vista para contemplar la

nueva joven muerte. Sus ojos vieron el color del suelo, las paredes, las prendas del cadáver. Sus hombros sintieron el peso de su abrigo. Sus oídos oyeron los pasos de retirada del joven policía. Su nariz percibió el fuerte olor de una pistola recién disparada. Su boca saboreó el gusto salobre de los efectos del miedo.

–Lo siento –susurró.

Audiencia cautiva

JACK RITCHIE

Adam Carlson oyó el débil aullido de un perro, y quince segundos después percibió el sonido de un avión. El ruido de los motores se hizo cada vez más fuerte hasta que el avión pasó directamente por encima de su casa.

Bajo el resplandor de la desnuda bombilla del techo, consultó su reloj. Las 2.32 de la madrugada.

Adam se incorporó en el camastro y miró de nuevo a su alrededor. Una habitación de cuatro metros por ocho. Ninguna ventana. Un bloque sólido de cemento a excepción de la pesada puerta de roble. Casi insonorizada, pero no del todo. El perro debía de estar bastante cerca.

¿Cuánto tiempo llevaba allí encerrado? Le parecían días, pero en realidad sólo se trataba de unas ocho horas. Todo había empezado ayer por la tarde. ¿Cuándo terminaría?

Adam acababa de aparcar su coche en el garaje y empezaba a recorrer el largo sendero que llevaba a la casa cuando aparecieron por entre las sombras. Eran dos, ambos encapuchados, e iban armados.

Se sorprendió, claro está, pero no estaba realmente asustado. Levantó las manos por encima de la cabeza.

–Cojan el dinero, pero dejen la cartera. –Recordó lo molesto que era tener que hacer duplicados del carnet de conducir y de las tarjetas si te robaban la cartera.

Pero no parecía preocuparles la cartera ni el dinero. El hombre más robusto simplemente le indicó con la automática que caminara delante de ellos.

Habían retrocedido por el sendero, cruzando la verja de entrada hasta llegar al sedán oscuro aparcado a un lado del camino de gravilla.

Tras vendarle los ojos y atarlo, lo obligaron a colocarse en el suelo de la parte trasera del coche. Al principio intentó concentrarse en la dirección en la que viajaban. Pero habían girado una y otra vez hasta que llegó a confundirse y se rindió.

Al cabo de una hora se detuvo el coche y le retiraron las ataduras de los tobillos. Con los ojos todavía vendados, lo condujeron por un sendero hasta que oyó abrirse una puerta. Lo llevaron por unas escaleras hasta la habitación.

Cuando le desataron las manos y le retiraron la venda, la repentina luz lo deslumbró. Mientras se acostumbraban sus ojos pudo ver la desnuda habitación con un camastro, una sola silla, la mesa y el papel y lápiz.

El hombre corpulento habló por primera vez.

–Siéntate –le ordenó–. Vas a escribirle una nota a tu mujer. Pedimos un rescate de doscientos mil dólares.

Adam se quedó mirando fijamente a las figuras encapuchadas.

–¿Doscientos mil dólares?

Quizás estaban sonriendo tras la capucha.

–Así es. Puede que ahora consiga entender por qué le hemos detenido en su camino.

Adam se pasó la lengua por los labios.

–Mi esposa partió para Europa con su madre la semana pasada.

Los dos hombres se miraron. ¿Parecían inseguros? El hombre más robusto levantó la pistola.

–Queremos los doscientos mil. No nos importa cómo va a conseguirlos o quién se los va a conseguir, pero los queremos.

Adam se sentó a la mesa.

–Harold Bannister. Es mi abogado y asesor.

La pistola volvió a moverse.

–Coja la pluma. Yo le diré qué palabras tiene que utilizar.

Y Adam había escrito:

Querido Harold:

Quiero que reúnas doscientos mil dólares, en billetes que no superen los cien.

Te telefonearán para darte instrucciones sobre lo que debes hacer a continuación.

No llames a la policía. Si lo haces, no volverás a verme con vida.

ADAM CARLSON

El hombre corpulento leyó la nota y a continuación asintió. Él y su socio abandonaron la habitación y Adam oyó cómo cerraban la pesada puerta.

Ahora Adam volvió a estirarse en el camastro. Cerró los ojos para protegerlos del deslumbramiento de la bombilla desnuda.

¿Lo matarían después de conseguir el dinero? Pero si ésa era su intención, ¿por qué molestarse en ir encapuchados? Adam se aferró a aquello. Mientras fueran encapuchados, mientras se molestaran en asegurarse de que no podría identificarlos más adelante, su vida estaba a salvo.

Adam se despertó sobresaltado al oír la llave en la puerta. Miró el reloj. Las ocho y veinticinco. Había conseguido dormirse. Sintió que le latía con fuerza el corazón mientras veía abrirse la puerta.

El hombre corpulento entró solo y con una bandeja. Seguía encapuchado.

–Tu desayuno –dijo.

Esperó hasta que Adam le indicó que había comido todo lo que quería y a continuación sacó una venda del bolsillo.

–Vas a telefonear a la oficina. Le dirás a tu secretaria que no irás a trabajar durante al menos una semana. Dile que te vas de viaje.

Le condujeron a un lugar justo al otro lado de la puerta.

–¿Cuál es el número? –preguntó el hombre más robusto.

Adam se lo dijo y a continuación lo oyó marcar. Sintió el auricular en la mano. Su secretaria, Madge, contestó la llamada.

–Madge –dijo Adam–. No iré a trabajar en una semana. Me voy a tomar unas vacaciones.

–Sí, señor –dijo–. ¿Dónde puedo localizarlo en caso de necesidad?

–No será necesario –dijo Adam–. Aplázalo todo. Anula todas mis citas.

El hombre corpulento le cogió el auricular de la mano.

–Quizás hay alguna otra persona a la que deberías telefonear. Recuerda que, por tu propio bien, no queremos que nadie se preocupe por ti y vaya con cuentos a la policía.

Adam se quedó un momento pensativo.

–Mi ama de llaves. –Le dio el número al hombre grande y de nuevo le pusieron el auricular en la mano.

–¿Señora Regan?

–Sí –dijo–. ¿Es usted, señor Carlson?

–Sí.

–¿Dónde está? Esta mañana, cuando no bajó a desayunar, empecé a preocuparme. Le dije a James que fuera en su busca, pero no le encontró. Dijo que seguro que había vuelto ayer por la noche, porque todos los coches estaban en el garaje.

–Así es –dijo Adam–. Pero me fui pronto esta mañana. Un amigo me recogió a la entrada. –Se detuvo para respirar–. Señora Regan, no volveré hasta dentro de una semana. Me he tomado unas vacaciones.

–De acuerdo –dijo–. Pero llegó una carta de su mujer en el correo de ayer tarde. La dejé sobre la mesilla de la entrada, pero supongo que no la vio.

–Así es –dijo Adam.

–Querrá recogerla antes de marcharse, ¿verdad?

–No. Guárdemela hasta que regrese.

Se hizo un pequeño silencio.

–Podría mandársela al lugar en el que está.

–No –dijo Adam–, no sé exactamente dónde me alojaré. La mayor parte del tiempo estaré en la carretera.

El hombre corpulento volvió a conducirlo a la habitación y le retiró la venda de los ojos. Por la noche le trajo la cena su compañero.

«Seguramente se turnan para montar guardia –pensó Adam–; el hombre más robusto durante el día y el menudo durante la noche.»

–¿Han tenido noticias de Bannister? –preguntó Adam.

El hombre menudo negó con la cabeza. Esperó a que Adam terminara de comer. Con impaciencia, le pareció. Tenía el tic nervioso de pellizcarse los nudillos de la mano derecha.

A la mañana siguiente, el hombre corpulento le trajo el desayuno.

Primero Adam sorbió el café.

–¿Ha recibido ya el dinero?

El hombre grande negó con la cabeza.

–No. Le daremos a Bannister hasta el jueves.

Las horas, los días y las noches transcurrieron lentamente. Cuando el jueves por la tarde el hombre corpulento entró en la habitación, el tono de su voz fue duro:

–Bannister nos está dando largas. –Sacó del bolsillo la venda para los ojos–. Voy a dejar que hables con él y será mejor que lo convenzas. Dile que tenga el dinero preparado mañana al mediodía o puede olvidarse de todo el asunto. ¿Entiendes lo que quiero decir?

Adam se secó el sudor de las manos.

–Sí. Lo entiendo.

Al teléfono, Adam esperó hasta comunicarse con Bannister y dijo:

–Harold, ¿por qué no tienes el dinero?

–¿Adam? –dijo Bannister–, ¿eres tú?

–Sí.

–¿Estás bien?

–Sí –dijo Adam–, estoy bien. Pero me dicen que les estás dando largas.

Bannister vaciló.

–No, Adam. Pero para reunir tanto dinero se requiere un poco de tiempo. Además, tus acciones de Altiline Chemicals están a veintiocho y medio ahora. Pensé que si esperábamos hasta el lunes podrían subir.

–Vende ahora mismo –contestó Adam.

Bannister suspiró.

–De acuerdo, Adam. Y con tus participaciones en los apartamentos Shore, la mejor oferta que puedo conseguir son setenta y cinco mil dólares de Rogers.

–Que se las quede. –Adam se aferró al teléfono–. Harold, tienes que tener todo el dinero para mañana al mediodía. Si no lo tienes, será demasiado tarde.

La línea se quedó en silencio durante unos segundos.

–Entiendo, Adam. De alguna manera conseguiré reunirlo. Puedes contar conmigo.

A la una del mediodía siguiente cuando el hombre corpulento le trajo la comida, Adam se levantó del camastro.

–¿Ha conseguido Bannister el dinero?

El hombre gruñó.

–Le telefoneamos y dice que sí. Pero nos aseguraremos del todo cuando hagamos la recogida esta noche. –Puso la bandeja sobre la mesa–. Será mejor que reces para que nada salga mal.

Eran pasadas las diez de la noche cuando Adam oyó la llave en la cerradura. Comprobó que su corazón le latía con fuerza. Entraron los dos hombres y seguían encapuchados.

Diez minutos después Adam se encontró de nuevo atado y con los ojos vendados, tendido en la parte trasera del coche. Le pareció un trayecto interminable, pero al fin el coche se detuvo. Lo arrastraron y lo tiraron sobre la hierba al lado del coche.

Adam esperó, paralizado de miedo por lo que iba a ocurrir a continuación. Entonces oyó cómo se alejaba el coche.

Se quedó ahí durante unos minutos respirando profundamente de alivio y a continuación empezó a desatarse. Cuando lo hubo conseguido, se puso de pie. La noche era clara con luna llena y a unos dos kilómetros por la carretera divisó una granja y un granero. Se encaminó hacia allí para pedir ayuda.

Eran más de las dos de la madrugada cuando la policía acabó de interrogar a Adam. Cuando lo dejaron libre, encontró a Harold Bannister esperándolo.

Bannister parecía cansado.

–La policía me ha estado atosigando, Adam. Afirman que debería haber informado del secuestro en cuanto recibí tu nota.

Al salir del edificio, se metieron en el coche de Bannister. Adam se frotó los ojos. Estaba agotado, pero demasiado tenso para dormir.

–Necesito una copa.

Bannister puso en marcha el coche.

–Seguramente no hay nada abierto a esta hora, pero puedes probar uno de mis martinis.

Veinte minutos después, en el salón de Bannister, Adam se recostó en un sillón e intentó relajarse. Bannister se dirigió al mueble bar.

–El que me telefoneó tenía un acento del medio oeste. Definitivamente del medio oeste. ¿Y el otro?

A continuación Adam oyó el aullido de un perro.

Se puso tenso al percibir el sonido de un avión aproximándose. El ruido fue en aumento hasta que pasó por encima de la casa.

Adam miró su reloj. Las 2.32 de la madrugada.

Abrió los ojos como platos. Había oído el perro y el avión de la misma hora cada noche desde el lunes.

De pie ante el armario de las bebidas, Bannister examinó las botellas.

–¿Dónde demonios está el vermut? –Distraídamente se pellizcaba los nudillos de la mano derecha–. Ah –dijo–. Aquí está. –Cogió la botella y se volvió–. Bueno, esperemos que la policía consiga atrapar a tus secuestradores.

Adam había estado mirando fijamente el suelo, casi viendo la misma pequeña habitación que debía de estar en el sótano. Ahora levantó la vista hacia el menudo abogado y sonrió débilmente.

–Sí –dijo–. Presiento que los encontrarán.

Una cuestión de rutina

ROBERT EDMOND ALTER

El señor Darby apartó la pistola del calibre 22 y miró el reloj que había sobre el aparador. Faltaban trece minutos para la hora habitual de levantarse. Aquellos trece minutos debía ahora utilizarlos para resolver algunos pequeños detalles que no formaban parte de sus habituales tareas matinales. Unos cuantos detalles, sí, pero muy importantes para su futura seguridad. Rió y se permitió diez segundos para contemplar su trabajo con ojo crítico pero orgulloso.

Una pistola del 22 no se destaca por el ruido que hace, y cuando uno la dispara a través de una almohada gruesa la consiguiente explosión no es más que un pequeño «pop». No ensucia. Al señor Darby le agradaba aquello. Tenía una mente muy ordenada.

Apartó la pistola y se dirigió a la cama de su esposa, se puso de cuclillas y levantó la manta, doblándola sobre la cama. A continuación abrió la cremallera de la funda del colchón. Su mujer nunca había tenido mucha imaginación... no más que cualquier otra solterona que esconde su dinero en el colchón. Llevaban dos años casados y desde hacía un año sabía exactamente dónde escondía su dinero. El problema era llegar hasta él.

Su mujer, completamente postrada en la cama, afirmaba ser inválida (una afirmación que el señor Darby secretamente dudaba, pero que no podía negar ya que se pasaba el día en la oficina desde las ocho y media de la mañana hasta las seis y media de la tarde; sin embargo, siempre había sospechado que su esposa se levantaba en cuanto él salía de casa, y que se mantenía ocupada hasta su regreso). Le había dado una vida de perros... siempre exigiendo, siempre quejándose; obligándolo a servirla en todo: sube, baja; tráeme esto, llévate aquello... Y todo el tiempo él sabía que su grueso cuerpo descansaba sobre el dinero, para impedir que él pudiera conseguirlo. Hasta esta mañana. Ahora no tenía nada que decir... ni una palabra, y su silencio era como una dulce música para sus oídos.

Metió la mano en el colchón y empezó a extraer montones de billetes, paquetes de cinco, diez, veinte, cincuenta... No había tiempo para contarlos, ninguna necesidad, de hecho. Sabía que era rica, sabía que no guardaba el dinero en el banco, y que no quería tener nada que ver con bonos y acciones. Todo esto lo sabía antes de casarse con ella. Uno no se casa con una fea, gorda y gruñona vieja de cincuenta años por amor.

Recogió un maletín de su armario y ordenadamente colocó dentro el dinero. A continuación –eran las siete y media en punto– entró en el cuarto de baño. Regresó al silencioso dormitorio con el cepillo de dientes y una maquinilla de afeitar, colocó los artículos en el maletín junto a unos calzoncillos y calcetines. Ése era todo el equipaje que podía llevarse para no correr riesgos. Si intentaba abandonar la casa con una maleta los curiosos vecinos sospecharían, y eso no podía ocurrir. No importaba; compraría ropa nueva en París.

Una vez vestido, se dirigió a la puerta con el maletín en la mano, pero se detuvo para volver a mirar la cama de su mujer con una sonrisa.

–Que descanses bien, querida –dijo amablemente.

Al bajar las escaleras el señor Darby echó un vistazo al reloj del vestíbulo –las siete cuarenta– y asintió, como si confirmara su inquebrantable norma de puntualidad. Desde ese momento hasta que abandonara el autobús en el centro a las ocho cincuenta, todo debía coincidir con el horario que había seguido durante los dos últimos años. Por algo los vecinos siempre decían: «Uno puede poner el reloj en hora con el señor Darby». Y esta mañana, esta mañana tan especial, nada debía alterarse; cada minuto debía justificarse, cada segundo debía estar en su debido lugar en el horario de Darby.

El reloj de la cocina marcaba las siete cuarenta y tres cuando el señor Darby colocó tres lonchas de tocino sobre un grill precalentado. Pero se detuvo, mirando con cara de asombro lo que acababa de hacer. Por las mañanas sólo tomaba dos lonchas de tocino... la costumbre le había hecho poner la tercera para su mujer. Se echó a reír débilmente, y meneó la cabeza, aturdido por la equivocación.

–Tengo que vigilarme –se dijo a sí mismo.

Hizo un gesto muy elaborado al coger sus dos huevos del frigorífico.

Mientras se freían los huevos y se tostaba el pan, se tomó su medio vaso de zumo de ciruelas y volvió a mirar el reloj, las siete cuarenta y ocho. Era hora de salir a buscar el periódico de la mañana y dejar entrar a *Tabby*. Recorrió el pasillo, sonriendo.

El dejar entrar a *Tabby* todas las mañanas le proporcionaba un perverso placer. La señora Darby había sido como la mujer de Craig, muy meticulosa en lo relativo a sus muebles, y detestaba a *Tabby*, el gato, quejándose de que a «la asquerosa bestia» se le caía el pelo. De modo que cada mañana, sin decirle ni una palabra a su mujer, el señor Darby dejaba que *Tabby* entrara en la casa. Una pequeña rebelión contra la tiranía de su esposa que le había proporcionado muchas risas secretas.

El señor Darby salió al porche, recogió el periódico y llamó suavemente al gato.

–*Tabby, Tabby, Tabby.*

Su vecina de al lado, la viuda Reese, dejó un momento de arrancar hierbas y consultando su reloj antes de hablar, dijo:

–Vaya, señor Darby, o va dos minutos adelantado esta mañana o yo voy dos minutos retrasada.

Normalmente el señor Darby se sentía ofendido con las bromas de la señora Reese en lo referente a su puntualidad; pero esta mañana agradeció la observación. Sin embargo, era irritante pensar que podía haberle pasado algo a sus relojes y que fuera dos minutos adelantado. Una tontería como ésa podría llamar una atención indeseada. Pero no..., era más probable que la señora Reese se hubiera retrasado, y así se lo hizo saber.

–Me temo que debe de ser su reloj, señora Reese. Yo compruebo todos mis relojes por la noche con la telefónica... Son eléctricos, ¿sabe?

La señora Reese asintió.

–Si le conozco, señor Darby, tiene usted razón. En lo que se refiere a la hora exacta siempre podemos contar con usted.

Tabby, gordo y lustroso, saltó de un seto y haciendo eses se adentró en la casa. La señora Reese, siguiendo el rápido movimiento, volvió a sonreír.

–*Tabby* es sin duda su animal doméstico, señor Darby –dijo, y algo en su sonrisa y en la mirada de sus ojos pareció sugerirle al señor Darby que comprendía su sufrimiento.

El señor Darby se miró el reloj de pulsera, las siete cincuenta y uno, y dijo:

–Perdóneme, señora Reese... Mi desayuno está casi a punto.

Regresó apresuradamente a la cocina, salvó a los huevos de un destino crujiente, le dio al maullante gato su plato de leche y se llevó el desayuno al comedor. El reloj del comedor marcaba las siete cincuenta y cinco en punto cuando el señor Darby se colocó la servilleta bajo la barbilla.

A las ocho y diez había terminado de desayunar y acababa de desdoblar el periódico de la mañana cuando sonó el teléfono del vestíbulo. Frunciendo el ceño, el señor Darby se levantó de la mesa y fue a cogerlo.

–Hola, Darb –dijo la voz al otro extremo de la línea–. No te he despertado, ¿verdad? –A continuación la voz se rió y dijo a otra persona algo que Darby no acabó de entender.

La llamada no le sorprendió; de hecho, la esperaba a medias. Smitty, un empleado de la oficina, siempre se divertía haciéndole bromas sobre el tema de la puntualidad.

–No, no, Smitty –dijo el señor Darby–. Estaba desayunando.

La voz volvió a reírse.

–Eso es exactamente lo que les he dicho a los chicos, Darb. He dicho: Ni siquiera de vacaciones el viejo Darb variará su estricto horario. Y tenía razón, ¿no es cierto?

El señor Darby forzó una sonrisa innecesaria.

–Sí, así es. Nunca me retraso.

–Bueno, Darb, que pases dos buenas semanas. ¿Me oyes? Tendrás tiempo suficiente para hacer todas las tareas de la casa, ¿verdad? Mucho quitar el polvo y pulir y limpiar, ¿no, Darb? ¡Ja, ja! ¡Nos veremos dentro de un par de semanas, chico!

El señor Darby colgó el teléfono y miró a su silencioso alrededor.

–Eso es lo que tú te crees –murmuró–. He limpiado este lugar por última vez.

Regresó a su periódico sintiéndose muy contento consigo mismo. Los vecinos no tenían ni idea de que sus vacaciones empezaban aquella mañana. Cuando abandonara la casa a las ocho y media pensarían que se dirigía al trabajo como de costumbre. Ninguno de ellos pensaría en él hasta que vieran que no había regresado a las seis y media. A las siete y media quizás empezarían a preguntarse qué le había pasado; a las ocho treinta probablemente empezarían a preocuparse por el repentino cambio. Y posiblemente a las nueve y media se acercarían a su casa a preguntar o llamarían quizás a la policía.

No tenía importancia. Cuando se bajara del autobús en el centro cogería un taxi al aeropuerto, y allí tomaría el vuelo de las nueve y veinte a Nueva York. Desde el aeropuerto internacional cogería el vuelo de las diez y media a París. Antes de que la policía pudiera descubrir a su mujer... él estaría aterrizando en Europa. Después de eso vendría la elección de un nombre nuevo, la compra de un falso pasaporte, y... la total desaparición.

Cuando sonó el timbre de la puerta fue como si alguien se le acercara por detrás pegando un grito. El señor Darby dejó caer el periódico y miró el reloj con cierto temor. Las ocho y veintiuno. ¿Qué imbécil estaría llamando a la puerta a esta hora de la mañana? ¿Para qué?

Apartó la silla y se dirigió apresuradamente a la puerta principal.

Le saludó un hombre sonriente. El hombre sostenía una caja abierta en una mano que contenía ordenadamente colocados una serie de cepillos y herramientas extrañas; en la otra mano llevaba una pesada bolsa con el nombre de la compañía grabado en letras doradas.

–¿Señor Darby? Aquí le traigo su pedido, señor.

El señor Darby parpadeó.

–¿Mi pedido?

–Sí, sus cepillos... o mejor dicho, los de su mujer. Je-je.

El señor Darby estaba espeso.

–¿De mi esposa?

La sonrisa del hombre empezó a desvanecerse.

–Sí, señor. Los cepillos que su mujer me encargó la semana pasada.

El señor Darby miró su reloj. Las ocho y veintidós.

–No lo entiendo –dijo con aire ausente–. ¿Cómo ha podido encargar unos cepillos? Es una inválida, está postrada en la cama.

La sonrisa del vendedor desapareció ahora por completo. Miró el número de la casa en el buzón como si estuviera comprobando dónde estaba y a continuación extrajo un papel del bolsillo de su abrigo.

–Pero usted es el señor Darby, ¿verdad? Tengo aquí el pedido: un cepillo de lavabo de nailon; un cepillo para el pelo, también de nailon; una loción para las manos Blue Memory; un desodorante con aroma de pino... Todo es para la señora Elmo Darby. Ella misma me abrió la puerta la semana pasada... el lunes, creo.

¡De modo que era cierto! Lo que siempre había sospechado. Su mujer no era una inválida. El señor Darby estaba interiormente furioso. Dos años de tiranía; sirviéndola como un esclavo, limpiando la casa los domingos, cocinando, yendo de un lado para otro, arriba y abajo... Casi sentía ahora no haberla despertado justo antes de...

Las ocho y veintitrés.

–Sí, sí –dijo irritado el señor Darby, y empezó a cerrar la puerta–. No lo queremos.

El vendedor se lo quedó mirando.

–¿No lo quiere, señor? Pero su mujer encargó estas cosas, señor Darby. Quizá si pudiera ver un momento a la señora Darby...

El señor Darby se asustó.

–¿Hacer qué? ¡No! No puede verla... está durmiendo... bueno, desayunando... todavía está en la cama. –Volvió a mirarse el reloj de pulsera. Su conducta era demasiado excéntrica, lo sabía. El vendedor empezaría a pensar que le ocurría algo. Todo debía seguir igual. No tenía que cambiar nada. Todavía tenía tiempo de ocuparse pausadamente de este hombre y continuar con sus planes habituales–. ¿A cuánto asciende la factura? –preguntó el señor Darby.

La sonrisa del vendedor volvió a ser segura. Miró la factura.

–Veamos, señor Darby... el total es de cuatro dólares y veinte centavos, impuestos incluidos. Es...

–Sí, sí. –Las ocho y veinticuatro. El señor Darby fue a coger la cartera... pero se detuvo, recordando dónde tenía todo el dinero–. Un momento, por favor –tartamudeó.

Volvió rápidamente al comedor, abrió el maletín y con nerviosos dedos intentó extraer un billete de los fajos.

El vendedor se quedó boquiabierto cuando vio el billete que le entregó el señor Darby.

–¿Un billete de cincuenta dólares? No sé si tendré cambio de tanto...

Al señor Darby casi se le escapó un gruñido. Había pensado que era de cinco. Volvió a coger el billete de cincuenta, diciendo:

–Un momento. Tengo más... quiero decir, tengo uno más pequeño.

Las ocho y veintiséis, le informó el reloj del comedor mientras volvía a manosear los fajos de billetes.

–Tengo que tranquilizarme –susurró desesperadamente–. El hombre creerá que estoy loco.

Regresó casi corriendo hasta la puerta principal.

¿Cómo podía ser tan lento el vendedor a la hora de contar el cambio? El señor Darby quería estrangularlo.

–Cuatro veintiuno de cinco, sí, señor. Y cincuenta centavos hacen cuatro setenta y uno, y veinticinco hacen cuatro noventa y seis, y veamos... un penique, dos peniques, tres peniques... eso hace cuatro noventa y nueve... Veamos, tengo que tener un penique más en alguna parte...

El señor Darby se llevó la mano vacía a la cara y se la frotó. Las ocho y veintiocho.

–No importa –dijo–. Quédese el centavo que falta.

–No, no. Tenga, aquí está. ¡Uy! Casi se me cae. Eso hace cinco, y gracias, señor Darby.

–Sí, sí, está bien. Adiós. –El señor Darby cerró la puerta. Inmediatamente el vendedor volvió a llamar.

El señor Darby se dio una palmada en la frente, se serenó y abrió de nuevo la puerta. El vendedor le sonreía vacilante mientras sostenía un grueso paquete.

–Se ha olvidado del pedido, señor Darby.

Finalmente la puerta se cerró. El señor Darby estaba dentro con el paquete de cepillos que nunca se utilizarían, y el vendedor se había marchado.

Las ocho y media.

El señor Darby cogió el maletín y el sombrero, se aclaró la voz, se ajustó la corbata y abrió la puerta principal de la casa. Salió al porche, cerrando la puerta detrás suyo por última vez.

Todo iba bien de nuevo. El horario se estaba cumpliendo... Se sentía un poco nervioso, pero se le pasaría caminando. Bajó por el sendero, trotando al ritmo de su habitual «el tiempo pasa, no hay que perderlo».

La señora Reese levantó la vista sonriendo.

–Mi reloj irá bien ahora, señor Darby. Las ocho y media en punto. Siempre que le veo puedo ajustar la hora.

El señor Darby sonrió y continuó su camino.

–¿Ha disfrutado su querida mujer del desayuno hoy, señor Darby? –le preguntó–. ¿Cómo está del dolor?

El sentido del humor del señor Darby le costó cuatro segundos. Se detuvo y volvió la cabeza.

–Le he dado un desayuno muy especial esta mañana –dijo–. Y no siente dolor alguno.

El reloj del aeropuerto marcaba las diez y cuarto cuando los pasajeros del vuelo a París empezaron a cruzar la puerta de embarque. El señor Darby se sentía muy bien, realmente bien.

Tenía la sensación de disponer de todo el tiempo del mundo. Ahora todos sus problemas y temores parecían una tontería. Se sentía tan bien que ni siquiera prestó atención al hombre con abrigo y sombrero que comprobaba los pasaportes de los pasajeros.

Pero cuando el señor Darby le entregó su billete y pasaporte, el hombre del abrigo y sombrero sacó la cartera mostrándole al señor Darby una placa resplandeciente.

–Tendrá que acompañarme, señor Darby. Queda usted detenido como sospechoso de asesinato. –Quizá dijera algo más, pero si lo hizo el señor Darby no lo oyó. La cabeza le daba vueltas.

–Cóm... Cóm... –Parecía un indio saludando a unos desconocidos mientras el detective se lo llevaba–. ¿Cómo pueden haberse enterado tan rápidamente?

El detective no parecía poder reprimir la sonrisa.

–Usted y su mujer eran personas verdaderamente metódicas, señor Darby. Su rutina diaria no variaba nunca.

–¿Nuestra rutina? ¿Qué rutina tenía mi mujer?

–¿No lo sabía? –El detective parecía estar más divertido que nunca–. Verá, cada mañana a las siete cuarenta y nueve entraba usted con el periódico y el gato. Uno podía ponerse el reloj en hora, dijo la señora Reese. Entonces a las ocho y media usted salía de casa camino del trabajo. Y a las ocho cuarenta su mujer abría la puerta y sacaba al gato a patadas.

»Pero esta mañana la señora Darby no echó al gato; de modo que la señora Reese, sabiendo que su esposa era una mujer enferma, empezó a preocuparse y se dirigió a la casa a investigar; entonces...

Atraco en pianissimo

TALMAGE POWELL

Judy se tapó las orejas con las manos.

–¡No quiero oír ni una palabra más de esto, Davie! No somos criminales, ¿sabes?

A la luz de la luna al lado del lago, estaba preciosa, pequeña y morena. Con pasos apresurados la seguí cuando, con la falda revoloteándole, se dirigió a mi coche que estaba aparcado cerca.

Le sostuve la portezuela abierta para que entrara.

–¡Ni hablar, Davie! Nosotros dos robando un banco... ¡Pero si venimos de familias respetables y decentes! Nunca hemos hecho nada ilegal, ni siquiera cuando éramos adolescentes. Somos la última pareja de jóvenes que la gente de este pueblo asociaría con el robo de un banco.

Di la vuelta al coche y me subí.

–Lo sé –dije–. De modo que olvídate, ¿quieres?

–Dame un cigarrillo.

Le entregué el paquete. Ella me miró de reojo. A continuación fumó en silencio mientras yo ponía en marcha el coche, daba la vuelta y regresaba al pueblo.

–Davie... –dijo con voz susurrante que indicaba una montaña de pensamientos detrás de cada palabra. Davie ya se lo esperaba.

–¿Sí?

–¿Cómo se te ha ocurrido?

–Oh, no lo sé. Supongo que al desear que tú y yo pudiéramos tener una buena vida mientras todavía somos jóvenes, o quizá fuera al mirar al viejo Perterson, tu jefe en el banco, o al señor Harper de la ferretería. Mañana por la mañana, por ejemplo, estarán a no menos de diez centímetros del lugar en el que estaban cuando empezaron hace treinta o cuarenta años.

–Nuestros dos jefes son gente agradable, Davie. Han conseguido comprar una casa, mantener una familia...

–... y han visto las mismas caras, han dicho las mismas cosas, han seguido la misma rutina día tras día. Podrían ser vegetales, Judy. Un día o un millón de días vienen a ser exactamente lo mismo para ellos. Porque nunca han vivido. Simplemente han existido en una especie de vacío. Ahora es demasiado tarde para ellos. Unos cuantos años más del mismo aburrimiento y estarán enterrados, y otros habrán ocupado los mismos monótonos lugares.

–Es mejor no pensar en esas cosas, Davie.

–A veces es imposible evitarlo –dije–. Y menos si existe alguien especial para el que deseas cosas especiales.

Ella se inclinó hacia delante y subió tanto el volumen de la radio del coche que mis palabras quedaron ahogadas. Pero habíamos recorrido menos de un kilómetro cuando volvió a bajarlo.

–Vamos a ver, Davie –murmuró–. No tengo la intención de cometer una locura así, pero ¿no sería maravilloso si nos despertáramos mañana por la mañana o al día siguiente y tuviéramos cincuenta o sesenta mil dólares?

–Eso es lo que intentaba decirte, allí en el lago –contesté–. No es como si nos estuviéramos convirtiendo en criminales patológicos. Nos limitamos a un solo golpe y seguimos haciendo vida normal hasta que se calme el revuelo del robo. Entonces yo le digo al señor Harper que he recibido la oferta de un empleo en California. Nos casamos. Nuestros amigos nos hacen una fiesta de despedida. Prometemos escribir, pero por alguna razón no lo hacemos nunca. Ya sabes cómo van estas cosas.

»Dentro de unos años, ni siquiera recordaremos el aspecto de este destartalado pueblo. Tendremos nuestro propio negocio, habremos trabajado en serio y podremos retirarnos antes de cumplir los treinta y cinco. Después de eso dedicaremos el tiempo a nadar en Miami, o a jugar al golf en Pasadena.

»Te aseguro que no tengo intención de malgastar el dinero, Judy. Sólo se trata de un cambio, la oportunidad de salir adelante, conseguirlo mientras somos jóvenes. Sólo estaba pensando en eso. No es peor que lo que hicieron aquellos magnates al conspirar para robarles las tierras petrolíferas a los indios, o al hacer pactos políticos para utilizar terrenos públicos para el paso del ferrocarril.

Nerviosa, Judy encendió un segundo cigarrillo con el primero.

Yo la miré de soslayo sin volver la cabeza, y suspiré.

–Claro que supongo que se trataba de una de esas fantasías que todos tenemos a veces. Siento haberlo mencionado.

–Estaría bien –dijo Judy–. Sí, realmente estaría bien.

–Además, si tuviéramos un hijo o dos, podríamos darles una educación decente.

Paseamos en coche por las afueras de la ciudad, hacia la casa de Judy. De pronto, extendió el brazo y me tocó la mano.

–No gires, Davie. No tengo ganas de volver. Vayamos a la hamburguesería a tomar un bocadillo y un batido.

–De acuerdo –dije.

Al llegar al restaurante en el que te servían directamente en el coche, encontré un lugar algo apartado de los otros vehículos. Nos comimos las hamburguesas sin decirnos nada durante un rato.

Entonces Judy se movió en el asiento como si tuviera los músculos tensos.

–Davie...

–¿Sí?

–Es verdad eso que me has dicho de que tendré setenta y cinco mil dólares en mi caja el viernes, por ser el día de pago del Molino Landers.

–Sí, es verdad –dije–, es una de las cosas que me ha puesto a pensar.

–Bueno, te aseguro que no estoy de acuerdo con tus ideas de ladronzuelo, Dave Hatshell. Pero... imaginando... ¿Cómo sacarías el dinero del banco sin que el guardia te detuviera antes de llegar a la puerta de salida?

Me hundí en el asiento y bebí un trago largo de mi batido.

–Sería un atraco en *pianissimo*.

–¿En qué?

–*Pianissimo*, Judy. Es un término musical. Significa muy

bajito. Cogería el dinero con tanta suavidad que el guardia me sonreiría al abrirme la puerta para salir.

Ella se incorporó, y se inclinó para mirarme más de cerca.

–Davie, ¿cómo conseguirías que el atraco de un banco fuese pianloquesea?

–Prepararía el ingreso de la ferretería del viernes por la mañana un poco antes que de costumbre –dije–. Lo llevaría al banco como siempre, en la mochila de lona y cuero. Te entregaría el ingreso a ti, Judy, como cualquier otra mañana. Sólo que cuando tú acabaras, yo saldría del banco con la bolsa llena de los billetes más grandes de tu caja.

Se irguió, golpeándose la cabeza con el techo del coche.

–¡Qué cara más dura, Davie! Pedirme que arriesgue mi reputación, todo...

–No arriesgarías nada, cariño –contesté–. Toda la melodía es armónica, como en un *pianissimo*. Prepararemos una nota de antemano, escrita en mayúsculas con lápiz en una hoja de papel barato. Tendremos cuidado de no dejar ninguna huella digital, a excepción de las tuyas. Serás tú la que tendrás que hacerlo.

–Davie, me parece que te has dado a la bebida.

–Una cerveza de vez en cuando –dije–. En esta nota que tú te llevarás al banco el viernes por la mañana, pondrá: «Entrégueme el dinero o la mataré de un balazo».

»Cuando yo lleve ya media hora más o menos fuera del banco y éste empiece a llenarse de gente, dejas que el papel caiga al suelo. A continuación te desmoronas totalmente desmayada.

Había llegado el punto en que Judy me miraba tan fijamente que le resultaba casi imposible apartar los ojos de mí.

–Me desmayo –dijo por fin.

–Y cuando empiezas a recuperar la conciencia –dije– estás algo desorientada. Entonces poco a poco vas recordando. Te excitas y te asustas, y al final te pones del todo histérica. Como yo soy joven, delgado y moreno, les preguntas si han cogido al hombre robusto de mediana edad. Para entonces ya han encontrado la nota en el suelo de tu caja, y preguntan: «¿Qué hombre?». Y tú contestas: «Se abrió el abrigo para enseñarme una pistola. Yo puse el dinero en una bolsa que me entregó. Se lo colocó bajo el abrigo. Yo intenté tocar la alarma, pero me sobrevino un terrible mareo».

–Un terrible mareo –repitió Judy.

–Tú eres una de las pocas chicas que conozco que es capaz de hacerlo, Judy. Y entonces dejas las cosas así. Nada complicado. Sin demasiadas descripciones.

–Sólo tiene un inconveniente, Davie. ¿Recuerdas el atraco hace unos meses en Conover?

–Claro. Eso es lo que me dio la idea de...

–El cajero tuvo que someterse a una prueba de mentiras, Davie. Es pura rutina. Cuentan con el tipo de cosas que estás planeando.

–Y yo cuento con ello, muñeca –dije, sintiéndome muy bien en aquel momento.

–¿De verdad? –El tono de su voz era tranquilo, y ligeramente suplicante.

No me dejé seducir por aquella actitud femenina. Simplemente le di unas palmaditas en la mano.

–Ahí es donde entra el señor Eggleston –dije.

–¿Eggleston?

–Un anciano caballero que conocí en Wee Barrel.

–¡Davie! He llegado a suplicarte que no fueras a esa taberna a la salida del trabajo.

–Ese tal Eggleston es un tipo excepcional –dije, animándome–. Un hombre limpio, discreto, impecablemente vestido. No le he visto nunca con un pelo fuera de lugar.

–Pues a mí no me interesa conocer a ninguno de esos vagabundos que frecuentan el Wee Barrel. –Judy irguió la barbilla. Al cabo de unos segundos, la bajó ligeramente–. ¿Y qué papel juega él en este plan?

–Después de enterarme de que había sido terapeuta metafísico en Los Ángeles...

–Me suena más a curandero.

–Pero es verdad, Judy. Acabaron echándolo de la ciudad. También especuló en bolsa, vendió minas de sal y montó campañas benéficas para recaudar fondos para instituciones inexistentes.

–Pareces conocerlo muy bien, Davie –dijo en tono ligeramente amenazante.

–Sí, hemos llegado a ser buenos amigos desde que se enteró de que mi novia trabajaba en un banco.

–Supongo que tendrás que sacártelo todo del organismo antes de poner en marcha el coche, Davie. Y estamos demasiado lejos para irme a casa andando.

–Ese tal Eggleston –dije–, cuando se dedicaba a tratar a personas nerviosas o con problemas emocionales, utilizaba la hipnosis con bastante frecuencia. Lo hace francamente bien, Judy. Tendrías que ver algunas de las actuaciones que hace en el Wee Barrel. Una noche hipnotizó a Shorty Connor para que hiciera el pino al despertar. Y no te lo creerás, pero Shorty intentó hacer el pino cinco minutos después de salir del trance tal como le había dicho Eggleston.

–Empiezo a ver la luz –dijo Judy débilmente.

–Claro, cariño. Ese estúpido detector de mentiras no significará nada. Te enfrentarás a él bajo la influencia de una sugerencia posthipnótica. La poli irá en busca de un ladrón inexistente y nunca sospecharán que...

–No estoy lo más mínimamente interesada –dijo.

A la mañana siguiente me llamó a las siete y media, media hora antes que de costumbre.

Aquella tarde a las cinco y media entramos juntos en la habitación del hotel del señor Eggleston.

El señor Eggleston hizo una pequeña reverencia cuando le presenté a Judy.

–David, es tan guapa como me habías anunciado. Es un verdadero placer conocerte, mi querida Judy. ¿Quieres que le pida alguna cosa al servicio de habitaciones? ¿Quizás un aperitivo?

–No, gracias.

–No hay por qué estar nerviosa, querida. El proceso es indoloro. De hecho te sentirás mucho más relajada de lo que has estado últimamente.

–Acabemos con ello –dijo Judy, jugueteando nerviosamente con el bolso que tenía entre las manos.

–De acuerdo.

El señor Eggleston cruzó la estancia, cerró parcialmente las persianas y señaló un gran sillón.

–Para conseguir un éxito total, querida, necesito toda tu colaboración. Ponte completamente en mis manos.

Judy se atragantó ligeramente. Pensé que iba a volverse atrás, pero debió de pensar en todo el dinero que tendría al día siguiente en la caja.

El trato del señor Eggleston era cariñoso y reconfortante. Acercó una pequeña silla y se sentó a su lado. Del bolsillo extrajo un resplandeciente disco de metal del tamaño de una moneda.

–Mira fijamente la moneda, Judy, y pon la mente en blanco... Relájate por completo... No pongas resistencia... Es tan agradable relajarse...

Continuó hablando de forma tranquilizadora. A Judy se le empezó a abrir la boca.

–Tienes mucho sueño, querida... Tienes un sueño muy placentero... Sueño... Vas a dormirte... Qué agradable es dormir... Ya estás dormida, Judy... profundamente dormida... muy profundamente, Judy.

El señor Eggleston empezó a apartarse muy lentamente de ella.

–Estás en un trance profundo, profundo, Judy. Permanecerás en este trance hasta que yo cuente hasta tres y chasquee los dedos.

Yo empezaba a tener la garganta reseca. Sin perder el ritmo desplazaba el peso de un pie a otro.

El señor Eggleston me miró.

–Es una paciente muy interesante, David. Una paciente estupenda. Prueba de su inteligencia. A los idiotas no se les puede hipnotizar, ¿sabes?

Volvió a concentrarse en Judy.

–Cuando por fin cuente hasta tres y chasquee los dedos, Judy, despertarás inmediatamente del trance. Tu mente consciente no recordará nada. Para la mente consciente será como si te hubieras quedado dormida unos segundos. Pero tu inconsciente recordará todo lo que se haga durante el trance para prepararte psicológica y físicamente para lo que te espera. ¿Queda claro?

–Sí, señor. –La voz de Judy era tan normal y tranquila que durante unos segundos me pregunté si estaría fingiendo. Pero sabía que no podía ser así. No tendría sentido. Y recordé lo normal que había estado Shorty Connor cuando el señor Eggleston le había hipnotizado.

–Ahora, Judy –dijo el señor Eggleston–, hay algunas cosas que debes entender y tener claro desde el principio. No hay nada mágico ni sobrenatural en lo que estamos haciendo. Yo simplemente me limito a ayudarte. No puedo obligarte a hacer nada que estés absolutamente decidida a no hacer. Por ejemplo, no podría obligarte a desnudarte en la plaza pública a no ser que, en el fondo, tuvieras el deseo de hacerlo. ¿Lo comprendes?

–Sí.

–Si pudieras saltarte una pequeña norma moral para obtener una gran cantidad de dinero sin hacer daño a nadie, ¿lo harías?

–¿Por qué no?

–¿Dirías una mentira por diez dólares?

–No.

–¿Por cien dólares?

Judy no dudó.

–No.

–¿Por mil dólares?

Una pequeña duda.

–¿Cincuenta mil dólares? –insistió el señor Eggleston.

Judy se precipitó a contestar:

–¡Cualquier día de la semana! ¡Cualquier día!

El señor Eggleston me miró con una sonrisa de satisfacción, que yo le devolví algo débilmente mientras me enjugaba las gotas de sudor de la cara.

A continuación el señor Eggleston volvió al tema que lo ocupaba.

–Judy, ya que eres una joven inteligente, estoy seguro de que conoces los principios básicos de un detector de mentiras. Cuando una persona miente, experimenta una ligera aceleración del pulso, de los latidos del corazón, un aumento de la presión arterial. El gráfico registra estos cambios y la persona que maneja la máquina decide si la persona ha dicho o no la verdad.

–Entiendo –dijo Judy.

–Bien. La razón de estos cambios fisiológicos está en la psique, el inconsciente. La mente sobre la materia, por decirlo de alguna manera.

–Entiendo –repitió Judy.

–Pero se trata de una calle de doble sentido, querida. ¿Verdad? Si el subconsciente es capaz de controlar las pulsaciones, también puede pasarlas por alto. Mañana dirás una mentira en la comisaría. Tu mente consciente lo reconocerá como una mentira. Pero para tu subconsciente, en aquel instante, no importará. Ésa es la clave de la cuestión, Judy. Es sencillo. Muy sencillo. A tu subconsciente le traerá sin cuidado si has dicho o no una mentira sobre ese tema. –La voz del señor Eggleston se suavizó, sin dejar de ser un latigazo insistente–. Tu subconsciente experimentará un momentáneo lapsus moral cuando describas al hombre que ha robado el banco. Por tanto, no mostrarás ninguno de los síntomas fisiológicos que registra el gráfico. Repite conmigo, Judy: No importará si miento al describir al atracador.

–No importará...

–Debes aceptar esta idea de tal forma que te sientas cómoda con ella, Judy. ¿Te sientes cómoda?

–Sí.

–Bien. Ahora nos despertaremos. Uno... dos... tres...

Yo me sobresalté ligeramente cuando chasqueó los dedos. Judy abrió los ojos, me miró sin comprender durante unos segundos, y a continuación se volvió hacia el señor Eggleston. Él no le prestó atención.

–David, mañana a las diez de la noche, pasaré por tu pensión para recoger los cinco mil dólares que has acordado pagarme.

–Debo de haberme dormido unos minutos –dijo Judy–. ¿Cuándo empezamos con la hipnosis?

–Ya hemos terminado –sonrió el señor Eggleston.

Ella frunció el ceño.
–¿Es verdad, Davie?
Asentí.
–Pero no me siento en absoluto diferente –dijo Judy–. ¿Estás seguro?
–Completamente –dijo el señor Eggleston. Me dio unas palmaditas en el hombro–. Y es una idea brillante, chaval, tanto que podría habérseme ocurrido a mí.

Me desperté a la mañana siguiente, viernes, habiendo dormido un total de dos horas. Estaba muy nervioso, y me corté al afeitarme. Me tomé una taza de café a modo de desayuno indigesto.
Di dos vueltas a la manzana, esperando a que abrieran la ferretería. Al entrar, preparé las hojas de ingreso de dinero en un tiempo récord. Tuve que ocupar varios minutos arreglando un muestrario de aparejos de pesca por la sencilla razón de que no me pareció prudente ser el primer cliente del banco.
Con la sensación de que todos los ojos de aquella asquerosa pequeña ciudad industrial estaban posados en mí, me obligué a franquear la puerta de cristales y latón del banco. El guardia, el señor Sevier, se volvió hacia mí.
Normalmente, el señor Sevier me parece un amable hombre de mediana edad con cara de duende y pelos canos en las orejas. Hoy tenía cuernos; la tez de un color morado amenazador y fuego en sus ojos achinados.
–Buenos días, señor Sevier.
–Qué alegría verte, Davie. –Me palmeó la espalda al pasar.
Desde la caja, Judy me dedicó una sonrisa cariñosa. Parecía haber dormido perfectamente, y me pregunté si no hubiera debido dejar que el señor Eggleston me hipnotizara también a mí.
Entregué la pesada bolsa de lona y cuero a Judy. Ella la abrió y comprobó el ingreso.
Nadie se fijó en que me rezagaba en la caja de Judy. Había suficientes clientes como para que los otros empleados se mantuvieran ocupados. En cualquier caso, todo el mundo en el

banco sabía que Judy y yo estábamos ahorrando peniques en una cuenta conjunta para el día en que pudiéramos casarnos.

Con un ligero movimiento de cabeza que nadie más vio, finalmente me devolvió la bolsa.

Mi corazón empezó a latir como sesenta corazones juntos. Tenía la sensación de que el peso de la bolsa me hacía perder el equilibrio, obligándome a salir del banco medio torcido.

Había llegado casi hasta la puerta cuando Judy me llamó en voz baja.

Tuve que detenerme justo al lado del señor Sevier.

–No te olvides del almuerzo, Davie –dijo Judy.

–No me olvidaré.

Me tiró un pequeño beso. El señor Sevier se rió divertido al tiempo que me daba unas palmaditas en el hombro.

Yo me dirigí al aparcamiento a media manzana de distancia y caí colapsado en el coche.

Me estiré el cuello de la camisa con un dedo, respiré a fondo, puse en marcha el coche y conduje con normalidad a la ferretería. Para cuando aparqué detrás de la tienda, ya había metido el dinero en una fuerte bolsa de papel y lo había colocado debajo del asiento del coche. Las ganas de contar el dinero me hacían casi retorcer de nerviosismo. Conduciendo inocentemente, y haciendo el trabajo importante con la mano libre por debajo de la ventanilla, sólo había entrevisto los ordenados fajos de billetes. Pero sabía que había suficiente. Nunca en mi vida había visto tantos montones de billetes de cincuenta y de cien, excepto en el banco. Le estaba realmente agradecido a Landers Mills por pagar sólo dos veces al mes, el día uno y el quince.

Me disponía a cerrar con llave el coche cuando decidí no hacerlo. Hasta ahora, todo se había desarrollado a la perfección. Había vuelto directamente del banco, a la vista de todos. Judy y yo estábamos disfrutando de un día normal. No tenía costumbre de cerrar el coche en esta época del año. El dinero no estaba a la vista. Me dirigí a la ferretería.

Afortunadamente, los clientes me ayudaron a pasar la mañana. Aun así, tuve que ir tres veces al lavabo en menos de una hora.

Y entonces a las diez cincuenta y seis según el reloj de pared, que tenía un péndulo detrás de un marco moteado que anunciaba abono Maney Merrygrow, la espera llegó a su fin.

Como una pava bien alimentada, de pecho abundante y con un sombrero de flores gris, la señora Threckle llegó hasta la puerta de mi despacho, pronunció mi nombre y me hizo unos gestos frenéticos.

Me acerqué apresuradamente a ella.

–¿Qué ocurre, señora Threckle?

–Algo terrible... –espetó–, terrible... Un atraco al banco... Tienen a Judy en la comisaría...

Tuve que agarrarme al marco de la puerta del despacho para impedir desplomarme. Esta parte no fue una actuación. Pensé a lo loco: la han cogido, y está intentando protegerme.

–¡Pobre chico! –dijo la señora Threckle–. Tienes que ir corriendo. Yo se lo explicaré al señor Harper.

Se me ocurrían muchas otras direcciones preferibles. Entonces la señora Threckle me salvó de una crisis nerviosa.

–No le han hecho daño, Davie. No hubo disparos. Simplemente se la han llevado para que les dé una descripción del ladrón.

Minutos después, un coche lleno de dinero robado estaba aparcado a la vista de todos delante de la comisaría. El interior del edificio era un caos. Cada vez que intentaba detener a un policía apresurado, éste gesticulaba con el pulgar por encima del hombro, señalando las profundidades del edificio.

–Estoy ocupado, chaval.

Por fin divisé al viejo Silas Garth saliendo plácidamente por una puerta. Silas llevaba en el cuerpo casi tanto tiempo como el que hacía que el pueblo tenía sus estatutos. Se detuvo en el pasillo, más interesado en hurgarse los dientes que en detener a un atracador.

–Señor Garth...

–Oh, hola, Davie. Supongo que estás buscando a Judy.

–Sí, señor. ¿Está...?

–Tranquilo, hijo. Está perfectamente. Ven conmigo a la sala de policías y jugaremos a las damas hasta que Hoskins y Crowley y el técnico del detector de mentiras acaben con ella.

«Pobre Judy –pensé–. Aguantando un infierno, eso es lo que está haciendo.»

–¿Qué ha ocurrido, señor Garth?

Se encogió de hombros mientras recorríamos juntos el pasillo.

–Entró un tipo, dejó que Judy le viera la pistola, le dio un segundo para que leyera la nota que le entregó, y salió con unos sesenta y cinco mil dólares en una bolsa de papel marrón.

–¡Santo cielo! –exclamé–. Sesenta y cinco mil... ¿Existe tanto dinero en el mundo?

–Claro que sí, Davie. Y me temo que ese malhechor ya ha salido del pueblo.

–¿Por qué dice eso, señor Garth?

–Judy, Dios la bendiga, estaba tan paralizada de miedo que no pudo hacer sonar la alarma de inmediato. Y cuando se dio cuenta de que no corría peligro, se desmayó.

–¡Pero usted me ha dicho que estaba bien!

Posó una mano sobre mi brazo.

–Ahora sí que lo está, Davie. Tranquilízate, ¿quieres?

–¿Ha podido darles una descripción del ladrón?

–En líneas generales. Mediana edad, rubicundo, altura media, robusto. En mi opinión es un profesional en esto de los atracos, Davie.

–¿Por qué dice eso, señor Garth?

El viejo empezó a colocar las damas en los recuadros de una tabla que descansaba sobre una destartalada mesa de juego.

–Hoy en día tenemos maneras de sacar las huellas dactilares de la superficie del papel. La nota que le dio a Judy no tenía más huellas que las suyas. Supongo que sabía que podríamos identificarlo por las huellas. –El señor Garth meneó la cabeza–. Para serte sincero, Davie, muchos de estos tipos se salen con la suya, al menos una o dos veces.

–¿Cree que lo cogerán?

–Yo no apostaría nada por ello, hijo. Las probabilidades decrecen por momentos. La próxima vez puede que le cojamos y podremos resolver el caso.

–Señor Garth, si no le importa, no me siento capaz de concentrarme en un juego de damas ahora.

–Claro, Davie. –Me rodeó los hombros con el brazo–. Subiremos al piso de arriba, hijo, y veremos qué podemos hacer para ayudar a la pobre chica.

Subimos, y yo fui en busca del lavabo de caballeros mientras el señor Garth desaparecía por la puerta de un despacho. Estaba paseándome por el pasillo cuando abrió la puerta y salió detrás de Judy.

Ella vino directamente hacia mí, y la abracé.

El señor Garth se rió de forma afectuosa.

–Según el polígrafo Judy no ha podido darnos más detalles sobre el atracador, Davie. Ahora llévate a la chica e invítala a un café.

–Sí, señor Garth –dije.

Judy y yo estábamos todavía delirantes de alegría cuando el señor Eggleston llamó a mi puerta a las diez de aquella noche.

Entró apresuradamente, y yo cerré la puerta. Nos miró a mí y a Judy, una sonrisa dividiendo su astuto rostro.

–Bueno, chicos, ¡lo hemos conseguido!

–Y tanto que sí, señor Eggleston, y ya le tengo preparados sus cinco mil dólares.

Su mirada se volvió glacial. Extrajo una pequeña pistola del bolsillo del abrigo.

–¿Qué... qué es esto, señor Eggleston? –Era de verdad.

–He esperado toda mi vida que me tocara el gordo –dijo–. ¿Crees que dejaré que un par de chavales se interpongan ahora en mi camino? ¡Ve a buscar el dinero!

–Pero señor Eggleston...

–¡Lo quiero todo! ¡Ahora! Si no se te ha ocurrido ya, te diré que ninguno de nosotros puede acusar al otro sin verse implicado.

No pude pensar ni moverme durante unos segundos.

–Pero si dispara el arma, señor Eggleston, alguien lo oirá.

–Y tú estarás muerto. Te propongo un trato, Davie. Dos vidas a cambio del dinero.

–Está loco –dije.

–No... y no dejes que el dinero destruya tu salud, hijo. Si disparo el arma, tengo muchas probabilidades de escapar. Tú no tendrás ninguna. Estoy dispuesto a arriesgarme, Davie. Soy demasiado viejo, he esperado demasiado tiempo para dejar pasar este momento de suerte.

Los pómulos de su cara empezaron a palidecer y añadió:

–Te doy diez segundos para que tomes una decisión, Davie.

No sabía que Judy se había levantado. Ahora la sentía abrazada a mí. Temblaba.

–Davie... está un poco loco. ¡Lo dice en serio!

–Claro que sí –contestó el señor Eggleston con sangre fría–. Seis... cinco... cuatro... tres...

–Dale el dinero, Davie –decía Judy entre sollozos, agarrándose a mí.

–En el armario –dije atontado–. La maleta pequeña.

Todo a mi alrededor se movía como en una piscina. El señor Eggleston flotaba hacia el armario, la maleta flotaba en su mano. Abrió el cierre, miró rápidamente en el interior y volvió a cerrarlo con la mano izquierda. La pistola que seguía apuntándonos con la mano derecha, ahora se dirigía flotando a la puerta.

Judy no tenía que trabajar al día siguiente, al ser sábado. Yo llamé a la tienda diciendo que estaba demasiado enfermo para trabajar.

Pero el lunes llegué pronto y dispuesto al trabajo. No hay mejor forma de impresionar a un jefe que siendo puntual cuando finalmente te convences de que vas a tener que soportar un empleo durante muchos años.

Ojalá estuvieras aquí

RICHARD HARDWICK

Las idiosincrasias de la mayoría de las personas acaban con la muerte y después se recuerdan poco, con frecuencia y exactitud decrecientes. Sin embargo, Martha Adamson, fiel a su estilo en vida, no fue como la mayoría tras la muerte. O por lo menos eso parecía. Seguía siendo ligeramente peculiar.

Charlie Adamson vino a verme poco después del funeral de su esposa. Estaba pálido, y aunque la tarde era fresca después de las lluvias que caían casi a diario, una fina capa de sudor perlaba su frente.

–Buzzy –dijo, dejándose caer en una de las mecedoras de mi porche. Mi verdadero nombre es Henry Busby, pero hasta donde puedo recordar la gente me llama simplemente «Buzzy»–. Buzzy –dijo Charlie–, conocías a Martha tan bien como los demás, incluyéndome a mí mismo. ¿Dirías que pudo tener algún... algún extraño poder?

–Depende de lo que quieres decir con extraño, Charlie –dije lo más diplomáticamente posible. Extraje con dificultad la vieja pipa y la hundí en la petaca de tabaco.

–Bueno –continuó Charlie–, déjame que te haga otra pregunta. ¿Crees que hay vida después de la muerte?

–Supongo que sí. ¿Adónde quieres ir a parar?

Metió apresuradamente la mano en el bolsillo interior de su elegante traje y extrajo un sobre.

–¡Simplemente a esto! Si no conociera la letra de Martha, habría dicho que alguien me está gastando una broma, y de bastante mal gusto.

Me entregó un sobre cuadrado y rosa. Lo cogí y saqué la carta. Era breve, y al haber conocido a Martha durante cuarenta y siete años en esta tierra, inmediatamente reconocí su letra ordenada y recatada. Decía, sin encabezamiento ni firma, lo siguiente:

> La tumba está bien, Charles, querido. Ojalá estuvieras aquí.

Sujeté firmemente la pipa entre los dientes y dejé la carta en mi regazo mientras encendía una cerilla. Eché una pequeña nube de humo azul y volví a coger la carta.

–Realmente parece su letra –dije–. ¿De dónde ha salido?

–¡Mira el sobre! ¡El matasellos es de ayer y de aquí de Binsville! Ha llegado en el correo de hoy.

–En ese caso, Charlie –dije, devolviéndole la carta–, diría que has dado en el clavo. Alguien te está gastando una broma de mal gusto.

Negó vehementemente con la cabeza.

–¡Es su letra, Buzzy! ¡La reconocería en cualquier parte!

–Existe algo que se llama falsificación. Y hay personas en este pueblo que se tomarían muchas molestias para conseguir asustarte.

–¿Qué quieres decir con eso?

Me recliné y seguí fumando mi pipa, a continuación me volví y le miré a los ojos.

–Nos conocemos desde que viniste aquí hace unos veinte años, ¿verdad, Charlie?

–Hace veinticinco años, Buzzy, y sí, nos conocemos. La verdad es que Martha y yo no teníamos un amigo más íntimo que tú en Binsville.

–De acuerdo. De modo que dejémonos de rodeos. Algunas personas por aquí creen que tú mataste a Martha.

–Se mató al salirse de la carretera con el coche y chocar contra aquel árbol al sur del pueblo.

–Claro que sí. Eso es exactamente lo que dice el certificado de defunción oficial. Muerte por accidente.

Volvió a meterse la carta en el bolsillo.

–Tú fuiste el primero en llegar después del accidente. La gente confía en ti, Buzzy. Tú testificaste en la investigación y dijiste que Martha estaba muerta y yo inconsciente. ¿Por qué iban a pensar que la había matado?

Tranquilamente extendí el brazo, cogí el borde de la solapa de su americana y froté el excelente tejido entre el pulgar y el índice.

–¿Cuántos hombres en todo este condado pueden permitirse un traje como éste? De por lo menos doscientos cincuenta dólares.

–Trescientos veinticinco –dijo en tono apagado, volviendo a hundirse en la mecedora–. Por su dinero, ¿verdad?

–Exactamente.

De pronto se puso en pie, tieso como un palo, las mandíbulas apretadas.

–¡Eso sigue sin ofrecerme una respuesta a la carta! Voy a hacer que la examine algún grafólogo experto.

Volví a ver a Charlie tres días después. Había ido a Atlanta, dijo, y a juzgar por su aspecto, había doblado su ingestión de ginebra mientras que quizás había reducido a la mitad la de vermut. Charlie era un hombre de martini. Muy seco.

–¿Y? –pregunté.

Suspiró.

–Me llevé todo tipo de muestras de su escritura: cheques, cartas, listas de la compra. Consulté a tres expertos diferentes, y todos y cada uno de ellos está dispuesto a jugarse el cuello al afirmar que Martha escribió la carta, sin duda alguna.

Justo en aquel momento el viejo señor Grubb, el cartero, franqueó la verja de mi casa, tropezó con las latas vacías y la basura, y me entregó el habitual surtido de facturas y anuncios.

–Me ahorraré el viaje hasta su casa, señor Adamson –le dijo a Charlie–. Aquí tiene lo suyo.

Acababa de abrir la factura de la tienda de televisores y de leer el sello rojo de ÚLTIMO AVISO y algo acerca de acciones legales, cuando Charlie emitió un pequeño gemido y dejó caer su correo.

–¿Qué te ocurre?

–Es... es...

El sudor le cubría la frente y los ojos se le salían de sus órbitas. Seguía aferrado a una carta, y se la cogí de las manos.

Era la misma letra, sobre el mismo papel de carta rosa.

Charles querido (Martha le había llamado así desde el principio):

Por favor, haz que instalen un desagüe al pie de la colina bajo el sicomoro. Con toda esta lluvia me he pasado casi toda la semana flotando. El precioso forro de seda del ataúd está todo mohoso y mi vestido de organdí azul ya no vale nada. Por favor, Charles querido, hazlo sin perder tiempo. El señor Fenwick te lo hará a buen precio.

Tuya,

MARTHA

Me puse de pie y entré en casa a buscar una botella medio vacía de vodka que hacía meses que guardaba en el armario. Charlie ni siquiera esperó a que le trajera un vaso.

Aquella noche le cedí mi cama a Charlie Adamson y yo dormí en el sofá. Me había mandado en misión urgente a su casa de la colina para ir a buscar ginebra y vermut cuando se acabó el vodka, y una vez que se hubo saciado de su bebida preferida, no pude hacer nada más que llevarlo a la cama. Nunca hubiera podido subir la colina con él.

Mientras lo arropaba, miré su apagado rostro y no pude evitar recordar la noche del accidente. Aquel día estaba igual, a excepción de un pequeño reguero de sangre donde la cabeza había chocado con el volante. Realmente no había sido un accidente grave. Charlie no podía estar yendo a más de cuarenta cuando resbalaron en la mancha de aceite y chocaron contra el árbol.

Eso fue lo que dio pie a las habladurías. Charlie se había quedado ligeramente aturdido, pero Martha se había fracturado el cráneo, muriendo al instante. Al parecer se había dado contra el salpicadero. La gente de mente sospechosa rumoreaba que Charlie lo había preparado todo y que la había matado chocando a propósito con el árbol.

Claro está, no había pruebas, pero si no hubiera sido por mí, el asunto habría pintado un poco feo. La mayoría de estos mismos viejos recordaban la época en que yo cortejaba a Martha. Entonces era Martha Malone, la única hija del viejo A. D. Malone, que en paz descanse, propietario de casi la mitad de las tierras de todo el condado. La mitad buena.

Naturalmente, me quedé un poco aturdido cuando Charlie Adamson vino de Atlanta para hacer algún negocio con el viejo A. D., conoció a Martha y, en un mes, se casó con ella. Yo ya había hecho planes detallados para llevar una vida como caballero rural, devolviendo la gloria de los Busby.

La gente sabía que estaba diciendo la verdad cuando dije que había visto el accidente, y que cuando llegué al coche Charlie estaba inconsciente y Martha muerta.

Después de recibir aquella carta y beber demasiada ginebra y vodka, Charlie declinó mi oferta de unirse a mí para desayunar al día siguiente. Me senté a la pequeña mesa cerca de la cocina de leña ante un gran plato de carne, patatas y tres huevos fritos, blandos y suaves como ostras.

–Charlie –dije, mezclando los huevos con las patatas–, ¿no crees que deberías hablar de todo esto con la policía?

Cruzó tambaleándose desde la cama hasta la repisa donde habíamos dejado la botella de ginebra de la noche anterior. Se sirvió un buen trago en un vaso sucio, y sin tan sólo destapar la botella de vermut, se lo bebió. Al cabo de unos minutos pareció tranquilizarse, y vino a sentarse a la mesa.

–¿Y qué iba a decirles, Buzzy? ¿Que mi querida y desaparecida esposa me está escribiendo cartas desde la tumba? –Negó con la cabeza y se sirvió otros tres dedos de ginebra–. ¡No, gracias!

Después de aquello, Charlie fue, como suelen decir, de mal en peor. Bebía día y noche, y dejó de afeitarse y de peinarse. Su traje de trescientos veinticinco dólares empezó a estar manchado y arrugado, y cualquiera que no lo conociera lo hubiera confundido con un vagabundo.

Cada día venía haciendo eses por la colina hasta mi casa con una botella de ginebra. Si pasaba el viejo señor Grub cuando estaba conmigo, Charlie se escondía en la casa y no salía hasta que el cartero me hubiera entregado el correo y se hubiera marchado.

Debían de haber transcurrido diez días desde que recibió la carta del desagüe. Charlie, como siempre, estaba sentado en la mecedora con una botella de ginebra medio vacía. No se percató de la presencia del viejo Grub hasta que éste no se paró delante de nosotros.

–Vaya, hola, señor Adamson –dijo el cartero. Me entregó el último y definitivo aviso del establecimiento de televisores y a continuación, con un ligero movimiento del pulgar, extrajo de la bolsa un sobre rosa y lo colocó en las manos temblorosas de Charlie–. Así me ahorraré el viaje hasta su casa.

Charlie se quedó allí petrificado, mirando la carta boquiabierto durante los cinco minutos siguientes. Cuando me di cuenta de que aquello era lo único que podía hacer, le cogí la carta de las manos. Efectivamente era otra misiva de Martha, y se la leí. Le agradecía el desagüe (Charlie había llamado al señor Fenwick al día siguiente de recibir la carta) y pasaba a quejarse de los gusanos. Le pedía que hablara con el dueño del vivero, Cal Lumpkin, acerca de la forma más eficaz de deshacerse de ellos. A continuación decía que le hacían muchas cosquillas y que no podía rascarse.

Aquello fue el final para Charlie Adamson. Dejó la botella de ginebra, vacía, allí en el porche y haciendo eses ascendió la colina. No pasaron más de dos o tres minutos antes de que oyera el disparo de la pistola allí en su casa. Me pareció oír los dos cañones a la vez.

Me quedé allí sentado meciéndome lentamente, y al cabo de un rato sonreí. Nunca había sido muy dado a sonreír, especialmente después de que Charlie y Martha partieran en lo que yo había pensado sería mi luna de miel.

Supongo que todo el mundo tiene una debilidad. La de Martha era ser un poco peculiar. La de Charlie, los martinis secos. Creo que la mía era la venganza. Empecé a planearla quince años atrás, mientras lanzaba aquel puñado de confeti a los recién casados.

Cuando regresaron me comporté como el viejo Buzzy de siempre, y a medida que transcurrían los años los dos me venían con sus pequeños problemas. Yo siempre he sabido escuchar. Descubrí que entre algunos asentimientos un buen oyente puede conseguir algo para sí. De modo que, poco a poco, hice creer a Martha que Charlie podría intentar matarla algún día.

Después de aquello, le sugerí la idea de escribir una serie de cartas desde la tumba, por decirlo así, y que me dejara guardarlas a mí. Le prometí que si le ocurría algo sospechoso, y Charlie no recibía el castigo merecido, me ocuparía de mandar las cartas. Martha escribió casi un total de sesenta, para días secos, fríos, cálidos, para todo. Algunas eran verdaderamente brillantes. Quemé las que me quedaban cuando Charlie se suicidó.

Con aquello conseguí la segunda mitad de mi venganza. La noche que encontré a Charlie y a Martha en el accidente, había conseguido la primera mitad. Aquella noche maté a Martha. Pensé que tenía que hacer sufrir al viejo colega Charlie.

Hace ya más de un mes que Charlie ha muerto y está enterrado allí en la colina al lado de Martha. A la sombra del viejo sicomoro. Aquello tendría que haber sido el final de todo. Pero no. El viejo señor Grub ha pasado por aquí hace unos quince minutos, y ahí, entre los anuncios y las facturas, he visto un pequeño y aromático sobre de color rosa. En su interior he encontrado una corta y amistosa nota. Dice así:

> Malvado, pícaro Buzzy-Wuzzy (Martha era la única persona que me llamaba así):
>
> ¡Quién se lo habría podido imaginar! Pero mi querido Charles y yo hemos acordado ser misericordiosos y olvidar el pasado. Sabemos que debes de encontrarte muy solo sin nuestra compañía. La parcela de los Busby está justo al lado de la de los Malone, de modo que date prisa, y será como en los viejos tiempos. Los tres juntos...
>
> MARTHA

Sé que en alguna parte tengo una botella de vodka. Tendré que invitar al señor Grub a que la comparta conmigo.

Índice

Títulos de las ediciones originales:
Games Killers Play y *Skull Session*
Traducciones del inglés: Antonia Kerrigan (*Juego de asesinos*)
y Jesús de la Torre Roldán (*Sesión de calaveras*),
cedidas por Plaza & Janés Editores, S.A.
Diseño: Norbert Denkel
Ilustración: Julio Vivas

Círculo de Lectores, S.A. (Sociedad Unipersonal)
Travessera de Gràcia, 47-49, 08021 Barcelona
1 3 5 7 9 8 9 0 6 8 6 4 2

Licencia editorial para Círculo de Lectores por cortesía de
Bantam Doubleday Dell Magazines y Scott Meredith Literary
Agency, L.P., 845 Third Avenue New York, NY 10022.

Depósito legal: NA. 759-1998
Fotocomposición: gama, s.l., Barcelona
Impresión y encuadernación: Gráficas Estella, S.A.
Ctra. Estella a Tafalla, km 2. Estella
Navarra, 1998. Impreso en España
ISBN 84-226-6373-2
N.º 07336